李亚琴 著

奔

Ben

清代末年，出生官宦之家的朝云，为了追求心中属意的爱情，于乱世之中不妥协，在隐忍坚守中积极应对世道、生活带来的种种考验……

敦煌文艺出版社

图书在版编目（CIP）数据

奔 / 李亚琴著. -- 兰州：敦煌文艺出版社，2019.6(2022.6重印)

ISBN 978-7-5468-1748-4

Ⅰ. ①奔… Ⅱ. ①李… Ⅲ. ①长篇小说－中国－当代 Ⅳ. I247.5

中国版本图书馆CIP数据核字（2019）第125428号

奔

李亚琴 著
责任编辑：侯君莉
装帧设计：李关栋 郝 旭

敦煌文艺出版社出版、发行
地址：（730030）兰州市城关区读者大道568号
邮箱：dunhuangwenyi1958@163.com
0931-8773258（编辑部）
0931-8773112 8773235（发行部）

三河市嵩川印刷有限公司印刷
开本 710毫米×1000毫米 1/16 印张 19.25 插页 2 字数 330千
2019年10月第1版 2022年6月第2次印刷
印数：601～2600册

ISBN 978-7-5468-1748-4
定价：68.00元

如发现印装质量问题，影响阅读，请与出版社联系调换。

本书所有内容经作者同意授权，并许可使用。
未经同意，不得以任何形式复制转载。

第一章

夜色昏黑，一骑黑衣人从黑幽幽的紫禁城内飞奔而来，出了阙门，从长安街一路绝尘而去。

第二天清晨，宫中便有人谈论此事。礼部侍郎李清元上朝时，从太监们的窃窃私语中，也知晓了这件事。宫中好多大臣都听说了它，但是还没有谁敢向慈禧禀报。

这一天，他回到家里，把儿子李庭风叫到书房，对他说："国势摇荡，现在竟然有人私自逃出宫去，听说是禁卫军里面的一个小头目……"

"冰冻三尺，非一日之寒，自从这老太太当政以来，媚外压内，奢侈极侈，祸乱丛生，发生这样的丑事也不稀奇啊！"

"这几天，议论众多，风儿你就不要去朝中了。"清元看着儿子，叮嘱道。清元信奉老庄哲学，对儿子在仕途上没有特别的企求。庭风也比较散淡，满足于在朝中做个五品的小官，悠悠度日。但时局内忧外患，没有一个人可以逃脱宿命。

没过几天，同样的事又发生了。为了掩盖这种事，刑部有人到街上抓几个要饭的叫花子，扮成卫士的样子，然后砍头了事。

清元这阵子小心谨慎，唯恐惹来不必要的麻烦。对于朝廷，他日渐失去信心。他很苦闷，平常除了跟儿子交流，再就是和好朋友庄慕达倾诉。庄和清元一样，都是汉人，在朝中做着从二品的文官。两人的祖籍都在南方，先祖那一代就是朋友。朝廷昏聩，小人众多，两人因此减少了往来。要知道在以前，清元经常带着扮成男孩的女儿前去庄家。女儿是清元的心头爱，要说如今他心中的慰藉只有女儿朝云了。

朝云小时候就聪慧异常，四五岁时背唐诗能过目成诵，五六岁开始习帖。练字时静如处子，几个时辰下来，不打岔不分心。稍大一点，清远就请来北京城有名的古琴师教她抚琴。

朝云此年十六岁，正值青春，正所谓诗词歌赋门门透，琴棋书画件件行。尤其是写得那一手丰硕宽正的颜体，仿佛不是出自一位年轻女子之手，倒像是一位浩然于世的中年男子写的。看她平素在书房里写帖子，气定神闲，凝神敛气，这气韵、神韵，见过字见过人的，都会觉得此女子非等闲之辈。

朝云很早就死了娘，所以她的终身大事就落在父亲身上了。父亲看她宁静娴雅，温柔淡然，仿佛世上的一切烦恼都与她无关，因此，做父亲的也不愿轻易过问。

而朝云心中已朦朦胧胧为一个人所系，那是童年带给她的感觉。每当她忆起从前，那个人的影子便在心头晃动，而自己就仿佛蹚在一条温暖幸福的水流里，一直往前蹚，也许人生就能这么一直蹚下去。

年前的一天，清元带着儿子、女儿到碧云寺烧香。清元心中有多少块垒啊，国家的，女儿的，也许只有从宗教这种仪式上，才能稍稍得到一点解脱。他想国家已然不是那个盛极一时的帝国了，它已经没落了。那么女儿呢，开年也该为她的将来想一想了。

清元每年都到寺里烧香，住持和他很熟，因而，招待非常周到。清元和庭风、朝云烧了香后，自己便和住持在禅房里长聊。庭风和朝云就携着丫鬟在各处走动。

朝云走着走着，就和兄长分开了。她和丫鬟小莲走到一处地方，这里人头攒动，好不热闹。这里新造了一座华美的亭子，里面塑着普贤菩萨。

去菩萨塑像前敬拜的人很多，都是些年轻男子。这些人穿着阔绰的，一个个鼻孔朝天，祭拜佛像时，那神情仿佛在告诉人们，他生来就该获得做高

第 一 章

官拿厚禄的运气；穿着普通的，眉眼粗陋，祭拜佛像时，仿佛在期望获得神明的意外光顾，而能侥幸得到梦想中的不菲身家一般。

朝云正要走开，忽然看到不远处走过一个人，这青年一身白袍，身材宽阔挺拔，他并未走入亭子，而是走到亭子不远处的一块碑前。那是一块纪念一个英勇先人的碑，碑文上写着关于他事迹的文字。这青年目不转睛地看着，这样他的模样就完全在朝云的眼帘之内了。阔大的脸庞在她面前如一幅画卷般徐徐展开，那是一张迷人的脸，所有的男子气概和美好都集中在他的五官和神情中，加上他高而宽阔的身材，朝云觉得他的样子就是她心中那种理想的男子。但不知为什么，那眉宇和目光是那样熟悉，朝云一时想不起在哪儿见过他。

他神态庄严凝重，作了几个揖。那个家丁模样的人说："少爷，别人都去求官，拜菩萨，你倒好，拜这块没用的碑，做什么？"

青年向石碑作了个揖，然后大踏步朝前走去。

朝云隐隐地有些害羞，她不由得低下了头，但那一身白袍和庄严的面容扣动了她的心弦。她抬起头，看着他远去的背影，默默地陷入沉思。

忽然，她听到兄长的声音在前面响起："锦轩，你也来啦，今天可真巧啊，我好久没见你和你哥了！"

"是你啊，庭风哥，你怎么也在这儿？"

两人都很高兴，寒暄起来。原来锦轩和家人这一天也到寺里进香。

朝云有些为难，不知是过去好，还是不过去。

显然庭风发现了她，向她喊道："到这边来！"这个哥哥啊，为人就是这么爽性！

锦轩回转身一看，不由得惊呆了，一位绝美的女子站在那里！只见她面容皎洁，眉眼若画，身形曼妙，端庄中透出高雅，害羞中却含着笑意！只是那眉目，那嘴巴的弧度，那清澈的目光仿佛曾经见过，在哪里呢，想不起来了。

"妹妹，快过来！"庭风已经在介绍了，"瞧你们两个，不认识了吗，她就是云官，我妹妹！"

那一个听后，想起那些过去的日子来，他走到她身边欣喜地问候她："云妹妹，怎么是你啊？"

这当儿，她微微抬起眼眸，脸上染了红晕，像两朵芙蓉，不胜那目光的娇羞。

"锦轩，你们小时候一起玩的！"兄长说。

"你好……"她把"锦哥哥"三字隐去了，但是眼神里那一抹情愫已经在告诉对方，她没有忘记。

锦轩感觉云官长大了，不一样了，心里在怪自己是不是太鲁莽了。

两个人各想着心事，庭风携着他俩开始朝前走，锦轩走在这一边，朝云走在那一边。

锦轩和庭风就讲小时候怎么一起玩的事情。朝云在旁边听着，讲到好笑的地方，她就轻轻抿着嘴笑。寺里今天很热闹，但从此刻起，她的心思发生了微妙的变化。

清元从住持那里出来，看见了庭风旁边站着的这位玉树临风的美少年，大为惊异。又看到女儿如此神态，心中便知一二。

庭风说："父亲，您不认识他了吗？"

清元浑然不觉。待到庭风介绍后，他才想起朋友慕达府里，已多年未去，想不到他的次子长这么大了。

庄锦轩彬彬有礼地拜过清元，清元问了他父亲的一些事情。清元见他虽年轻，谈吐却极有分寸和见识，心中越发喜欢。最后，女儿在旁边叫了一声："父亲！"他才想起了该到分别的时候了。

这天晚上，清元睡不着了，他想到白日里见到的那个青年，不禁想：这些孩子都已经长大，慕达他不可能不想他们婚配的事，也许他之前还不知道云官是女孩儿，当然无从考虑。现在锦轩知道了，这小伙子会不会去向他父亲说啊？！总要个时机啊，看样子得去慕达那里走走！

这天晚上，朝云也到了很晚才睡着。这一天是多么令人心动啊，阳光明媚，又出了门，最重要的是，遇见了他！他的模样，他的气宇，最主要这个人就是他——生活是如此完美，这是真真切切的吗？幸福和忧愁同时交织起

第一章

来。她想起了童年那些往事——

原来清元常常把朝云打扮成男孩模样，去庄家。朝云就和庄家的孩子玩，其中就有庄锦轩。一帮孩子经常玩捉迷藏的把戏，朝云和锦轩是两个鼎鼎聪明的娃儿，要是他们都在"藏"这一组里，那别人是休想找到的，常常是废了半天劲儿，小伙伴们泄了气，他们自己也不耐烦了，才从藏的地方走出来了。要是这两个一个"藏"，一个"找"，那么庄锦轩躲的地方只有李朝云才能想到，李朝云躲的地方呢，也只有庄锦轩能找到。

庄锦轩很希望李朝云能常来，那时，他也不过才八岁，心底里对这位"粉面美郎君"般的"小弟弟"产生一种依恋。心想：我要是能天天和他在一起该多好呢！"于是乎，整日盼着李伯父来，因为李伯父来了，后面就会有一个"小尾巴"——云官了。但锦轩似乎没把心里的这个小秘密对人说过。而李朝云呢，六岁的她，对庄锦轩这位小哥哥的情义也铭记在心。

朝云有时会躲在庄家书房那幅山水屏风后书架下的柜子里。朝云的小身体藏在里面，拉上柜门，悄无声息。当锦轩一个人过来找时，他捂着嘴巴忍住笑拉开柜门，他和朝云双眼一对视，两人便"扑哧"笑出声来。"嘘！"锦轩竖起食指放在嘴前，轻声对朝云说："你还在这里，我不告诉别人。"说完，对朝云神秘一笑。

小伙伴们始终没想到朝云的藏处，锦轩也捂着不说。最后孩子们失去了耐心，锦轩大声说："云官，你出来吧！"朝云这时开了柜门，在书房里喊了一声："我在这儿呢！"孩子们都跑过来，问她藏哪儿了，刚刚也来过，怎么找不到。锦轩示意她不要说，两个人于是有了共同的秘密。

有一次，锦轩领朝云到他的小书房里去。只见，书架上有好多书，除了四书，五经，还有唐诗宋词，各种小说。

锦轩问她："云弟弟，你看过哪些？"

朝云用手指了很多本，说道："喏，这些看过。"

锦轩想到"他"玩乐中的聪明过人处，再想到"他"小小年纪这么有学问，越发不敢小瞧了。有一次，锦轩给"他"看了自己刚写的一首小诗《云水诗》：

> 行云飘不停，
> 流水荡无垠。
> 云水相应和，
> 此去天地行。

朝云看罢，想道："最后一句'此去天地行'，要是我可能费好大的劲也未必能想出。"

锦轩看朝云正出神，说："云弟弟，见笑！"

朝云回过神来，不好意思地说："我都做不出呢，你倒能做诗了。"

锦轩不让步，说："云弟弟聪明好学，做一首看看，也以《云水诗》为题。"

朝云沉吟了一会儿，嘴里吟道：

> 云絮有丝抽不乱，
> 水流无形剪不断。
> 云水翩翩天地间，
> 天地宽宽云水愿。

锦轩听后，越发觉得面前的这个小弟弟非一般人能比。在锦轩小小的心底里，倒觉得这个小弟弟要是妹妹该多好。锦轩让朝云把诗写下来，朝云便显示出了她这个年纪少有的笔力。锦轩看得出神，一笔一画，写得真熟练。写毕，锦轩拿着两首诗，兴致勃勃地跑到会客厅，给一旁下棋的父亲和李伯父看。两家大人看着两首诗，面露欣慰之色。李清元说："锦轩诗意趣洒脱，少年即露不凡志趣。造化之才啊！"庄慕达心思却在朝云的这首诗与笔迹上，半晌朗声叫道："还是你家云官写得好，小小年纪不可小觑，诗如人一样锦绣，人如字一样端美啊！"

两家夸过孩子后，令他们到后花园去玩了。慕达看着朝云的背影，似乎有些惆怅，喃喃地说了句："遗憾！"清元不甚明了，忙说："贤弟说什么？"慕达摇摇头说没什么。其实慕达的意思是：可惜云官是个男孩，要不然和锦轩那真是天造地设呐。

庄家人以为朝云是男孩，只有锦轩模模糊糊觉得云官不全像弟弟，觉得

第 一 章

倒像是妹妹。但这一点锦轩是不会告诉大人的，这是他心中的一个秘密。大人们时常会因为朝中的一些事而忧心忡忡，而锦轩和朝云在这样的年月里度过了童年少年。朝云在十二岁以后，渐渐显露少女的雏形，父亲就不再带她去庄家玩了。

朝云在床上想着那些过去的事，心里泛起甜蜜的感觉。过了很久，才睡着了。

第二章

锦轩回到庄府上,也被一桩事情烦恼得日夜难寐。风华正茂的他遇见了正值妙龄的她,完全和小时候的友好和喜欢不一样了。他在夜里浮想联翩,浑身发烫,他甚至为自己一些身体上的变化而感到害臊。他想:是时候该有个人可以日夜呵护了。

他就对父亲说起这件事:说云官原来是女子,她已经长成一位亭亭玉立的姑娘了!

他父亲慕达起先没听明白,后来见他又说了一遍,方才注意起他来,看他一副烦恼的样子,明白了:儿子喜欢这姑娘!后来又弄明白了,儿子说的是老友家的孩子云官,原来云官是个女娃儿啊!慕达一下子醒悟过来,想起她小时候那温柔雅静的美好样子,不禁拍手称妙。要是早知道她是女娃儿,还要儿子现在如此烦恼。另一方面,慕达心里怪怨朋友清元,怎么包藏得这么好。他又想道:好玉人人都想戴,姑娘这么好,想要的人家肯定不止我庄家,我要趁早帮儿子把婚给定了。

于是庄家悄悄地寻找合适的媒人。大儿子伟素对这件事情也很中意,他开心之余就去找庭风。李庄两家到庭风和伟素手里,还是一样的好朋友,他俩可谓无话不谈。而伟素和庭风,不像两家的父辈那样,多由官场互相帮衬照应而形成的同道之谊。庭风此时在朝廷继续做着那个户部下江南司的员外郎。伟素沉郁内敛，颇有进取之心，此时已经是大理寺少卿这样的正四品官职了。他对庭风，有一种别样的情愫，庭风的官位虽没有他高，经世的谋略也没有他钻研得深，但是他见庭风，洒脱坦然，心境上仿佛有种置身世外的超脱和高远，而自己也就像是蹚在一条世俗的大河里，任凭命运的浪涛拍打浸淫自己，自己是想走也走不出的。所以，他对庭风这个朋友，心生一种迷恋和欢喜，是任何仕途上的悬殊地位也不能将他们分开的。他俩有空就聚在一起打猎、喝酒、看山水。现在形势不好，两家大人也很少走动，他们俩也就悄悄地到城外的小酒店里聚会。伟素见着朋友，不免说漏了嘴，说是庄家准备到李家提亲。庭风就把这事告诉了父亲。

当兄长在书房向父亲说起庄家有意结亲家时，朝云听见了，她顿时羞红了脸，同时感到人生是不是太称意了，恍恍惚惚地，觉得不真实起来。

朝廷现在内忧外患，人心惶惶，而且全国各地灾害频发，父亲被派到外省去修大坝了。她的心就往下掉。她隐隐觉得世上的事，无有完美的。就像她从小失去了亲娘，是父亲把她养大。尽管父亲是那样宠爱她，官宦人家的生活无忧无虑，但是，每当看到女孩子依偎在娘亲怀抱里时，哪怕是地位极其卑微的贫民女孩，她也是十分羡慕。常常会默默地静思一番，尽力回忆很小的时候被娘亲抱着的感觉。因为这，父亲李清元就一直没续弦。现在到了这个年龄，父亲已经在她耳边提过终身大事，但是上次见过他后，她很笃定。父亲卖了关子，问她喜欢什么样的人，给她罗列了很多富家公子，她只是一味摇头。当父亲说到庄锦轩时，她脸上绯红一片，父亲哈哈大笑起来。

现在，父亲不在身边，没人替她做主。她觉得女子的终身大事一定得父母之命媒妁之言。她有见识，从书里知道各种女子的人生，她们的生活给她作了参照。

对中国传统文化的书她当然读得非常好，但"杂书"也不是不看。清元是个讲究自然的人，家里没有那么多规矩。她看《牡丹亭》，觉得那杜娘真是一个有想法的女子，尽管被书中的艳词弄得心绪纷乱，但她想这原本是人自然而然所生的想法，一个女子未尝不可去体验。所以常常红着脸，一个人尽情地去想象一番。她看《西厢记》，觉得张生非常难得，虽然是贫寒子弟，但是他对女主真是一往情深、永不放弃啊。世间这样的男子少有。不过，她最喜欢的是沈复的《浮生六记》，喜欢里面夫妇俩细水长流地过生活，夫唱妇随，真是人间美满的爱情。

她知道北京城内洋鬼子来了很多，那些洋人的太太们经常在街上招摇过市。现在很多女子已渐渐走出闺房，开始有到外面的女子学校读书的。还听说，她们信奉什么女子权利——婚姻自由，身体自由。女子可以不受父母之命媒妁之言的约束，自己选择喜欢的男子。想到这些，她就脸红心跳。她知道，对于他，自己无须做什么先进女子，自有家庭为她撑起一片荫护。

她觉得仿佛很早的时候，他就进驻她心里。只是那时，连她自己都还没觉察。他和她，富贵人家的男女，仿佛能永远生活在那幸福的温暖水流里，见了面，"哥哥好"，"妹妹你来啦"，一切都是那么安逸、温情，一切都是那么顺理成章。可是她也想，生活真的能这么好吗？

她的性格里也有这样的秉性——要强的、独立、有主意的。她也了解清廷的腐朽，父亲，兄长常常谈论，她亦有所思索，但还没有切身体会。

冥冥之中她这么想，等到这一切都溃散之时，自己或许可以有出去独立做事、四处走动的自由了。她对未来，尽管生出一些忧虑，但大都还是处在一种想象的理想蓝图之中，至于什么大的依靠彤塌，那血肉的撕裂和国、家的破败，这些完全还没有在想象之中。

兄长最近面色凝重，等父亲从外面做事回来，朝云从他们的谈话中，才知道朝廷砍掉了参与变法的六个书生的脑袋，庄家也遭遇了变故。慕达因为说了一些变法恐有利于社稷的话，官职被降了两级。慕达的大儿子伟素，因为和戊戌分子的林旭有来往，发配镇守宁武关去了。清元此时奉命在外修筑大坝，躲过了这场血雨腥风带来的负效应。

深秋，京城的槐树叶一地飘零，凉风嗖嗖，卷起片片碎叶又"嘘嘘簌簌"地落到皇城刻着龙纹的围墙琉璃檐上。清元回京，在朝堂寡言少语，他看着昔日好友慕达一副颓唐的样子，顿时，五脏六腑也"嗖嗖"地灌进了凉风。他在为好友家担忧的同时，又想起了女儿的事。他想，按照慕达的性格和处境，他现在官职比自己低了，断然不愿意再"高攀"自己。于是他决定去看

第 二 章

望他。

他是悄悄儿去的，穿着便服，只带一个随从。慕达见到好友，心里着实感动。这种时候，也只有清元才会来。而且，清元好几年不来了，他感到格外情深义重。

两人在书房叙谈很久。

清元听见屋后有男子和仆人们的说话声，好像是锦轩的声音，清元问："可是锦轩？"慕达难得微微一笑，点头道："正是。"遂命一仆人唤锦轩前来。

"父亲，是您叫我？"锦轩来到清元面前，父亲对他说："快拜过你李伯父！"

锦轩恭敬地从命，拜毕，含着笑立在一旁。清元看着他，两眼放出光彩，他又一次细细打量这个青年，只见他疏朗的五官长在阔美的脸庞上，双目炯炯有神，从他的眼神里即可判断出他是怎样的一个年轻人。清元看到他遗传了他父亲宽阔的肩膀，挺拔的身形，越看越喜欢，良久，才记起问他最近学业功课长进的情况。

等锦轩走出书房，清元对慕达说："锦轩这孩子必成造化之才，可惜国运衰微，恐令尔等英雄蹉跎。"慕达只是颔首，若有所思。

清元就说："锦轩可有婚配？"

慕达摇摇头，露出苦恼的神情。

"小女朝云不知……"清元看了看慕达，又补充了一句，"你见过的，在你们家。"

清元的意思慕达立刻就明白了，只是喃喃地说："云官，云官……"

"云官是女孩儿！"清元并不放弃。

慕达仰起头，怅然若失，却也笑起来："嘿嘿，云官和锦轩……"对好友的主动，他本来应该万分惊喜，然而想起大儿子，使他对这件本来应该十二分开心的事情都高兴不起来。再想到，清元虽是好友，但现在女孩儿家门第比自己高，恐怕被人闲话，连累人家女孩儿。

但慕达马上说："锦轩若是有这般福，自然是求之不得。"

清元说："可算一下两个孩子的生辰。"

那算命先生据说是京城有名的，找他算命的很多。他拿到朝云和锦轩的生辰一看，食指一掐，沉默良久，忽然露出大为惋惜的神情说："两小男女命相都很硬，男的属火，女的属水，若配偶，难免水火不容。"

跑去算命的管家陈年回来告诉清元，清元大为不悦，要去质问算命的，陈年却拦住了他，说，老爷啊，人家算命的不看人，只看生辰八字，去闹让人家笑话，叫咱小姐不好做人。清元只好作罢。

慕达听到消息，颇觉惊讶，大喝一声："胡扯！"可是庄氏管家说他看那算命的煞有介事，不像骗人。慕达想到朝云，深深地叹了一口气。

锦轩知道了，皱起眉头，嘴上不说，脸上露出倔强的神情。

而朝云听到父亲和兄长在书房的谈话，也知道了这件事。他俩的话她听得清清楚楚，她就躲在自己房里暗自垂泪，甚至吃晚饭时，还没出来。父亲获悉了此事，不由得深深地叹气。

晚上，父亲、兄长到她房间里。兄长说："这是什么年代了，还要管它生辰不生辰的！"

父亲说："假如我们朝云是男子，也就不管它了！"

"锦轩我知道，他不会就此放下的！"庭风说。

"云儿要的是安稳如意……"父亲叹了一口气，好像重新思考过一样。

听着父亲和兄长你一言我一语，朝云反而不那么悲戚了。她现在想到了时代，还有一些诸如命运之类的沉重的东西，不禁擦干眼泪，认真思索起来。

过了一段时间，父亲看她行事镇定、从容了许多，就放下了心。家里间或有一些说媒的前来，他们不是官宦人家的子弟，就是富家之后，父亲以为她会选择一番，答应一个。但是，她一副安静、笃定的样子，拒绝了所有上门的提亲者。父亲不禁又着急起来。

她的内心，隐隐地期盼着下一次重逢。

第三章

又一年的深秋，京城里，白皮肤蓝眼睛的毛子人越来越多，他们平常进出各种官府衙门，进出各种饭馆、妓院、古董铺子，横冲直撞，嚣张跋扈，所到之处，一片狼藉。后来出现了义和团，而且他们的势头越来越猛，烧教堂，杀教民，毁铁路，拔电杆，处处抗争洋人。洋鬼子对他们是恨之入骨。但也有北京城内的人说起他们就胆战心惊的，因为他们杀的教民都是中国人，那些替洋人做事的中国人也一概杀之，这义和团之中还有一些胡作非为的地痞流氓。

皇帝和慈禧的日子也不好过，他们一面想要讨好洋人，一面又想利用义和团，三方都相持不下。

清元此时，对朝廷已不抱任何希望，随时准备以自己的老朽之躯和它共存亡。但是他放心不下朝云和庭风。

这一年的三月，李家要再一次去碧云寺进香，兄长庭风告诉她，庄家也要去寺里。朝云的心情像踩在阳光下柔软的云里，既敞亮又舒心。同时她再一次感到幸福和忧愁交织着，快乐和痛苦都成了一样的味道。她希望这样的日子过得慢一点，再慢一点，因为它很快也会向前流逝了。

去寺里的前一天晚上，她做了一个梦，朦朦胧胧梦见一个穿着白色长衫，理着平头的年轻男子，正在一处水池回廊边吹笛。那男子眉目清朗，仙风飘飘，所吹之乐，不是凡尘之音。不过他背后的天空是昏沉沉的，年轻男子吹了一阵子站起来，朝天空看去，像是在寻求什么。梦里的潜意识告诉她，这个男子就是锦轩。她还想再看看他，究竟要干什么，可是她越想看越看不到，很快画面不见了，她醒了。她不断揣摩这个梦境，他在寻求什么呢？

第二天，是个春光明媚的日子，父亲带着儿子女儿去寺里。朝云抽了一支签，那签文写着：人生苦累勿执着，野马难随大雁飞。清元问主持那是什么意思。只见主持双手合十，闭目片刻，才说：“小姐性情聪慧、贤能，只是在儿女问题上切勿太过执着，放弃执着，就会有好姻缘。”清元忙问：“可有所指？”主持说：“目前无碍，都是好姻缘。”清元心略有宽慰，并令儿子女儿去寺院外面踏青散心，自己和住持说话去了。

这天，她穿上了春日的华服，一身桃红配柳绿的装扮，显得明媚又雅致。她没有父亲想象得那样不轻松，对主持说的签文含义，并不去相信，她看到眼前无边的春色，心里萌动着希望。她跟着兄长悄悄地往四处走。这一天恰巧是自由的日子，在寺庙里，青年男女因为可以到月老庙里烧香，所以有很多贵族男女都出动了。身边人来来往往，川流不息。

兄长带着她走到庙后，朝云就发现锦轩已经站在那里了。在妹妹面前，庭风这样问：“今天怎么也来进香吗？”锦轩这样说：“是呀，帮父亲完成心愿，不想在这里能碰见庭风哥和云妹，真是巧了！”

朝云微微红了脸，把眼睛看向别处。

锦轩对她说：“云妹，寺里这么热闹，不如我们也去看看！”

这时，一对穿着洋装的青年男女拉着手走过，锦轩不禁十分羡慕他们。也伸出了手，一把拉起她的手，朝前跑去了。庭风没想到锦轩敢如此，在心里骂了一句：“臭小子！”然后，又装样子跟了一会儿，跟着跟着，就走散了。

他俩跑到热闹非凡的月老庙。

锦轩说：“要不要我们进去看看？”

朝云迟疑着，有些难为情，锦轩却拉住她的手进去了。

里面，那些年轻男女们态度虔诚，跪在月老的佛像面前叩拜，一时间，

第三章

人头攒动。锦轩看了看这场面，悄声对朝云说："如果月老能按照人的心意，有情人终成眷属就好了。怕就怕他乱点鸳鸯谱！况且人这么多，能应验吗？"

锦轩拉起朝云的手，对她说："跟我来！"

两人跑啊跑，抄一条后山上很少人走的碎石小径直到山谷底下。这里清泉潺潺，鸟声悠悠，没有什么人，好不清静。原来锦轩小时候来寺庙发现了这处地方，常常一个人到这里玩耍。

锦轩用手指指山崖，说道："你看，那上面！"

朝云抬头一看，见山崖上刻着几个遒劲的大字：苦情崖。又见旁边有几列草体小字，写着：世间有情男女，凡在此崖下拜谒，必能永结同心，生生世世。若为情所困，想了断情缘者，请尝崖前泉水一掬，必忘掉情愁。

锦轩拉着朝云，一齐跪下，大声说："天地为证，山崖为媒，云妹你说，你愿意嫁我为妻吗？"

朝云脸色严肃起来，也跪下来。尽管有些害羞，但语气却坚定："我愿意！"

锦轩又大声说："我们心意相通，管它什么生辰相克，只要我们情投意合，哪怕刀山火海，也要蹚一蹚……云妹，你愿意吗？"

朝云虔诚地说："我愿意！"

这边两人发着誓言，山崖底下同时传来了两个青年男女的回声："你愿意吗——愿意吗——愿意吗——我愿意 -愿意——愿意——"

锦轩告诉朝云，他家由于遭贬谪，境况很一般，他说："家里生变不说，这国家也不知要变到什么地步。云妹跟着我，难免要吃苦！"朝云却说："家国不随儿女愿，人生处处有樊篱。苦算不了什么！"

锦轩捡起一块石头，在山岩上刻下了两人的名字和誓言。他们在泉边絮语良久，一直到山崖口的太阳西斜了，才返回山背面。

两人从后山回来，在一处禅房门口，锦轩碰见了一个和尚。锦轩惊诧地叫了他的名字："施祺！"不料，这和尚说："施主，请叫我慧觉！"

这和尚原来本是官家子嗣，因家事掺杂了国事，又把情事杂糅了进去，便愤而出家，一绝红尘。无奈他凡根已除，朋友来看望劝说，他只是说三声：

"阿弥陀佛，施主请回。"

锦轩惊诧之余，带着朝云离开了。锦轩说："也许这儿青山古寺，佛经悠悠，木鱼声声，能给他解脱。"

朝云说："忘却世上的烦恼也好吗？"朝云似问非问。

不知不觉，走了很长一段路，快要到大殿了，两人不得不就此分开。

朝云回到大殿处，见父亲正在找她。看见她，父亲问："云儿，你上哪儿去了？怎么才回来？"

朝云慌忙解释说，去殿外看风景，一时忘记了。

父亲又问："可曾遇见什么人？"

朝云却回答："并没有。"

父亲有些茫然，但没有细究，等庭风过来，就回府了。

从寺里回来，朝云一直觉得自己躺在这朵幸福的云上，被阳光和煦地照着，一直过去了很多日子，才慢慢地回到现实中来。她只记住了那句话："我愿意！"

庚子年一九〇〇年六月的一天。清元儿子庭风从外面回来，进门径直走到书房，说："父亲，庄伟素回来了！"

清元在书房听到这话，诧异道："噢？什么时候的事？"

"昨天。"庭风清清嗓子说，"听说朝廷这次放人和局势有关！"

"小孩子家说话当心，在外面和朝上千万不可随便说话！"

庭风一面应着父亲，一面又忍不住去见朋友。他们悄悄地来到城外的小酒馆，伟素告诉他朝廷要他这次回来将功补过——派他剿灭义和团。但伟素说，他现在向朝廷称病告假了。

京城的形势一天不如一天，不但私逃的人越来越多，而且清元还得到了一个令人感到可耻的消息。那天凌晨，多年不来的慕达竟然来找他，告诉他一件事情：太后带着皇帝逃出皇宫去了，扔下了所有的事情，很多朝廷官员们也都散了。清元想不到会发生这样的事情，两个人谈了一会儿，觉得自己宦海沉浮半生看到的只是朝堂死气沉沉、腐朽昏聩，业已看不到朝廷会给予什么希望。所以，两人愿用老朽之躯为江山为社稷作最后一搏，却做出了一个

第三章

决定：让自己的子女南行，去江南祖籍地。京城为官数代，江南故地早已没有了故人的影子，但那里应是一番天高皇帝远的自由山水吧。愿孩子们到那里，自由开花，生根落户吧！

两人这么一决定，就分别找到子女们，对他们说了自己的决定。庭风说这是个不错的主意，可是放不下父亲，朝云也不放心父亲，一定要父亲也同去。清元就劝告她，说女儿家已经长大了，总要有离开父亲的时候，父亲是朝廷的人，应该留在北京城，做女儿的要理解。朝云很难过，但看到父亲坚决的面容，似乎一下子成熟了。慕达的两个儿子也和老父挥泪作别。

第四章

在这逃出城去的队伍中，有李家和庄家的后代。他们一行人：庭风夫妇，伟素夫妇，朝云，锦轩，伟素的两个小孩，还有李家丫鬟小莲和几个仆人，乘着一条快船从什刹海下运河，往南行。那时候还是清晨，联军还在城外，运河两边还没有毛子军。

自从上次在佛寺相遇后山起誓后，朝云和锦轩已经有两年没见面了。此时，她十八岁，他二十岁。她变得更加曼妙多姿，他则更加高大沉稳。他们怎会不记得当初的誓言？两人多么想面对面，把这两年的相思倾诉。只是当着这么多人的面，不好意思靠近。两人有意避着，不时乘人不注意向对方投去深深的一瞥。

船很大，船舱分隔成几个小屋子，里面有卧室。朝云的卧室和锦轩的离得最远，这是朝云有意为之。两方的兄长也默默觉得这很妥当。

在朝云的心里，离开父亲令她伤心，颠沛流离的行程也令她倍感凄然，但是现在，锦轩离她近了，使她产生了很多希冀。在这样的际遇里，她和他居然又汇聚在了一起，她简直有些不相信这是否真实。她和他像刚认识，像一见钟情，那种害羞而甜蜜的感觉，行程再苦，也被裹上了一层糖衣。

一行人乘船经过了天津港口，那里早已被八国联军占据。船上绑好白布黑纱，做成了死人船的模样，让船夫、丫鬟和奶妈在那里哭，其他人全躲在

第四章

舱里，这才躲过了码头上毛子军的追捕。然而船开到山东德州那里，遇到散落的义和团民，也在岸上吆喝，说是要验船。幸亏那时，白布黑纱还没摘掉，船夫和丫鬟们只好故伎重演，在船头哭，一个船夫说家里死了得急症的人，尸体正运往南方故乡，岸上的那几个义和团民骂骂咧咧地催促他们快走。

过了两天一夜，船过了江苏，已到了江南了。清早，东方刚亮，朝云穿着小袄踱步到了船舷上，眺望运河两岸的屋舍、田垄。霞光照着她肤如凝脂的脸庞，映出许多光彩来，仿佛一块绝世美玉，吸取了人世和自然的精华，孕育着无限的生命力。

她和锦轩这些天来，互相躲避着，现在她睡不着，心情异样得难受。不知什么时候，她转过身，发现锦轩已站在她身后，拿着一件斗篷，关切地看着她。她脸红了，他走过去，把斗篷披在她身上。只这一个动作，两个人终于紧紧地抱在了一起。

"这些天以来，你为什么总躲着我？你想我吗？"他把脸贴住她的脸问她。

而她的眼泪尽情地流了出来，代替了回答。

"到了江南，我们就住在一起。"他抚摸着她的背她的发，"我想和你天天在一起……"

"但愿那是个安乐祥和的地方，能容纳下我们，我们真的能在一起吗？"她透过泪眼问他。

"一定的，我们会有很多孩子，女的，你教她诗文，男的，我教他习武读书，将来……"他想起这局势，说不下去了。

生这么多孩子，在这乱世做什么好呢？她把脸深深地埋在他怀里，不禁痛苦地抽泣起来。

这时，船舱内有仆人喊吃早饭了，两人恋恋不舍地分开了，朝云擦了眼泪，先进去了。

又过了一天，傍晚时分，进入一片河网纵横的水乡泽国。此时，正是夏末，天气凉爽，空气潮润，运河堤岸上桑树依依，黄豆花开，无数白色粉蝶在上面扑着小翅。船上的人有些口渴，却听得岸上有叫卖声："南湖菱啊，天下第一好吃的南湖菱啊！几位少爷少太太，上岸买点尝尝鲜啊？！"于是，有人想吃。庭风让船夫将船慢慢停靠至岸边，第一个跳上了岸，忽然，他转过身对大家说："大家快上岸来透透气吧！这边风景好得很！"伟素也跳上了岸，几个女眷和孩子在锦轩的搀扶下，也都上了岸。

只见这里的风光不一般，稻穗在夕阳下闪着金光，空气里都是谷子的原香，还有青草香，泥土香。"牛！"朝云叹道，大家看过去，只见一头水牛在一块收割过的稻田里"哞哞"地叫着，旁若无人地甩着牛尾巴。有蚊子啊，庭风的内眷沈氏叫起来。大家只当没听见，只管往前看。远处，有一个好大的湖，那湖上接天连叶布满了绿色的叶子，湖面上水汽氤氲，四周零零落落一些白墙黛瓦，倒没有一座山来把这湖包围，平平展展一块绿翡翠，煞是稀罕。伟素向卖菱人打听，知道那个湖叫南湖，这卖菱人所卖之菱就产之于这个湖。卖菱人见他们只顾看风景，似乎把他的菱给忘了，就说："少爷少太太，买些菱尝尝吧！这南湖菱脆嫩得很！"大家这才觉察口渴了，目光转向菱担。看到这菱，几个人诧异起来："咦，这菱不一般吗？"只见担里的菱呈绿色，个个无角，像个元宝。那卖菱人说这个菱和一般的有角紫菱不一样，是南湖里特有的。"剥几个尝尝吧？"他抓了几个菱给了几个男客，又拿了些给几位女眷。"好吃！"庭风尝了一个喊道，大家尝了都说味道好。原来这南湖菱长在杭嘉湖一带的南湖，由于气温雨水等原因，长成了一种无角绿菱，味道鲜美脆嫩。庭风遂买了一大袋，大家就在岸上找了个平整的地方，让丫鬟摊了块布坐下来。夏末的晚风吹来，吹走了一天的燥热和汗气，远处房舍炊烟袅袅，此时正是晚饭时分，隐隐传来农家女人呼唤儿女吃晚饭的声音。

几个人坐着，这田园风光把大家一路上流离颠沛而来的心情熨帖得平静了些，锦轩说："这就是世外桃源的生活吧？！"庭风点点头："农家生活，粗茶淡饭，宁静安乐！"

伟素问那卖菱人，这个南湖地方属于什么区县，那个人说："这里是嘉兴，离杭州很近。"

"我们的祖籍到了！"庭风的话语提醒了大家，两家人想起父亲说过的

第 四 章

话，不禁限入遐思。

大家有些激动，家族的根就在这里，虽说在京城已有上百年历史了。但是这江南的故土在这样的年月里却历显芬芳，它仿佛是一阵阵和风，吹拂着一颗颗焦灼之心，使它渐渐趋向和缓，新生，平静。

他们并不打算在这故地还能找到叔伯的后嗣。在此，李清元早有安排。在嘉兴的语溪县，有清元的故交——蓝洪升。清元事先已经写信告诉他子女携庄家弟兄前去投靠的事。

庭风把父亲的安排对大家一说，女眷们都放下心来，伟素还是紧皱眉头。

不一会儿，大家吃完了菱，谢过卖菱人，上了船。大家决定找个河埠头停下来好好休息一宿，男人们轮流守船。锦轩说，大家都睡吧，他一个人来守船。船夫要推让，锦轩执意让他们睡去。

清早，当东方露出鱼肚白，锦轩已经守了整整一夜船了。这一夜，锦轩怎么也睡不着。他想了很多，想到自己的童年少年生活，想到这个时代的没落，想到父亲为官多年却不能如其所愿地报效国家，想到兄长正当意气风发之时却不能施展抱负，想京城内外已被外族蛮夷践踏，而朝廷还要向他们摇尾乞怜……为什么我们不能携手起来，奋起一搏！他愤愤不平！

很快他又会想到朝云，这样的女子，自己不能辜负啊！管它什么生辰相克！只要我和她你情我愿，还有什么好怕的。和她到这江南故地，过一种世外桃源的生活吧，也是不错的选择。怕就怕，这个世间不太平，到时候，连过隐居的生活都不能如愿！

他看了看朝云睡觉的方向，心中念道：妹妹！哥哥这辈子可不要辜负你啊！

是的，这家，这国，这儿女情长，怎能不使这个青年人愁绪满怀。他想着，想着，打了个盹，不觉已是天亮了。

"锦哥哥，喝杯姜茶吧！"他转头一看，看见朝云有些害羞的脸，她目光温柔，眼睑微垂。

"你不睡了吗？"锦轩关切地问。她又柔声说："睡醒了！"锦轩看她有些憔悴，心疼地抚摸她的头："妹妹受累了。"她的脸红了，像天边即将绽放的云霞。趁着这难得的独处时间，他又一次把她紧紧地拥住了。

庭风和伟素睡到了晌午时分，船里吴妈烧得米粥没有多少人吃，大家决定上岸找个镇子吃饭。

这是一座风景怡人的小镇，运河在这里拐了个很大的弯，岸上遍植芙蓉花。深秋南国，秋风微凉，天空湛蓝，还有祥云片片，古运河碧波流珠，河上有几艘运输的货船，这木末芙蓉在如此气候环境的映衬下，开得如此娇妍华美，婉若天边的云霞，盛开在天河之畔。

看到这花，伟素想到朝云。想到这连续多天，弟弟锦轩对她悄悄地照顾，再看到两个人的神情，伟素这个当哥哥的心中是各种滋味都有。

走近一座有些年代的酒楼，门口有个伙计，那伙计面露恭敬之色，操着吴地方言，招呼起来。锦轩问这是什么地方，那伙计说这里属于语溪县。庭风问，语溪县城在哪里，伙计说，就在前面二十里水路的地方。庭风说："语溪蓝家不远了，我们在此好好地吃一顿，再上路！"

楼外，古运河的运输船上响起了清亮的号子："今朝么出船呀，拉得了金一担啊……"锦轩听得出神，连年的家国动荡犹如一把锤子把它的心性锤击打磨得像钻石般光影深邃，清廷腐朽，报国无门，但他很清楚这次南下实际是一种逃。听着船歌号子，感受这儿淳朴的民风，他想，要是太平年代，在这儿做个百姓是多么令向往啊！不过，世上的事总是没有那么如意，古代这里就弥漫过吴国越国的硝烟，今世，能逃得开朝廷没落所带来的灾难吗？也许时间一长，这里的光景也要生变啊！锦轩看看对面的朝云，朝云正凝视着他，自己蹙紧双眉的模样一定是让她瞧见了。

运河上潮润的风吹进窗来，锦轩深深吸了一口气，心疼地看了看略显憔悴的女眷和孩子，说："哥哥嫂嫂妹妹，这儿江南鱼米之乡，田园秀丽，百姓安乐，不妨找块僻静之地，造得房屋，容我们安身立命可好？"

庭风早就对这一方水土心驰神往，便说："再好没有。"

两位妇人听后，神情缓和了许多，都说是不错的主意。朝云也点点头，说："田园生活，恬淡安宁，可以修身养性。"说罢，看了看锦轩，眼中那抹

第四章

不去的一丝忧愁，到底是让锦轩捕捉到了。

伟素听后，没有立刻开口说话。酒菜这时已上齐。吃了一会儿，伟素又接着刚刚的话题，说："两家人住一块儿也没什么不好。"看伙计都走远了，伟素用略显低沉的声音说："但别忘了此行是为什么，江南之地，虽丰饶肥沃，毕竟是寂寞乡村，天高皇帝远，两家一块儿势必频繁走动，异于本地乡民，未免过于显露。"

"伟兄的意思是？"庭风略显焦急。

"不如我家回自己的祖籍杭州居住，和你家也还有运河相通，可好？"

"好吧。"庭风无奈，无心喝酒，陷入沉思。

庭风心里其实很难过，他满希望从此和伟素、锦轩风雨共度，却要分开。让他更难过的是自己的妹妹，多日来，朝云和锦轩之间微妙的关系他看在眼里，朝云的心事，做哥哥的难道会不知道？以后父亲不在身边，自己就要担当起妹妹终身大事的责任来。

饭吃得很慢，伟素心中何尝不记挂锦轩和朝云两人，他内眷忍不住说："咱们锦轩和朝云什么时候再见面……"一桌子沉默，兄嫂们也没顾及朝云的不自在。这件事情也压在了伟素的心头。

上船后，伟素找了庭风，两个人走到船尾，把两个年轻人的事情说开了，两个人唯一存在疑虑的地方是所谓生辰相克的问题。一个说既然是患难的两家，两个孩子看上去又投缘，别人已然看不上了，那么就兄长做主把这事给定了。另一个说，虽说婚姻向来以生辰为据，但只要两人真心相处，未必不幸福。但是，两人又说到，眼下两家还没有住的地方，只能等造好居所再定。庭风说，自己一家先去投靠语溪蓝家。伟素说，锦轩可随你们先住一段时间，也方便两孩子见面。他会带着家眷继续南行，去杭州造房子。

上船前，庭风问当地人语溪蓝家的地址，蓝家在此是望族，人人都知道他家住什么地方。船行至语溪县城北桥桥埠头，庭风命船夫停下船来。这时岸上有一家仆模样的人跑下埠头，向立在船头的庭风问话："船上可有李家庭风少爷？"庭风赶忙说："我正是！""哦，少爷，总算把您盼来了。阿拉老爷前几日就叫我到咯里等你了（吴地方言，意思：我们老爷前几天就叫我到这里等你了）。谢谢老天爷，您终于来了……"岸上的人显得有些激动，"快跟我上岸吧！"他说。庭风不免欣喜，一路疲倦也减轻了许多，忙问："你家老爷可是蓝洪升伯父吗？""是啊！是啊！"家丁一面说，一面欢快地跳上船帮庭风拿行李。

　　庭风一家还有锦轩一行六七人，随蓝家仆人上岸。伟素送至岸上，两人依依惜别，相约两边安顿好后见面。伟素乘船沿京杭运河继续南行。

第五章

蓝府在语溪县被称为"语溪第一人家",家族因贩盐而积聚了可观的财富。据说县城最繁华的语溪路上,一大半店面都是他家的产业。除盐业外,还有多家钱庄、染房、布店,都在经营,杭州也有几家铺子。所以在杭嘉湖一带,颇有声誉和影响力。

蓝家老爷蓝洪升出生在此地,曾经谋到过京城一个正四品的官衔。蓝家本是世代的盐商,曾在同治年间取得过朝廷颁发的免罪金牌,允许蓝家贩售私盐。蓝洪升被封官,算是语溪县有名的红顶商人。

他跟清元是怎么建立交情的呢?说来也是有缘。蓝为人忠厚豁达,慷慨爽性,和清元一见如故。蓝洪升当官不久,照理要向太后表示点意思。蓝心里也有所准备,但是不知道太后要什么要多少。

那一次,朝上,慈禧垂帘听政,同治只是坐在那里,并不说话。太监宣告了太后要在外省修一处行宫。有几个大臣马上说,为了让太后心情舒畅、身体康泰,理应修一处行宫。只有个别正直的官员说河北承德,已有行宫,何必再劳师动众,劳民伤财。但是敢于赞成这个意见的官员,寥寥无几。慈禧在帘后咳嗽了一声,只听那太监又说:"河北承德的别墅,都是先祖们休憩养生的地方,而先祖太皇们个个都是男嗣。太后千岁,贵为凤体,理应在别处另起一处行宫,以彰显大清国国风浩荡!"持反驳意见的,仍旧只有那一位,但他立刻被几个弄臣围攻。慈禧在帘后,又咳嗽了一声,说:"既然大多数爱卿赞成,那么就定下来吧!"但是他却反问:"太后陛下,当前国库空虚,拿什么钱财来修行宫呢?"不问还好,一问正中慈禧下怀。

说到这里,那几个弄臣就把目光都朝向后面的蓝洪升,蓝洪升面对刚才那一幕,心里已经在想:拍太后马屁的人可真多啊!可是他也不明白,他们为何要朝他看,难道要他出资,这胃口也太大了吧!该不会是这个意思吧!他站在那儿不知所措。

慈禧在帘后看得仔细,大胆的蓝洪升,给他当了四品官,也不打算好好孝敬老娘!看来得有人提醒他了。

不等慈禧有什么表示,弄臣王世才马上就说了:"启奏太后,蓝洪升这几年蒙太后隆恩,赚得家产千万,可以由他出一部分资,也是回报朝廷的好机会。"

太监马上就说:"蓝洪升,你可答应!"

蓝洪升心想:上次河口筑防洪大堤,他已交出一百万银两,这次修行宫至少也得个千万啊,自己就算有,也经不起这么折腾啊!但是怎么说呢,总要想个委婉的理由才行。

他站出来说:"禀告太后,臣想承德的行宫,曾经护佑了历朝先皇的康泰,那里留存着先皇生活的气息和阳刚之气,太后的凤体如在那里安适,必能阴阳调和,元气充盈。如另建行宫,则失去了先皇的护佑了。"

蓝洪升满以为这样说既没有明显拒绝的意思,又委婉地向太后提了个建议,太后应该不会有什么话说了。哪知,慈禧这老太婆虽是个女流,但是不甘于居男人之下,什么护佑、福泽,在她看来都是个屁。

她在帘后听得明白,心里产生一股无名之火,心想:好你个蓝洪升,你不愿意出资,我也可以治你的罪,你倒还想出这么个邪说!……

她咳嗽了两声,幽幽地说:"你是说女人不吉利吧?难不成哀家也是不吉利的吗?"

"大胆蓝洪升!你竟敢污蔑太后千岁!"王世才站出来挑衅。

"目无王法!"其他几个也气势汹汹。

第五章

洪升吓出一身冷汗，好一会儿才回过神来，急忙跪下，大呼："太后千岁，小臣没有这个意思啊？"又连忙磕了两个头，不知怎么办才好。

这时，清元站出来说："启奏太后，蓝洪升刚刚说先皇的阳刚之气和太后的凤体能阴阳调和，我想他的意思是太后乃中华有史以来最杰出的女子，所以能受大清国历代先皇们的福泽，至于修行宫的费用，我想这点蓝大人是出得起的？"

清元转过头看向洪升，朝他使了个眼色。

洪升这才醒悟过来，连忙说："太后好气魄，臣愿意为此添砖加瓦！"

那王世才说："这样就对了嘛，蓝洪升，让你为太后出资修行宫是看得起你，你应该感谢朝廷给你这次机会……"

"好啦，"慈禧打断王世才的话，又不紧不慢地说，"蓝洪升，你刚刚说我受先皇的福泽，其实大清国那些男人们呐，把这烂摊子最终留给了我们孤儿寡母，我这个女人何时享受过什么好的生活，样样都要我操心……唉！"慈禧叹了口气。

蓝洪升这下明白了些，连忙说："太后是最了不起的女子！"

慈禧换了口气，说："你是无心，免你一罪吧！"

蓝洪升连忙谢主隆恩。

原来，太后已经和那几个心腹串通好了，只等朝堂之上，使这个方案通过。但是，国库空虚，太后想到了有千万家产的蓝洪升，想让他捐出部分资产来帮助修行宫。所以，他们想好了策略：一、如果蓝识相的话，会主动提出捐资，那就再好没有了；二、如果蓝不懂门道，那么由他们中的一个提醒他，料想他也不敢违拗。

事后，清元对他说，他们变着法儿向你讨钱，你怎么敢拒绝呢？拒绝得死。

蓝洪升说，太后这么骄奢淫逸，难道大臣们都随她去吗？

清元说，现在太后周围都是一帮奸佞之徒，难得有几个正直的都受他们排挤。这皇帝不顶事，任由他生母摆弄，现在，想要正乾坤，必须联合良臣，重立新帝。

蓝洪升为今天这事感到后怕，对清元说，这官场洪某人是适应不了，今天多亏有李兄相助，不然愚弟定死无疑啊！

从此，他把清元当作挚交和恩公，情谊铭记在心，誓死要报答。而这次大难不死的际遇给洪升提了个醒：官场险恶，趁早收手。于是几个月后的一天，他对慈禧说，南方的老母身体欠安，所以想要辞官回南方，边做点盐生意，边照顾老母亲。慈禧看蓝洪升钱也出了，态度上也恭敬服帖，就同意了洪升的请求。

蓝洪升辞别了清元，临走时说，兄长以后有什么事用得着小弟，蓝某万死不辞……

庭风一行人沿着街路走，只见县城大街上百年梧桐两边矗立，片片蒲扇大的叶片到处飘零，街面上堆积了好多叶子。店铺倒还开着，来往的人并不少。

他们走到县城门口，看见旁边有一宽大的宅第，望过去隐隐看见上方有两个字：蓝宅。那仆人说："到了。"大家走过去，里面的家童闻声出来开门，仆人说："李少爷，随我来！"一面又向里大声喊道："老爷！老爷！来了……来了！"

"来了就好啊！"不多时，从里院走出一位五十开外的长者，微胖的身体，态度可亲，此人正是蓝洪升。不等庭风作揖，他又开口道："贤侄，总算把你盼到了！"

庭风连忙作揖："蓝叔，我们半家子打搅您来啦！"

"说得什么话呀，贤侄……恩公家有难，蓝某人定当全力效劳啊！"

蓝洪升问庭风京城的形势，庭风就八国联军侵占京城，慈禧太后携皇帝西逃的事一说，蓝洪升听了，气愤地说："清廷腐朽啊！年轻人报国无门，且在这江南闲逸之地，休养生息。留得青山在，不怕没柴烧！"

庭风说到清朝官员因此都作鸟兽散，家父和好友庄慕达等人死守着北京城，蓝洪升叹了口气说道："兄一向忠良，他跟我信中也说了，要与北京共存亡。要不是朝廷昏聩，听不进良言，尔等忠良之后定为社稷出力呀！"

洪升看到庭风身旁的朝云，不胜惊喜，猜想是清元的女儿朝云。当初洪

第五章

升到李家府上来过几次,见过朝云,那时还是一位稚气未脱的少女,现如今却长成如花一样的姑娘了,就说道:"这位是云姑娘吧?"

朝云看到这位长辈是位热心肠,不免心中油然而生出丝丝温暖,向洪升轻唤道:"蓝叔!"

蓝洪升满脸慈祥地点了点头,又和庭风的内眷招呼。洪升看到了锦轩,被这位仪表非凡的青年吸引住了,锦轩恭恭敬敬地作了个揖,说道:"蓝叔,打扰了!"

蓝洪升问道:"这位是——"

庭风忙作介绍,老爷子赞叹道:"果然是名流之后,人中俊杰啊!"

此时正是午后,蓝洪升让他们去沐浴休息,晚上为他们准备了接风洗尘的宴席。

安排庭风等人住的房子是蓝府旁边的一个几进几出的宅子,叫逸庐。这宅子有十几间房,也有独立的花园,很是宽敞,是洪升父亲早年留下的产业。现在蓝家人住的房子只是在旁边重新盖起来的。

洪升在接到清元信的半个月前就已命人打扫整理完毕,再填上些新家具、新物件等。

住在这里再好没有,既符合了他们尽量少打扰蓝府上下的心愿,也在内心保存有自主的感觉。

这所宅子花园东门和蓝府相通,紧连着东门的是蓝府的一个大书房和卧室,来的这几天门一直紧闭着。锦轩问仆人,这里是谁住的,仆人说是大少爷语桥住的。锦轩问,你们家大少爷去哪儿了,仆人小声说:"我们家大少爷去的地方,我们不知道,就连老爷也不一定知道呢!"

锦轩有一次忍不住问了蓝老爷,蓝老爷说:"这个混账小子去的什么地方从不让说,只对我说是正经地方,叫我放心……成天看些杂书,叫我放心不下……一去就是半年,也不让家丁跟去。随他去,儿大不由爷!"

锦轩见蓝家大少爷卧室书房前的梅花和竹子,又看到这书房比卧室还大,知道里面的主人不是一般人。他对这位神秘的主人充满了向往,心中有一种不结识不痛快的情愫。

蓝家还有一个儿子语桐，听蓝洪升说是去国外念书了。这真是一户不一般的人家。

晚饭在蓝府的饭厅里吃的。蓝洪升亲自为庭风几人倒酒，蓝夫人也来了，和朝云一见如故，聊起了不少关于京城生活的事。因为蓝夫人就是地地道道的北京人，当初洪升在京城谋职时娶了她，并随丈夫一道回南方生活。

蓝家人的热情，让大家心生温暖，一路颠簸而来的愁绪减少了许多。饭后，洪升夫妇让大家早点回去歇息了。

庭风夫妇、锦轩、朝云等分头睡下。朝云睡东厢房，锦轩睡西厢房，庭风和内眷沈氏，睡在北边楼上，大家共对着一个花园，彼此出入都能看到。

第二天，蓝夫人来关照大家的日常起居，她慈爱得很，方方面面都照顾到，尤其是女人家女孩子家家的事情，体贴周到，让沈氏和朝云感激万分。同时，蓝夫人也喜爱上了朝云这个知书识礼的姑娘。朝云、沈氏也常去陪伴她，陪她说话，陪着绣锦被。一次，她夸朝云手巧，女人家的活儿做得有模有样。沈氏在一旁打趣说："我家这个姑娘啊，手能像男人一样十八般功夫呢！"朝云笑着要去打嫂嫂："嫂子饶舌！"老太太惊讶道："哪十八般功夫呢？"沈氏说："除了会拿针线，还擎得了笔，抚得起琴，握得住棋子，还能拿得起锅铲烧菜呢……"

第六章

朝云住东厢房，锦轩住西厢房，两个人都怀揣着一种期望，每晚躺下时，期盼着快点天明，好又能看见彼此。

锦轩想看到她，在两个人独处的时候，每每总情不自禁有亲昵的举动。然而，朝云是个聪明的女子，她驾驭着两个人的亲密程度，总是不让锦轩轻而易举获得。早上，锦轩早早地站在院子里，等着她出来。她必定要先在房里梳洗完毕，整理停当，还要在窗口静立一会儿，她看到锦轩在院子里焦急张望的样子，心里虽然也受着煎熬，但是她还是这样有意折磨他一会儿。这样的结果是，锦轩看到她，露出十分的欣喜和快乐。而他每每想悄悄抱她一下，给她一个吻，她必定快速地逃开去，惹得他去追她。

有时，住在朝南正房里的庭风夫妇不免看见了，庭风媳妇也会说一些话，但是庭风笑笑说："目前情况，可以理解，分寸他们自会掌握，不用担心！"

洪升夫妇有时会过来，他们也看得明白，知道朝云和锦轩应该会成为一对。洪升看到锦轩，觉得他真是一表人才，常常夸奖。蓝夫人很喜欢和朝云说话，有时，她想到了自己两个儿子，就叹起气来。

就这样，日子一天一天过着，朝云有时候会想起父亲，但大部分时候，被一种无比的幸福围绕着。

一天，庭风说要去找找李家的根源，洪升就给他指了一个地方，由一个家仆带路。锦轩也去，朝云扮成了男子的模样，也一同前往。

大家沿路看到很多收割过的田，还有一块块长着茂密叶子的树林。这林子说也奇怪，只有这一种树，而且都没有那么高。三人没见过这种树，仆人说："这是桑树，阿拉这个地方乡村里家家养蚕宝宝，蚕宝宝能吐丝，是宝贝。蚕宝宝就是吃这桑树的叶子长大的呢！"

"听说这南方是鱼米之乡，丝绸之府，想必这丝就是蚕吐出来的吧？"锦轩问。

仆人说："少爷您说对了！您穿的丝绸、盖的丝棉被都是这蚕宝宝吐出来的好东西做成的呢？"

三人大为惊异，朝云心想：想不到自己从小穿的锦袍，睡觉盖的锦缎面被子，连同里面的丝棉被蕊，甚至家里一切丝绸类的物件，都是间接通过这种叶子又稠又密的小树来生产供应出来，真正是人生处处有奥妙啊！

去了那个叫李家庄的地方，进了他们的祠堂，也翻了他们的家谱，但是没有找到李家的先祖"李俊杰"的名字。一个村中的长者叫他们不要灰心，说很久的时候，这里方圆几里的地方，出过一个状元，后来他到了京城做官，做了很大的官，一直没有回来。这个状元也姓李，他家留下来的亲戚后来也搬到了别的地方。

庭风宁愿相信老叟说的话是真的，他说："不管根有没有寻到，这江南总是我们李氏一族起源的地方吧！"

但是锦轩有新的看法，他说："哪儿都一样，外族人都要来侵犯，这中华哪儿都有根，哪儿都是家啊！"

朝云因为了解了蚕桑，丝绸，所以觉得没有白来，心里十分高兴。临走时，他们在运河边听到了钟声。这钟声，也唤起了庭风的兴趣。

那位村中的长者告诉庭风，这钟声是运河对岸的福严禅寺传过来的。那个寺庙香火很好，附近这一带全靠它福佑。庭风就站在那里，不走了，周围的景象使他凝神许久：村庄、田野、运河、禅寺，还有碧空里的一只只白鹭，天高皇帝远，这里真是一派自在的景象啊！他悠悠然地说："这里将是我们的家园……"他问朝云和锦轩："我们在这里造个宅子如何？"

第六章

朝云表示同意，锦轩说这是一个休养生息的好地方。

庭风说不知道现在的材料贵不贵，造一所宅子要花好多银两，带来的也就这点钱。

朝云若有所思。回去的路上她一直不说话，好像在想着什么。

十月里的一天早上，锦轩起来时，发现朝云早已站在院子里瞧着什么。他走过去，见她正在专注地看一丛墨菊。锦轩看着深紫的蓓蕾映衬着佳人的雪肤，不觉呆了。好一会儿，他们发现了彼此，这次没有笑着打闹。锦轩说："这墨菊你很喜欢的啊？"他想起小时候，朝云就喜欢它。但是朝云忽然说："那是以前了，现在我喜欢这里的那种白菊！""白菊？""是呀，就是上次去李家庄见到的——那种农人种的菊？""哦，为啥？""这墨菊都是富贵人家种养，终究比不上田地旷野中的菊那样吸收天地之灵气，日月风霜之精华"。

锦轩的目光里难以掩藏怜爱，赞许道："妹妹好情怀！"

"所以，人不能像墨菊那样只被人养在深院，在这乱世，女子何尝不能像杭白菊那样到天地中去，经历一番阳光雨雪，风霜冰凌……"

"哦，妹妹有什么想法？"

"家里带来的钱只能用一时，我们要另想办法。前些日，看到了这里是蚕桑之地，我们为何不在这福地做一个产丝的事业呢？"

锦轩凝望着爱人，对眼前的柔弱女子心中满是爱戴和崇敬，他说："好啊，我支持你！"

"不过，即使……"朝云害羞地望了他一眼，看到他正鼓励地望着她，就说，"即使结了婚，我也想留在这里做这个事业，我们早晚都在一起……"

锦轩笑了笑说："可以呀，我不会要求你一定要住到杭州去！我愿意入赘的……"

朝云撒娇地朝他捶了一拳，冲他最后这句玩笑话。

"妹妹……"锦轩本来有话要说，但是见朝云在他怀里一副沉浸满足的样子，他就把要说的话咽了回去。其实他想说他最近在语桥房里看到的几本书，引起了他内心的震动。但这个时候，不能用这种想法去干扰她。他把她抱得更紧，想起这几本书，想起这个年代，不禁皱起了眉头。

锦轩和朝云在逸庐，日渐情深，庭风看着也不甚欢喜。这几日庭风忙着自家庄园的选址，看地形风水，量地基。伟素那边传来消息说也开始动工了，庭风思量着两边都把家安顿下来后，把妹妹的婚事办了。

庭风把宅子的位置选在了禅寺对岸的那个地方，田园侧畔，运河流淌，钟声环绕，那是一处祥瑞之地。

庭风又打听了各种建材的价格，各种建筑活计的行情，发现木材的价格比之以前便宜了将近一半，南方那边的红木都论根卖，比之以往，也不叫价了；就连各种泥工、木工、漆工的工钱也下降了不少，本来抢手的雕工师傅，现在也闲了……庭风喜出望外，高兴地对朝云说，索性造成庄园的样子，在周围购置一些田地。庭风心中对庄园的定义有些宽泛，他曾经在京城交往过一个洋画师，从他那里了解到英国的庄园和俄国的庄园，他们都是农场田地加大房子，这个和中国式的庄园不一样。庭风做五品江南郎的时候，杭州苏州这些地方他是常来的，了解到那些江南的庄园布局，一般都是造型精巧的别墅群，间隔筑一些花园池子，周围没有田地。而庭风在这里，这样的江南田园，真正找到了家园的梦想，他想有房子，一定也要有田地。

庭风遂把庄园的名字取名为"祥门里"，又把庄园所在的地方取名为"钟响寺下"。时光浩浩荡荡，这个运河流经的江南小地方将迎来一个不一样的明天。

朝云赞同哥哥建庄园的同时，她想到了，钱财要花光的问题，就问兄长怎样想，庭风说眼下自己对这些布庄、染坊、米店、钱庄的经营还没有搞明白，等问问蓝叔再说。

朝云说："妹妹有一想法不知可行否？"

庭风不解地问："什么想法？"

"这里杭嘉湖一带蚕桑业非常发达，何不在此地做点实业，开办丝厂，到时把丝卖到上海，可以过生活。"

"哥没有这个意气了！"庭风摇摇头。

"不叫你做，我来做！"朝云斩钉截铁。

第 六 章

"你?"庭风疑惑地说。

"是,我!"

"不行!"

庭风把手一摊,说:"你一个女人家,怎么能做这样的事情呢?"他往外看了看,没看见锦轩的身影,就说,"到时候锦轩他家在杭州安顿下来,就把你娶去了!"

"我到时,就算结了婚,也要让他在这里和我经营厂子!"

庭风说,办厂需要钱啊,现在造了房子,买了田地,钱所剩无几了。庭风想用这个理由打消她这个想法。可是朝云却说,正因为这样才需要挣钱啊!从北京过来时,我们带了一些名人字画,可以到上海卖个高价钱,用所得的钱经营厂子,以后厂子有了利润,日子过下去就不难了。庭风想不到她说得头头是道,胸中已经有了计划,想到时代也开化了,女子出来做事的不是没有,另外,现在的情境也容不得四平八稳了。所以,他想了想说:"哥允许你做,但要和锦轩一块儿做!"

"嗯。"她点点头,"哥,你先筹划着造庄园的事,我先不忙,先去考查考查这杭嘉湖一带的缫丝坊再说。"

兄长看她已然成竹在胸,放心了。

这又,他们去蓝府,向洪升说起他们要造庄子、开厂子的事,洪升很惊讶,连说:"贤侄,贤侄女,这里你们住得不好吗,为何要另造房子还要办厂?我蓝某人有房子住就不会雨淋着你们,我能生活一天你们就能生活一天,还要去弄什么?"

庭风说:"蓝叔,我们来这里已经很打搅你们了。来之前,家父有言在先,说不可叨扰蓝叔太久,一定要择个地方,生根落户,经营家业,才能继往开来。望蓝叔理解!"

蓝洪升只好作罢,就问他造房子的事,庭风说,准备买建材了。洪升说,到时候给你引荐几个商人,你可以择优去买。又问朝云办厂有什么打算,朝云说正在筹划中。洪升说在离这里不远的南浔有缫丝厂,自己有认识刘家,他们开有很大的缫丝作坊,到时候可以去察看一番。朝云很高兴,说:"麻烦蓝叔联络他们！"

洪升说："等到来年春日里，春茧上市的时候，我先书信一封，你再去不迟。"

朝云说那再好没有。蓝洪升说："云侄女！你要开我们语溪人的先河啊！你蓝叔这边看着你啊！"

朝云充满敬意地望着这位可爱的长者，心里充满了感激之情。

祥门里庄园的地址选好了。朝云就忙着考察方圆百里蚕农们准备养春蚕所作准备工作等事宜。比方说，为了明年春天桑树更好地抽枝长叶，蚕农们在年前把桑树的旧桑条剪去，并且为桑树的根部上好最后一次肥料等。还有蚕农们在大年初五那天，祭拜五圣菩萨，听说他可以福佑养蚕。蚕农们用猪头、鸡和鸭，很隆重而庄严地办这件事情。那虔诚的态度不亚于对待自己的祖先。朝云深深地为这一带乡民淳朴的乡俗而感动。

现在她每次出去走访，都有锦轩陪着，早上出门，晚上就回来了。朝云的心仿佛被浸在蜜罐里，尽管很辛苦，但有说不出的甜。乡民淳朴友好，眼见一对璧人向他们问这问那，还把随身带的一些祛湿祛寒的药材分给他们，大家都喜欢他俩。祥门里选址在李家庄，他俩把李家庄一带的农户、农田都走遍了。

这些日子，朝云再次感到如同卧在幸福的云里，但幸福的同时，隐隐有些不安。她似乎感到锦轩仿佛是为着她的快乐而快乐，这些快乐的事情，好像并没有深入到他心里去。他所做的一切，都是为着爱她，而并没有使两个人朝着生活的同一方向眺望。

有时候，锦轩这样说："这些农民们只知道在地主的田地里耕耘，不知道自己也可以拥有一块土地的吗？"或者是："这农民只知道种田做农民，不知道自己也可以做做这个时代的主人吗？"她不觉疑惑起来，心里想不明白，又想想这个时局，不由得打了几个寒噤。

转眼到了春天，去南浔的日子近了。庭风开始忧虑，谁陪她去呢？还是锦轩吗，这一次去，可是要隔几天的。现在婚还没有订，传出去对妹妹也不

第六章

好听。可是谁陪她去呢？自己又没有一个兄弟，自己去吗？叫锦轩怎么想。想来想去，只有叫锦轩。有一天，他嘱咐妻子叮嘱朝云，女人家不可马失前蹄。朝云是什么女子，这个道理她岂可不知。她只轻轻点了头就走开了。

朝云想到可以和锦轩单独出门，而且是共谋事业，心里不免激动。但她没有直接告诉锦轩，她发现锦轩最近常常凝神思索，和他说话时，有些心不在焉，他最近常常去一个地方，那是蓝家大少爷的书房，他是征得了蓝伯父同意的。但是她没有去细想，马上要实现的快乐，使她疏忽了这一点。江南的暮春时常阳光明媚，这让她对生活的前景充满了向往。她朝生活的前方望着，觉得迟早有一天，锦轩会和她一样，想她所想，急她所急的。

庭风对锦轩说了这个行程，锦轩也很高兴，悄悄问朝云说："就你和我两个？"锦轩这样问，朝云就感到不好意思，不过她尽管红着脸但一本正经地说："你想我们是干什么去的，我们是去学经验的！"

锦轩撇了撇嘴，玩笑似的说："知道的啦，我的女主人！"然后不由得显露敬佩的神情，关切地说："哥知道你要干事业，哥好好地陪你去！"

这下朝云没话说了，心里很中意，两个人四目相对，不禁又心潮起伏，手握在了一起。但两个人还是克制地分开了。

去的那天，又是阳光明媚的一天。船由两个熟练的橹夫操纵着。一路清波荡漾，竹林翠微，青草芬芳，两个年轻人站在船头，烂漫春色尽收眼底。两人柔情蜜意，船驶得很快。朝云听得橹声哗哗，芳心荡漾，心中冒出无数美好的想法和计划，只觉得时间太快。

但是，这无边的春色好像并没有打动锦轩，他除了陪她说话，也谈到了未来。他说："未来的世界也许你我都无法预料，看这江南莺啼燕语，春花烂漫，也不可能总是一副太平盛世的样子，这变动迟早会来！"

朝云吃了一惊，沉默了好一会儿，就问："你希望这变动到来吗？"

"我不敢说，我只希望你永远平平安安、幸福快乐！"

朝云有些着急，很想问："难道不是'我们'吗？"但是没问，只怔怔地看着他。

锦轩看了看她，以为她不理解形势，就说："女人家像你这样的，想要抛头露面做事业的，已经是女中豪杰了！哥也自愧弗如……"

朝云有些懊恼，难道你不是夫唱妇随吗？怎么就光表扬我了呢？就说："哥是个什么人，难道妹妹心里不清楚吗？我正是因为有你在，才会那么兴致勃勃地做这些事情……"

"哥知道，你全是为了大家……"

朝云感到锦轩的意思有些远了，无心再看这风景，低头沉默了。再看锦轩，只见他反剪着手，眺望着远方，像是望到了比现实还远的无限远的地方，朝云不由得抽了一口冷气。

船继续向前，到了一个繁华的镇子，驶过一个弯，见到一座桥，船夫把船停在桥边，说："到了！"

上岸，看见一座宅院，门上方写着"刘宅"。敲了门由仆人带着去见主人，老主人上京城去了，屋里有少东家在。少东家看到他们，震惊不少，美好的男子和女子不是没见过，但像面前这两位也是少有。只有月中吴刚和嫦娥可以比拟他们。所以，尽管不认识，他也没有怠慢之意。他认真地看过信，了解到二人是从语溪蓝府那边过来，来的目的是来查看缫丝厂的运营情况，并有意在语溪开厂。洪升在信中没有说明二人的关系，只说了是自己情投意合的两位内侄，男的姓庄，女的姓李。他以为那就是一对年轻夫妻。他跟他们讨论了一些产丝售丝方面的事情，说话间，他发现，两人中却是这位奇美的夫人用心得很，她讲话也合情合理极有分寸，态度自然不带矫饰，尽显大家风范。而这位庄少爷的心思仿佛不在这丝上，少东家心中羡慕他，想自己要是也能找到这样一位如意夫人，辅佐自己的事业，那生活有多美满啊。

朝云在厂里学到不少东西，她看到了他们的厂子，那些井然有序的场面。工人们都做着自己的工作，有负责搬运蚕茧的，有负责缫丝的，也有负责搬运生丝、包装生丝的，厂外面的河上有船，负责搬运的工人们随时准备把白花花的生丝送到船上，据说都是卖到上海的洋行里。这只是刘家自家生产的生丝，在缫丝厂旁边他们还开设了一个丝行，那里地方很大，大量收购附近乡村农户们的散丝，朝云路上碰到的七里村，那里的蚕农产的丝最好，大多

第六章

都卖给了刘家。还有方圆几百里以内，都有他们的卖家。据说，洋行收购生丝的价格奇高，而刘家现在已有足够的财力收购生丝和自家产丝，这样，这些丝最后都通过刘家卖到上海洋行，而白银又以多出几倍甚至十几倍的数量返回刘家。

丝厂的总管很喜欢朝云，告诉了她这些事情。她心里很受震动，心想现在行情这么好，真是可以做一番事业呢！只是自己还需要很多人脉，现在和兄长、锦轩初来江南，这些是最欠缺的，待我慢慢积累吧！

不过，锦轩的重点全不在这里，他看出了很多不一样的东西。朝云说，"这缫丝厂里的工人们干得可真出力啊？"而他说："他们拼命干这些活，所拿得的工钱，是不是对等？"朝云说："这缫丝工具，工人从学会到熟练要花多少时间？"而他说："这做工的强度有点大，工人们难道不知道反抗一下吗？"

朝云没办法了，最后说："难道说这工厂很大，产量很高，老板实力雄厚，令你不满吗？"可是，锦轩若有所思地说："这老板的金钱积累，从工人那里榨取了多少血汗钱啊？"朝云生气了，两个人在房间里吵了起来。

"哥，你要干什么？这段时间以来，我发现你变了！"

"什么时候？"他问。

"从……从我们在后山发誓的时候……"朝云不觉涨红了脸。

"哥对你的心一直没变！"

"不是说你变心，而是而是……"朝云说不出来，只是觉得这男人就像指间沙，自己始终抓不住。

"我要……我要……我要你想得和我一样……"她捂住脸，呜呜地哭起来。

"哥了解你想的，你想的我都明白……"他不禁抚摸着她的头发，她的后背。她就在他怀里，抽抽搭搭地哭了好一会儿。

彼时，夜色阑珊，刘家以为他们是一对小夫妻，所以只安排了一个房间。这一个房间里，只有他们两人，两个人因为各自怀有心事，竟浑然不觉。

他就一直抱着她，她就尽情地在他怀里哭，仿佛把之前的不如意全都哭了出来。他开始吻她的面颊，吻她的嘴唇，她也开始回应着他，呼吸急促起来，甜蜜夹杂着苦痛，两个年轻的身体越来越热烈，禁不住感情的释放。

忽然"啪"的一声，从她身上掉下一样东西。两人旋即清醒了，一看，是一封信。锦轩这才想起临走时庭风塞给他一封信，要他在晚上打开。她此时才觉得刚刚太不矜持了。

他捡起信，急忙打开，里面庭风写道：锦轩，朝云，出门在外诸多不易，须互相照顾，勤加学习。青年男女，有不可逾越之事，你俩都是明白人，应当自知。看完信，两人才发现这房间里只有他们两人，随即两人都感到羞惭。锦轩指着床，又指指地上，说："你睡那里！我睡这里！"他从柜子里拿出一场被子，摊开，侧身睡了。留下朝云，一个人还在那里，脸上发烫。她终于走到床边，拉下帷帐，和衣睡了。

窗外，春日的栀子花香肆意撩人，可是室内，非常安静，空气凝固了，甚至连呼吸声都被刻意地隐去了，只听见各自的心跳。

第二天更自持了，他们并不同时进房间，而是一先一后，一个先在床上睡下，另一个在慢慢腾腾地再次拖过被子在地下躺了。而他自从那次争吵后，也不再随意地发表自己的感慨，而是把自己的想法藏起来，一心帮着她。在这里待了三天三夜，两个年轻人，终于感到了疲累，在第四天中午，告别了刘家人，踏上了归途。

回家时，蓝家人早已得到消息，准备了一桌菜为他们接风洗尘。庭风、蓝洪升很高兴，问了他们一些问题。大家发现他们两个人，脸色憔悴，眼眶发黑，掩不住的疲倦，觉得很奇怪。还有一个奇怪的事情是，锦轩对缫丝厂的事，答不上个所以然，这和他平时流畅的谈吐完全不一样了。倒是朝云，说了很多看法和想法，看来她是考虑得很多。大家对锦轩不禁疑惑起来。

日子就这样往前奔流着，朝云慢慢地对办实业有了一个雏形。她变卖了很多首饰，还有一些字画，打算在离祥门不远的地方造一些厂房。她想这些事情时，锦轩难得会给她出谋划策，多数时候，他常常凝神思索着什么。朝云觉得自己和他好像越来越远了，在自己忙碌的时候，想起这件事，就觉得痛苦起来。她闲下来时，就想着如何走到他的心里去。一次，她破天荒地走

第六章

进他睡觉的西厢房,看到他正看一本书,朝云夺过那本书,看到了里面那些惊心动魄的造反之语,不禁感到心惊肉跳,她问:"这就是你这些天里,对我的事心不在焉的原因吧?"

"云妹,我在想……那些人……"

"我不要你和那些人一样,我不想听这些……"

"云妹,哥知道你目前要做的事,可是哥觉得这天下如果不太平,做什么事都会受阻碍,天下要太平,我也有一份责任……"

"我不要你的天下,我要……我要你陪着我……一起……一起……"朝云想到自己曾经设想在南方的美好蓝图,不禁又一次任性地哭起来。他抱着她,觉得她哭过会好的。可是这次,她没有在他怀里哭很久。她挣脱出来,跑到自己房里,一个人哭。

好在这些天,日光总是很明媚,每天早上,朝云都觉得是新的一天开始了。所以她总是拿出十二分的精神和勇气来进行造厂房的一些前期准备工作。

第七章

又到了年关,在年前的腊月二十九,一个人回到了蓝府,这个人就是蓝家大少爷语桥。蓝老爷看到儿子,又喜又气又心疼,喜的是终于见到他完好无损地回来了,气的是这么长时间竟音讯全无,心疼的是这次去又瘦了一圈儿。蓝老爷不去问他做什么,看儿子执拗的劲儿,知道他也不愿意说,但总归是正经事吧。

庭风和锦轩这时也在蓝老爷屋里,锦轩见到这位兄长,见他果真一表人才,气宇不凡。语桥看到庭风和锦轩,不知道这两个稀罕人物打哪儿来。父亲给他讲了个大概,语桥连忙向庭风作了个揖,说:"原来是恩公家大哥,幸会幸会!"语桥见庭风相貌堂堂,语态中自有一种仙风道骨,便心生一股敬意。不过,他看到了锦轩,眼睛里立刻发出异样的光彩来。语桥刚想开口,不料,锦轩先作了个揖,说道:"早就听闻大公子是个不凡之才,今日一见,果不其然!蓝兄,久仰!"说罢,目光炯炯地看着语桥。蓝老爷为语桥作了介绍,语桥也忙回礼,但他不作揖,而是用了彼时新式的握手礼。显然,锦轩有些激动,眼神里充满期盼。语桥看着他说:"庄兄伟岸之致,见到你真是荣幸!"他的目光一直停留在锦轩身上,但听蓝老爷说:"多日奔波,也累了吧?快去拿热汤洗洗,待会儿到厅上吃饭。"语桥应声而去。

不一会儿,饭席开了。席上,有蓝老爷和夫人、庭风、朝云、锦轩和语

第七章

桥。蓝老太太坐在儿子旁边，心疼坏了。庭风内眷沈氏因患风寒没有来。

语桥见到了朝云，庭风说这是舍妹，语桥被她惊为天人的外貌打动了，恭恭敬敬地看着她，用颇为孩子气的语气说道："怎么恩公家妹妹长得跟个天仙一样呢？"蓝夫人笑着说："这傻孩子就这么傻气！"一边在儿子的后脑勺轻轻拍了一下。语桥的头脑被一种新思想统驭着，而对于女性，除了母亲，有一种天真的崇拜和疏远，认为女性具温柔典雅之美，可远观而不可亵玩。所以，语桥到现在二十好几了，仍然保持独身，还不愿意亲近女性。另外，他一心追求他的革命事业，也没有时间。

他看朝云落落大方，温婉中透着男儿的洒脱，心中称奇。

这时，锦轩夹了一块鸡肘子放到朝云碗中，朝云红了脸。语桥看出端倪，于是和庭风搭话，不再看朝云。

饭席中，蓝老爷看到儿子神情中朗朗的一股正气，心中好不自豪。蓝夫人见儿子吃起来狼吞虎咽，便十分满足地看着他吃。蓝老爷说你庭风哥要在江南休养生息，正在建造庄子。语桥就问庭风一些庄园构造、布局方面的事，也不带建设性的意见，问是问过了，心思全不在这上面，倒是对锦轩关注有加，他对他说："清廷无能，签了那么多条约，现在连京城和东北都出让给八国联军了，这不是卖国是什么？！"锦轩说："现在的形势，找出路远比愚忠清廷重要得多。"语桥对眼前这位年轻朋友有这样的见地深以为然，眼睛注视着锦轩，赞许地点头。庭风和蓝老爷对他们的谈话作沉思状，蓝老爷对儿子的义愤填膺表示担心。

语桥很快吃完了饭，回自己房里去了。去前跟锦轩悄悄说："不妨到我书房一叙。"锦轩马上说．"好！"

书房里，语桥直接呼锦轩名字，也示意他叫自己名字。语桥从书架下拿出自己密藏的几本书，他问锦轩："可看过这些书？"

锦轩说没有，但他说："我看过你床头的一本《孙义文选》。"

语桥惊讶地说："是吗？"知道自己一时看了忘了藏起来，还好，倒让锦轩看到了。"你觉得怎么样？"语桥接着问。

"一本子铿锵之语，和清廷的腐朽昏庸成了对比。用他的思想来统驭吾国吾民倒是有希望了。"锦轩眼睛闪着灼热的光，激动地说，"这个孙文可在这个世界上？"

语桥压低了声音，几乎是对锦轩耳语："中山先生如今在……"

锦轩惊讶地差点叫出来："这位你认识？"

语桥继续压低声音说："……"

语桥把孙中山的革命行径和成立的组织对锦轩一说，锦轩内心立刻如黑暗之地照耀了晃晃巨日，整个人为之振奋起来。当语桥问他可愿意随中山先生一起，为革命的理想，同生死，共命运时，他当即表示愿追随中山先生而去。

两个人在房里说了好久话，恨不能早点相逢

天很晚了，外面有仆人说："少爷，老爷吩咐侬早点困觉。"（方言，意思：老爷吩咐叫你早点睡觉。）

锦轩这才起身告别，从语桥书房北门直接进了逸庐自己的房里，上床后，一夜无眠。

时间很快，新年过去了，语桥又要动身了。

朝云这几天见锦轩和语桥常在房里谈上半天，不出来，料想会有事发生。偶然的一次，他们两个在花园里谈话，朝云路过，听得真真切切。

语桥说："跟着孙先生干，大家目标一致，革命是有希望的！你还担心什么？"

"我并不担心我自己，我是怕我走了朝云怎么办？"锦轩的声音是忧心忡忡的。

"现在的情况，要组织武装暴动，不允许带家眷。"语桥颇为无奈。

此时，朝云只觉得五内俱焚，余下的话再也听不进去。她哭着跑回了卧室。锦轩和语桥谈话太专注，竟然没有发觉。这一天直到很晚，锦轩都没有来找她。她也无心去看他房间什么时候亮灯，也不管什么时候熄灯，她无力，哭泣，伤悲……

她哭她过早地死了娘，哭这时局使她离开了慈爱的父亲，哭自己怎么是水命而他是火命，哭这天下如此不太平，哭他忘不了他的责任，哭他那么狠

第七章

心……直到半夜，她仿佛把她所有的泪水都哭光了，她居然慢慢清醒过来：他是男人，而且是一个有想法的男人，女人怎么拴得住他呢？让他去，自己可以等他！目前的情况，只有自己把事业做下去，才可以排遣这难熬的日子……

于是她擦干了眼泪，在黑暗里慢慢睡着了。

第二天早上，头有些疼，她还是起了床，梳洗完毕后，拿一本书坐在房前花下，等待着那一时刻来到。

他来了，神色凝重，叫了一声："云妹——"

朝云抬起头，看他脸上的神情，就知道了他要说什么。她努力保持镇定，轻声道："说吧！"

锦轩心里一阵紧缩，异样的难过，竟手折了一朵梅花，要给朝云戴，嘴里说："这梅花真好看，真像妹妹你！"戴好，一把抱住了她。

朝云说："我好看留得住你吗？"仰起头，已是泪眼。

他看着她，蓦然觉得她已经知道了。他紧紧地拥住她，说不出任何话来。

"你去了什么时候回来？"她什么时候如此软弱不堪，可是残忍的那个人此时也嗫嚅不清："会回来的，过不了几个月就会回来的！"无论他抱得她如何紧，都改变不了他要走的事实。

朝云的心顿时像一颗不肯离开枝头的熟透了的果实，最终逃脱不了坠落的命运，一下子落在了地上，击得粉碎。听到这几句最不想听见的话，她的心成了一片悲伤的泪海，但她努力保持着平静，说道："什么时候？去哪儿？"

"明天一早，语桥今天晚上就走，在那边接应我。"停了停，他又说，"是去香港。"

她的泪眼中加重了几道阴影，喘了口气，本来想说："你怎么舍得？"可还是说："多加小心啊！"她抬起泪眼看着他，声音已经颤抖。

他再一次把她抱在怀里，给自己下了命令："很快会回来的！"

她靠在他肩头，任悲伤尽情地流淌。

他捧起她的脸，芙蓉带雨，愁锁烟云，顿时他柔肠寸断，这么多天相处的甜蜜被即将离别的辛酸和几经波折却未能展开的婚期的巨大苦痛包裹着。时局！时局！自己竟要负了这佳人，这妹妹，这情深义重的女子！"我得空就回来和你完婚！"是誓言，是表白，还是生命中永远难以割舍的期盼！他把她抱得更紧了。

院墙东面的天空，朝霞红光万丈，大胆地把它们的红光艳影投射在逸庐的白色粉墙上，而这片片红茶在冬日的冷风里显得格外凄惨。

入夜，锦轩在自己屋里收拾行装，并给兄长伟素写信。他写完信，已是半夜，从窗户看到对面朝云屋里还亮着灯，知道她没有睡觉。

巡夜人敲过两刻钟后，锦轩在朝云窗前轻唤了一声，她出来开门，锦轩看她眼有些红肿，知道她哭过了。锦轩拿着信，却不知所措。朝云从他手里拿过信，庄重又柔声说："现在去，他们还没起床，天亮就麻烦了。"接着又问："语桥走了吗？"锦轩点点头。

锦轩欲说还休，握着朝云的手，多想再抱一下她，但被朝云制止了："去吧！别耽误行程！"锦轩这才转身走到外面拿了行李，开了大门，消失在黑暗冗长的街道上。

朝云站在门口，不敢多看他远去的方向。她木然地站了一会儿，心里只有一个意识：他走了。

慢慢地，她觉得站在那里冷了，风吹起了树叶，一轮残月迷迷蒙蒙地从云里露出大半个脸，仿佛在嘲谑她为何要让心上人走。她不敢再待在那里，慢慢地走了回去。

明天会有明天的事情，她提醒自己，还有事情可做，不用太伤神。该回来的，总归会回来的吧！

擦了眼泪，她睡下了。

第二天早晨，蓝洪升不见儿子踪影，知道又是不告而别了，望着远方长叹一声："儿大不由爷啊！"

同时，庭风也知道了锦轩的出走，大惊失色，想他这几日常和语桥在一处轻声交谈，仿佛密语，又同他一起消失，猜想锦轩的出走和他们谈论的事

第七章

有关。庭风又气又急，不知如何是好。气的是这个"准妹夫"竟撇下朝云顾自走了，急的是自己的妹妹该如何承受。

庭风发现朝云仿佛在躲着他，就去她房里找她，来到她房前，听见里面有翻书的声音，唤了一声："妹妹！"又听见合上书的声音。庭风没有多等，径直推开了门，却见朝云欲把手里的书藏起来。

"妹妹——"庭风走过去，拿起她手里的书，一看，竟是《孙文文选》，马上翻了几页，看到"推翻清廷，结束两千年帝制"的句子，庭风不由得睁大了眼睛。看看朝云的神情，狐疑道："锦轩给你看的？锦轩走了你知道不？"使庭风再次睁大眼睛的是朝云听到他的问话镇静地点了点头。

"胡扯！不知道你们是怎么想的……你知道还让他走？"庭风从没对妹妹发过火，这次他的火气的确窜了上来，"女孩子家老不嫁人是怎么回事啊？你叫我这当哥的怎么向父亲交代？"庭风想到父亲，也不知在京城是死是活，眼下这个情况，国要亡了，家已经离散了！平素这妹妹是最不要操心了，可是眼前的事，直气得他横倒在椅子里，说不出话来。不一会儿，悲从中来，眼泪扑簌簌流下来。

朝云看了庭风半晌，看他好些了，说道："他给他哥写的信我已经托人带去了。哥哥放心——"

"我有什么不放心的……"庭风对妹妹是又心疼又气恼。

"哥，眼下这个形势——也顾不得个人的事了。"朝云几乎是嗫嚅道。

"女孩子家管好自己就行了……哥还要你教了。"庭风拿手帕擦了擦眼泪，怜惜地看着朝云。

隔天后，伟素收到了锦轩的信，信上他写道，自己为着心中的信仰而离开李家兄妹，以后一定会回来娶朝云为妻，希望哥哥理解。伟素看信后拍了桌子，大骂："这呆小子太不像话了，怎么能说走就走！这样出尔反尔，叫我们庄家如何为人！"气归气，他又细心地询问了送信人的来处，问朝云和庭风的近况，仔细问到朝云心情起居可安好。来人说信是小姐让送来的，伟素若有所思地吁了一口气。又立刻命仆人拿来笔墨纸砚，给庭风和朝云回了一封信。信上说到自己在杭安顿的近况，信中对于其弟的出走，向庭风万般致歉，并说庄家对于盼朝云过门始终如一，现在已经造好房屋，愚弟一定会回来，只要朝云还愿意等。伟素说了许多表明心迹之词，一时心中急切，信写得很长。

写完，托捎信人送走。

送信人走了，伟素生着闷气，呆坐在椅子上，心情异常烦闷。

想着目前的形势，远在京城的父亲，这边需要安顿的生活——房屋说是造好了，其实还有一半工程，因为时局杭州城中找不到建筑队，只得去附近乡下去找，泥工、木工、雕工、设计人，都不那么顶事，那些小头目们总会隔三岔五地问伟素这样那样的事。这杭州城不比语溪，要动荡总是大地方先动荡。伟素感到焦头烂额，像他这样有钱但身份隐晦的人，要在这样商贾云集人脉又不熟络的杭州城站住脚跟，要花好多心事和钱财，现在这些事他都没心思去想了。

他还担心锦轩的安危。想到他自小就十分有志气，不禁深深忧虑起来。伟素想着想着，胸口疼起来了，自从离开京城后，伟素意志大为消沉，身体也渐渐不如从前了。到杭州后，不知从什么时候起，一急胸口就会疼。他捂住胸口，沉沉地叹了口气道："罢罢罢，国要亡，家也留不住，随他去，庄家也许有另外的算数！"

伟素的信很快送到逸庐，庭风看过伟素的信后，把信丢在书桌上，出门一个人喝闷酒了。沈氏拿起信，到朝云房里去。此时朝云已经吃过早点了，在房里构思着庄园内部的装饰，拿笔在那里画着。沈氏问她要不要看庄家大哥的信，朝云听见说是锦轩兄长的信，头抬了一下，目光停在半空，只对沈氏说："嫂子，你放在那里吧，我有空会看的。"说着，又低头画起来了。

庭风从酒馆回来，听妻子说了妹妹的情况，知道妹妹没有他想象得那么消沉，自己也就不再出去喝闷酒了。他也注意观察妹妹的动静，发现她沉浸在庄园建设的蓝图中，上上下下，方方面面，各种事情，她都插手管理，看不到悲伤，只有平静和充实。这两年来，从庄园的选地、丈量、夯基、架构、建筑等事，他都帮着兄长参谋，现在，最后的工期都要落到她身上了，她着

第七章

手勾画着房子内部的装饰。

朝云懂书画，托人买来的几幅山水画，是一个上海画家画的，比不上北方的那些画家，南方的山都是泥山，画出来的也不成气候。至于花鸟画听说杭州吴昌硕画得好，但是现在人脉也没有多少，求索不得。字倒是嘉兴附近一个老者的字，虽没有多少名气，但是苍劲老练，很有气象，庭风异常喜欢。要是在平日里，早就拿来赏析临摹一番，但是现在庭风没这个精神头。庭风有的一点生活的希望全仰仗着朝云了，看她有精气神，自己也还有点精气神，要是朝云像一般女子那样遇一点事便啼哭抱怨不止，自己不定变成什么样呢。庭风敬服这妹妹，从小也就是个坦然爽朗的脾气，虽生就了这女儿身，然而心眼远比一般男子高远有气度。生在这不得安身的乱世现世，女孩子家出来做人做事，乡间闲言碎语当然有，但是现在也管不了那么多了。

朝云和他去工地查看，有时候她一个人去，因为是处在县城北面的乡郊，身边常有乡民经过，他们见到如今语溪县正在传说中的一个神奇女子，在乡下比画造房子的事，亲眼所见者，啧啧称奇。他们平素里见惯村姑农妇，哪碰到过这么有气派的女子，玉立亭亭，衣裳光鲜，好似大上仙女下凡。然这样的女子竟然整日里跑到这里来抛头露面，竟然对这大房子大工程出谋划策、指点蓝图，全无半点拘束。不知现如今这女子竟开放到如此地步，真是世界够奇妙！他们不知国家已危亡，乱世是要破除规矩的。

朝云没有忘记她的实业，她说等造好了庄园，再造一些厂房，购置土地，种稻栽桑，雇蚕农养蚕，开办缫丝厂。庭风说，既然你有决心做，那就去做吧！

白天很好过，就是到了晚上，她觉得这江南的黑夜里，少了一个人。这无边的夜再庞大，也就是江南的山水方圆几百里的地方，它无法笼罩那远在华夏版图的最南端。因为她没有去过那地方，她无法想象。她想他，但在想象里不知道把他安置在什么样的地方。由此，她想起了由运河来到了这个地方，然后她立刻想起了父亲。是的，父亲，父亲，你还好吗？

儿时的记忆，像春日的暖风，吹开了她的心房。假如有父亲在，就好了！她想起了小时候央求父亲带她去庄家的情境。

"爸爸我们什么候到那大书房里去?"锦轩家有个大书房,那里小孩子们常常一起玩。

"爸爸知道你想到你的锦轩哥哥那里去是不是?"

她就说:"嗯,锦轩哥哥他上次和我躲在了那个柜子里,他们怎么也找不到!他们想找到我,可是锦轩说别让他们知道!"

父亲笑她:"锦轩和你有秘密喽!"

"哼,父亲我没告诉过人!"

"你能告诉父亲吗?"

她一下子顿住了,不知道和锦轩两个人的秘密能不能告诉父亲。

父亲就问她:"长大了,嫁给锦轩怎么样?"父亲是玩笑话,可是在小女孩的心里却认了真。小小孩子一下子窘住了,虽然只有六岁,但是已经明白"嫁给"是什么意思。

曾经她和锦轩,还有几个邻人家的男孩女孩,在一起玩"结婚"的游戏!大家选锦轩当新郎,要他选一个女孩子当新娘。锦轩不选女孩子,偏偏选"男孩子"云官。当朝云盖上"红盖头",几个女孩子都嫉妒她。因为云官腼腆地笑着,像极了小小的新娘。

其他孩子说可惜云官是男孩呀,锦轩一本正经地说:"云官是我的新娘,你们不能欺负他!"女孩子们笑他,可是他还是最喜欢和云官玩。

一次,一个男孩子对着花园里的一株树撒尿,顺便把弄起了他的小玩意儿。几个男孩子们提议,要把这小玩意儿露出来互相瞧瞧,他们把朝云叫过去,要瞧瞧她的。这下朝云急得臊红了脸,锦轩走过去,把这些男孩子推开了,充当大哥哥"训斥"他们:"喂,你们几个,不要难为人家云官,他可文雅了!"

朝云想起那时,锦轩一手臂环抱着她,是呀,那时候他就已经有一种男孩子气概了。她的心又羞涩又坦然,锦轩这个同伴成了她童年日日想起的人。

他想起父亲,就会想到锦轩,她的心情总不能平静。打开窗,看见西厢房一片黑暗,心里就怅然若失。只要外面有树叶吹动,猫翻瓦片的声音,她总是觉得锦轩是不是在走过来。记忆反反复复,在寂冷潮湿的料峭春寒里,

第七章

依稀散发出一点点的温热。而思念，加剧。

白天和黑夜就这样交替着，庄园的建造已经成形，转眼到了三月。一天，蓝家仆人从县城的邮局取回一封信。他先是交给了蓝洪升，蓝洪升看了封面，径直走到逸庐朝云住处，给了朝云。

那时，庄园已初具规模，正在进行各个细部的雕琢，厂房也开始在选址、奠基中了。朝云得到了一个得力助手叫张叔张长生的，他是语溪县有名的木匠，不但手艺做得好，还管得了人。他带领他的建筑队给朝云家造庄园，工期从不延误，活也做得好。朝云多次跟他打交道，知道了他的为人，心想：这样的人物真难得，以后自己开了厂子也用得着啊！所以这庄园造好后，朝云就不让他走了。

靠了他，朝云有得空闲照料一下院里的花枝。天气很好，春光明媚，朝云的心绪就像这三月里的和风，暖暖的，安宁的。

可是拿到信，朝云的心情不平静了，信是锦轩写来的。那信有些发皱，显然是经过了很多人的手。信封上是他遒劲有力的行楷：寄江南省嘉兴府语溪县蓝府洪升伯父收，转朝云。庄锦轩寄。

打开信，怀着忐忑，朝云的心咚咚直跳，只见那信写着：

云妹：

见信如见人，可好？

我于去年十一月底抵达广州、香港，现在一切安好。香港、广州那里聚集着孙中山先生的拥护者，都是和我年纪不相上下的一批青年人。语桥引荐我，他们对我进行了几天的考察。说来有趣得很，跟考学似的，让我作一回文章。他们给我的题目是：清廷对于中华之罪状。

对清廷不满，早先就听父兄讲过。但是这回要我说"罪状"，还是头一次。语桐告诉我，要革命，就要彻底思考这个时代，该放弃的要彻底放弃，孙中山先生干革命就是要推翻清廷的统治。我就从清廷内政的贪腐说起，说到他们的水军军容涣散，说了一大把。

他们看后，很赞赏。在以后的几个月内，给我看孙中山先生的著述，还有他们编的报刊，并让我参与报刊的编辑。

一个月后，让我参与了起义。这是最惊险的。我们去攻打总督府，总督叫陆万霆，我认识了一个留洋回来的青年陆文一。那天，我们起义军一路追杀清军，清军有很多埋伏，但是我们士气很高，直杀到总督府门口。那里估计有上千清军把守大门，想要进去不容易。我和几个人，扮成卖菜的，脸涂成棕色的，手上也斑斑驳驳地做成了粗糙龟裂的样子。嗨，要是那时候可以照相，我定给你照一张寄来，那是一个菜农锦轩啊！你以前没见过！

我们取得了一个府内厨师的信任，从偏门进去了。这总督府建得比我们北京两家宅第都要好上几十倍，幸亏我们的父亲们是清官，也没到这里当差（我没收到过父亲的消息，不知道父亲和伯父怎么样了），这种人的下场肯定很惨。

我们悄悄进入里面一个偏厅，见里面绑着一个年轻人。那人不留辫子，穿戴像留洋学生。我们问他叫什么名字，为什么被绑住。一问才知道，那人是总督的小儿子，刚从英国留学回来，接受了一些新思想，决心要和老爷子走一条不一样的道路。他总督老爹生了气，把他绑了起来。我立刻就对他产生了好感，并对他说："我就是革命党人，你愿不愿意和我们一起干？"那年轻人看着我们几个虽粗糙，但义气凛然的样子，相信了我们。随后，我给他松了绑，告诉他："我叫庄锦轩。"他问我是哪儿人，我对他说英雄不问出处。

他说，你们要开大门，硬拼死伤肯定很严重，现在大门周围把守有几千清军，且都是精壮力量，不如想想其他办法。他悄悄领我们几个到前面一所比较僻静的房子里，从这里能望得见大门口的一举一动。我们把纸窗捅了一个洞，悄悄地观望着。陆文一对我们说："你们在这里看，等我去把他们引开！"我连忙问他："你要小心呐！"他说："放心好了，别忘了我是陆万霆的儿子！"说罢，他还做了个鬼脸。

第七章

陆文一从后门出去了，不一会儿，我们从窗户洞望出去，他出现在大门口。他是慌慌张张跑过去的，那个把守大门的清军头目问道："小少爷，何事这么惊慌？"陆文一说："不好了！快去看北门，起义军都在攻北门了！"我们猜想这总督府这么大，这北门离南面大门肯定比较远，果然，这千把人的清军闻讯迅速向北面冲去，声音越去越远。

文一朝我们的方向做了个手势，我们几个便飞快又悄无声息地来到大门口，"快开门！"我们都很激动。我们三下五除二开了大门，起义军哗地一下冲了进来，群情激愤。我们起义军的头用他四川家乡话朝着起义的同志们大声喊："同志们！活捉陆万霆，要得！"

我们的同志们个个似豹子，冲向总督府各处寻找陆万霆。然而，我发现陆文一情绪上有些不稳，毕竟陆万霆是他的亲生父亲。我对他说："如果我们捉到你父亲，一定会妥善处理的，不会随便就杀的！"文一还是很忐忑，跟在我身旁，叫我留他父亲一条生路。

然而，陆万霆没有找到，知道受骗的清军立刻掉转头向我们冲过来，双方激战，我们牺牲了好些同志。看到这里，云妹，你一定在替我担心。放心吧！云妹，我机灵得很，身手又不错，只手臂受了一点轻伤。

知道吗？云妹，我现在想法和以前有很大不同。以前为读书求功名，在朝中做个好官，就是报效国家。现在不一样，接受了孙中山先生的民主革命思想，国家要讲"民族、民权、民生"，这是孙先生的三民主义思想，和昏聩无度的清廷不一样。革命是要有牺牲的，青年人只能志在四方，云妹，我会保重的。

这次起义的情况最后怎么样呢？再向你说说。后来，府外又来了几千清军，把我们包围了，同志们有的杀出一条血路冲了出去，有的倒下了。我和几个同志在文一的掩护下，因为我们穿着菜农的装扮，很快从一个小门逃了出去。

奔 Ben

　　后来，我带着文一到了总部。虽然这次起义失败了，但我和几个同志由于开了大门使得起义军能顺利地进到总督府里面，我被提升为起义军前锋副指挥。文一也成了我们中的一员，由我直接领导。但我们没有明显的上下级关系，成了无话不谈的好朋友。

　　云妹，我的生活虽然有危险，但是青年人在一起，为着民主革命所做的一切，都是值得的。

　　云妹你放心，我会保护我自己，因为我还要回来，我会娶你！等这里革命成功了，我还会带着你到我身边。

念你的锦轩
辛丑年除夕夜

　　看着锦轩的叙述，朝云哭笑不得，更多的是担心。这信是除夕夜写的，显然辗转经过了两个多月，朝云才收到。不知是锦轩写了当时没寄出，还是现在通讯也受到了阻碍。但是不管怎么样，信收到了。

　　这一天下午到晚上，朝云的心一直不安稳，心中被一种甜蜜的悲愁缠绕着，睡觉时也辗转反侧。但是她知道了，他活着，在这世界的某一个地方正念着她。

　　第二天，又是一个晴天。

　　朝云很早起来，知道蓝洪升夫妇也起得早。蓝家对语桥的不告而别习以为常，但对于锦轩的出走颇感意外。朝云和锦轩，这一对患难中的鸳鸯，平常的言行举止，蓝家都看在眼里，蓝夫人把朝云做自家儿媳的良好愿望隐藏起来，本来打算等两家都有居所之后订婚，送上祝福。可是现如今，锦轩却让大儿子给"骗"走了。蓝夫人心里着实替朝云难过，朝云闲下来时就让她去陪陪自己。

　　但是包括庭风夫妇在内，蓝府上下都看不到朝云有沮丧、悲戚的面容和情绪，她只是忙。朝云一早过去问候蓝夫人，蓝夫人问她是不是锦轩来信了，朝云说是。老太太没有问信的内容，只是说锦轩平安无事，有没有说到语桥。朝云说，他俩都平安，她没有说起战事这些惊心动魄的事情，只说他们两个

第七章

干的事情很安全。老太太放下心来，嗔怪道："这孩子从来不往家里写信。"

朝云回到逸庐时，庭风也知道了锦轩有来信。庭风问朝云："他信中说什么？"

朝云说："没说什么，只报了个平安。"

庭风皱了眉头，又问："他说还回来不？"

朝云"嗯"了一声，只说："回来的。"庭风还要问，朝云转移了话题，说："哥，今天派张叔去桑园，看看桑树的长势情况。我也去看看！"

庭风叹了口气，说道："去吧！"

霞光初上，东方一片红。祥门外李家的大片土地萌发了勃勃春意。

朝云和张长生在祥门外成片的桑树地边，地里有李家雇用的很多农人正在修剪桑枝，以备春天多抽新枝多长新叶。几个有着丰富培桑养蚕经验的农民正陪着朝云和张叔说话。

那个领头的农人对朝云说，比如养蚕可以把蚕种包给村人去养，可以省下建蚕房的钱，但要挑选一批养蚕能手，保证产的茧子量足色泽好。朝云态度谦和，感谢他想得周到。

朝云看着这晴空下的桑树林，在阳光下每张桑叶都润泽闪亮，仿佛都蓄足了养分准备被"蚕食"。看看这些农人，埋着头采桑叶，世事无常，于他们无关。是的，不必锁在闺阁里编织愁怨，这方清朗朗的天下，有那么多未来要做的事情。且忙着吧！

朝云丝厂的地址选在离祥门二三里地的地方，也在运河岸边。那是庭风确定的位置，离自家近，出入方便，又离县城不远。县城就在往南三四里，可以方便招收工人。不但可以找祥门附近的乡下人，也可以找县城里的白丁（在县城里生活，不从事商贩等活动，没有职业但是根底干净的人）。

李家还住在逸庐，李家造庄子，造厂房，得到了蓝老爷很多帮助，朝云和庭风把情义埋在心底。

不过，蓝夫人颇有微词，蓝夫人对蓝老爷这么说："这女人家管好屋里的一亩三分地就行了吧？这云姑娘去开什么厂子，成天和那些下等人在一起，别人会怎么说啊?"

蓝老爷沉吟了一会儿,对夫人说:"现在也不是从前了,女子们都出来了,你没见前年咱们去上海,有些女子都出来游行,手里举了牌子你还记得吗?"

蓝夫人想了想说:"那些牌子上写什么'婚姻自由''工作自由',什么意思呢?"

蓝老爷说:"那就是说她们想跟谁结婚就跟谁结婚,想要出去做事就出去做事,没人管得着她们!"

蓝夫人,"啧啧"几下,翻了白眼。

蓝老爷体恤地说:"朝云的意中人跟咱儿子走了,她开厂也是抵消相思之苦啊!"

蓝夫人不再说什么了。

朝云有兄长的支持,沈氏也不敢多说什么。她也想到李家光花钱,不来钱,也不是办法。自己小姑子能顶一片天,这对未来自家的生活都有好处。想到这些,她也默默地支持朝云,比如,她从自己的私房钱里拿出了一部分,支援朝云建厂房。庭风觉得自己妻子如此通情理,很高兴。

所以,虽然蓝夫人有话说,但是她却对蓝夫人这么说:"我家姑娘啊,要做巾帼女英雄,咱们不支持她能怎么办?"

第八章

朝云家要在语溪站稳脚跟，除了蓝家，还得通过几个人。

比方说本县的县令，他掌管一县的行政、商业。朝云想要在这语溪县经营事业，必须在他的默许之下。这个时候，语溪县的县令叫朱仁贵，朝云见过几次。他对朝云的印象很深，也给朝云留下了深刻的印象。

那是个十分精瘦的老头，尖尖的鼻子上架着一副眼镜，眼镜耷拉着，常常从眼镜上方透出两道狡黠的目光。在饭席上看到朝云时，他定定地看了许久，听到有人咳嗽了几声，才赞叹道："朱某眼窄，没见过什么上等的女子，今天见了朝云姑娘，才知道京城的女子怎样倜傥啊！"

那朱仁贵官位不大，但会识人，看庭风谈吐不俗，猜测来头不小，态度很是客气。庭风对自己是否从京城里来没有隐瞒，但只说白家在京城做丝绸生意，祖籍在嘉兴，现在逃到南方来了。蓝老爷说李家兄妹初到江南，希望朱大人多多照应。朱仁贵也献上关切说："庭风贤侄，语溪属我管辖，你们兄妹俩有用得着朱某的地方，尽管和我讲，啊，哈哈……"说罢，一个人笑了起来。

庭风和朝云向他表示感谢，朝云敬了酒。

席中也讲到时局，蓝老爷说："这局势难煞人啊！"

县令说："语桥还没回来吗？真去做革命党人了？要是被抓起来可要杀

头，叫老夫不忍啊！"县令语气中带着担忧。

"你倒对朝廷还有信心，"蓝老爷压低声音对他说，"听说京城那些大官儿都……"他把庭风来南方时京城那些官员作鸟兽散的消息告诉他。

"有这些事吗？老夫寡闻了。"县令仿佛才听说这件事，嘴巴作成了圆形。听蓝老爷这么说之后，又狐疑地看了看庭风和朝云，马上又恢复严肃的神情了。

朝云态度谦恭，但是朱仁贵那种怪怪的眼神，种种不自然之处，她是觉察到了。

李家兄妹觉得，要在这语溪住，理应尊重这一县之令，以后的事才好做。

语溪县有很多有钱的商人，他们在商会中也是举足轻重的人物。除了商会会长蓝洪升一家，另外庭风、朝云也认识了几个做丝绸、盐业生意的人。另外，语溪县古运河边有如此一个千年古刹，两岸的人民都在这钟声环绕的福地上休养生息。所以这一带，也是十分重视佛教的福地。像方丈这样的人，也是人们所敬仰和依托的人。一般有头有脸的人，都会去他那里供奉。这禅寺，使得流离之外的庭风，精神上找到了一个安息之地。所以，方丈也是庭风结识的人选。

在朝云的主持下，祥门的工程结束了，一座外形质朴但不失高大威仪的庄园在运河岸上矗立起来。在大门口竖着一块石碑，上面写着：钟响寺下——祥门里。

这天早上，东方霞光万丈，一轮旭日从运河对岸白墙黛瓦的房屋上升起，祥门的朱漆门庭，彩色琉璃瓦，在一片彤红的光里熠熠生辉，祥门四围方圆几十里内，除了散落的农户房子，就是大片泛着绿波的水田，还有成片成林的翠色欲滴的桑树地。这都是李家置的田地。江南的日子开始了。

庭风和朝云一早起来，就听见大厅里桌子椅子碰撞的声音，张叔在指挥帮工搬桌子椅子，准备晚上的乡宴之用。走到大门外，见大门口的一对石狮子挂上了红绣球，屋檐上也拉上了红绸。

庄园里，到处散发着木料的醇香，还有油漆的略带刺激的清甜味儿，都

第八章

在各个厅室里弥散开来。家人、仆人、帮工，人人脸上洋溢着喜气洋洋的神情，仿佛暂时忘却了这是一个不太平的年代，忘却了早上从城门口和茶馆等四面八方听闻来的京城那边的消息。

傍晚时分，客人陆续来了。庭风和朝云在南边大门迎候贵客，来客除了蓝洪升夫妇、语溪县令、福俨禅寺的方丈、钟响寺下所在村子的氏族长、房屋的设计者，还有几十位帮忙建房子的乡邻，都来了。另外还有一个意想不到的人，这就是蓝洪升久未谋面的次子蓝语桐。他刚从英国牛津留学回来。庭风和朝云见他时，他一身浅米色西装，藤黄色领带，不过这样的装扮，兄妹俩在京城从留洋青年身上也见到过，语桐却少了两样——礼帽和墨镜。只见语桐板寸头，颀长身材，清朗的神情，没有一般留洋青年所有的浮躁之气。

这语桐半月前来信说，四月底要回来，可把蓝老爷高兴坏了。总算去了一个，又来一个。次子在两年多前去英国牛津留学，这次学成回国，一定要让他好好发展家业。这个孩子打小和兄长不一样，虽说两人都聪颖好学，但语桥喜欢独个儿，往往家事指望不上；语桐却成熟，稍大点，就对自家的产业，米行、染房、布庄，账本里的货物和营利数目能熟记于心。语桐十八九岁时，蓝洪升在一个商人朋友的建议下，决定送他去英国留学，好学学大帝国的工业文明，回来扩展家业。

语桐从父亲的回信得知，这几年国内乱了许多，父亲以前说过的在京城当官的恩主家现在有难，后代都逃到南方来了。父亲在信里说到庭风和朝云，特别说了一句李家的朝云小姐不是个一般的女子。

语桐在国内时，见着的都是南方温婉秀丽的女子，常常是燕语莺啼，过于娇弱；出了国，见着外国女人，香水红唇，笑可露齿，讨于浮艳。心想：这"朝云"名字就不一般，究竟是个怎样的人物呢？

当语桐第一次在钟响寺下祥门里的大门口看到朝云时，心中万千思绪都化作一声轻叹：此生就是她了！众里寻她千百度，蓦然回首，她却就在此地！

这样的女子是这个小地方的稀罕物，语桐见客人们都把目光停留在她身上。语桐从庄园的大门走入前园，眼睛虽在看里面的新建筑、假山、池沼，可眼睛的余光却时不时地朝大门进来的方向瞧，心中被她填得满满的。入席，语桐和家人坐在厅堂的首桌。主人是李家兄妹，客人有蓝家人、县令、方丈、设计者，大家围成一圈。全厅有上百人，大家的目光都在这一桌。

等大家坐定，庭风举起酒杯，向全场说："蓝叔、蓝婶、朱大人、住持……各位乡邻，李谋一家在此落户，惊动劳烦各位，今日在此宴请大家，谢谢各位光临，请各位畅饮！"

庭风示意朝云敬酒，朝云举起酒杯，说道："各位尊长、兄弟、乡亲们，以后还请大家互相照应，还有劳烦各位的地方，请大家多多帮助！朝云敬大家一杯！"说罢，她举起酒杯，仰起脸庞，把它喝完了，又拿空酒杯朝满厅的客人示意了一下。

乡亲们齐声欢呼了一下："好！"

那时，语桐在席中，关注着朝云的一言一行，见她穿着新式的高领长袄，头上只在乌黑的云鬟上点缀两颗上好的大珍珠，项上也戴同样质地的珍珠链子，另外有一个玉镯戴在她莹润光滑的手腕上，其他，并无过多的装饰。看她温婉中透出从容、淡定，举手投足间有男儿的利落，比之南方女人的拘泥小气，更显出洒脱来，然比之外国女人的放诞世故又显出典雅含蓄来。真正是少有的奇女子！

蓝母坐在朝云旁边，儿子也在，她对朝云讲的话更多了。两人说着悄悄话，蓝母不时开心地笑，朝云也笑。

蓝洪升和庭风、县令把酒言欢，方丈以茶代酒。蓝洪升偶尔也会把注意力转向儿子和朝云那边。

语桐先前听父亲讲，朝云想在语溪开一个缫丝厂，就向朝云问道："听说云妹妹要开丝厂？"

朝云谦逊地回答了。

这时县令称赞朝云了不得，方丈也微笑颔首。

蓝洪升听见了他们的对话，回过神来，说道："朝云啊，我们语桐刚从英国回来，学了一脑子的洋国生意经，到时让他帮你啊？！"

朝云定了定神笑答："到时就请桐二哥多些关照了！"

语桐立刻正色道："云妹妹放心，到时一定倾力而为！"

第八章

庭风放下酒杯，对大家说，朝云已经置了千亩地种桑养蚕，等春蚕结茧，就可以在前面新造的厂房里缫丝了。还说现在国家动荡，但上海、杭州那边依旧货物流通，商业繁茂。到时就把丝销往上海、杭州等地。说着举起酒杯朝着县令、洪升、方丈敬道："在这贵地，全仰仗三位了，李某敬上！"

洪升和县令、方丈都回敬了。

语桐颇有自信地说道："国内缫丝的条件过于落后了，英国的机器效率比国内先进几十倍，现在他们有一种缫丝机器能同时捻出十几股丝来。开丝厂就要购这样的机器才能出利润……不过最主要的是学洋国的管理。"

洪升听了儿子的话，很自豪。县令也随即夸赞起语桐来。

朝云听了语桐的话，心中对开办丝厂的计划更扩大了许多，眼睛放出亮光来。面对语桐爽朗的谈吐，对自己钦慕的眼神保持着矜持。

大家愉快地谈着。对岸传来禅寺的晚钟声，方丈默念了几句，坐在桌旁的乡邻面露虔诚之色，默默地说道："响钟了，响钟了。"

宴席在蓝家老太人褒扬儿子的话语声中结束，仆人收走残宴，摆上了茶具和茶点，江南人家都兴饭后饮茶，这一点兄妹俩是从蓝家学来的。

朝云有些微的倦意，慢慢饮了一口茶，余兴未了地看着大家。脸上因为喝酒而微微有些红晕，越发显得可爱了。语桐就说到英国的下午茶，说饮茶文化原是我们这儿早就有，喝早茶，饭后喝茶，中国不是蛮荒的乡昚旯之地。蓝老太太喝了一会儿，对朝云说，要去看看李家的花园水池，语桐也去。三人便谢了席，从餐厅的前门走出。

庭风家的花园里也筑了山、池，那太湖石据说因为时局动荡，价格相当优廉，是从一个住在杭州的苏州商人那儿购得的，也是伟素建自家居所时碰着了合适的捎信给庭风的。那商人本来是住在北京的，因为北京人建花园的多，用到石料的次数就多，屯了很多货。但现在那边人都往外走，都没啥人买石料了，转而到南方来，现在都以较低的价格出售。不但太湖石便宜了，另外，造房子的木材、石料，都得到了比之前一个优惠的价格，就连铺地的方砖有些都半卖半送了。庭风之前得了消息，所以房子造得并不局促。庭风那时想：这里气候温润，稻禾丰茂，河道纵横，守望一方田园水巷，忘却家族的宦海沉浮，不能为国家效力，且让我在此地吞吐一下自然风雨吧，房子要有点气魄！

几个人看过花园，蓝夫人说十分不一样，有北京那些府第里花园的气魄。蓝夫人娘家原是北京城一户不错的富商人家，和那些大府第也有些来往，见识不浅。蓝夫人往东望望，说道："好大的池子呀！"池子一边筑着回廊，另一边造了假山、楼阁，种了各类树木花草，在最东头靠南边有一个亭子。老太太说："到亭那儿去！"

三人就沿着南边的回廊一边走一边聊，语桐说："这水可是活水？"

朝云笑了笑，说："正是呢！这池子里的水和运河相通的。"朝云指着那边亭子说，"通道就在那儿。"

三人走到亭子里，顾不得看上面的字和对联，语桐说："在下面吗？"

朝云说："应该是吧！"

语桐从亭子下面看，水面从亭子下面呈东西向流着，宽宽的一道，叫道："一定是这儿了！"语桐想，这京杭古运河自北向南，这池子的水一定是东西走向和运河相通的。

朝云点点头，说："没错！"

说话声中，从运河对岸又传来禅寺的晚钟声，"当——当——当——"朝云想：哥哥这个时候一定在默默地祈祷了。想着也沉默不说话了。

语桐和老太太也不说话了，老太太朝着禅寺的方向念念有词了一番。

"这祥门和京城相通呢！"语桐文绉绉地说，"下江南，隐田园，祥门立，钟声起！"

朝云听了他的话，禁不住深有同感。

三人游完池子，又往回走，穿过花园来到最西头的"静心斋"，那是闲来弹琴作画的地方，环境非常静幽，朝云把里面布置得极其雅致。里面挂了一些山水花鸟和字，一幅董其昌的条幅赫然其上，南下时，父亲把米氏的一幅山水与董其昌的字幅交与朝云，要她妥善保管。并叮嘱她：画虽珍贵，但它和钱财一样，都是身外之物，必要时可抛弃，但要落入善人手里。李家还有一幅米氏的画，另外还有一些名家的字画，这些都在父亲清元那里。朝云并

第八章

没有把米氏的一幅山水挂在墙壁上，一则太过显山露水，二则语溪小地方也不太有人能见识。但是什么好东西过于藏匿，又未免心机太重，因此把董其昌的书法挂了上去，字好不好毕竟都能看得出来。

语桐从小对于家里的经营有先天的禀赋，然而书画的浸淫不是很多。他看了一圈，在落款为"朝云"的字幅前停住了。只见那上面的字秀挺庄严，坦然大气，绝非一般人能写得出。

语桐赞叹道："非一般人能比啊！可是妹妹所写？"

朝云微红了脸道："是我写的。"

语桐道："打理家业，人情世故，琴棋书画，妹妹样样称道，奇女子啊！"

蓝夫人说："朝云和她兄长现在到南方来，举家南迁，不容易，以后要多照应她！"

语桐得了母亲这句话，心中欢喜，连声说："正是！正是！"

三人说话间，回到餐厅，客人有的还在喝茶，谈兴正浓，有的起身谢过主家，准备要走了。蓝老爷和庭风又谈了一会儿话，见夫人面露疲倦之色，便向庭风和朝云告辞了。语桐走前，对朝云说："过几天我来看你的丝厂！"朝云点头说好。

第九章

朝云的丝厂房子是一排平房，里面有宽阔的厂间和走廊，这是仿照西式的工厂房设计的，邻近的嘉兴城内有这样的厂房。朝云叫人弄来了图纸，让本地的施工队建造。缫丝的机器还没有购来，朝云计划明年春天，春蚕收茧之前要把机器、人手都准备好。语桐既然要来看看，也可以让他出谋划策。

却说语桐有了语溪县城第一辆汽车，并不打算开着去朝云家。买的时候，父亲也赞成。老爷子想，儿子留学回来，总要有点什么东西装下门面，不惜从账户里拨一万多银子出来，从上海把这辆汽车运了来，那是用船运来的。语桐只开过一趟，去省城杭州。到那里倒是路通，可以沿运河边的驿道一直开。到了杭州，就可以走大路。语桐是去杭州看那里钱币的行情，准备在那儿开个钱庄什么的。另外也看了些面料的新式样回来，好在自家作坊里按样生产，再放在布庄里出售给县城里那些爱时髦的太太小姐们。语桐办这些事，一两天就来回了，而且还满载收获。蓝老爷子甚是满意。语桐这次英法留学回来，学了些老帝国那冒着机器轰鸣和浓烟的思想，决心一改自己家里的那些染房、布坊老旧的作业方式，通过一个国外的朋友从海关入境，捎些机器来。又结识了省城一同留学的同学，和他一块儿回国。那同学家里倒是钱庄世家，在御街、河坊街上，都有店，对行情了解得很。他对语桐说，现在洋人都进中国了，洋货币也通行得很，跟外国人打仗不行，可跟他们做生意好

第九章

得很，他们喜欢中国的古董、丝绸、茶叶。他说，语桐若想在杭城开银号，他可以说服他父亲同意帮他。

语桐决心洋为中用，振兴自己的家族产业，发奋图强。自家经营盐业已有上百年，现在私盐越来越多，自己也应转而在其他产业下些功夫。他有一些好的主意，比如在杭州的御街设一个外商贸易洽谈处，这样避免了老式的坐守营店的方式，可以变得更主动，人脉也就更广泛。把自家的面料，杭州的龙井，一些不上流的古董、字画，跟外国人交易，所得的钱，一可以继续跟外国人贸易，二可以把自家县城里的染坊、布坊做大，顺便叫人手把杭州钱庄的生意也给做起来。更让语桐思虑的是朝云的丝厂，到时也帮她打开销售渠道。

语桐骑了一辆自行车去的朝云家，这也是稀罕玩意儿。从蓝府出发，穿过家门前的语溪大街，从县城有名的崇文桥西岸，沿着运河往北。路上碰着好些进城出城的乡下人，他们看到语桐身下这个转动两个轱辘的玩意儿，也许刚刚还三两个聚在一起说着时事，这会儿不由得都停下了脚步，不由得"啧啧"称奇。而语桐哼着曲儿全然不顾，一路芳草萋萋长亭外，河上五里一桥，岸上十里一亭，水面倒影清澈，水波荡漾，静出涟花，语桐的心像晴空里朵朵云絮铺开，柔软而温暖。

骑了三四里路，岸上，一排宽大的平房展现在眼前，那就是朝云的丝厂。语桐看到烟囱只有一个，而且比较小，便想到要告诉她还得在另一边再加个大的。他们说好她在家里等，他去带她。

语桐一路飞驰，骑到钟响寺下。那祥门的大门口开着，管家听到响声出来。看到语桐，忙走过去要帮他推车，语桐告诉他只要车脚一放下就好了。管家说："蓝少爷，我家小姐在里面等您了！"管家是一路跟了来的，原来是一个很忠心的仆人，地道的北京话。

朝云在厅堂里坐着喝茶，语桐进来，互道了声早。

朝云问："二哥一路上来，可有听闻局势上的消息？"

语桐笑笑说："没有啊，路上只碰到几个进出城的乡下人。"

朝云说："这江南福地甚好，老百姓过的是安稳日子。"

"嗯。"语桐说，"妹妹什么时候出发，我骑自行车带你。"

"噢？自行车？"两人说话间，来到大门口。

语桐指着停在花坛边的车说："喏，就是它！"

朝云看着车，对语桐说："前些年在那边（指京城）见过几次，那些人穿着长褂子骑，差点把袍角绞进那链子里——比起坐轿坐车倒方便不少。"语桐暗暗佩服，心想：不愧是京城来的女子，见识就是不一般，讲话也极有分寸。

两人乘着自行车沿运河岸往南，却在不远处河埠头遇见一条船，那船上有两个衣衫破旧的中年男女，在船里呻吟。两人下去一问，原来这对夫妻是从北方逃难来的，家被洋人的炮火炸掉了。朝云给了他们一些银子，又让他俩到祥门，那里有施舍。

两人别了这逃难的夫妻俩，乘着自行车继续往南去丝厂的方向。路上，语桐愤愤地说："这中国也就这么乱了，这清廷净让洋人擒住了尾巴，清廷的好日子长不了了！"

"是呀，这乱世做什么好呢，还不是打起精神去做别人没有做过的事情！"朝云说。

语桐听了，安静下来，良久，他转过头说："他——有消息吗？"

原来，语桐从母亲那儿听说了锦轩，以及他和朝云结婚未成的种种事情。

朝云的这句话让语桐想到了锦轩的存在，听见她叹了一口气，说："还没有。"

语桐也叹口气说："我大哥也音讯全无……做这样的事情却放下了家庭，能搞出什么花样来……不如在这江南福地，发展商业，于家于民都有好处，生产出了好商品，不是也算报效国家吗？"

朝云却并不答话，心里却对语桐的这番话感到十分惊讶，因为想不到语桐倒是和自己想的一样。但是，她心中立刻开始担忧起锦轩的安危来。她日日思念着锦轩，别人看她神态安宁，做事有条不紊，还以为她把锦轩渐渐淡忘了，实则她做这些家里家外的事情，用极了心力。每天早晨起床，她提醒自己，太阳每天升起，一定要打起十二分精神来做这些事情，比起锦轩在外

第九章

面经风浪，提着命干事，自己的这点苦不算什么。所以她一面用心地让几个庄头管理桑树培植、修剪的事儿，一面又雇了几十家农户来养蚕种，担心雇工们把蚕养得参差不齐，又以较高酬金请来当地有名的养蚕圣手来指导春蚕的养殖。再过个把月春茧就会收上来，到时就要开始缫丝。

她对语桐这样说："做商业也好，去干不顾身家性命的事也好，都是为了出路，自家的出路，成千上万家的出路！"顿了顿，她接着说，"还有我想就是这个国家的出路吧！"朝云也不明白为什么，自己竟会变得如此懂大局了，同时感到心底作痛。

语桐想到一个女子居然有这样的见地，就说："也是啊，本来你在京城官宦人家当小姐，是不用这样辛苦的！"到厂房了，语桐停下车，朝云从后座一跳，下来了。语桐还在想着刚刚自己说的话，就定定地看了她一会儿，使她有些不好意思地把头偏了过去。他停好了车子，接着说："比如锦轩，还有我哥，要是国家太平，也用不着去冒这样的险，做些外人还不了解的事，对吧？"这次，他没有双眼灼灼地看着她，她没有答话。

厂房里面是二百多米长的大通间，顶层开了好多气窗。语桐说，要把这个大通间做成十几个厂间，工人干活互不干扰，建议在房子顶部拉下电线装电灯。还说上海的厂已经有开始通电的了，不知嘉兴有没有发电厂，要是没有，从上海买架发电机。朝云原先说到要用机器缫丝，而这里离上海嘉兴有距离，怎么发电还是个问题，现在语桐可以帮助解决。他对她说现在好的缫丝机器都进口，到时也一并购来。语桐说这些话时，让朝云觉得他并没有明显帮助的语气。

语桐对朝云说了好些大帝国英伦的工业方式，朝云觉得他把自己当成了无话不谈的好朋友，所以心生了很多温暖，除了感激，心里不禁对未来憧憬满怀。

谈到中午时分，朝云叫语桐在祥门吃了午饭再走，语桐谢别，朝云没有挽留。

这天晚上，朝云睡到半夜，做了一个梦。梦里父亲坐在一个化房里，那是朝云小时候常去玩耍的地方。父亲对朝云说："云儿啊，你长大了，看爹爹好久不带你去玩儿了，世道变啦，女孩子家家也出门了，到时你也不用女扮男装。你哥哥闲散，世事不上心，家里的事就靠你了……"

朝云扑倒在父亲怀里，不住地哭着。潜意识告诉她，这是在梦里，梦里见到了父亲！然而她宁愿待在梦里，不愿让哪个神经唤醒梦境，她哭着说："父亲，我好想你啊！"可是父亲仿佛没听她说话，自顾自说着。忽然画面一转，像现代的幻灯片转换，父亲在书房里了，而且周围全是火！一会儿父亲成了火人了，朝云大声哭泣着，叫起来："父亲！父亲……"终于，她从梦里哭醒。

几天后的一个下午，语桐带着一个人到祥门。朝云看到那人，不由得叫起来："陈年！"原来来的就是父亲身边的人，他是李府的管家。见到陈年，就像见到失散已久的亲人，朝云第一句话便是："父亲可好？"那陈年本来看到朝云就又悲又喜，正有一肚子话要倾诉，听到朝云这句话，便大放悲声，痛哭道："小姐啊，老爷他……他去了……"朝云听罢，便觉天旋地转，眼前一片乌黑。这时，庭风也过来了，听到了父亲去世的消息，呆坐在椅子上。

陈年抽泣着，语桐对他说："慢慢讲来——"

陈年一边哭一边讲，讲完李家的事，又讲庄家，还讲到朝廷和联军。原来去世的不但有清元，还有庄家慕达。

慕达死得更早，在光绪二十七年，也就是前年，慈禧和联军签了条约，满朝官员不敢吭声，有几个在背后议论，但不敢上奏。慕达气愤不过，在早朝上责问慈禧，为什么不和大臣商量，慈禧说你个汉蛮子活得不耐烦了，敢用这样的口气说话。慕达不管不顾，痛斥慈禧拿国家当儿戏。最后慈禧说要在午时，午门口处斩慕达。慕达说："你这祸国殃民的老妇，国家都被你弄成这样，还要和你一起苟活不成？老夫这就去了！"说罢，慕达一头撞在金銮殿的红柱子上，鲜血溅了满地。

陈年说，庄老爷死相惨烈，老爷在慈禧面前求了情，说庄家世代忠良，就好好地安葬吧！慈禧看到满朝的官员，尤其是汉族官员，大都脸上有不平之色，就说，这顽固的老家伙对我如此不敬，本来要诛九族，念他对国家忠

第九章

心,让他家人来收尸吧!庄老夫人听说丈夫惨死,口吐鲜血,也随他去了。两位都是我们家老爷安葬的。

陈年说,自从庄老爷惨死之后,老爷变得更加沉默了。

联军在北京城烧杀抢掠,无恶不作。听说清元收藏着米芾的山水,董其昌的字,就派一个说客前来说服。意思只要清元献上这些字画,便可以获得巨额财物,还会让他官至一品。清元说,我年纪这么大了还要当什么一品官呢,钱也没什么大用处。山水字画有倒是有一些,但都是些二三流的画家书家所画所写,米家山水,董其昌的书法,那是一幅也没有的。那个说客看清元是铁板一块,威胁道:"那你就等着我们大人把你家夷作平地吧!"说罢,就走了。

一天,几个洋人带着一队举着洋枪的队伍闯进了李府。为首的一个在花园里大声叫嚷:"李清元,你出来!"清元就从里屋出来。那人大摇大摆走到清元面前说,给清元最后一次机会,要是交出字画,钱财官爵一样不少,要是不交出来那就叫李家血流成河。清元很镇定,清了清嗓子说,洋大人不要急,一切都好说。那洋人见清元口气有转变,就说道:"李大人识时务者为俊杰!"清元说:"洋大人今天既然来到李某府上,李某应当以客待之。陪我进去喝一杯吧!"仆人立即在厅堂里摆上了一桌酒菜。那洋人就和清元入室喝酒。酒酣处,那洋人说:"字画呢,现在可以拿出来了!"只听清元大声说:"拿画来!"说罢把酒杯一摔,"咣当!"一下,发出一声脆响。说时迟,那时快,从厅堂的各处出来一帮拿着刀枪的人马,一个人把那洋首领拿刀一架,另一人迅速把他绑了。那洋人打了一个冷战,酒醒了,嚷起来:"李清元,你要干什么?你不想活了?!"清元冷笑几声,说:"你们这些外国人在我们中华大地上肆意妄为,今天李某拼上这条老命也要让你们几个进得来,出不去!"那洋人一听,大惊失色,叫道:"李清元,你不要乱来!"

外面拿枪的一队洋兵,听到动静闯进厅堂,正要开枪,清元这边架洋人刀的家丁说:"谁敢开枪,叫你们头领的脑袋搬家!"说着用刀做了砍头的动作。

洋兵们都不敢动,屋外的洋兵也不敢进来。清元朝家丁队伍中的陈年使了个眼色，陈年便通过屋里的一条暗道穿过别的房间到达后院，从后院逃出去了。

陈年对朝云说："老爷叫我逃出来到南方给少爷小姐报信，我逃至城南十余里的村路上，回头望望自家的方向，见半天里冒着浓烟，知道老爷他已经……"

原来清元在洋人来李府之前，早有打算，准备火烧府第。他身边有一幅米芾的山水，这是对敌的诱饵。万一有什么不测，这幅画可以拖延时间。而其他的字画都让庭风、朝云带走了。

最终，那一幅米芾的山水随着熊熊的大火化作了历史的烟尘。

一时间，火光冲天，仿佛半个北京城都在燃烧。

陈年讲到这里，不住地流泪，说："老爷死得惨烈，但死得值，比那卖国求荣的主子好一百倍！"朝云和庭风听着，抱头痛哭在一起。

良久，朝云擦干眼泪，问陈年："父亲去世前，有什么交代？"

"这一个多月来，我心里只有一个念头，就是快点见到少爷小姐——今儿个总算让我见着了！哦啊，我把大事敢忘了！"说着从贴身的衣兜里掏出一封信交给朝云。

兄妹俩急速打开信封，看到父亲的亲笔：

风儿云儿：

家国无路，一去南方，见信可好？接信父已随联军强盗灰飞烟灭，汝可哭，然要哭出胸怀，哭出志气。

江南乃锦绣之地，离京又远，儿女在此不可坐吃山空，应谋划家业，延续子孙。然国家危亡恐难不波及，汝谨记：不误国，不误节。

蓝家乃良家后代，为人炙热，汝定视为亲长亲兄弟，万不可有逾越懈怠之处。

庄家伯父早前亦以身殉国，小心告知庄家兄弟。离乡背井，互相照应，生根落户，良训传家。

第九章

父绝嘱。

兄妹俩看完信，又哭了一阵。语桐在一旁安慰。

过了许久，朝云才想起来要给庄家报信。语桐说他隔两天要到杭州，到时陈年可乘他的汽车去。

语桐劝兄妹俩别伤心过度。晚饭前，语桐回了蓝府。

第二天上午，语桐过来时，朝云还在洗漱。朝云在镜子里看到自己红肿的眼睛，用鼻子深深吸了一口气，默默地对着空中（仿佛那里有父亲的亡灵）念道："父亲，您一路走好，女儿不会辜负您的！"

朝云戴孝走出来，看见语桐，打了招呼。又看见兄长还坐在那椅子上，连忙问："哥，你一夜没睡？"

庭风下意识微微点了点头，依旧沉浸在无边的悲痛中。

朝云心里像有一个深深的泪潭顷刻间决堤，在泪水快涌上来时，她又深深吸了口气，止住了眼泪。她说："父亲走了，以后就剩我们了。振作精神，往前看吧！"

庭风还坐在椅子上，望着门外。

朝云说："我去买些食料来，给父亲做些素食。"

"我去买啊，小姐！"里头吴妈听到朝云说话跑出来说。

朝云决定亲自出去。语桐在一旁，忙说："乘我的车去！"

语桐的汽车沿运河往县城开，运河两边的芙蓉在并不太萧瑟的秋风里还有朵朵红晕，那夹杂其间的柳条几自阳春三月起，就一直像那长发的少女伫立在岸上。阳光没有那么明艳，但是也很和煦。语桐的心情也是这样柔柔的，软软的，此刻，在他的心底还多了一份甜蜜的忧伤。那是为他的心上人而涌起的，而心上人就在他身旁。

几触阳光柔软的肢脚透过玻璃伸进车内，车内很安静，语桐并不想打破这温柔的静谧，所以一直不说话。

窗外，运河水静静流淌，禅寺的一角飞檐从对岸树林中升起，"当当当——"寺庙里有人在敲钟了，这个时候还不到和尚们做晚课的时间，一定是有些人家在那儿祈求福运，所以有钟声。"当当当——"运河流淌，钟声环绕。

朝云想：家门外京杭古运河通向北京，北京通过运河直接到达家门口，父亲的亡魂一定会沿着运河前来找儿女。要给父亲做个"河祭"，在寺里做堂法事。

语桐看朝云一直不说话，就安慰道："伯父已走，云妹定要节哀呀！"又说，"云妹要怎样祭拜，哥明日过来，家父也会来。"

朝云感激地看看语桐，把祭拜的事对语桐说了。语桐说："河祭，这千年的运河配得上伯父的忠魂了！"

第二天一早，李家准备好"河祭"的吃食，在本地找到类似的食材，朝云亲手做，都是清元爱吃的仿京式糕饼。

这些吃食和折好的纸钱放在一起，"河祭"时洒向运河。另外还要洒给父亲的是朝云的几页书信，那信是朝云连夜写的，有李家庄家后代一路来南方一路奔波的事，还有在蓝家的情况，信中写了自己怎样一步步帮忙打理庄园，想要开办丝厂这些事，以及锦轩的出走，对乱世怎样立身的看法。朝云用蝇头小楷工整地写完这长长的书信时，深深地舒了一口气，又把它重新誊写了一份。朝云想：一份给父亲，一份留给李家的子孙后代。

朝云和哥嫂吃完早点，语桐和他父亲也来了。他们在清元的灵位前哀思默拜，蓝洪升向庭风和朝云表达了悲痛之情，又对兄妹俩安慰了一番。

庭风眼睛迷离，看门外船来船往的运河，白墙黛瓦彼岸人家，这时晨钟响了，当当当——当当当——庭风犹记得父亲在耳边的叮嘱，现在回想起来，恍如隔世。现在父亲是死了，然而庭风切切实实地感到父亲就在身旁。不是吗？那悠悠的运河水里有父亲的身影，那不再寒冷的春风里有父亲温暖的气息，不，父亲应该在彼岸，在那幸福的彼岸，就在彼岸那桃花粉蕾簇簇的树荫下，在那禅寺悠扬的晚钟声里。抑或，父亲的一双眼在天空的一朵云里凝视着他们，满含着笑意。

庭风这几日守孝在家都沉默不语，家人都以为他沉浸在失去父亲的悲痛中。

第九章

庭风早上摆渡到对岸禅寺去，晚上又摆渡回来。在田边碰见采桑叶的雇工们，他们都尊敬地称他为："李老爷。"他时常停下来和他们说话，谁家有人生病，有揭不开锅的时候，他都拿些药材或者米、面等去看望。

每天，禅寺的钟声让他心境安宁，对生灵的关注让他内心更加温暖，他觉得父亲就在自己对生和死的虔诚里，他的心境有一天能超脱生和死，父亲也就永恒了，世间一切美好也都能长驻人间。

在这几天，李家在几千里外，替亡父料理后事，"河祭"，禅寺里做法事，并派人去京城李府的废墟上取亡父的遗骸，安葬在南方祥门的墓园。另外，语桐也把陈年带到杭州，给庄家报了信。

那天，语桐按朝云给的地址，找到庄家。语桐去办事了，陈年进入庄家。

伟素在客室里接待了陈年。这陈年，是李家原来的仆人，伟素熟悉。只是陈年会来南方，伟素还没有想到。看着陈年的神情，伟素心里沉沉的。

"庄少爷，小姐叫我过来说这个事，您心里要有准备。"陈年说。

"你说吧!"伟素想到一定是父亲的事了。

"庄老爷他——死了!"陈年把慕达两年前怎样遇害的事情说了。

伟素脑袋嗡的一声，半晌说不出话来，胸口刺心地痛。

这两年来，自己在杭州，风闻那边的一些事情，他本来想父亲可能被削职，却没想到父亲两年前就已经死了，而且死得这么惨，而母亲也死了，这是他无论如何都承受不起的。一时间，悲痛把他击垮了，不由得靠着桌子失声痛哭起来。而更让他痛心的是，这时候锦轩却为着什么理想奔波在更远的地方，身为儿子的两个人，一个都不能守在父亲身边。

伟素问，父亲、母亲是谁安葬的？陈年说，是李家老爷。

陈年走后的几天，伟素在家里设了灵堂，远远地拜祭父亲母亲。并想办法托人捎信给锦轩，叫他务必回来，但是信捎不到。他心口更疼了。

第十章

父亲的后事暂告一段落，厂里车间内部整修完毕，陆续买进了机器。年关前，县衙里遣散了一批小差员，这些人听说运河边有开厂子的，都来报名，以便养家糊口。语桐说这批人做事不行的，叫他们当工人，哪个会勤勤恳恳地做事，不如抽几个管管事，跑跑腿的。要正儿八经做事，还要招县城里那些普通的良民。朝云采纳了语桐的意见，几天之内，招齐了人。除了城里的居民，也有一些能干的乡下人，有一些庄子附近的乡邻被招进来，对李家自然带着感恩戴德的心情。这些乡邻平时都以种田为生，突然在自己家门口有一个厂，可以进去做工，挣得响当当的银圆，这是做梦都未曾想到的。这些人中，有很多是妇女，她们大部分为能成为一名缫丝工而感到兴奋不已。

南方，虽然乱兵未至，但是那些店啊、局啊、作坊啊、厂啊总呈现一种衰败的迹象，那些受雇的小职员、做工者被清退下来，找不到饭碗。朝云这厂开得及时，为他们重新找到了饭碗。也有个把厂子，像人死前回光返照一样，呈现不正常的繁荣迹象，那是因为它从开办时间上来说，到了该繁荣的阶段，但是国家如此颓丧，消亡是必然的趋势。到时候，那些被清退出来的做工者，家里房子要交租，子女要饭吃，难免会无业无家，颠沛流离，忍饥挨饿。

任何时候，人都要生存，朝云这时候开厂，就像在闹蝗灾的年份里种稻

第十章

秧，要想收获，全凭自己的本领。

早春的江南时而有阳光明媚的天气，祥门外的桃花、油菜花依次开了。朝云站在运河岸上，看对岸粉红桃花，金黄菜花，映衬白墙黛瓦，那从更南面飞来的春燕又开始一掠一掠地在田野、运河、禅寺、祥门、农舍的上空徘徊。朝云面向朝阳，把一大摞事排除在脑门之外，仰起脸，轻轻感觉春风的暖意。一大片朝霞铺在东南面的天空，朝云许是醉了：那方天空下，他可还好？燕子都来了，他也该来信了！

吴妈走出来，手里拿着一件毛制的云肩，嗔怪道："小姐啊，还冷……快，披上！"

几天后，朝云收到一封信，一看熟悉的字迹，知道是锦轩寄来的。信里还夹着一封信，那是托朝云转给伟素的。

收到信是傍晚，朝云把信放在衣襟内，没有马上拆开。晚饭过后，朝云没有再过问厂里的事，早早到卧室躺下了。在床上，她慢慢拆开信封，心中像揣了一堆由甜蜜和怪怨揉成的糖糕，这边无尽的相思随着那个人的文字和他的相思，肆虐地倾泻开来。

只见信中写道：

我最近常常梦到父兄，梦到庭风哥，梦到云妹你。想起以前在一起的日子，真是富贵人家好生活。

现在不是不好，相反，跟同志们在一起，虽苦尤乐。知道吗，以前的生活，衣食无忧，只考虑自己的锦绣前程，然而，现实允许你过这样的生活吗？没法过。相反，现在没得锦衣玉食，住得也很简陋，经常换地方。但是现在不考虑这些，现在想的是国家的前程，民众的福祉，如何实现孙先生提出的目标。这个人气象大了，浑身是革命的热情。

我总是在经历那些不一样的事情。这次又发动一次起义，没有成功，我们和总部失去了联系。我乘上了一辆火车，发现里面一队溃散的土匪，他们大概是山民组成的，装备很落后，穿着破烂，没有一杆枪。他们看到我，笔挺的军装，皮带，腰间还别着一把枪，感到很稀奇。他们见我一个人，几个人就过来夺枪，扯皮带。他们把我按倒在地，你争我抢，把枪、皮带、军装上衣全部夺了去、扯了去。我以为他们也不会放过我，不料，他们自己为争这些东西抢作一团。我就趁他们不备逃到别的车厢去了。后来，我逃到车头的几节车厢里，解开铁扣，把后面的车厢抛在了后面。我顺利地到达了目的地，找到了总部。

云妹，你看到这里，感到怎么样？我还是安然无恙。我现在在起义队伍中，已经是五千人的小头领了，服从于全军总指挥。

云妹，不要担心我的安危，我是迟早要和你见面的。早则今年中秋，晚则岁末前。我哥应该在杭州安顿下来了，到时候就来提亲，我们完婚。现在以我的身份，可以把你带在身边，我有独立的办公地点和住处。

云妹，前路不是渺茫的，而是充满希望的。到时孙先生的革命旗帜一树立，我们的好日子也会来临。

地址先恕我不能告诉，我无法收到你的回信，但我能想到你读信时的样子。来日方长！

念你的锦轩
一九〇三年一月

朝云反复地看了几遍，想象他信中所写的情形，想象他的样子，想象他写信时凝神思念她的情形。不知不觉，又掉下泪来。流了一会儿眼泪，想到明天又会是新的一天。她擦掉眼泪，整理了一下思绪，看来锦轩对他父亲的死讯一无所知啊！他没告诉她关于他在香港的地址，想必也不会告诉伟素，没法回信。对了，要把他哥的信尽快送出去。

考虑完这些，她命令自己尽快睡去。

三月末，四月初，大片翠绿的桑林围绕着祥门。村坊里，乡民饲养春蚕。

第十章

朝云去看蚕时，被这一种奇异的虫子感动着。这种虫子起初比蚂蚁还小，只是一粒黑不溜秋的卵，吃了桑叶慢慢长大，经过四次睡眠，变成通体白净透亮的大蚕。大蚕可以在柴山上结茧，茧子就可以缫丝。这一带都把蚕叫作"蚕宝宝"，喂蚕时有很多规矩，不能骂人，不能说不吉利的话，乡民们把蚕看成天赐的宝贝。在大蚕时要请五圣菩萨，摆上水果和荤菜，祈求蚕茧获得丰收。

乡民们在蚕月期间，穿着朴素，行事庄重。在农历的三月底，四月初，春蚕就开始收卵。这时，早上、傍晚都要去采桑叶，雨天也不例外。穿着蓑衣，赤着腿脚。喂蚕时，神情收敛，态度凝重，低头切叶撒叶，一点也不含糊。三眠后，蚕入"地铺"（乡民们的房子很简陋，地上都是泥地面。大蚕要入地，就在泥地铺一层油菜籽的壳，窸窸窣窣的，很暖和），蚕房里布起几条供喂蚕走路的长跳板。这时人踩在跳板上，丈夫搬着箩筐，妻子撒桑叶。要是在晚上，还要一手提着灯，一手丢桑叶。

这都是朝云亲眼所见，亲耳所闻，她对于这一方土地也自然而然地产生了一种虔诚的心理。

春蚕结茧了。

第一批茧子收上来了。

茧子放在厂间，白花花地堆起一座座山头。这培桑，养蚕，收茧，雇工们和朝云多有接触，一个大户人家的小姐能干聪慧，对庄户人却礼貌周到，又时时关心着他们，这在他们心里渐渐生起了好感和敬重。他们中间有的会说，朝云小姐和观世音菩萨长得像，又有的说她是"蚕花娘娘"下凡，因为他们见过以前蚕化会上的"蚕花娘娘"都像朝云一样美貌异常。雇工们干活也特别勤快，这春蚕产量奇高，且个个都饱满结实，洁白莹亮。

厂里忙着缫丝，语桐这边也忙，但他两三天就会过来一次。他过来就是跟朝云说生丝的销路问题。

朝云想联系上海生丝商会，打算把丝卖给他们。而语桐却对朝云说："要利润大，就得跟洋人做生意！跟国人做生意，资金积累太慢！"

语桐学得一口流利洋文，加之一些外国友人的引荐，认得上海洋行里的人。把自家所贩茶叶、丝绸卖给洋行，谋得丰厚利润。再用这些钱，扩大了钱庄的生意，终于在杭州御街上开了一处钱庄——蓝洪升不知儿子施得什么法术，才回国半年功夫就把家业治理得井井有条，非但把不景气的盐业疏通了贩卖的渠道，而且其他几样产业做得更是没话说。蓝洪升在夫人面前夸赞儿子："这小子有两下子！"但洪升也想到儿子跟洋人做生意，要落人口舌，毕竟国家是有难在先。但听到儿子"钱可以姓'洋'，也可以姓'中'"的论调，便都由他去了。

语桐跟朝云倒没说这话。他对朝云说，自己只跟洋行做生意，国内生丝商行的人好久不打交道了，估计也换了一批人了。朝云不打算跟洋人做生意，语桐就去联系生丝商会。过了一段时间，语桐过来对朝云说，他已经联络好一个以前的熟人，但那人说，货收不收，还要见丝为准。

朝云初次做生意，也不知道自己的丝好不好，但是语桐说，厂里的生丝是他做生意以来，所见过的最好的，白而柔韧，绝对没有问题。所以语桐有十足的把握，帮助朝云叫来了货船。准备从水路直接送到上海吴淞口码头。

这些天里，朝云让工人们把生丝垒成匹，垒成卷，再打成包。一包一包白花花的生丝被放在了库房里，准备随时整装待发。

出发那天，厂里的工人们都跑到厂门外运河边观看。河埠头，四条大船已满载货料，朝云说："等丝卖了，给大家涨薪水！"工人们就十分期盼起来。

语桐已经联系了一个联络人，帮助朝云送货到上海。语桐本来是要陪她去的，但是朝云说："你忙你的吧，这次我想自己去！"他知道朝云的性格，不是那种软软弱弱，时刻需要男人照应的女人，就此作罢。事实上，他已经全部托付了那位联络人许叔，他对商行也是相当熟络的。语桐唯一不放心的是生丝商行出面的一个人，名叫王祥发，是个油滑之人。语桐以前跟他做生意时，他常常想压低价格，再以较高的价格报账给商行，他从中抽取私利差价。语桐怕朝云初次交涉，吃价格上的亏。可是朝云说，我只管拿十分的诚心跟他谈。

货船一路开到了上海码头，朝云第一次到上海。只见这里人声鼎沸，商

第 十 章

业气氛十分浓郁。不过这里什么人都有，即有穿着西装打着领带的，也有穿短衫短裤做苦力的，甚至还有乞丐。这里是遍地生金的天堂，也是穷人的地狱啊！

在这花花绿绿的货车中间，朝云看见那边仓库门外站着一个人，精瘦的身材，穿着浅色的西服，打着一条花色领带，头发呈三七偏分开着，梳得十分光溜，好像能滴出油来。整个人十分高傲，看着工人时不时露出不顺眼的神情，用上海话骂道："阿三侬个猪猡，动作介慢啊！"

此时，他正眯缝着眼往这边瞧，他看见了朝云，眼睛睁大了，忽然像换了一张脸，那脸上的怨气消失了，转而阴转多云，多云转晴，那脸上堆了一摞子的笑，眼神里像长出钩子来了，直冲着朝云哈了哈腰。

见那联络人许叔向他大声叫道："王先生，你好啊，我们来啦！"

他嘿嘿一笑，过来了，眼珠子滴溜溜转。

许叔说："王先生，这是小姐李朝云，我们蓝少爷向您推荐的主顾。"

"啊呀呀——李小家，幸会幸会——"王说着就要来握朝云的手。

朝云几时见过这种架势，脸不由得红了，可还是仪式性地和他握了握。那王祥发看朝云脸红了，握着的手迟迟不松开，"啊呀呀，李小家，今朝正是个好日子，能够见到您这位顶呱呱的妙人儿！"他的手正想趁机摩挲朝云的手指，朝云急忙挣脱了。朝云心里十分愠怒，但是脸上又不能做出反感的神情，她没想到，第一次和上海人打交道，竟然碰到这样的人。

可是王祥发表情正常，因为那脸本来就又糙又红，又纹路纵横，任何细微的表情都无法在这张厚脸皮上得以舒展，可是他的眼睛还没离开她的脸，"李小家，侬不早说啊，早知是侬的货……"

朝云说："王先生，上次送来的样品可还看得进？"

"看得进！看得进！侬家的丝白、软、细、匀，我早就说过了，见货不如见李小家人，李小家的丝是一等一的好，李小家人也是一等一的出挑！"

"王先生，这次我带来了千包生丝，您先看看……"朝云说。

"哎呀，哎呀，不着急，不着急，李小家，侬是第一趟同阿拉上海人做生意？"

"可以这么说。"

"我同你讲,"说着把脸往朝云这边凑,朝云只好硬撑着没有移开脸,"外头人讲上海人结棍阿拉不晓得,但李小家侬额气派,连阿拉上海人见了都要敬畏三分,侬格样的女人,就应该跑出来,到十里洋场来见见世面。不怕侬见笑,这地方,我熟得很,以后侬有事情可以联络我……"

王祥发越凑越近,朝云连忙找事情解脱,就说:"今天第一次见,承蒙王先生这么关切,我想还是先看一下大货吧?"

王祥发见朝云离开了他身旁,走向工人们拉过来的千包生丝,并且见联络人老许正在后面,便正了正脸色,让一个工头开始检验大货。自己想找时机再跟朝云凑近些,但是朝云随着工头打开一包包生丝,王祥发走近看了一包,她又立刻走向另一包。他也只好一包包看过去。

看了好一会儿,看完了生丝,朝云笑着问:"王先生,你看丝质量还过得了关吧?"

王一扬手,说:"过得了,过得了……"他哈着腰,继续走到朝云身边,看着她的脸,说,"李小家,其实这个丝过得了过不了关,还不是我的一句话嘛……"朝云别过脸去,对老许说:"那许叔,打包称重吧!"又转身对王祥发说,"王先生,这丝是让我们的人帮您送去商行吗?"

王祥发尴尬地一笑,说:"这个不忙,李小姐,到时我叫我们的人带去好了!"他又改了上海话,用官话说道。

朝云心想:这个人油嘴滑舌,猥猥琐琐,今天人不到生丝商行,难免叫人不放心。

她和老许正商量此事,王祥发悠悠地用官话说:"李小姐,你放心好了,我给你一个凭据,你先在上海等一天,等明天下午我给你全部大货的钱,一分不少。"

王立刻去里面办公间写了一张凭据,朝云和老许一看,老许说,这凭据是正宗的。

可是朝云觉得这事情总有些不妥当的地方,老许说,以前他们少爷语桐做生意时,王有时候也是用自己人拉货去的,少爷拿到凭据以后就等着拿钱

第 十 章

了。少爷用这种方式都拿到了钱。

朝云的心里，做生意总要敞亮着来，这门也不让上的事情，总感觉到有些蹊跷。老许说，小姐您只要拿到钱，别的事情可以不管。

王对朝云说："这样吧，李小姐，上海你也人生地不熟的，像您这样的贵小姐可以住上海大饭店，我等会儿派车送您过去！"

朝云感觉自己像是落进了王编织的一张网里，做生意真是不容易，但是她转念一想："要自己去找旅馆也不便，现在有许叔他们在，也不怕，等明天下午看看。"

朝云他们一行到了上海大饭店，王祥发已经打电话去，让他们预留一间贵宾房。还有几间平价房，让工头和几个装卸工人住。工人们觉得在这大上海非常新鲜，问了路，去大世界玩了。

朝云怕王祥发会过来找她，不待在贵宾房里，而是出来散步，让许叔陪着她。货已经发了，钱还没有到手，她心里不踏实。而且除了这个，还有一些别的事，让她不宁静。

走了不多久，就到了黄浦江。此时，正是傍晚，江边三三两两好些外国人，朝云看见迎面走来一个蓝眼睛黄头发的女人，一副贵妇人打扮，牵着一条多毛的狗，走路姿态十分高傲。她好像看见了朝云，朝云的容貌引起了她的好奇，她细细地打量她，大概觉得她的穿戴也是得体而不失高贵，居然友好地向朝云笑了。

朝云并不以为然，矜持地淡淡回应了一下。她看到有些外国男女斜倚在栏杆上，样子十分亲昵，甚至还看到拥抱在一起的，嘴对嘴纠缠在一起的。朝云看到这些别过脸去，不愿意多看。还有一些中国男女，也学着他们的情调手拉着手出来散步。

这让她不禁有些呆了，自己身边除了工人，空空荡荡，没有心中那个人。想当初去南浔，身边还有他陪着，那时多么好啊！心里总是满满的，有他在身边，比什么都好。

可是他现在在哪里呢？假如他不离开，那么就会和她一块儿来这里，他会时刻保护她，她也不会感到心神不宁。

江边的一只鸥鹭凄惨地叫了几声，往一边飞去了。她此时十分渴望变成一只鸟，可以随时飞向想念的地方。

许叔对她说，小姐，我们走走也该回去了，今天够累的，早点歇息。此时，江里很多船点起了灯，有些开始鸣汽笛靠岸。一时，江中，灯火闪烁，喧嚷不止。朝云被江风吹得头痛，只能回了。

回到饭店大厅，看见王祥发正在大厅的沙发上左顾右盼地坐着。

朝云想从侧门上楼，但是他看见了她。

"李小家，侬去江边了吧，我这里等你一歇了！"

"王先生，让你等，实在过意不去，您有什么事吗？"

朝云这么一问，他显得有些尴尬，但是自己圆场："侬上海不熟悉，我来同你聊一聊，顺便说一下付款的事。"

朝云停住脚步，心想：这事情是最主要，就说："那我们约定个时间，明天下午一点前你把账结清，地点就在这个大厅。可以吗？"

"没问题呀，李小家，侬来一趟上海不容易……"

朝云看他把这件事答应下来，就想跟他告辞好上楼。可是他好像也提起了脚跟了过来。许叔在后面咳嗽几声，这人竟然装作没听见。

"李小家，至于结账的事，我们上楼慢慢谈……"说着，做出好商量的架势，来搭朝云的背。

朝云此时感到头痛加剧，就说："王先生，我十分信任你，我们说好就这么定了，我现在头很痛，想到楼上去休息了，恕我不能陪您了！"许叔走上前来，做了一个请下的姿势，说："王先生，您请——"王祥发只好讪讪地走回了大厅，然后站立了一会儿，走了。

朝云一夜想了很多事情，第二天一早，觉得这事情越来越让人坐立不安。许叔也说，下午一点的事可能不落实，我们不如去商行找他。

朝云说，既然跟他约好了，就在这里等到一点再说。

到了一点，不见王祥发来，朝云说："我们去找他！"

两人带了三位工人，一行五人乘了两辆黄包车循着老许的指引到了生丝

第 十 章

商行。

　　门房进去通报，只见从里面出来一个人，神色很慌张，朝云他们看见来人正是王祥发。他生怕别人看见似的，也不请他们进去坐坐，就拉朝云到大门外，把一张银票给了朝云，拉低了声音说："李小家，侬拿好，一千包生丝，三百八十万银圆，一分不少，你现在就可以去银楼取钱，南京路上哪家银楼都可以取！"说完，好像又不放心，"以后我们说好，交钱在饭店，我是不会跑的，侬也不要跑哇！"说完，眼神无比迷离地看了朝云几眼。

　　朝云拿好银票，不想过多纠缠，就带着人马上离开了。在许叔的指引下，他们当天下午就去银楼拿到了银圆。工人们一路护送，乘船回到了语溪。

第十一章

朝云回家以后，厂里又招了人，都是从庄园附近的庄户人中抽取手脚勤快的女人和男人，在厂里进行短时间培训即可做缫丝工。工人多了，缫丝的进度就快了。朝云给工人的工资都是足量给，而且新来的几十个工人，入厂前先发给每人二两银子的礼金。那些庄户人自是开心得不得了，口口声声地说："朝云小姐真是菩萨投身，对阿拉乡下人好得不得了，阿拉要好好做工报答伊！"于是，新工人们在厂里踏踏实实地学缫丝，选茧浸茧，上架，抽丝。厂里还有一部分茧子，到夏蚕、中秋蚕收茧时，不但自家生产，还向方圆百里的蚕农购茧。收购价格也是比市场价高出几个百分点。蚕农们从村里村外人们口中得知李家这位菩萨心肠的大小姐，都相信她。大家都愿意拿出好茧来卖给朝云的丝厂，所以收购的茧子都是上等的好货，大小均匀，色泽洁白。朝云良好的声誉也在钟响寺下几百里内外以至整个语溪县的民众中传开了。

朝云招收新工人，又使得这十几户人家的生活发生了改变。本来农民吃穿都是靠种田种地，还要给当地的地主们交一定的"公粮"，一年到头能吃几次饱饭就算不错了。而进厂做工却可以拿现钱，没有田地的佃农可以为自家置一块地，成了自耕农。土地毕竟是农民的根本，农民有了田地便有了底气。农民有了田地可以供自家吃喝，再去当工人，那都是余钱了。有了余钱，屋

第十一章

子破败不堪的，可以造一个砖木结构的房子，夏天淹不了水，冬天刮不进风。到了年关，还可以添几身新衣裳。

有一户人家，丈夫先前得病死了，留下孤儿寡母五口人，都要张口吃饭，平时就靠大儿子土里刨食。朝云厂里要招人，那大儿子前去应招。厂里负责招人的张长生问他几岁了，他说："十六了！"负责人说："这不行，你再吃两年饭！"说着，要叫他走。可那孩子左右不肯离开，口口声声说："阿叔，你行个好，让我进了吧！"可张长生对他说："我们不能接受童工的，你这小孩子还是回去吧！"那孩子还在那里执拗，说："阿叔，你不说我不说，谁知道呢？"说着就跪下来。张长生有点恼火，叫他起来，他不肯，两人相持不下。

不知谁叫来了朝云，朝云问清事情缘由，知道他家中困难，又看他身板还行，就让孩子起来，说："同意你当工人了！"那孩子听了千恩万谢，不知如何是好。朝云发给他一身衣服，又给他二两银子的礼金，叫他明天来厂里做工。这孩子如获至宝，给朝云磕了个响头，高高兴兴地跑回家去了。据说，那母亲拿着家里仅有的一只生蛋的鸡来向朝云表示感谢，朝云让她拿回去了。如此，那些能进厂当工人的家庭都对朝云有十二分的感激。没有当工人的家庭，因为听说朝云小姐的为人，又看到朝云日日庄园、厂子来来去去，见着人就微笑就打招呼，眼睛里看着，心底里想着，他们会说："那户大房子里的小姐人真叫好啊！"

在乡人们的口碑中，朝云是观世音菩萨转世。

还有一个人，乡人们把他当成八仙中的人物，悄悄地称他为"汉钟离"，因为他看上去是有点仙风道骨的样子。乡人经常在暮色中，在田边的路上见着他，他从来就没有一点架子，碰到了一聊就是半个时辰，也不嫌乡下人粗笨、浅陋。这个人就是庭风。

田工们看见他，站在田边，背着手，面对着夕阳出神。那九垅的水稻，现在还绿着，过段时间就会变得金黄。瞧着翡翠般的稻苗，这壮美的落日，真是"夕阳红绿稻，风景别样好"啊！直至一群群暮鸦飞来，群舞在血色霞光里，那"呱呱"的并不吉祥的叫声惊醒了他。他会叹几口气，和田工们说一会儿话，问问今年的种植和收成情况，田工们说老爷家收的"公粮"少，自家得的比以往任何时候都要多，家里口粮足够了。

晚钟响了，当——当——当——他这时会转过身，对着运河对岸默默地祈祷一番。

向田工们告别时，他们劳作时忍耐沉默的表情，连同他们历经风霜的褐色的脸和手，都印记在他的心头。他想：他们没有学会祈祷，但是他们对待人生的态度很虔诚。

家里的雇工们都尊敬他，因为他会在有人生病时，跑到他家去看望，带去药材和酒。有个老年雇工，家里儿子被衙门里的官差无端治了罪，打折了腿。他出面摆平了此事，治好了那年轻人的腿。那些在运河上做点小商贩的，钱财被强人抢了去的，上岸来有求于祥门里的这位老爷，他也就租给他一块地种。他又在农田前的小河上筑起了一座坚固的石桥。在李家落户之前，那里只有一座不像样的用一些树木搭起来的危桥。他筑了这座石桥，并给他铸了名：太平桥。雇工们，乡邻们，把他说成是"自家的老爷"。

朝云看哥哥帮助别人，心态明朗有序，知道他已走出了父亲去世的阴影，但朝云也发现哥哥的性情较之南下前，有巨大的转变。之前是散漫乐天，爱玩爱乐爱饮酒爱谈笑，而现在却完全变了。从外在看，就像是一把在晴雨天撑开的大伞，现在遇着的尽是刮风天气，所以只能收紧了伞身，再也舒展不了他的伞骨，接受不了阳光的抚慰熏蒸、雪雨的亲吻滋润了。实际上，庭风的转变还不止是来自家庭的骤变所引起的物质地位的改变，是啊，那些诗礼簪缨之族的豪华场面，那些迎来送往的热闹气氛，那些相逢意气为君饮的青春岁月，怎么能一下子在他的心头磨灭呢？更大的转变在心里，这些亲友的离散逝去，这些时势的动荡，这国运的衰微，怎叫他不心生种种苍凉凄苦？是的，借助于佛学的教义暂时摆脱了自身心灵的苦难。然而他看到这江南虽是福地，百姓生活相对比较平静，但是也看到了种种人间的苦难、不平、欺凌和乱世特有的人心惶惶。他变得沉默了。他用一己之力帮助别人，内心获得一种安宁和快乐。

第十一章

兄妹俩各自做着事情，庭风知道，自己永远离不开朝云。锦轩这一走，把朝云的儿女感情带走了，却留下了一个坚强独立的女子，替李家支撑着当下与未来。兄妹情深，谁也离不开谁。在这样的境遇下，兄、嫂，妹、姑，比以往更亲近，更爱护对方，相濡以沫地在一起。

离中秋还有两个多月，锦轩说早则中秋前会到来，朝云从接信的那天就开始在心里默默地数着日子。白天忙着，到晚上就想着念着。

伟素二月里收到朝云转来的兄弟的信，回了一封给庭风。向庭风倾诉念友之情，这番来信，伟素开朗许多，说自己的宅子建在山坡上，面前是一池西湖水，朝云要是以后生活在这里，是非常惬意的。他透露了锦轩回来就来提亲的意思。庭风也很快回了一封信，信中多是恳切之词。因为上次，伟素得知锦轩出走，写信给庭风，他没有回。

庭风在朝云面前没有多说话，其时，他也惦记着锦轩啥时能回来。他知道锦轩回来，必然先到语溪蓝家问。因为他对自己的住址保密，所以他收不到李家和伟素的信。他不知道他们住在哪里，回来只能先去蓝家问。

庭风看着妹妹这一段时间，总有沉静下来默想的时候，脸上还会泛起阵阵红晕。知道她想着他。眼看中秋节快来到，他心中比任何人都急。

中秋节之前的半个月，庭风常常去蓝家，为的是在那里能等到锦轩。但是，他不能明说，因为他看到语桐对妹妹甚是上心，生意上的事情他更是帮她不少忙。但是他了解自己妹妹，了解锦轩在她心中的位置。

中秋节终于来到，可是不见锦轩来。

庭风的火气比谁都大。晚饭前，朝云听见兄长在房间里发火，听见这么几句："当初说走就走，这边拖着她！这边是一门心思地等他，他倒好，地址都不告诉……混账东西！"听见嫂子在劝慰："我们云儿不是说了吗，中秋不来，年关前会来！"然后又是兄长的声音："年关！年关！过了年都二十一了，传出去让人笑话死！"

朝云听了默不作声，告诉自己：年关前他一定会来的！

中秋晚饭是在临花园的餐厅一角吃的，像在北京一样，窗前有菊，这菊除了墨菊之外，多了乡野的杭菊。桌上有蟹，天空有明月，只是少了相思的人。

　　父亲在世时，中秋节是一家最开心的日子。那时正年少，吃蟹，品菊，赏月，猜谜，作诗，大人，小孩，一家人其乐融融。那时吃饭是在露天，花园里，还有萤火虫做伴，人人都有好兴致，那是烟火人间最幸福的时刻。

　　要是锦轩来，也会在花园里吃饭。

　　明月高高地挂着，照着相思的人儿，难以入眠。

　　这一年九月，庭风的生日到来之际，朝云预想给他办一桌生日酒席。他却说：不如举行一个布施节，到时候附近的乡邻、十里八乡的农人都可以取一份食物。朝云听后，想了想说："也好，但是现在厂里很忙，等到腊月二十三，这里人家都有吃糯米饭的风俗，到时给乡亲们烧糯米饭！"兄长点点头。

　　厂里，自家产的和收上来的大量夏蚕茧、中秋蚕茧，还有前头剩下的春蚕茧，都源源不断地缫成了洁白光亮的丝。朝云想，这次卖给上海生丝商会再给两千包生丝，比第一次还要多一倍。这次卖给他们，要动一下脑筋，要对那王祥发说，先运过去一千包，价格能够比上次有所抬高的话，还有一千包呢！

　　语桐却在生丝打包整箱前找到朝云，说已经替她联系好上海的洋行，说只要丝好，量大，将比商会高出好几个百分点的价格收购朝云的生丝，而且给的都是现银。

　　语桐听上次同去商会的许叔说，那王祥发对朝云搭话颇多，言行轻浮，心想无论如何不要再让朝云把丝卖给商会，和他再有接触了。所以，他想了办法，联系好了几个外国人，说服朝云，让她把丝卖给洋行。

　　朝云同意了。

　　朝云的生丝质量能保证，只是量还没有那么多。语桐说，可以去湖州等地直接收购生丝，湖州刘家的人可以帮点忙。语桐见朝云没有异议，赶紧让父亲书信一封寄于湖州刘家，说是上次来拜访的这位朝云姑娘想在湖州收购一批上好的生丝，请他们帮忙。

　　少东家收到信，想起了那一位美丽的少夫人，遂在刘家丝行里另开了个

第十一章

号，回信说在接信几天后让人来收丝。原来这湖州盛产缉里湖丝，丝源充足，只要朝云收购的价格和刘家持平，收上几千包生丝也是不成问题的。

语桐接到信，便告诉了朝云。朝云从厂里派了几个人随语桐一同去湖州收丝。三天后，语桐一行人，满载着一船丝回来。朝云对语桐感激之情难以言说，想到锦轩，只有把语桐这份情放在心底。

丝收购来后，连同自家的货一同，挑一个恰当的时候卖给了上海的一个洋行，拿回了三百多万银圆，足足装了十几箱。

年关前，自家厂里的生丝还在生产，又派人去湖州收购生丝，这些丝，要放在明年春天，和春茧丝一块儿卖。

语桐分身有术，各地生意都照顾得到，还不时能到朝云这儿。语桐对她，总是十二分的专心，心无旁骛，内心希望她什么时候想通了，把情用在他身上一点，自己在她心中的位置再重一点，哪怕和那个人平分秋色也好啊！

恰在年前十二月初三这天，朝云又收到一封盖着香港邮戳的信。那上面的字不再是熟悉的俊逸飞扬的行书，而是由钢笔之类硬笔写成的草体：嘉兴府语溪县蓝府朝云小姐收。甚至连以往"蓝洪升收转朝云小姐"都没写清楚。想那个寄信人猜想这蓝府必定知道朝云小姐，所以直接写"蓝府朝云小姐收"。

朝云心中隐隐有种不祥的感觉，急忙打开信，见里面除了一张信纸，还有一封信，看这信封倒是锦轩的字体。朝云先看信纸，信中写道：

朝云女士敬上：

　　我是庄锦轩战友陆文一，常听锦轩说起您。知晓您是一位知书识礼、内心坚忍的女子。世事难料，我向您报达这一消息：锦轩今天凌晨所乘之战舰被清军炸毁。锦轩亦为民族捐躯，锦轩和战友们的遗骸随舰沉没海底。起义军首领黄兴对各牺牲战友家属分发抚慰金，不日请朝云女士前往邮局支取。

　　战事匆忙，我还要去前方声援战友。这里不多絮扰，
　　望朝云女士节哀！

奔 Ben

(信内附一封锦轩还未寄出的信，聊以安慰。)

革命党人　陆文一
一九〇三年十月

信还没看完，朝云便觉天旋地转，眼前一片模糊，那几个字击得她所有的感觉都霎时崩溃了，她悲伤至极，痛哭起来！

腊月的寒风从窗外灌进来，寒冷透骨，朝云趴在床上，任寒风吹乱她的秀发。信纸也被风吹起，无奈地飘起来，碰着桌角，又绝望地落下去。

庭风走进来，看到信纸，默默地流下两行泪，叹息一声出去了。

晚饭是庭风叫吴妈拿到床前的。庭风见她端进端出，热了好几回，最终端了回来。

庭风过来看时，房门已经拴上，里面还隐隐传来啜泣的声音。

第二天早上，没起来吃早钣，到中午门还闩着。

家人在外面轻唤着，慰劝着。吃中饭时，庭风正要推门进去，却不料，她出来了。穿着素淡的衣服，头发也梳好了，只是看见眼睛还有些肿，脸色倒平静。

庭风说："吃饭？"她点点头，和兄嫂来到餐厅，默默地坐下吃饭。兄长和嫂子担心地看着她，嫂子给她夹了一块鸡腿，兄长给她盛了一碗鸡汤，她都吃了，没有皱眉头。

饭后不久，语桐来了。

他也没看出什么异样，只是觉得李家人今天好生客气，朝云似乎少了一些生气，是不是和她微肿的眼睛有关。因为语桐知道昨天香港那边又来信了，所以他没多问。

语桐和朝云去南边厂里看看状况时，庭风站在门口，眼里含着忧伤，默默地注视着他俩的背影，直到很久。

那封夹在陆文一信里锦轩的信，朝云每日都把它揣在怀里。那一晚——

第十一章

得知锦轩死讯的那一晚，这封信陪着她模模糊糊地昏睡过去，又陪着她哭醒过来。以后，每天晚上睡觉时，总要看几遍，仿佛锦轩会在梦里和她相会，和她说悄悄话。而这封信的内容，已是熟烂于心。

语桐感到这几天朝云有些不对劲，年末了，厂里的事情她还是照样在梳理。只是她眼中少了以往鲜灵灵的生气，说话礼貌周到，但像缺了一根主心骨。语桐并没有问朝云什么情况，只是对她更加照顾。

不过，庭风告诉了他锦轩的死讯，也写信告诉了伟素这件悲痛的事情。蓝家人也都知道了这件事情。李家人，蓝家人，包括两家的管家，丫鬟，奶妈，仆人，都逐渐地知道了这件事情，都明白朝云心中的"他"死去了。就连乡邻，村人，厂里的工人都渐渐听闻朝云小姐的"那个男子"失去了性命，大家对此多有絮语。

大家看朝云的眼光，有各种深沉，各种同情。又看她还是那样子天天管理着厂子，于是眼光中各种不解和各种佩服都有。

语桐一直陪着她。

第十二章

　　转眼快到腊月二十三了，腊月二十三，过小年，这一天本地的嘉兴人有风俗：烧糯米饭，祭灶神，然后全家就把这香糯的米饭当晚餐。然而，这不是盛世华年，有的人家连粳米、糙米都吃不起，更不要说糯米了。但这时，乡人们听说李家要在小年夜这一天，分发米粮，分发糯米饭，大家都兴奋又开心，这是再好没有的事情。这几日他们互相碰了面，就说这个事情，一些人都盼着这一天。

　　这一天终于到了。

　　这天，乡民们不但分得了米粮，还有香喷喷的糯米饭可吃。

　　这天，庄园里里外外人人都高高兴兴，周围乡民们也高高兴兴，冬天的太阳暖暖的，照着钟响寺下的祥门里人家，也照着钟响寺下、太平桥附近的百姓人家。夕阳映红云朵时，那对岸的钟声又响了：当——当——当——当——当——当——诉说着悠远又不会褪色的主题：世间太平，众生安乐！

　　祥门里的小年夜晚饭，除了李家的人，还请来了语桐，因为要感谢他在生丝上收购和出售等方面的帮助，特地请了他。

　　庄里过年请了语溪当地的厨师，有语桐爱吃的荷叶粉蒸肉，糖水荸荠，语桐心情愉快。席间，庭风大多时候是沉默的，朝云和语桐谈话，语桐往往能把话题拓宽，谈到更兴味盎然的地方。

第十二章

  相比于饭席的丰盛，小年夜的其他活动就显得冷冷清清了。李家冷冷清清的，周围也是冷冷清清的。这是一个不太平的年代，乡民们能吃上饭就已经很不错了，谁也没有兴致点灯放灯、在街上游玩。

  可是语桐心情却很好，拉着朝云的手来到运河边，说今晚我们来看看塘河的夜景吧！运河上空升起了半个月亮，远处还有几颗忽隐忽现的小星，这周遭的空气并不冷，因为今天出了个大太阳。运河上却鲜有船只驶过。语桐说："这塘河（当地人叫运河为"塘河"）廿年前可不是这样，那个时候从南往北、从北往南运米运盐运煤运丝绸，船一只接着一只，一队接着一队，好像是一条龙啊！"

  朝云说早年在北京跟兄长出门，也见过那边的河上十分热闹。

  语桐说："不想你沿着这条运河找到了这里，也让我遇见了你。"说完十分动情地看着她。从河北面吹来一股冷风，朝云打了个寒战，语桐给她戴上了斗篷的帽子。

  两人站在岸上，朝云看见冷冷清清的河面忽然从南边漂来许多灯，一时水光玲珑，缤纷夺目。谁家这时候还有心思放灯啊？朝云想。

  这些灯浩浩荡荡地飘过来，好不壮观，朝云看着，一时呆了，想多少年没见过这样的光景了。正当朝云出神的时候，这些灯都到了她脚下。

  这些灯果然很美，有公鸡啼鸣的，有青蛙坐莲池的，更有一些龙灯：祥龙吐珠的，彩龙踏云的，还有龙凤呈祥的，因为龙年就要到了，所以灯的主人做了那么多的龙灯，真是煞费苦心。

  朝云蹲下身子顺手拿起了一盏，发现了异样的东西：这盏灯靠底座侧边来着一个小香囊。她感到有些奇怪，看到语桐神情有些异样，好像在鼓励她打开来。

  她打开香囊，从里面抽出一段绢帛，一看那绢帛，顿时脸红了。原来那上面写着：朝云，嫁给我！

  朝云看了一眼语桐，语桐眼里满含情意。

  朝云心烦意乱，又捞起几盏灯，取出了几只灯里的绢帛，上面都写着同样的字：朝云，嫁给我！

奔 Ben

　　这时，运河对岸禅寺那边竟然响起了爆竹的声音，朝云抬头一看，只见天空耀眼夺目，五彩斑斓，一时间如繁花盛开，异常美丽。

　　朝云情不自禁叫起来："多美呀！"一时徜徉在那无比迷人的夜空里。

　　"朝云，嫁给我吧！青春就像烟火那样炫目短暂，为什么还要等那个没有给你希望的人呢？"语桐语气加速，勇气更胜往日，激动起来又说："为你不要说放灯，放烟火，做什么事情我都愿意！"

　　她泪水夺眶而出，就这么一双泪眼定定地看了语桐好久，哽咽着说不出话来。语桐双手紧紧握着朝云的手，声音因激动而颤抖："云妹，你答应了吗？嫁给我答应了吗？"

　　黑暗处，从运河的河堤上走来几个无家可归的外省人，他们被这烟花胜景也迷住了，仰起脸，一动不动地站在那里看，本来有一个人想过来讨钱，看到这两个贵族男女亲密的样子就不敢过来了，几个人往南边走去了。

　　朝云下决心般地点了一下头，心中因为远方的那个人而建起的堤坝被感动冲塌了，一时间，泪流不止。良久，他们才分开。

　　朝云回到庄内，仆人过来说："小姐，老爷在厅里等你过去说话。"

　　朝云进得厅堂，只见兄长端坐在椅子上，看见她，他不说话，就凝视着她。

　　朝云叫了一声："哥！"，并告诉兄长，语桐已经回去了。

　　庭风先细细地瞧着她，说："答应他了吗？"

　　朝云明白兄长指的是什么，说不定语桐放灯、放烟火的事他也知道。她点点头。

　　"那就等着蓝家过来提亲吧！"

　　庭风注视着朝云，见她脸上露出疲惫之色，他吐了一口气，发现自己也已经很累了，就说了一声："去睡吧！"

第十三章

开了年，正月十六，蓝家就来提亲了。这段时间，朝云和语桐避免多碰面，语桐有时来祥门只是见见庭风，并不去看朝云。朝云厂里，过了元宵就开始产丝，并从湖州缉里收来很多好生丝，这次又有一大批生丝要卖。结识了湖州很多丝行的老板，一块儿开了一队货船于年后二月二十五从大运河出发，浩浩荡荡向上海行进。

早在两天前，语桐已经与洋行取得联系，就等二十五这天把货送去。朝云决定继续把丝卖给洋行，不再和生丝商行交易，一是因为王祥发这个人，二是语桐说动了她——挣外国的钱，涨中国老百姓的薪水，有何不好？洋行愿出两倍高的价格收购这批生丝，老板们皆大欢喜。

这一次去上海，没有语桐陪着。但语桐说，会在洋行里等着她。

早春二月，已是草长莺飞，天气提前热了起来。岸上，朝阳处的桃树上，早有粉妆般的娇颜，仰着粉脸，向着这漫灿的阳光施展魅惑，似乎是在向这春日邀宠！

货船的油漆刚刚新刷，在阳光下闪得耀目。那几个丝行老板站在船头，说话声里免不了有些激动和振奋——此趟去，应该赢利不少呢！风有些微熏，朝云坐在船舱口，有些恍恍然，人生不知何年何月，今日又是什么日子，自己一个女子，竟然和男人一样出门去经营。语桐，语桐，朝云想到他，也禁

奔 Ben

然地一笑。笑罢，又把锦轩最末一封来信在脑海中过了一遍：

云妹，战事紧张，我只能抽空给你写信。现在我写这封信是在一艘军舰上，我们是要攻击敌人的水军。嘘，不可以透露太多，我们队伍里有规定。

最值得高兴的是，等打完这一仗，我就可以回嘉兴了。知道吗？云妹，孙先生快要回来了。到时候我另有任务，之前我有半年的时间是自由的。我可以回来和你完婚了，以后我都带着你，和你一起追寻咱们的理想生活！

不要担心，云妹！我一定会活着回来，你看我每次都是安然无恙，因为有世间最美好的女子在等着我。

朝云记得这封信写于十一月二十一，陆文一寄出这封信是在十一月二十三。她心心念念着。语桐对她再好，可是她的心里始终是锦轩，尤其是锦轩说他一定会活着回来，所以她宁愿相信锦轩没有死，他会在什么地方活着，在什么时候出其不意地和她见面。

可是语桐那样，这次，她无论如何都不能再拒绝他了。再过一个多月，蓝家就会来提亲，朝云希望这段时间过得慢一些，长一些，这对大家都好。

朝云一路思绪翻滚，船到了吴淞口码头。洋行规定货必须卖家自己运送到他们的仓库，所以费老板、许老板几个人正要上码头去找搬运工人。

朝云坐在船舱口，远远地看见一个熟悉的身影——那不是王祥发吗？朝云猜他这是在接其他卖家的生丝生意吧，心想自己没跟他继续做生意，跟他再打照面有些不太合适。朝云正要往船舱里回避，却不料那王祥发已然看见了朝云，他叫了一声："李小姐！"说罢跟旁边几个人耳语了一阵，接着王祥发跳上朝云的船，走到朝云跟前，眼角横七竖八的皱纹笑成了一朵花，眼神里却含着阴涩，干咳了两声，说道："知道李小姐今天要运货来，王某在这里恭候多时了！"朝云歉意道："王先生，实在抱歉，今天这个货我们是跟洋行说好了的，只能和他们交易！"

第十三章

　　王祥发干笑道,又用官腔说道:"跟谁家做生意都一样,我现在就在高德洋行里当差了,他们行里的詹姆斯先生派我来帮您取货!我们也碰到了蓝先生,他要我转告您,他在那边等你们!"说罢,取出詹姆斯的名片。朝云想不到这个姓王的已经见到了语桐,再说自己手里也有这个叫詹姆斯的名片,语桐说过,就是找这个人交易。

　　王祥发又叫了几个人过来,那几个人有中国人,也有外国人。那两个外国人长得很魁梧,像是司机或是小头目之类的,他们穿着印有高德洋行的衣服,神态乖张。王祥发指着一个外国人说:"他是彼得先生,是洋行里管理进出交易的!"说罢,那王祥发朝彼得使了个眼色,那彼得盯着朝云的脸和胸,忽然开口用生硬的中文说:"您好!"

　　王祥发说:"詹姆斯先生就是让彼得先生来和你接洽生意的!货我们帮你运走,你随我们去洽谈!"说罢指了指岸上一辆汽车。

　　正要上岸的费老板、许老板见朝云认识洋行里的人,而且是熟人带了人来接货,他们想到这是再好没有的事情。其他几个丝行的老板也认为这是好事。

　　费老板问朝云:"李老板,我们就随他们走吧?"

　　朝云说:"不太妥吧,我们不如自己送去!"

　　那王祥发见朝云脸上仍有迟疑之色,就说:"现在这年头,工人都叫不到,工钱老贵哦!我们洋行里有现人现车,为啥不用呢?李小家侬尽管放一百个心,跟我走好了!"

　　几个丝行的老板说好啊,劝说朝云同意,朝云想到语桐已经在那边等她,尽管心里很厌恶,但还是同意了。看着他们的人搬好货上了货车,朝前开走了。从吴淞口码头到洋行去的路语桐对她细细说过,他们没有开错。

　　费玉良等几个丝厂的老板叫朝云上汽车,发觉人太多,汽车坐不下。

　　王祥发说连司机最多只能坐五个人,而朝云说这几个人都是这些货的主人,大家都得去。

　　王祥发说:"李小姐,你选个代表和你一道去。另外几个人等我们到了那里,再返回来带吧?你看怎么样?"

几个丝厂老板表示同意，大家觉得先让费老板去比较合适，他是除了朝云以外第二大主顾。

朝云和费老板就上了王祥发的汽车，那两个外国人中的一个开车，彼得坐在副驾驶室，朝云和费老板、王祥发坐在后座。朝云坐在最里面，费老板坐中间，王祥发坐在费老板旁边。朝云第一次和家人、恋人以外的男子挨得这么近，坐着浑身不自在。那王祥发自从坐上汽车后，神情就有些不庄重，不时地瞟向朝云这边。幸亏旁边坐的是费老板，朝云想。而费老板也不满地朝王祥发看了几眼。

朝云紧盯着车窗外，仔细地把道路和语桐交代的路线对应着，忽然见前面运丝的车驶向了一个岔道，地点有些不一样了，紧接着这辆吉普车也随之驶向了那个岔道。朝云一看，有些不对劲，质问道："这地方不对吧？"

那王祥发忽然变了脸色，坏笑道："李小家不要急，到了你就知道了！"

两个外国人互相嘿嘿地笑了几声，彼得还不怀好意地转头向朝云瞅了几下。

费老板一听朝云话，看那姓王的和外国人神情、语气有些异样，也觉察到了不对劲，颤声问道："王老板，你要带我们到哪里去？"

那王祥发玩世不恭地打了个哈欠，懒洋洋地说："不是说了嘛，到了就知道了！"

朝云知道上了当，大声喊："停下！停下！"并朝车窗不断拍打，喊："救命救命！"

忽然那彼得从腰间掏出一把枪，对着朝云和费老板，用生硬的中文说："老实点！我不客气地！"说罢，对着窗外开了一枪，响声震天。

费老板是个老实本分的生意人，江南小县城的人哪见过这东西，遂吓得不敢乱说话。

车窗外的行人听到枪声，吓得纷纷逃窜，店面也有陆续关上的。经过一个街口，朝云很清楚地看到一个牌子，上面写着洋文也写着中文，那中文是：法租界。朝云之前听语桐讲起过租界是外国人的地盘，在上海有英租界法租界美租界等，他们都是外国人强占中国划分的势力范围。朝云想：这下真是

第十三章

入狼窝了!

又看到经过一个岗亭,里面却是一个穿戴着洋人制服的中国人在当差。朝云猛烈敲窗,示意他被人绑架了。只见前面的彼得摇下车窗向那人点头。朝云向窗外的中国人大声呼救说:"大叔!我们被他们绑架了,大家都是中国人,你去喊人啊!"岗亭里的中国人并未理会朝云,只是朝彼得哈了一下腰,满脸堆笑。

朝云心中悲叹,外国人猖獗,中国人视若无睹。

王祥发阴笑道:"李小家,别白费力气了,这里是法租界,得听彼得先生的!"

朝云对王祥发说:"你这个骗子,为什么要害我们?"

"不为什么啊?!李小家,侬长得介标致,人家外国人就喜欢你这样的中国女人了!"王祥发阴损地故意睁大眼睛笑道,额头上起的皱纹像一条条细虫把油光瓦亮的三七开偏分头发撑得抖擞了几下。

费老板都有点懵了,这时记起来责问王祥发:"姓王的,我们跟你无冤无仇,你为什么要骗我们啊?"

"要有仇也有啊,问你们李老板和蓝语桐去!"

朝云想,自己不和他做生意了,语桐对他的态度肯定有些生硬,所以怀恨在心?

随着哐当一声,汽车开进了一扇铁门内,这是一个废弃的房子,院子里堆满了造船用的木板和栓子,还有破的帆和开始霉烂的粗绳子。

两个外国人狞笑着下了车,随之王祥发也下了车。

王祥发假仁假义地说:"李小姐,请吧!"

朝云和费老板下了车。

那个司机捡起地上的粗绳,一把把费老板绑住了。

朝云正要逃到门外,被彼得一把揪住胸前的衣服,她朝外面大喊:"救命啊!有人吗?救命啊?"凄厉的喊声划破了静寂的一方天空。然而周围仿佛依然寂静,没有回音。

司机拿绳来绑,彼得一把夺过绳子,把朝云五花大绑起来。朝云想挣扎,怎敌得过如此粗野庞大的外国野兽，骂了一句："混蛋！"便被他绑了。

彼得盯着朝云的身体，眼里大放淫光，把朝云推进一间放满杂物的屋子。王祥发在外面阴笑。费老板声嘶力竭地喊："畜生啊！畜生！"马上，那个司机朝费老板踹了几脚，他倒在了地上。

朝云悲愤至极，大喊："混蛋！你想干什么？"彼得要来扯朝云的衣服，朝云用脚想踢开他。彼得讪笑着，暂时停住了手，他张着嘴，凑近朝云的脸，仿佛得到了意淫。"美人儿，我就喜欢你的野蛮！"

"救命啊！快来人哪！"朝云使出平生力气大喊。

说时迟，那时快，"不许动！""不许动"门外传来声音。

朝云惊喜万分，大声喊道："救命啊！来人啊！"

彼得受了惊，连忙要跑出去看。"嘭！"这个房子的门被重重地踢开了，撞得彼得眼冒金星，还未来得及拿出身上的枪，早被来人用枪顶上了。

朝云看到了这个冲进来的人——熟悉的伟岸的身躯、令人又爱又怨的脸，"锦轩！"热泪从她眼里心里汩汩而出，忘记了自己还被绑着，甜蜜又心酸地生平第一次这样骂道，"你这天杀的！还知道回来啊？！"

那边锦轩看到是朝云，受惊不小，急忙把彼得连踢带踹，对外面一个人喊道："老王，这家伙交给你了！"

"云妹！"锦轩飞也似的跑到朝云身边，解开她身上的绳子，两人紧紧地拥抱在一起。

"怎么是你，云妹？！"锦轩问。

"是我……是我……"朝云哭着，断断续续地把自己开了丝厂送货到洋行的事情说了。

"云妹，你受委屈了！"锦轩捧起她的脸，为她擦眼泪。只奈她的眼泪如决堤的河般流个不止，她终于在爱人面前哭了个痛快。

"我们在火车站听到枪声，知道这儿有外国人闹事……我们是翻墙进到这儿来的……"锦轩说。原来锦轩他们几个革命党人从香港乘火车到上海，到了上海站，他们装扮成普通的民众，查看了上海站附近的情况，在靠近租界的暗街区，听到了枪声。明着从租界口走进去肯定不行，就用行李袋里的

第十三章

工具撬断了铁网，翻墙进了租界的房子，后来又听到了枪声，就循着枪声找到了这所废弃船厂的房子里来了。

朝云激动的泪水流淌不止，抽噎道："你还知道回来啊……都以为你死了……信都写来了……"说罢在他胸口捶打。

锦轩把他抱得更紧了，亲她的脸颊，在她耳边悄悄地说："我以后慢慢告诉你！"

"王祥发，你这杂种！把朝云弄哪儿去了……"房门外传来语桐怒气冲冲的声音

那王祥发被几个革命党人捆着，早就蔫了，有气无力地说："呶，在里面。"

"云妹！云妹！你在哪里？"语桐快步走了进去，眼前的画面让他惊呆了：朝云正被一个英挺伟岸的男子拥着。两人四目相对，脉脉含情。

语桐顿时有点泄气，忙问朝云："他是谁？"

不等朝云回答，这边锦轩友好地说："你好！我是庄锦轩！"

语桐一听到"庄锦轩"三个字，倒吸一口冷气，呆呆地僵在那里。眼前这个男子和朝云靠得这么近，毫无造作，仿佛是自然而然的事情。他就是庄锦轩啊，语桐脑袋一片浑噩。

正当朝云和锦轩两人你侬我侬之际，一个革命党人进来催促："锦轩！快，快点离开这儿！他们再来人怎么办？！"

语桐这时警醒过来，连忙说："云妹，我们快走！"

朝云说："我的丝呢？"

语桐看着面前你情我愿的两个人，语气显得沉重："都交给我吧！"

锦轩一把抱起朝云，和革命党人一起朝撬断的铁丝网墙那边走去。

锦轩就带着朝云出了租界，他和几个革命党人都带着枪，恐身份有些暴露，就径直和朝云回了嘉兴，没再去洋行谈生意。后来，他跟朝云说，当初在战船炸毁时，他已经跳下了海，并在海里漂浮了数小时后，被一艘渔船救起。而文一以为他葬身战舰上了。

回嘉兴时，语桐一路心里乱哄哄的，脑子里满是朝云见到锦轩后那动情

的脸。

　　原来语桐不放心朝云，就从洋行赶到码头，却碰到许老板他们。他们把情况一说。语桐感觉有些不对劲，就开着车追去了。途中也听到了枪声，循着枪声找来了。他带着几个洋行的人，可以自由出入租界区。语桐在洋行里，碰见了王祥发，也觉得很蹊跷，有外国人告诉他，王祥发现在把卖给生丝商行里的丝转卖给洋行，自己得差价。语桐想，朝云的丝现在不卖给商行了他姓王的会怎么想？没想到，他这么损人，记恨朝云和自己，想用朝云讨好外国人，顺便报了私仇。

　　语桐本来要好好抚慰一下朝云的心，不想，闯出一个庄锦轩！

第十四章

锦轩出现在祥门,庭风十分惊诧,他劈头就问:"你还活着?你来做什么?"

锦轩以为他还在生自己的气,就说:"我来看云妹啊……"

"你以为这是什么地方?你想来就来想走就走啊?"庭风不等他分辨,朝他扬手,"你走!"

朝云规劝兄长:"这次我去上海,被歹人暗算,是锦轩救了我……"

庭风见朝云一副心满意足的样子,仿佛已经忘了自己现在的身份。

他一把拉过朝云,压低声音说:"可问你,语桐那边怎么办?蓝家和李家已经订了婚的!"一边又朝着锦轩怒目而视。

朝云也感到事态严重,想了想说:"我会问语桐解释的。"

锦轩听到了"蓝家、李家订婚"几个字,看着朝云。庭风此时想着该如何面对蓝家人,就怒气冲冲地走了。

锦轩就在祥门住下了。

春天里的祥门,被拥在一片翡翠绿的桑林之中。锦轩随朝云去看蚕农养春蚕,去看朝云的丝厂。家家户户的蚕房里,春蚕正吃着桑叶,蚕农们采叶、切叶、抬匾、喂蚕,好不忙活;而朝云丝厂里的工人们正在选茧、浸茧、上架、缫丝,他们在新式的机器旁忙碌着,源源不断地产出生丝。

锦轩为这一方水土而赞叹,让他内心油然而生起深深敬意的是他的心上人朝云。在他离开她的日子里,她没有悲悲切切,而是奋而作起了实业,融入了江南这一方田园,成为一位新时代的独立女性。这怎么不叫他叹服呢?

锦轩终日陪着朝云,郎情妾意,好不美满。朝云问他什么时候走,他却说:"我还要多陪妹妹!"朝云于是不再问,整日徜徉在这样的幸福之中,最好是一天的日子当两天过,一刻钟的时间当两刻钟过。

语桐好久没来了,朝云不是忘了他,而是在幸福之余,会感到悲伤和难过,自己的确伤了他的心。有时,锦轩离开一会儿时,朝云也会发呆,想语桐现在在干什么,他会恨她吗?可是想了一会儿,心里就又盼着锦轩快点过来和她说话。当锦轩在跟前时,她感到的是一种幸福和痛苦的交织,因为爱人在身边而幸福,又因为伤了爱她的人而痛苦。

外面已经有闲言碎语在说蓝家的婚事。朝云想找一个机会,给语桐一个解释。庭风已经见过他了,那是在一家酒馆门前碰见的。庭风叫他,他只冷冷哼了一声,就走了。

一天,朝云和锦轩到县城去买东西,经过蓝家。朝云在蓝府门前的大樟树旁立住了,她见蓝府的大门紧闭着,门上定亲的红绸已经摘下,乌木的廊檐下连只鸟雀也没有,显得异常清冷。她呆呆地看了一会儿,锦轩明白她的心事,对她说:"你这个时候进去,算什么事呢?我们不如给他点时间!"两个人闷闷不乐地回到了祥门。

一天清早,朝云已经起来,锦轩也从自己住的屋子里出来,两个人在花园旁见面。忽然,听见大门外有人敲门,管家开了门,迎面走进来了语桐。他说要找庭风。

朝云和锦轩都没想到,他这时会过来,两个人显得很慌乱,一副手足无措的样子。

"语桐……"朝云叫道。

语桐没有回应,可他内心却显得又伤心又无奈,而这种黯然神伤又使他不知所措!这时候,庭风也已经起来,看见他,忙请他坐下。

朝云和锦轩不敢进去,只在厅外静听。只听得兄长忙着说话,而他没有

第十四章

言语。兄长说了一会儿，朝云和锦轩听语桐说了"生辰八字"这几个字，然后，听见兄长大声说："语桐，你这是干什么……"

语桐出来了，匆匆地走入了花园，又黑着脸从朝云和锦轩面前走过，正要向大门走去。庭风追了出来，追喊道："语桐……你大可不必……"

语桐背对着他们，说道："事已至此，还要说什么……退婚！"最后两个字他是闷声大喝出来的，身后的三个人都吓了一跳。语桐开了大门，径直出去了。

锦轩忽然追了过去，说："语桐，我想和你说句话"

"我们之间有什么好说的？"语桐在大门外站住。

"我不在，云妹多亏了你，"锦轩由衷地说，"由于我，让你蒙受了不少困苦……"

"那是我愿意的，和你没关系！"语桐打断他的话，阻止他说下去，他忽地抬起头，冷冷地说，"你能给她幸福，可以，我成全你们，"语桐死死盯着锦轩，"假如你再对不起她，我会叫你好看——"他说完，指了指锦轩心脏的地方。

"你放心，朝云和我一起长大，情深意切，我永远不会对不起她！"

"希望如此，你好自为之。"语桐说完，给锦轩一个骄傲的背影，决然而去。

朝云在大门内，把他俩的对话听得清清楚楚。

这几天，监家退婚的消息，传遍了各处，外面风言风语的，使朝云不敢出门。自己厂里的工人，因为平时，多蒙她恩惠，所以不敢乱说。她想的，倒不是自己，她想的最多的就是语桐和他们一家。同时，锦轩，待在祥门，也有很多议论。锦轩说，他要回家去告诉伟素，快点来提亲。而这段时间，自己跟朝云，就要回避了。

锦轩要去杭州时，朝云变得异常焦虑。

临行的前一天，朝云说，再陪我走走。他们走出宅子，沿着运河走了很久。旁边是茂密的桑树林，绵延几十里，仿佛怎么也走不到头。他们看到前面桑树林有一个缺口，可以望得到里面，居然是一个岸滩。不知不觉，他们走近了这个岸滩。夕阳正照耀得这个岸滩上的黄色泥土闪闪发光,这是暮春时节,从这个温暖的湾兜里,可以看到远方的菜花田和碧绿色的麦地。阵阵香气扑来,仿佛也听到了蜜蜂的喧嚷声。岸滩下的蚕豆花一丛丛、一簇簇,招惹几只小蝶在那里翩跹。

"我们在这里坐一坐吧?"锦轩说,他先跳了下去,然后转过身伸出了手臂,朝云也试着跳了下来,锦轩一把抱住了她。春花烂漫,夕阳醉人,两颗难分难舍的心紧紧地靠拢了。他们情不自禁热烈地吻起来,热泪交织在一起。又情不自禁褪掉了衣衫,他第一次看到她洁白无瑕的胴体,眼里涌满了悔恨激动的泪水。他吻着她,吻她的脖子,吻她正微微颤动的乳房,嘴里嗫嚅着:云妹,我的云妹!

当那一刻来临——在那坚硬无比的撞击下,伴着剧烈疼痛,如此痛苦和幸福,它们像两股热流,不相上下地交织着。殷红的血流出来,染红了蚕豆花紫白色的花瓣,鲜血顺着蚕豆的叶、梗往下流,渗入江南的泥土里,娇美的腮和血一样红。她不由得喊了一声,接着是一阵阵呻吟。她内心里迸发出一种长久积蓄的渴盼,随着他身体的起伏,在她心里一遍遍地念着:"我是你的女人……你的女人……别把我丢开……"这样交缠在一起,难分难舍时,朝云忽然抬起了身子,额上汗淋漓,她用沙哑的嗓音问:"你还要离开我吗?"他吻上了她的嘴,又一阵激情澎湃。

"你永远不会抛下我,对吗?"

"永远不会!"他喘着气说,"我可以带你走,迟早有一天。"

朝云想到这些,就闭上了眼。

庄锦轩回杭州不久,庄家就从运河上送来了彩礼,另外还有一封信递到庭风手里,那是庄伟素写来的。信上内容,大致是说锦轩刚愎自用,耽搁了朝云大好年华,也给蓝李两家造成了困扰。希望庭风兄妹能够原谅他,并希望接受聘礼,及时完婚。并约定五月初八那天成婚。

庭风看了信,不置可否,心想:不是朝云这么死心,他也不会同意庄家的婚约。他一想到语桐和蓝家,就觉得心往下沉,但是自己这个做兄长的,

第十四章

怎么去安慰人家呢？所以，这些天，他只待在对岸的禅寺里，和方丈一起说禅。

日子走来越近了，朝云朦朦胧胧感到有些忐忑。离锦轩来接亲的日子还有八天，这一天，朝云意外地在里间听到了他的声音，朝云嫂子在接待他。顿时，一种不祥的感觉袭击了她，她差一点儿支撑不住身体。

她出来了，声音没有起伏，语气很温和："嫂子，你去，我想和锦轩单独说话。"说着，自顾自走入自己的房间，锦轩跟了进来。她把门一碰，眼睛看着锦轩，目光好久没有从锦轩脸上移开，她说："锦哥哥，此番来，是为何？"

锦轩已经好久没见她了，十分想念，就说："哥哥来看看你！"

"哥哥这么想我吗，"她眼神已经迷离，心里分明十分痛苦，"难道未来这么长远的日子，还不够吗？"她说这话时，眼神死死盯着锦轩，就像语桐那样，她在他脸上搜索着，努力发现他为何在这么避嫌的日子还会过来的原因。

"哥明白，哥知道妹妹的一切愿想……"不知道啥时，他的声音有些苍老。

他走近她跟前，想要抱住她，可是她推开了他的手臂，还在等他的回答。咳咳咳，外面响起了一个男人的咳嗽声，锦轩皱了眉，走到外面，叫了那人一声："老王。"

听到说老王，朝云走了出去，看见那个曾经和他在一块儿的革命党人，她心碎了。

锦轩对他耳语了几句，老王走了。

朝云此时已涌满了眼泪，锦轩走过来，一把拥住了她，他苦痛地吻着她，吻她满是眼泪的眼角、腮边、痛苦得一张一翕的嘴唇，苦痛燃起激情的火，褪下衣服，他疯狂地吻遍她的全身，吻她挺立的乳头，她倒下去，他也倒下去。随着那无声的又一次进入，他像一只猛兽般耕耘着，她又一次和他交融在一起。她呻吟着，沉浸在无边的痛苦和激情的海洋里。

不知什么时候，朝云推开他，他起来帮她穿好衣服，仍旧紧紧地拥抱着她。"云妹，我的云妹……"他再一次唤她，"哥在这半年内完成任务后，会等着你来的！"

　　她还是推开了他，刚刚的激情彻底把对他的情燃烧到了顶点，现在她慢慢地清醒过来：他是留不住的，眼看要结婚了，却还是要走。这么多年，婚硬是没结成。

　　她不再执拗，站起身，抛下一句话："你走吧！"

　　她茫茫然推开门走了。

　　等庭风回来，庭风妻子告诉他，锦轩来过了。庭风顿觉大事不妙，就去找朝云，朝云只给他四个字："婚不结了。"庭风大喊一声，然后仰头喟然长叹道："随他去！

　　李家小姐的亲事，在语溪传得沸沸扬扬。朝云要办厂，硬撑着出门去。语桐已经知道了情况。他没有及时过来，因为他自己的心也还需要一段时间。

　　终于有一天，他实在忍不住了，就来朝云的厂里看她。见她脸色煞白，气喘吁吁的。可是见她还是打起十分的精神来应付厂里的事情，他心里隐隐地疼痛起来。

　　李家退回庄家的彩礼不久，庭风忽然见到了庄家的管家，他告知了一个十分不好的消息——伟素去世了。庭风按礼数给了管家一份素金，庄家管家以为他会随他一起去吊唁，但是庭风只说了一句话："我和伟素，友情笃厚，但我们两家的恩怨就在锦轩屡次离开朝云之时就结下了。等来世，老朋友再相见吧！"管家抹着泪走了。

第十五章

在春茧丝快要出卖的时候，朝云发现自己怀孕了。那时候她常常吃不下饭，呕吐，脸色煞白。她不是那种粗蠢的女子，怀了孩子也要等别人看出。她当初在那个岸滩下第一次把自己交给他，她没有后悔过。朝云不是没有见识的女人，上至先秦诗歌，下至这个时代妇女解放，在她脑海里自成体系。她在少女时看到《诗经》里"有女如玉，舒而脱脱兮，无感我帨兮"，是怎样的震惊，她想象那个时代的女子也如男子般俯仰和独立，常常神往。

然而怀了他的孩子，这个人又走了，这使她措手不及，痛苦万分。现代妇女再怎么解放，这样的事情终归是丑的。要是让兄嫂知道了，让他们怎么做人呢？她避免和兄嫂一块儿吃饭，以免呕吐让嫂子起疑。

她在书里看到过，大黄、红花是可以堕胎的，她就悄悄地买了些回来，偷偷地熬好了，放在自己房里，准备喝下去。

中药汤缓缓冒着热气，房间里尽是草药的味道。朝云看着这锅药汤，怎么也不忍心喝下去：那是一个小生命啊！在她的内心，虽然现在对锦轩已经不心存希望，但以往的点点滴滴，她还会时不时地在内心最隐秘的地方温故着。她再怎么不承认爱他，但在灵魂的最深处，还是毅然想要保留这个孩子的。那怎么办呢？这周遭的世界，允许这孩子平安出生乃至安然成长吗？朝云内心又痛苦又矛盾！

奔 Ben

对岸禅寺的钟声当当当地传来,恢宏正气,响彻四围天际,仿佛人间的一切尘埃都在这声音下荡涤干净。

是的,佛门之地,应该是收容她和这个小生命的最好地方!去找个庵吧,还我后半生清静!

她正想着,心中已做了决定。

这时剧烈的妊娠反应又上来了,朝云又开始吐了,她捂着肚子跑到洗漱间,呕声不止。沈氏在她的房间外闻到了一股药味,循着药味推门进来,发现桌子上的药汤。她很狐疑,揭开盖子一看,见是大黄、红花等活血流泻类药,吃惊不小。又听得隔壁房间传来她呕吐的声音,她似乎明白了什么,脸色凝重。

待她进来,沈氏看她神色——便什么都明白了。

"你——"沈氏涨红着脸想问她,心疼和责难两重心情使她说不出话来,她努力想使自己镇定,问道,"是他的?"

"嫂子!"朝云点点头,哭着扑到沈氏怀里。

"还有谁知道?"沈氏也哭着,急问道。

她摇摇头。

"你哥知道了,他非急疯不可!"沈氏又问,"你是想打掉这个孩子?"

"不!我要把他生下来!"朝云语气坚定。

身为女人,沈氏内心也很沉重。因为她比谁都清楚朝云这个小姑子的烈性。嘱咐了朝云几句,她带着复杂的神情出去了。

家里的情况严峻起来。呕吐时,吴妈和小莲也发现了几次,她俩常悄声嘀嘀咕咕。沈氏叫吴妈炖一些补气的汤给朝云喝,吴妈更起疑心了。就问沈氏:"太太,小姐的情况不一般啊……"沈氏却说:"你就不要胡猜了,炖给她喝就是了!"

然而沈氏本身就是个不管事的人,叫她担着这点非同小可的事情,她恨不得说给丈夫听,好分给他一半忧思和要饱受非议的压力。但是她也知道,丈夫已经被朝云的事搞得急火攻心,现在再不能拿未婚先孕这样的丑事去刺激他了。她就唉声叹气,有时朝云也听见了。她越来越觉得家里是快待不住

第十五章

了。

　　她想在某一天清晨就走，然而厂里的丝就要上市了。肚子还没有隆起，她决定最后再走一趟上海，语桐陪着她去。

　　又一次前往送货的船上，朝云坐在船舱口，想着上一次去上海的情景。人生就像幻梦，家、爱人、未来，这些自己曾经努力经营过，这些终究让自己像蚕一样吐完最后一根丝，却像监牢一样，把自己困在了里面。家，在这样的时势里，所有人的家都会像地震中的房子一样坍塌，即使现在没有，那也是迟早的事。即使曾经是官宦人家抑或家财万贯又怎样，谁能够总是羹汤俱全地过着少爷少夫人的生活呢？男人可以为着自己的信仰去冒死，那女人呢，除了那时时刻刻的生活围绕着自己，还要承担一份这个世界给予的思念和孤单。未来，不过是交给了这个风雨飘摇的国家。未来还有几许路要走，可是我呢？这个孩子的来临意味着什么呢？这千古以来束缚女人的名声也许这时候，为我告别这一切寻找了一个借口。

　　当当当——船开远了，钟响寺下对岸禅寺的钟声还悠悠地传来，也许幸福只在彼岸，彼岸里有宁静的停靠点，她想。

　　一阵凉风吹来，朝云一阵轻微的痉挛，又开始呕吐。她一手扶着船栏，一手按在腹部，趴下身子连胃液也吐了出来。

　　语桐大惊，忙奔了过来，拿出手绢为她拭擦，惊问道："怎么会这样？"

　　"没事，过会儿就好。"她无力地说道。

　　语桐想到这段时间以来，朝云的脸色未曾好过，就问："你到底怎么啦？"

　　她摇了摇头。

　　"其实，你应该好好休息！把货交给我处理！"

　　"真的没事……"

　　话还没说完，她又吐了。

　　语桐不是没见识的粗莽汉子，洋学堂里也有有关男女恋爱、结婚、受孕的课，但是现在他是无论如何也不愿往那方面想。

　　语桐拿来随带的热水，要给她喝。她摇摇头说："不想喝。"

111

"怎么啦?!"他急切地问着。

"我怀孕了。"她喘了口气,面无表情地说道,"他的孩子。"

语桐惊得一句话也说不出,就这么呆呆地立在她面前。

忽然,他苦恼地抓着头发,走到另一条船上,不顾体面地蹲下来,没再跟她说一句话。

丝货交易完成后,他们各自回了家。

一个晨雾蒙蒙的清晨,朝云一生朴素打扮,头发像已婚女人一样在脑后梳了一个髻,撑着伞,拎着随身携带的衣物,乘哥嫂还在熟睡,准备乘船前往更南的方向去寻清静之地。

生怕弄出声响,她走了二里地,到另一个渡口去乘船。

有一艘船正从北面过来,她招了招手。船过来了,她走下台阶,还有两个台阶就到船上了,忽然,岸上传来一声喊叫:"云妹!你干什么?"

是语桐!他丢下自行车,冲下台阶,看到她这身装扮,惊声嚷道:"你到哪儿去……跟我回去!"

"你不用管我,让我走……"

"别傻了,你一个女人家……告诉你,我想好了,我要娶你!我愿意接受你的孩子!"

"你说什么?"

"我要娶你,娶你做太太!"他大声说,眼神坚定,炯炯有神,说了这句话他为自己感到欢呼雀跃。同时,把她拥在怀里。

幸福也许来得太迟,她这时才感受到语桐自始至终都在爱她,这么多个日日夜夜,这么多次艰难险阻,他就在她身边!他就是她坚实的依靠。她忽而有一种劫后余生的幸福感,被他拉着手,走上岸,两人丢掉伞,一个载着另一个,快乐地往钟响寺下骑去。

他说,要去禅寺烧香拜佛去。她说真难得啊,你会去寺庙里。他笑笑,一路说了很多话,他说他虽然留过洋,但是在他心里,却是相信有神的。

朝云说:"那就去换身衣服吧?"

"不用换!心诚则灵!"他说。

第十五章

到了祥门，把车子往墙角一靠，他拉起她的手，走下渡船。这个时候，在民间，男女交往的界限没有过去那样明显了。拉手，在一些体面人家里受过好的教育的年轻人身上，正时兴着。这种情况好像是严冬过后，春风吹来，几个明媚的晴天过后，河水开始冰雪消融的样子。男女设防的坚冰消融了。岂知，春寒料峭，河水偶尔还会再次结冰，总有一些老思想老顽固来阻碍文明的推进。但是大好的春日毕竟来了，河水迟早有一天会在艳阳下潺潺生动地流着。男女公开地交往，适当地表示一下亲昵，女子独立自主，甚至可以再婚再嫁，生了孩子也一样可以再嫁人等，这些情况总有一天会在民主自由新风的吹拂下，成为人间的常理。

祥门门外就是渡船，渡船天天看见，但是朝云从没上去过。

渡船的老汉一脸沧桑，褐色的皱纹，木然的神情。想必是常常见着走出门外的朝云，今天见她这身装扮，木木的表情有些怪异。看见他们下船，就用半生的本地话招呼一下他们坐好，随之撑起篙，像诵经般唱起每日的功课："摆渡过河喽——当心坐好喽——"渡船从此岸到彼岸，是从西到东，要避开南来北往的货船、客船、渔船（现在百业都凋零了，船只少了），所以行船并不平稳。这是渡船从彼岸到此岸吗？这也分明是人生中此岸到达理想的彼岸去呀！朝云的彼岸在哪里？不是在那缘定三生里，恰在那百转千回的蓦然回首中。对岸就是钟声悠悠的禅寺，渡船就在家门口，可是她以前从没去过。这样细雨蒙蒙的江南春雨里，她和一个叫蓝语桐的江南男子渡船过河，去禅寺烧香许愿，祈愿百年好合。

"过河上岸喽——一路走好——"是喽，上岸——一路走好！

买好香烛，进得禅寺，并不惊动方丈。雨雾天，里面人不多。语桐带着朝云来到大殿，站在如来神像前，他抬头看了很久。他因为留学的缘故，看过《圣经》，语桐想着：这佛祖释迦牟尼和基督耶稣原是一样的，在信仰里他们都是一样的，是啊，感谢上苍让我遇着了朝云，冥冥之中这就是缘分啊，我不会放手的！就让我在佛祖面前和朝云缘定终生！

朝云提醒他，这样看，有所不敬。这时，大殿内，和尚和乐师们奏起恢宏的佛乐，编钟声声，木鱼阵阵，这声音在大殿内回响，传到很远的地方，也传到了对岸人家。语桐听罢，似有所悟，连忙恭敬地跪在榻上。

语桐问朝云："佛祖在上，云妹，你愿意嫁我为妻吗？"

似梦非梦，曾几何时，云儿也听到过这样令人心动又心醉的话语，今日再次听到。

"愿意吗？"朝云反问自己。女人在这样的时候应该是最幸福的，朝云也一样。但同时她也感到，命运的变幻莫测，这样的问话相隔了几千里几年的时空再次听到，现在听上去却带点心酸和苦涩。

朝云侧身看着语桐，确认语桐脸上没有一丝勉强的神色，那是一种庄严和怜惜，但更多的还是渴盼。朝云的心暖意融融的，投去惺惺相惜的一眼，有感动，也有幸福。

"我愿意。"朝云轻声答道。

"我会很快来提亲，我们六月里完婚！"语桐扶起朝云，拜遍寺里所有的殿，最后撞响了大钟。当——当——当——钟声洪亮，福佑这一对年轻人。

他俩摆渡回去时，天已放晴。金灿灿的阳光普照这片福地，对岸祥门后方，大片田野中莺雀群舞，蜻蜓疾飞，油菜泛金。钟响寺下祥门里又是一片欣欣向荣的美好景象。

庭风正站在祥门的东门处，望着他们上岸。他在这里等朝云、语桐。

朝云远远地看到兄长，近了，看到他神情里多了这么多天里少有的舒缓。

"吃了饭再走？！"他对语桐说，他问话的语气带着肯定，又有些期盼。

"不了！"语桐礼貌地推辞了一下，经不住他再三挽留，就答应了。

朝云的这身打扮，又拿着行李包袱，引起了庭风的猜测。但是语桐陪着来了，就不便多问。

正要吃饭，朝云却连打了几个喷嚏，沈氏一时语快："着凉啦——当心肚里的孩子……"

"什么？"庭风似乎还没听清，旋即露出惊惧的表情，斥问道："你说什么？再说一遍！"

沈氏慌了，自知失语，急忙说："我说云儿这孩子怎么不小心，当心伤

第十五章

风啊!"

正说着,朝云举筷正要吃时,又止不住呕吐了。朝云拿出手绢捂住嘴巴,并没有去洗漱间。终于不呕了,她擦了擦嘴,脸色苍白,似乎要准备接受斥责,但仍平静地看着兄长。

庭风看到她这副样子,又是这样的神情,知道了怎么回事。他本来会又急又怒,但是看到语桐在照顾他的样子,便不再责问。他一脸神伤,望着自己的妹妹,想到这孩子十有八九是锦轩的,他竟悲伤地流下泪来。

语桐替朝云揉完背,坐定,对庭风和沈氏说:"哥,嫂子,我和云妹六月完婚,这几天,我会尽快来提亲!至于这个孩子嘛——"语桐停顿了一下,像经过充分考虑过似的,长长地吸了一口气,又把它缓缓地吐出来,说道:"我会接受这个孩子的,他姓蓝!"

庭风哽咽了,热泪滚滚,心中的感动不能用语言来表达,只是说:"语桐啊,我们李家欠你们蓝家呀……"说罢涕泗纵流。

语桐忙安慰他。

饭后,语桐要走,朝云送他至门外。运河岸上,夜色还没完全笼罩,细蛾子扑着翅膀,远远传来稻谷的清香。田里地里,雇农们刚刚收工,肩上扛着锄头铁钯,泥土地一样默然的神情。看见朝云,露出忸怩羞涩的表情,朝云朝他们点点头。

细雨停了,空气中潮润润的,很快眼帘处蒙上了一层水雾。语桐推着自行车,两人默默地走在一起。

忽然他对她说:"晚上凉了,快回去吧!"

她对他说:"天快暗了,你要小心点骑!"

"知道了,我走了!"

朝他摆了摆手,看着他上车骑去的背影,她感觉心里被塞得满满的。她转身回到房里,痛痛快快地哭了一场,那是一种幸福的宣泄。只有他,从他出现的那一刻起,就不曾离开过她,始终陪伴着她。作为女人,她感到了人间至真至纯的温暖,感受到了依靠,这难道不是主要的吗?

然而语桐还将面临母亲的压力，母亲是不同意他再跟朝云好了，何况朝云肚里还怀着别人的孩子，那对于母亲来说，无疑是晴天霹雳。他想，这一点，是无论如何不能跟父母讲的。他小心着。

蓝夫人却在为儿子觅寻佳缘。本县大户高家有女，长得也如花似玉，性情温婉可人。只是语桐看不上。邻省张家是大富人家，也有意将独生女儿许配给语桐。语桐说相隔太远，水土不同，怕不相融。

县令的小女儿过了年十七，容貌秀丽，人也聪慧。朱县令见语桐一表人才，生意又做得好，本就有意将女儿许配给蓝家。竟然主动向洪升夫妇提及此事，蓝夫人想自己家虽然有钱，但毕竟没有官衔，要是能和他结亲，那是再好没有的事，就满口应允了下来。

洪升没想到夫人会这么快答应，想拦也拦不住。而朱家也放出风来，说蓝家二子要和朱家小女儿定亲。

但是语桐态度坚决，任凭母亲怎么说，他死活不愿意，还对老太太说朝云他是娶定了，不久就要和她结婚，要是不同意，他宁可再去英国，永远不再回来。

老太太被儿子的执拗吓坏了，儿子很少违拗她，这次为了一个女子和她公然闹翻，她也是意想不到的事。

洪升却站在儿子这边，对老太太说："儿子长大了，现在都啥时候了，婚姻大事就由他自己做主吧！何况我们儿子还留过洋呢！"

"选谁都可以，就是不能再选她了！为了她，我们桐儿被多少人说闲话啊？"

"其实，云儿这孩子吧也蛮可怜的，我曾蒙过他父亲的恩啊，要不然，我还能活到现在？"

洪升劝着老太太，语桐的态度和丈夫的帮衬，最终使她让了步，她同意婚事，但是婚后必须马上生儿育女，相夫教子，把丝厂交给语桐打理。语桐松了口气，对母亲说，这要求朝云完全能做到。接下来的日子，双方都在为婚事做准备。

除此之外，语桐还要承受周遭环境的压力。朝云和语桐的订婚退婚，她

第十五章

和锦轩的订婚，运河西岸的人差不多都知道。冷不丁，那男主人走了，现在语桐再一次取而代之，就要承受周围的闲言碎语。但语桐全然不管这些，他就是和朝云常常一起走在运河岸边，从祥门到丝厂这一条路，他和她，来来回回不知走了多少遍。这也让庭风心生许多温暖和感动。

虽承受着各方压力，但语桐在朝云和庭风面前，总是装作若无其事，不让朝云内心有什么隐匿的想法或让她产生什么配得上配不上他的念头。庭风理解语桐，知道他全为着朝云着想，难道作为男人他心中一点想法也没有吗？一次，朝云不在场，庭风问起语桐他父母是否知道孩子的事。语桐顿住了，庭风想努力表达什么，却说不出口。

事实上，外面那些议论只是知道了事情的皮毛，大致是李家小姐退了蓝家的婚，但是从杭州提亲来的男子走了，朱家小女儿要和蓝家儿子定亲，而蓝家儿子天天和李家小姐在一起。要是真让他们知道了真相（比如朝云还怀了孩子的事），那就仿佛是烧旺的火上浇了一瓶煤油，那这把火能把语溪县城角角落落都给烧起来。那朝云和语桐的处境更不堪想了。国人对于这样的事情是不宽容的，只是那个时候社会总体是不稳定的，分散了一部分人的注意力。语溪县人常常听说北方山东那边人起义，还有广西那边农民反抗官府的，这语溪县的老百姓也有闻风而动的，但都不成气候。仿佛大多数人还是散散落落的，能过一天是一天。更有甚者，钟响寺下因为开了个丝厂，使得附近的民众还有机会到厂里寻得银圆，混得饱饭吃。所以，语溪人对于蓝家、李家、朱家的事，兴味竟未减一分一毫。

五月，多么美好的季节。蓝家再次送来了彩礼，礼品和礼金都很重。没有打运河载来，而是从县城吹吹打打地挑来抬来。运河西岸的人都在传，李家又收彩礼了，后来证实是语溪蓝家送来的，有的窃窃私语：

"到底娶的是李家那位天仙啊！朱家的女儿人家看不上啊！？"

"这蓝家要和杭州那户人家比货哪！"

"是只金凤凰也架不住几户人家来提亲呀？"

也有的说得比较善意：

"到底还是蓝家来娶了，蓝家出手大方，不计前嫌，重情义！"

"李家大小姐名花有主了！"

　　蓝家老太太虽说勉强答应这门婚事，但是在彩礼上一点也不吝啬，她大约知道上次庄家从杭州送来的礼品数量和等次，也估计得出礼金的数目。她想蓝家人要的是脸面，她就和洪升商议彩礼的数目和质量，决心比第一次来得更重，而且无论如何要超过庄家两三倍。好让大家看看，她蓝家人是何等重情义知礼数，同时也显一显蓝家雄厚的财力。

　　庭风这一天收到彩礼，心中沉甸甸的。现在蓝家是有意要盖过庄家所造成的影响，显示他们家的诚意和家底，所以庭风和沈氏商量，让朝云把丝厂百分之八十的资产，包括流动资金都作了嫁妆。另外大户人家嫁女儿的那些物品，朝云也一并全有，都是兄嫂购得或从北京带来的余货中选取。

　　五月初九那天，天气特别的明媚，朝云和语桐结婚了。婚礼上有各方亲朋好友，但是缺了一个人，那就是县令朱仁贵，本来蓝家说好和自己结亲家，但是蓝语桐最终娶的是李朝云，朱仁贵心中介蒂得很，尽管洪升把喜帖送来了，但是他没有来。

　　外面对男女双方的非议在这一天停止了，转而变成了羡慕，继而是对婚礼的排场和气派作了夸夸其谈的叙说而口口相传，语溪县城里近来茶馆的生意好起来了，所谈之内容都是李家的、蓝家的事。

第十六章

正当语溪县的茶馆、小饭店生意又渐渐冷却下来时，这天上午，人们发现县衙门口来了一队人马，为首的是八抬的大轿。这比平常县令乘的小轿气派多了。那下来的人着一身官服官帽，好生气派，不过这大老远望过去，这官服上什么图案是看不清了。要不然，一些专门混江湖的"行家"定能看出他是几品大官，是文官还是武官。总之，这架势是个大官是错不了了。

这人心惶惶的年代里，这大官来这江南一个小县做什么？一定有什么事要发生了。

洪升也听说了这件事，心中诧异：这小县城来这样大的官不至于有什么事情吧！

然而，这天下午，蓝家就来了县衙的人。

捕头朱二举着令牌，顾全到蓝家和县令以往的交情，话说得很客气，说是请洪升到衙门里坐坐。实则是二十几个衙兵在院外候着呢。夫人急了，洪升想，定是语桐没有和朱家结亲，得罪了他们。就没往深处想，自己穿戴整齐，就跟着他们走了。临走对夫人说叫她放心，应该没什么大事。

蓝老太太此时才想到，是自己当初轻率的允诺造成了这样的后果。自家平时做生意多方打点，县令朱仁贵家也得到不少好处。哪知这人心胸如此狭窄，唉！老太太左思右想，除了这件事，其他也没别的事了。有吗？大儿子！

洪升口风松的时候,在朱仁贵面前说过大儿子的去向了吗?老太太也记不起来了。再想,一个县令能怎样兴风作浪呀,能怎样难为老爷呢!她就宽了自己的心。

洪升到了县衙,被带到了堂里。

洪升抬头想看看朱仁贵,平素都以好友相称的人今天怎样面对他。一看,却看见了两个人,一个朱仁贵,另一个,洪升也见过,那是浙江省新任总督宁远祥。洪升早年为官时,就和他都是正四品的京官,算是同僚。

洪升看见他们,不卑不亢地做了一个揖,嘴里说道:"宁大人!朱大人!"

宁远祥用不温不火的声音喊了一声:"来人可是蓝洪升?"

"正是!"洪升答道。

"你先候着,等李庭风来了一块儿审!"

洪升并不急着表述,退至一边。

"李庭风带到!"衙兵报道。

只见庭风进来,满脸是想要探究事情原委的表情,他看见洪升也被带来了,阴云更是笼上了心头。

庭风还未等抬头细看上头坐着有谁。那上面就传来了宁远祥惊诧的质问:"好一个李庭风,你果然没死!快说说,你家的大火怎么没把你烧死,你是怎么逃到南方来的?还有庄家庄伟素是不是也和你一起来了?"

庭风在宁远祥一连串的质问中,抬起头,见是这位以前的同僚。当初,庭风作为礼部侍郎之后,做五品小官时,也和宁远祥有过交涉。

然而现在李家失去了父荫,子孙沦为草民。但庭风并不为此而感到落魄,他只是心生一种沧桑感,他作了个揖,平静地说:"宁大人!"顿了一下,他又作了个揖,叫了一声:"朱大人!"

还没等庭风回过神来,朱仁贵大喝一声:"蓝洪升!李庭风!跪下!"朱仁贵阴沉着脸,鼻尖上镶银的茶色眼镜耷拉着,侧低着头,眼神里一丝幸灾乐祸从眼镜上方射过来,对着堂下二人,一半宣布罪状,一半像在对着总督

第十六章

宁远祥作着解说:"总督大人今天不远千里到蔽县,实则因你们两家而来!李庭风,你妹开设丝厂,与上海洋行做生意,勾结叛党庄锦轩,冲撞冒犯法国人彼得先生,彼得先生找到上海领事馆,要求彻查此事!"歇了歇,总督宁远祥咳嗽了一声,质问道:"李庭风,你作为朝廷命官,私自逃到南方,窝藏叛党,该当何罪?"

庭风忙解释道:"总督大人,草民当初并不是私自逃脱,家父有皇帝的口谕!至于窝藏叛党一说,现在舍妹朝云已经结婚,和庄锦轩没有半点关系!庄锦轩所从之事全由他自己选择,我们事先并不知道,也无怂恿之意呀!"

庭风心想:这些事情一定是朱仁贵向宁远祥告的秘,这个小人!

又看看洪升,洪升一脸惊愕,他正想替庭风辩解什么,忽然宁远祥冲着他大声发问:"蓝洪升,你也是当过官的人,怎么让你大儿子去做叛党?"

洪升知道朱仁贵出卖了两家,心中不由得愤愤难平,说道:"全由姓朱的说了算啊,我儿去向我也未知,怎知是去做叛党?"

只听得庭风说:"朱仁贵,你跟蓝家交情一场,为何要诬告他们?"

"诬告?"朱仁贵眼睛瞪得滴溜圆,唤过捕头,"拿证据来!"

捕头拿出证据——一本革命党的书。

"这是什么?"朱仁贵问道,"这是从你大儿子的书房里找到的!"

看来,姓朱的是存心要害蓝家,不知什么时候从语桐书房里偷走了一本书。这姓朱的真是个伪君子,十足的小人啊!洪升想。

"你公报私仇,为什么要出卖蓝家?"庭风感到自己十分愤怒,心中想:朱仁贵要谋害蓝家,要不是朝云嫁给了语桐,姓朱的也不会这样害蓝家呀!况且这洋人要追究庄锦轩,牵连到了语桥,也是因为李家引起的呀!

朱仁贵正要辩驳,宁远祥说:"李庭风,话不能这么说,你家得罪了洋人,这不是洋人要追究嘛!我们做总督的,也只能顺藤摸瓜,朱大人也是据实相告!"

宁远祥又咳嗽了几下,一拍桌案说:"这样吧,念你们二人都做过官,先将你们二人收官,朱大人好生伺候着!洋人要追究,丝厂次日起停办!李庭风逃至南方一案，我择日禀报再定。庄锦轩与李家没有关系！蓝家儿子参与叛党一案，等拿到证据再定！退堂，押下去！"

来了几个衙卒，把庭风和洪升押了下去。

这边在审着"犯人"，那边丝厂所有的工人被赶出，贴上了封条。

那时，语桐在厂里，不知发生了什么事，急忙赶到了家里，告诉朝云丝厂被封了。他从母亲和朝云口中得知父亲被县衙带走，急匆匆骑着自行车赶到衙门口，听说今天押审的"犯人"有两个，正猜想着，还有一个是谁，门口的衙兵告诉他，是县城北面祥门里的李庭风。

他想：大事不好，父亲和庭风哥都让朱仁贵给坑了，应该和自己结婚的事有关。

他回到家，告诉了母亲和朝云，父亲和庭风都被关进去了。

蓝夫人急得不知怎么办才好，朝云说眼下要做的事就是想办法把他们救出来，先要去了解一下事情的来龙去脉。

蓝夫人哭着说还不是结的这个婚惹的，朝云没有说话，只是对语桐说，去探视回来再说。

三天后，到了探监时间，老太太、语桐、朝云、沈氏都去了。两人的牢房连着墙，地方还算干净，特地弄了一个地方把他们两个跟其他犯人分开了。蓝夫人还是流下泪来。洪升叫她不要急，总会出去的。他告诉他们几人：总督宁远祥原是都认识的，庭审结束后，他亲自过来牢房查看，朱仁贵没有跟来。宁远祥说，他也是没有办法，上海方面也过来要追查说是嘉兴府朝云丝厂伙同革命党人得罪洋人的事情。他就问到语溪县令朱仁贵，而朱仁贵说这李家来路不明，怕是从北京那边过来的。要说革命党，朱仁贵告诉他，蓝家大儿子就是叛党。朱仁贵请他来语溪追查这几桩案子。

蓝老太太流着泪，叹着气，洪升安慰她："别急呀，总会出去的！这乱世，洋人一句话他们就当事情了，我们儿子（指语桥）的路怕是走对了！"

语桐说起丝厂也被封了，大家不免唏嘘了一阵。

庭风说："大家先别急，等等时局吧！"

第十六章

等朝云、语桐、老太太要回去时，庭风叫住语桐，两眼目光含蓄而深沉，说道："语桐啊，家里人都靠你照顾了，多加珍重啊！"说着望望朝云。语桐明白他话里更深一层的含义，点点头，叫他放心。最后，朝云扶着老太太，语桐却把手放在新婚妻子的背后，四个人都回去了。

丝厂也封了，朝云施展不出拳脚来做事。况且不封，蓝老太太也有约在先，不准朝云在搭手厂里的事。现在语桐，想多陪陪朝云，但是老太太看见了，不免要说。所以语桐外出的时间比较多，留下朝云在蓝府里。

老太太急着要抱孙子，常常催促儿子，问他："怀上了吗？"

语桐只好说："还没呢！"可是心中思忖：现在刚结婚，马上说怀上了，老太太肯定要起疑心，不如等二三月之后再告诉吧！

朝云也注意着，在吃饭时，尽量少夹些肉厚甜腻的菜，多吃些蔬菜、鱼类，这样尽管看上去没少吃，实则也不会胖起来，反而人慢慢变得清瘦一点。这样，那日渐隆起的肚子才不至于明显，再则，穿着宽松的衣衫，那肚了始终没让老太太看出来。加上妊娠反应已过去，现在的日子很平静。

沈氏为庭风的事，在家的日子可谓度日如年。朝云借口陪伴她，回娘家放松心情。

语桐要送她，朝云不同意，叫他尽管去做事。她自己带了随嫁过去的丫鬟小莲，一路走将回去。

此时，正是秋季，运河两岸有成片的菊花盛开，那是一片片白色的海洋。走过自己的厂房，重新又见那贴着的封条，心里异常不快活。

到了娘家，嫂子异常高兴，吩咐吴妈做一桌小姐爱吃的菜上桌。朝云嫂子沈氏，在京城那会儿就没有生育，这会儿颠簸到了南方，就更生不出了。丈夫被投监后，她非常孤寂，这会儿小姑能来陪她，她开心了不少。

朝云在祥门，见陈年空闲时，就和他谈谈家里的收入开支，谈谈生意上的事，也谈到了这些厂里的工人们，他们没事干了。时间很快过去了，在娘家住了一个多月。在这段时间里，朝云在祥门又听到了久违的钟声。悠悠古运，秀丽田园，祥门的生活毕竟是美好的。然而朝云又看到许多田工正在田里种植油菜，北风轻啸中看到他们褐紫色的脸，仿佛对生活又少了些许渴盼，生活又使他们的神色增添了落寞和神伤。也许今年陈伯的地租收得重了些，也许他们家中没了人去做工少了收入，也许这样的年代里老百姓的日子，即使没有离散，也多了一份风雨飘摇。

兄长和公公被关在县衙监狱里，语桐和她已经看过多次。现在只有等这时局了。但对于她，目前的难关在于如何顺利并名正言顺地产下肚里的孩子。

从祥门回来，语桐就说，怀孕的事现在可以让老太太知道了，得请个医生来。

这天早上，语桐就对母亲说，朝云病了，得请个医生来看看。老太太说，昨天还好好的，有什么病呢？忽然老太太开心起来嚷道："是不是怀上了？！"于是，老太太赶紧让语桐把东大街的范大夫请来。语桐连忙去了。

范大夫来到蓝府，给朝云搭脉，忽然他面露喜色，向老太太祝贺道："恭喜老夫人，少夫人有喜了！"

老太太听到这句话，笑得嘴也合不拢，忙问孩子有几个月了。大夫面露难色，却听得语桐说："我和云儿结婚快三个月了！孩子嘛——"大夫猛然看见语桐在朝他使眼色，立刻神会。他抱拳朗声说道："贺喜老夫人——少爷、少夫人一结婚就添子，孩子快三个月了！"

老太太喜上眉梢，双手一拍向空中作了个揖，说了声"阿弥陀佛"就吩咐小莲："快去，给少奶奶炖汤，好好地补一补！"

随即老太太就对朝云说："芸儿啊，真难为你了，这些天也别来请安了，就在房里好好地躺着吧！"

朝云立即点点头，柔声说："谢谢妈！"

老太太心情是那样激动，她对语桐说："好好谢谢范大夫，送送范大夫……快去，儿子，去你父亲那儿告诉他喜讯！"

语桐给了范大夫一摞银圆，送至门外，那范大夫因为担着事，深沉的脸色不免带点诚惶诚恐，他生怕语桐还要说什么，就说："少爷放心，我们医

第十六章

生以治病救人为主,别的什么事我们不知道!"

语桐送走了范大夫,朝县街东面走去。不一会儿,就到了县衙,他没有进去,而是继续往前走。经过一家小酒楼,里面稀稀拉拉几个顾客,语桐径直走了进去,在靠里面的一个小桌前坐了下来。小二走出来,看见是蓝家二公子,忙招呼道:"公子爷,侬要吃点啥?"语桐觉得刚刚在母亲、妻子面前表情做得过于欣欣然,脸上因为长时间一个笑的姿势,肌肉都有点酸涩了。现在整个人放下来,表情放下来,心情也沉下来,以致脸色显得有些黯然。他吐了口气,说道:"来一壶酒!"小二再问他要些什么菜,他有点不耐烦,把手一挥说道,"随便什么菜!"

店里的其他几个顾客,除了有两个在对酌,时不时地骂着时局。一个说着老婆跟一个逃到南方的山东人跑了,另一个说做工的米厂裁人,他自己被剔了出来。另外还有一个四十开外的中年人则眉头紧锁,也似乎是在喝着闷酒。

真是各有各的烦恼!语桐倒了酒,几下喝了小半壶,想着母亲欢天喜地的情形,不免苦笑了一下,心想:母亲迟早会知道真相的!他又举起酒盅,扬起头,一饮而尽。

是的,孩子!这时他不得不想到锦轩。但是他的思维之针只要一碰到锦轩这块铁板,立刻警觉地倒转回去,寻找更绵软的可以容他的思想安安全全地思考和得以温暖栖息的所在。但是意识是个奇怪的家伙,有些事物你越想逃开,它越死死地缠住你不放,直到你筋疲力尽,向它投降为止。锦轩这个人现在就牢牢地盘踞在他的脑海里,孩子不是自己的,是庄锦轩的!庄锦轩!庄锦轩!这个脑子嵌进石头千年不死百年不烂的贱种,怎么就搞出个孩子来!而自己却要作这个孩子的"爹"!

语桐愤愤地,一时很想不开,可是他是个非常理智的人,不会令自己的思绪泛滥。他知道自己爱朝云。想到她,自从过门后,一心侍奉公婆,大门不出,二门不迈。父亲进监后,一有时机,她就带着吃的穿的前去看望。还不忘记安慰婆婆,使老人人感受着不一般的温情。而对于他,她也总是温柔体贴，心境平和。结婚到现在，家里的变故，他一个人忙于生意，生活上也照顾不过来，也未曾见她有一丝一毫的急躁、愠怒。自己回家，看到的是她笑语温存，细心地问他一些生意上的事，还时不时会替他出谋划策。

这样的女子是不可多得的，何况当初自己是怎样向他们一家人保证的！想到这，语桐饮完了壶里剩下的酒，取出身上的散钱放在桌上。他一路大步，向家走去，他要陪妻子去！陪着她共同面对未来！

第十七章

朝云的肚子越来越隆起，老太太每天让小莲不是人参就是鸡汤，服侍得妥妥帖帖。老太太一心想抱个孙子，每日必在祖宗牌位前进香。添丁这样的事，为家里增添了喜气，冲散了自从洪升坐监以后笼上的阴霾。

一天早晨，新来的仆人在门外遇见一个人，那人说要见朝云。仆人就进来通报朝云。朝云说不是什么要紧的人就不见了。

过了一会儿，仆人又来通报说："少奶奶，那人说有重要的事，一定要见您的！"

朝云止纳闷，心里添着堵，就走出去。

她一开大门，门外，凛然间站着一个男人，疑问痛苦的表情，眼睛布满血丝，这不是庄锦轩是谁？

朝云一怔，在心中的爱恨情仇还没来得及涌上来时，她赶紧把门关上。

"云妹！"说时迟，那时快，他一把推开门，把她拉了出来，"为什么不等我?!"他似乎有些失去理智。

然而他看到了她隆起的肚子，大惊失色。

"孩子!? 是不是我的孩子?!"他苦痛的神情里忽然呈现出一种难以抑制的悔恨。

"和你无关！"她咬紧牙关，脸上没有表情，忽然她转过身，托着腰，正想快点进门。

他却死死地一把把她拉住,一个趔趄,她站立不稳,倒下来,他手臂揽过去。她倒在了他怀里。她要挣扎,他却紧紧地把她抱住。

"你放开我!我已经结婚了!"

他没有丝毫放松,而是反问她:"妹妹呀,为什么你不等哥哥?"

"我再说一遍,我已经和语桐结婚了!"

他怔住了,似乎醒悟过来,她用尽全力把他推开。

"难道你忘了我们儿时的光阴,我们怎样发誓要在一起?"他痛苦地啜嚅道。

"都过去了!"

"孩子是不是我的?"锦轩不死心,还在追问。

"会是你的吗?!"那边过来一个男人高声地质问,是语桐正巧赶在这时候回家了。

语桐昂着首,挺着胸,大踏步地走过来,他双眉倒竖,怒目圆睁,走到锦轩面前,用手指了指他的胸,一字一顿地说:"请记住,我和朝云已经结婚了,你现在和朝云没有半点瓜葛!孩子当然姓蓝,是我们两个的!"

语桐的话像一盆冷水,浇灭了锦轩侥存希望的心,他呆呆地站在那里,失魂落魄。

语桐一手揽抱过朝云,一手做出夸张的"请"的姿势,对他说:"现在你可以走了,以后不准再来打扰我们!"

语桐揽着朝云,让朝云的上半身依靠着他,但是他还努力地昂着首,挺着胸,一直走进门去。刚一进门,仆人就把门重重地关上了。语桐常常地舒了一口气,觉得从来没有这么扬眉吐气过。

只有锦轩像个木桩一样一动不动地站在那里,偶尔有一两个路人走过,看到他,便窃窃私语着走开了。

此后,风言风语声又四起了,说是蓝家少奶奶的孩子不一定是蓝家二少爷的种。

第十七章

蓝老太太也听闻了这样的消息,她问新来的仆人许贵是哪儿听来的。许贵就告诉她那天锦轩问朝云的话。

老太太气得跌坐在椅子上,嘴里喘着气,说道:"丑事啊,让我们蓝家怎么做人啊!?桐儿最傻,偏要娶这个女人……"老太太心中的羞愤无以复加,她对仆人说,"快去,唤桐儿来!我要问他……"

一会儿语桐来到老太太面前,看见儿子,老太太眼泪像开了闸,连声不迭地问儿子:"你说外面传的是不是真的?她肚里的孩子不是你的?这个女人做了什么事……啊?!"看儿子绷着脸,不说话,她更加断定传言是真的。

"那你是知道的了?!"做母亲的进一步逼问,"那你还要和她结婚?!"老太太哭得更厉害了。

"妈!孩子姓蓝,他是朝云的孩子,我也会把他当成自己的孩子!"语桐终于开口说话。

"当成自己的孩子?!"老太太气得声音提高了八度,"你个傻孩子——问问我们蓝家的祖宗同不同意,你父亲同不同意?啊哟我的老天爷啊,你爸因为这个女人坐了牢,现在又出了这样的丑事啊……"老太太想起了自己的丈夫,越哭越伤心。

语桐见母亲搬出了祖宗和父亲,心想:母亲想怎样处理这件事啊?

老太太忽然止住哭泣,狠狠地说:"就让这个女人带着那个男人的野种滚出我们蓝家!"

"妈!您也不能这样啊!她到底是娶进门了,再说她自从进了咱们家,孝敬您和父亲,家里里里外外哪一件事不称您心哪!"

"那是她担着丑事,愧对我们!"老太太现在光想着小孩的事,顾不上想朝云的种种好处,儿子的话只隐隐约约在她内心的一个地方回响,那是她曾经感动于儿媳的能力和温存体贴所产生的温柔地方。这个内心的温柔地方产生于朝云刚来到江南的头几年,她以一个女孩子的聪慧温柔把她这个孤独的老太太熨帖得如此舒心和安然,那个时候,她就把她当成了女儿或是未来的媳妇,在她内心满满地积起对这个美丽可人儿的母亲般的温和与柔软。那时,她多么渴望她成为家里的一员啊!然而世事为什么这样反复无常,就如同

129

她和语桐的婚约，尽管最后结了婚，但是事情不再那么单纯和甜蜜了。要是事情简单点，她和语桐相爱，顺利结了婚，洪升也不会轻易去坐牢。

老太太说完这句话，又哭了，其实，老太太就是个小孩，虽然嘴巴上说得这么狠，内心绝没有这样绝情。她不像一些等级森严的大家庭里凛冽的老夫人那样，专挑儿媳妇和丫鬟们的刺。她本性其实要算宽厚了，只是儿子的痴情和朝云的反复以及洪升坐牢的事让她内心接受不了，内心对朝云产生了矛盾的两面。一面是还念及她们俩投缘的种种情意，另一面就是被挫伤的心生出了种种恨意。而现在又要面对这样的事，要是别的手段狠辣的老夫人，大概就会当面说出各种狠毒的话来诅咒儿媳妇，而她，却不敢面对儿媳妇（或许是儿媳妇平日里太好），她生怕见到她，她也不想再见到她！

"我不想再见到她！你让她走！"老太太对儿子说完，一擦眼泪，仿佛用了点气力做出一种决然的表情。

语桐感到茫茫然，她不愿让朝云走，但也不想让母亲多伤心。就这样，他向他和朝云住的地方走去。

一进门，他立刻被眼前的情境惊呆了。只见朝云和小莲在整理衣物，桌上一个包袱。小莲是朝云娘家过来的丫鬟，当然向着朝云。朝云正流着眼泪，小莲说："她叫咱们走，咱们也不留，祥门的大门是向小姐敞开的……"

语桐进来打断了小莲的话，朝云朝他看了一眼，便自顾把衣物放进包袱里。小莲看见少爷，便像故意说给他听，对朝云说："小姐，咱们走了，谁也不欠谁的，谁也别挡谁！"

语桐一把夺过包袱，生气地说："谁要让你走了？！"

小莲抢过话题，任性地说道："老太太叫咱们走，咱们岂能留！？"

语桐立刻明白刚刚和母亲的话都让朝云知道了。

"我不会让你走的！"语桐语气坚定，两眼注视着朝云，"你再等两天，等母亲改变主意！"

"不用了，语桐，还是让我走吧"她几乎是带着哭腔地这么说着。语桐把她紧紧地拥抱住，也哭起来，朝云说，本来想等肚里的孩子出生后，替语桐再生个孩子，但现在不能了。语桐心如刀绞，说，我舍不得让你走，也不

第十七章

会让你走……

小莲说:"我们小姐耳朵软,听不得难听的话……"

"小莲!"朝云示意小莲不要这样说。

语桐心里更加难受,知道母亲的那些话让朝云全知道了。不知道是她自己听去的,还是小莲听见了告诉她的。

小莲这句看似无心的赌气话实则道出了事情根本的一半原因。朝云决意要走,一半是这个原因,另一半原因是心存愧疚,对不住蓝家的长辈,无颜面对他们。

朝云慢慢地把语桐推开,红着眼吞了一口眼泪,仿佛把最后一点眼泪也吞下去了,努力使眼泪不再流下来。她抬起手,温柔地替语桐擦去脸上的泪水,轻声说:"我走了,要照顾好自己!"

语桐看到她已经做了决定,知道自己扳不过来,于是伤心地问她:"去祥门住吗?"

朝云点点头。

"等母亲改变主意了我就去接你!"

朝云轻轻地"嗯"了一声,算是对他的允诺。

东西都整理好了,小莲说:"小姐,可以走了!"

正当语桐和她难舍难分之际,忽然她朝门口走了几步,面对着东南方向(那是老太太和洪升住的地方)跪下,嘴里说道:"公公婆婆,朝云不孝,不能侍奉你们了!"说罢,拜了三下,磕了三个响头,禁不住又流下泪来。起身,用泪眼看了看语桐。

语桐忽然想到了什么,说:"你等一下,我去去就来!"

一会儿语桐来了,原来他是雇了顶轿子来。他看见朝云和小莲已经走出蓝府的大门,正要走。语桐看到妻子凸起的腹部,心中涌起一阵心酸和苦涩。

"芸儿!"他叫了妻子一声,用手臂指着轿子,示意她们坐轿走。

小莲连忙扶着她,坐了上去。那为首的轿夫喊了一声:"坐好咧!"轿子就沿着城外的一条偏僻的小路往北走去。

轿子一到祥门,小莲就对前来开门的仆人阿宝悄悄说:"快开门,轿子抬到里面!"轿夫就把轿子抬到里面,小莲忙给了轿夫银圆,打发他们快点走。阿宝一看,走出来的人是小姐,非常惊讶,忙去通报沈氏。

沈氏出来,看到朝云,又惊又喜。刚想问,这个时候不在家里养胎,到娘家来干什么。却看见小莲在一旁抹眼泪,又见朝云低垂着眼睑,看见沈氏,叫了一声:"嫂子!"

小莲看看大门关紧了,就对沈氏说了从锦轩去蓝府找人到被蓝家老太太知道孩子真相以后的事情。

沈氏说:"那该死的到我这里来找你啊!我就对他说人家都结了婚了,怎么还来找你呀……再错也是结了婚的,怎么就赶出来了呢?"

朝云听到"赶出"这两个字,便觉头涨脑热,最好有那么一个地方,进了去,没有任何人来打扰。这种感觉,是她生平没有遭受过的,她该恨吗?恨谁呢?外人就是这么认为的,她的尊严心从这时起受到了极大的考验,她该怎么度过下面的日子呢?

"现在挺着大肚子,别人知道了可怎么看啊!"沈氏是一脸的愁眉苦脸,什么话也便说了出来。庭风走了,她像是成了无依无靠的人。现在朝云也落到了这样的境地,她不说出就不痛快似的。

朝云止住了眼泪,对沈氏说:"嫂子,我让小莲去把我出嫁前的房间收拾一下。"

"好啊,你去吧!可当心了身子,唉……"沈氏望着朝云,想着肚子大得快要临盆了吧,又愁肠百结地想她孩子的未来。

朝云回到自己的房间,觉得肚子大得越来越令自己感到吃力了,她在靠床的一张红木椅上坐下。面前是一个早已熄了火的铜炉子。她身体往后倒,后背和脖子靠着椅背,双手无力地垂在一边,就任凭肚子在那里不争气地耸起。椅子上没有软塌,朝云记得嫁去蓝家前,她让仆人都拆掉洗了。此时,她忘掉了沉重的身体咯在生硬的木头上,背和脖子那样难受。她脑海中经常被她用理智赶走的那个人又出现了,是的,就在这床头,看他的信思念如雨,就在这里为他几番肝肠寸断。那次得到他的死讯,哭得死去活来,那是一种怎样的痛彻心扉。也就在这里,这火炉里,她烧掉了他所有的来信。而现在,

第十七章

这种处境,这种感受,不是能用痛苦所能形容。仿佛一个落水的人,被救上了一条小船,而那些救他的人并没有把他送上岸,而是把他弃置在茫茫大海上一样。那样无望,没有前路和目标。而想到他,似乎仅仅是因为所在的情境。现在,他对于她,没有什么意义。等到小莲铺好被褥,扶她上床,她脑子里还是昏昏胀胀的,思绪很纷乱,只有一点意识是清晰的:那就是无论如何要把肚子里的小生命生下来。

她对自己身体的需要已经忘却,小莲把饭菜放在了床头,她也没有动筷子。慢慢地,头昏脑涨好了一点,她提醒自己:眼下脑子不能糊涂,要理出个头绪来。闭上眼就想到这些人和事,她索性睁开双眼。看到自己熟悉的环境,她感到了一点坦然。

这时,晚钟响了,她感到安宁。她忽而觉得,在这里每天能听到禅寺的钟声,看到古运河的流淌,农人的耕作,这悠远的磬音,安静的流水,静默的劳作,会使她内心安宁和淡泊。她的呼吸慢慢地平稳起来。肚里的小东西时不时地踢动几下,她想:生命迎来一天又一天,而每一天都是不一样的,不至于什么都令人绝望,总有新的开始。她慢慢地入睡了。

第十八章

锦轩在朝云心里已渐行渐远,可锦轩的心里却始终装着她。他是可以来浙江的,因为浙江山区有个起义军首领叫张子丹的,需要联络。可他不愿意再来。

原来,他在香港曾碰到语桥,语桥告诉他亲弟与朝云成婚的消息。他听后如遭五雷轰顶,整个人懵了。他交代完任务,就乘船回到嘉兴,他要到语溪问朝云,为什么要变卦。

尽管他听语桥说了这样的事,但他还是心存侥幸,心想,可能这个消息是假的呢?所以他径直来到祥门,找朝云。结果,祥门这么大的庄园里,只留下个沈氏。锦轩从她口中确证了朝云已经和蓝语桐成婚的消息,并知道了庭风被关押在县衙牢狱里的事。

遭受心上人的冷遇,还有语桐的冷嘲热讽,又得知哥哥的噩耗,锦轩如遭晴天霹雳,跌跌撞撞去了杭州。

到了那里,只看到了兄长的新坟。他在兄长的坟前,哭了一天一夜。嫂子和孩子们看他这样,也哭哭啼啼不止。他觉得不能再这样了,遂强打起精神,处理起家事来。

家里只有妇孺和一个丫鬟,其他的仆人都辞退了。造了房子,剩下的钱不多了。他自己身边有一些银子,但这些钱,是朝云支持他革命的钱。还是和她订婚前,她给的。现在看看嫂子和孩子们无以为继,他硬了头皮,愣是

第十八章

没把朝云的钱放在家里。他想出了个办法，家里造的房子就在街区不远，就贴了张条子，把家里空出来的房子租了出去。暂时的，嫂子和孩子们可以靠租金过活。

凭吊完兄长，处理好家里的事情，他去找了张子丹，然后快速返回了香港，又到广州。

陆文一看到他回来，瘦了许多，眼睛深陷，原本魁伟的身躯都没那么挺拔了，那种欲罢不能的神情在宣告着：痛苦萦绕着他。

陆文一看着他，替他担忧。

这时候，锦轩的朋友施祺已经从佛寺里走出，加入革命的队伍，和锦轩并肩作战。就在锦轩从语溪回来的那天，施祺刚从前线归来，也劝告他，身体要紧，把注意力都放在革命事业上。

这天，陆文一从军队的大锅里舀了一些肉回来，盛了一些米来，又借着了一个小锅，在暂住的小房间里给锦轩炖肉羹粥。施祺说，他愁就让他喝点酒。他偷偷去外面买了几瓶酒和花生米，为了不让其他同志看见（起义军有规定，不准喝酒），他把酒放在风衣里面的口袋里，捂着进来了。

晚上，兄弟三人，挤在小屋里，围着一张小桌，吃粥，喝酒。

锦轩低着头，神色凄然。

文一说："老大啊，咱们了解你的苦！"他给锦轩盛了满满一碗肉粥，"云是怎样一位女子，咱们也猜得出。失去了她，对于你就像失了魂魄！失去了长兄，就像被锯去了两个手臂！痛失爱情和亲情，这种苦兄弟们跟你一起分担！"

锦轩的头埋得更低了，当着弟兄的面，他哭了。施祺给他斟上酒，他和文一两人的手交叉地揽着锦轩的肩膀，几乎是抱着他的上身，三个人的头部紧紧挨着。

"哭吧！哭个痛快！"

因为痛哭，伟岸的身躯佝偻着抽动起来。本就流离的生命中失去了两个最重要的人，离去的离去，逝去的逝去。想起自己当初决意出走、男儿铿锵的志向，现在唯有声声叹息！

　　文一说："老大啊，你现在一时出不来，是最难过痛苦的时候。其实我们仨都一样！我是跟老头子反目，家里也回不去了！老三呢，想进佛门清静之地，结果前脚刚进去，后脚就被洋鬼子的大炮给轰了出来！"

　　"是啊！"施祺说，"我们都一样，有苦说不出！大哥，我们敬你一杯！"说着三人碰杯，大家一仰脖，干了。

　　三个年轻人，为了共同的理想和追求走在一起，他们所建立起来的情谊不掺杂俗世的功利。

　　"要我说啊！"施祺又说，"国家都不太平，个人是过不上好日子！怎么说，我们现在也是为了这中华的大业吧?！"

　　锦轩听后，忽然干了一杯酒，舒展了锁紧的眉头，眼睛慢慢恢复了以往的坚定，对他俩说道："好！为了中华振兴大业，儿女情长，家庭苦难都不算什么，兄弟们互相扶持，哥心里记下了！"

　　"一定会有前路美好的一天！"

　　"为了这一天早点到来，干！"

　　"干！"

　　"干！"

　　三人刚把杯中的酒饮尽，只听得门被打开了。一个小兵急急忙忙跑进来报告锦轩，说有份紧要的信件要交给他。

　　锦轩接过一看，见是孙文先生的电文和一张浙江总督府的地图。看了电文的锦轩，先前凄楚的神情一扫而光，目光严峻地看着另外两位。

　　"什么事?"施祺拿过电报，"……十天后在杭州发动起义！"

　　施祺把电报的内容重复了一遍。

　　文一问："让大哥带谁一同去?"

　　施祺说："电报里没说。"

　　"那我同去！"文一对锦轩说。

　　"我也去！"施祺也征求锦轩。

　　锦轩点点头，对两位弟兄说："我没事了，都去睡吧！一点到我这里集

第十八章

合。别走漏风声！"

两人现在又恢复了和锦轩的上下级关系，都作立正状，铿锵有力地回答："是！"转身分头走了。

锦轩来不及洗杯碗，只是把酒瓶收拾起来。一个命令状身体一激灵，酒醒了一大半。又要回浙江，痛苦的感觉仿佛又要袭上来，但是一种要完成任务的庄严心战胜了这种感觉。他的心沉静下来，忘记了心伤。也许心房里有一个湖，一个有像他那种信仰的人才会有的澄澈的湖。这个湖能溶解世间的一切尘埃。

他躺下来，不多时，睡着了。

子夜一点时，他条件反射般地醒来了。多年来，他养成了习惯，只要一有任务，他会准时地在那个钟点醒来，不用闹铃这种累赘的东西。

他快速地洗漱了一下，又用冷水激脸，神志顿时又清醒了。

乘着文一和施祺还没有来，他坐定，把总督府的地形看了个熟，又把孙先生的密信看了一遍，孙先生激励他拿出韬略来改变浙江等地形势，因为这些地方只是发生过杀几个官兵、抢抢米仓等一些不起眼的事情。以他的一己之力，要改变这种局面也是相当困难的。但是思想的力量也是不可估量的，他这次就要凭借这种民主革命的思想去武装这些农民、士兵出身的武夫，特别是张子丹这个头领。他点燃了一支烟，不知从什么时候开始，他爱上了吸烟……

他想：要联络张子丹，动员张子丹，要把香港、广州这边起义的形式和宗旨向他做宣传，要把孙先生的民主革命思想传授于他。

他正在想着策略的时候，施祺和文一来了。他们都一副临危受命的样子。三个人拿了必备的行李，他们要从广州乘火车到上海，再从上海到浙江——张子丹的部落里。

火车里下来好些人，行色匆匆啊！想他们三个这几年，就是这么匆匆来，匆匆去。

文一和施祺有点紧张，锦轩从大衣袋里取出一盒烟，分给他们两个各一支。抽了一支烟，紧张的情绪有所缓解。他对他们说，到了那儿灵活一点，听他的命令。两人"嗯"了一声,显然他们比锦轩更焦急,他们想快点见到张子丹,那么可以进一步地行动。

"蓝语桥!"在火车站,文一看到了一个人,叫道。

锦轩不禁把头转向那边,是语桥。他要到哪里去,执行什么任务?

"语桥!"锦轩叫着。语桥已经看见了他们三个,并不多露出兴高采烈的神情,却开心地笑了。

"锦轩!文一,施祺。"

"瞧你的大衣又是新的!"文一朝语桥胸前捶了一拳,不无羡慕地说。自从文一跟父亲决裂以来,父亲不再给他汇款,文一只留队伍里的军饷过日子。至于新大衣、皮带之类,是很少买了。

"今天天气还不错!"语桥说道。他们见了面,是不问去向的。像他们这样的年轻人,生命已交给革命和理想。他们互相的行踪是从来不问的。

三人点点头。

锦轩忽然想起了一件事,就拉着语桐到人流少的地方耳语了几句。语桥听后又惊诧又伤心,便又匆匆去售票处买了票,同去上海。

文一和施祺问怎么回事,锦轩便说了原委。原来锦轩告诉语桥他父亲入狱的事。语桥说这次任务不急,先回语溪。

锦轩想到语溪县在追查语桥的去向(锦轩上次去语溪,他也听闻了县令朱仁贵要追查语桥),有点后悔把这事告诉他。便对他说:"你去要小心,朱仁贵可能要追查!"

语桥说他去看看情况,一定要想办法救出父亲。并问了锦轩他们去哪儿,锦轩于是只好把这次任务小心地透露了一点。说去的是临安,联络张子丹起义。

语桥就问,山里(临安都是山)通不通电报,到时候可能会给他发电报。施祺悄声地说带着呢,放心吧。原来他们三人的行李里面有电报收发装置,以便和广州总部及时取得联系。

锦轩不知道语桥拍电报做什么,看他紧绷着脸,便没有多问。

当火车到了上海站,语桥转乘嘉兴方向,锦轩等三人转乘杭州方向。他

第十八章

们挥手匆匆告别。

语桥车船奔波回到语溪县语溪大街,看到街上行人稀少,不时会有几列官兵巡逻。

他躲过官兵,抄小弄走到了蓝府,前脚刚进去,后脚就有官兵追来。

他进了门,命仆人把门关紧。"母亲!你在哪儿?"他轻唤道。没有回音。仆人说夫人可能在屋里。他径直向他父母亲的房间走去,一路上只看见了管家,也没见其他人。

到了母亲房前,他又叫了一声。

老太太答应了一声,从里面蹒跚地走出来。

看到大儿子,母亲老泪纵横道:"儿啊,你还知道回来?"

"父亲呢?弟弟、弟媳呢?"

老太太就把洪升住监的事说了,也顺便说了儿媳的事。语桥想不到家里起这么多变故,看到母亲哭得伤心,也无法劝慰。

语桥问语桐回来了没,老太太刚说出门去了,外面大门就被敲得山响。

老太太止住了哭泣,忙问是怎么回事。语桥说是官兵追过来。

"这可怎么办才好?"老太太急得又哭起来,"语桐呢,也没回来……"

"大少爷,你从后门出去从往北的小路跑去,也只能跑到钟响寺下二少奶奶家躲一躲了。"管家说。

"妈,我先去了,我还会来看你的!"

老太太拿手绢擦着涕泗,边哭边喊:"儿啊,小心啊……你去吧……"

语桥快步向府第的后门口走去,来不及管家给他开门,就从院墙翻了过去。

往下一跳时,却碰到了一个人。两人一对视,都很吃惊。来人不是别人,是语桐。

原来语桐从太湖归来,走的语溪大街,远远地看见有几十个官兵在自己家门口叫喊。他就感觉家里一定出事了,就抄一条通往蓝府后门口的小路,准备从后门口进去看个究竟。不想在这里碰见了兄长。

语桐一下子明白了官兵追查的就是他,就叫他往北逃,逃到朝云娘家躲一躲。语桐对他说，朝云在那里，你去吧。语桥看到家庭变故，纵有千言万语，这时也来不及说。便一扭头，匆匆而去。

语桐正想爬墙进去，管家却开了门。看见他，管家气喘吁吁地说："二少爷，快……快进去，大少爷前脚刚进，官兵后脚就来了。"

语桐快步穿过后花园，还没到前门大厅，就听见官兵的喧哗声。只听一个声音在大声地问："刚刚进来的人呢？"听得出，那人就是县衙里的捕快朱二。

"找人啊！"说时迟，那时快，大厅北端响起一个洪亮的声音，语桐走了进来。看到语桐从天而降，老夫人又惊又喜，顿时像吃了一个定心丸，镇定下来。

"我就在这里，找我有什么事？"语桐正色地反问道。

蓝家两位少爷，县城里的人差不多都认识。朱二也不例外。

"这……"朱二看到来人是蓝语桐，满脸横肉的脸上，露出尴尬的神情。

"对！家里只有桐儿和我……"老夫人正要解释，被语桐打断了，"妈……"语桐向母亲摆摆手，示意她别说。

"我从太湖回来，前脚刚进，你们就来了。请问我做我的生意，哪里冒犯了各位？"

"蓝二爷，刚刚有属下看错了人，对不住！告辞！"那朱二作了个揖，向手下一挥手，"我们走！"于是，他们像潮水一样退了回去。

蓝家躲过一劫，老太太为二儿子的及时到来感到庆幸的同时，担心着大儿子的安危。

却说语桥往北逃去。她对朝云娘家并不熟悉。只是听到语桐说，走过三四里地，看见运河边有烟囱，就再往北走二三里就到了。他不知跑了多少路，这条小路上没有人，忽然一抬头，果然看见远远的东面有一个高高的烟囱，矗立在那里。

这烟囱却没有冒烟，他来不及多想，就朝烟囱那边走去。没有直接往东的路，他就穿村坊，走巷陌，终于走到烟囱近处。果真是一个厂，前面竖着牌子：运河丝厂。记得听语桐讲过，朝云要办丝厂，这个想必就是了。然而

第十八章

丝厂的大门贴着封条，那封条也已破损。语桥想：自己和锦轩走出去的日子里，蓝家和李家发生了多少事啊！

听母亲说，朝云竟然怀了锦轩的孩子！现在住在娘家！那么住在县衙监狱里的父亲知不知道这些事呢？他要是知道会怎么样啊？父亲在监狱里住了多少时候了？为什么会进去？这千头万绪，看来一时是弄不清楚了。

语桥一边快走，一边急速地想着，这家事，时局的事，这国事，现在乱套了！等到哪一天，国家实现了民主共和，这种种乱麻子的事，就快刀砍去。父亲也不会被抓去坐牢了。然而，那一天太慢，父亲的身体兴许就等不及了。他想到这里，从乘火车回来一路上的那个主意在他脑海里渐渐成形了。

路走得很快，北面远远望过去出现了一座很大的庄子，到了。他看看周围，没有人，便快步走过去。大门上方写着：祥门里。他敲了敲门，仆人阿宝来开门。这仆人就是语溪城里的人，认识蓝家大少爷。语桥说明来意，阿宝赶快让他进来，并禀报了朝云。

朝云听说是蓝家的人，顾不得即将临盆的身体，走了出来。

她对语桥的突然造访并不感到多少诧异，她叫他："哥，你怎么来啦？"

语桥看她，到底和第一次见面时不一样了：膨胀的身体，笨拙的行动。只有颜容还是那么典雅端庄。可是神色里多了几分落寞，只是这种落寞被眼神里一种叫"坚定"的东西支撑着，显得愈发凄婉动人。

他有点疼惜地回应她："弟妹，让你受苦啦——县衙里要抓人，我躲到你这儿来啦！"

朝云二话没说，就带他到一个隐蔽的房间，这个房间前面是个曲折的庭院，出口处由一方围墙挡着，一般人不会想到这儿来。房间内设施俱全，清爽雅洁。

朝云对他说，尽可住在这里，食物由仆人悄悄送过来，不到万不得已不要出来。要是他们来查，连这个地方都不放过，朝云说，还有一个逃生的办法，那就是从最南面花园水池里的秘密通道逃走。语桥问她这个秘密通道怎样，她说，这个通道在花园的大池子里，池子最东面有个小门，小门打开，一直往东游，就是运河了。逃到运河里，怕是不会有人想到的。并说这个通

奔 Ben

道除了建造者以外，就只有自己和兄长知道。

语桥说再好没有，他心中感慨朝云的一片赤诚，但是嘴上的话却继续着一个革命者的理智："这房间，就是离花园池子太远，其实不用这么齐整的房间，只要找个离花园池子近的隐蔽处就行了！"朝云想了想，对他说："跟我来！"

她蹒跚着沉重的步子，穿过后院往前走，语桥不由得一把扶住了她，心里沉沉的。

语桥最后决定躲在一间堆着木料和花岗岩的废弃的杂物间里。那些东西都是造房子时剩下的，一直没用处，放在那里，现在成了语桥的遮蔽。语桥在那儿让朝云铺了一个地铺，以便可以睡觉。

那间屋子就在花园里的一片林子旁，离水池的通道很近。从这里逃到水池边那块石头后面，只需十几步路。语桥说危险随时会来，这儿最好。

语桥就在李家躲了几日。他想好了一个行动，一个计划。第三天，他坐不住了，他要去探监，去邮局发电报。

而朝云身形庞大，举止不便，眼看帮不上什么忙。但她知道语桥这一去是相当危险的，县衙的人都认识他，官兵在到处巡逻，语溪县里已经有好几个青年投身革命党，县令怕他们回来闹事，就加紧警戒。这些人，就语桥认识的有南门横溪街的一个姓高的青年，县前街东路的一个姓金的小伙子，他们平常都在各个队伍里搞行动，每人都服务于各自的团队，只有很难得的机会会在一些交叉行动中碰面。语桥不知道他们近期有没有回老家来活动的。要是碰巧，这次计划的行动就会和他们相呼应。

语桥想到计划，便觉得一刻也待不住了。他要出门去，要去发电报要去查看县衙的地形。

到第二天早上，祥门一片安静。语桥坐不住了，他要去探监。但是，凭他一个人是去不了的。朝云问他不去不行吗？他说一定要去。朝云就想了个办法，对他说："不过要委屈你一下！"就让他扮成车夫兼仆人的模样：粘上络腮胡和浓眉毛，带上毡帽，穿上一套粗布短打。从屋角落里推出一辆黄包车，这辆车是朝云开厂时，有急事乘的车，是让一位仆人老吴拉的。整理停

第十八章

当,语桥很振奋,不过想到朝云的身体,他犹豫了:"还是我自己去吧!"

"你一个人去怎么行?你推着我去就是了!"朝云态度坚决。

语桥拉着朝云,就这样一路颠簸到了县衙。大门把守已经熟识朝云,知道她是个大方的女人(这次她又给了他们几两银子)。那一向板着的脸见了她竟不自觉地松弛下来,并笑脸迎了上去。不过他们对她这样的情形还来探监,感到十分诧异。看到拎着篮子跟在身后的"仆人",没有表露出一点兴趣。

语桥扶着她,一路记着地形。到了监狱门口,语桥看到这是一处单独的房子。里面分成两间,那里应该关着父亲和庭风。他注意地看到进来的过道转向那边还有许多排房子,那里应该关着其他犯人。

几个看守看到朝云进来,很有礼地打招呼。几乎是哈了腰,谄媚地笑。与此同时朝云把银子递了过去。"哐啷"一声,看守把大门打开了。几个人颇为好奇地打量了一下朝云的肚子,立马识趣地走开了。

他们走远了。他俩进去。

"爹!父亲!"她轻轻叫了两声。

"父亲!"语桥奔到洪升牢房口,"让您受苦啦!"

洪升看面前的人一身仆佣打扮,但听声音是那样熟悉。是了,是那混账小子!他来看他了!

父子两人的手紧紧握在一起。

"嘘!小声点!"朝云一边示意。一边拿吃的给洪升和庭风。

洪升想不到大儿子会在这时候来。握着的手有些颤抖。看着大儿子,左看,右看,眼泪流出来了:"你来干什么呀,这时候……"儿子一手抓着老父的手,一手替父亲拭泪,自己也止不住滚下泪来,哽咽着说:"父亲!我一定救你出去!"

父亲和儿子两人隔着监狱的木柱子抱成一团。

"父亲,孩儿不孝,害你落到这般境地!"压低声音,他呜呜地哭。

互诉了一会儿衷肠,语桥转过身去,走到庭风的牢房前。

"语桥!"

"庭风哥!你们都受苦了!"

四个人处在团聚的心酸和喜悦中，忽然听见钥匙的叮当声，看守走过来了。朝云提醒语桥："该走了！"语桥一擦眼泪，压低毡帽，提起空篮子继续跟在朝云身后。回去的路上他对监狱的方位地形已了如指掌……

出了县衙，再去邮局发电报。

县城的邮局在语溪桥畔，边上就是"妙手仁心范大夫医铺"。范大夫的老婆正和几个女人在门口说话。一见朝云，那几个女人面面相觑，窃窃私语起来。

一个女人压低声音说："这不是蓝家的媳妇吗？怎么大着肚子跑到这里来了！"

另一个说："你不知道那肚里的孩子不是蓝家的？！"几个人互相推搡了一下。

"别乱说！"

"真的！"

"真的吗？"

最后范大夫的老婆正色道："我那死鬼给她把过脉了，不是蓝家的！野种！"

最后两个字响亮地撂过来，朝云和语桥听得清清楚楚。语桥真想过去给她们点颜色看看，他低着帽檐，忍着，他生怕朝云听到这些闲话会受不了，就上前扶住了她。

朝云示意他还是在门外等比较妥当。语桥眼看着朝云艰难地进去了，心里很焦急。

朝云进得发电报处，电报员朝她上下投来诧异的一瞥，给她一张单子让她填。她把语桥给的小纸条展开来，看到：五天内带二十人到我处汇合。庄锦轩收。

她开始填单子，努力遏制自己的想象，尽量不联想到收电报的人。她甚至假想自己在给一个别的什么人填电报单子，那人就是她碰见过的某个人。但意识是个奇怪的家伙，有时和人的意志正好相反。她在创设一个假想人物的时候，最最潜在的意识里已经存在了一个人的形象，那个人就是锦轩。她

第十八章

写到了收电报人的名字——庄锦轩。

她颤抖了双手，几乎写不下去。电报员问她，是不是写不出字了。她摇摇头，含着眼泪把这三个字写了下来。然后她付了银圆，在电报员好奇的目光中走出了邮局。

一出来，却隐隐约约又听见那三个女人的闲话"到邮局同啥人联络呀?!""不会同那个男人吧?"

真是欲哭无泪，朝云只觉得心痛苦地瑟缩了几下，刚想在语桥的搀扶下坐上车，但人已昏厥，倒在了邮局门口。

这下，不光语桥慌了，连刚刚说闲话的那三个女人也显出预料不及的样子，跑过来。街路上几个路人也围过来。

"快！快！去叫阿拉屋里那个过来！"是那范大夫的老婆在说。

另一个女人慌慌张张跑进医铺，叫着"范大夫！范大夫！"

"见血啦！要生啦！"范大夫的老婆喊道。

语桥先是一阵惊，再是一阵急。他顾不得太多，把身上的仆人外衣飞快脱下来，铺在黄包车上，并把车子后背放倒，把朝云抱上去。这时，范长明来了。语桥拉起车跑，边跑边对范长明喊："快跟我来！去蓝府！"

范长明也边追边喊："快放下！来不及了呀！"可是语桥跑得更快了，他怎么忍心让自己的弟媳把孩子生在街路上呢?

转眼跑过了大半条街，蓝府近在咫尺。范大夫已经跑得气喘吁吁，不住地喊："快停下！蓝少爷！快停下！"原来他认出了语桥。

这边朝云被阵痛惊醒过来，睁开眼睛。黄包车颠簸着，孕妇阵痛加剧，剧烈的疼痛使她清醒过来，她有气无力地向语桥喊道："哥，你停下，我不行了！

"哇——"一声小孩洪亮的哭声响起，使已经跑到蓝府门前的语桥不得不停住了脚步。

他一转身，看见孩子的头和颈已经从母亲的身体里探出，母亲极力想抓住孩子，生怕他掉下来。他连忙放下车子，接住了孩子，又从身上脱下里面的衬衣，只剩一件背心。顾不得许多，把白衬衣裹在朝云身上。

奔 *Ben*

　　大夫也已经跑到，替孩子剪了脐带……这时，蓝府里的人也闻讯出来了，他们不知道门外出了什么事。

　　老太太由二儿子扶着出来，一开门，她被眼前的情景惊呆了：黄包车里躺着奄奄一息的朝云，身上被一件白衬衣裹着，那白衬衣上血迹斑斑（也许她有十万个不愿意见到她，但是现在看到她这样的处境实在可怜。她没有拿话去讽刺她的心情了）。一个戴着毡帽的人手里抱着个婴孩，她刚刚在里面听到了婴孩的哭声，那么这个婴孩就是从朝云肚子里出来的那个野种了。看看，这个哭得正起劲的小孩被一个穿得很奇怪的人抱着，因为按照他头上脚上的打扮是个车夫，可是上身却穿着一件质地很好的白背心。他是谁？这留着络腮胡子的人怎么看上去这样熟悉——儿子！这是儿子！

　　"语桥！"她不禁失声喊起来！他还安然无恙！她正要说话，可是语桥打断了她："妈！语桐！快让朝云进去！"

　　孩子由语桥抱着，语桥脱下身上唯一的白背心，把孩子包裹起来，赤着膊，进了屋。

　　语桐失去了平常的伶俐劲，看到面前的情景呆如木鸡。经过语桥的一声大喝，他才惊醒过来，急忙抱起妻子，走向府内。

　　范大夫背着药箱也进去了。老太太也呆了，看着他们进去，竟说不出话来。她本来是无论如何都不会让朝云进门的，但是她看到语桥和朝云在一块儿，语桥这副打扮，一定是他有求于她。况且，语桥这几天在朝云娘家没出什么事，这也亏得朝云。再说，她现在这么不省人事的处境，自己还要怎样为难她呢？

　　老太太站在门口，一时左思右想，忘了进门。仆人提醒她该进屋了，她这才慢慢转过身，进了屋。她吩咐仆人把门关紧，有什么动静马上进来禀报。

　　老太太穿过正院，来到语桥的房前，听得语桐的房里传来小孩的哭声，还有范大夫和语桐的说话声，几个丫鬟端着脸盆和毛巾进进出出，知道他们已经把产妇和小孩安置妥当。老太太敲了敲语桥的门，语桥开了门，他已经穿好了衣服，胡子也摘掉了，只是头发还是凌乱，没有梳理。

　　语桥说："朝云是个难得的女子！"他把朝云如何对锦轩斩断情丝，如何

第十八章

对语桐情深义重，又如何竭力帮助他的事情对母亲细细说来，这些事情都是他从锦轩那里，从祥门了解到的。他对母亲说："妈！好好对待朝云吧！"

老太太沉默了……其实她心里何尝不明白朝云的为人，千不该，万不该，她生出了别人的孩子！但她也想到，现在蓝家的处境不比以往平安的时候，语桥眼下正被官兵捉拿，叫他逃到哪里去呢？一些亲戚和朋友平常看似很热切，但如今，谁都躲着走。只要朝云在，钟响寺下的祥门是个庇护所。

老太太想到这里，就说："让她留下吧！"

她现在最担心儿子的安危，今天外面的人都看见了，官兵再来抓怎么办？语桥让母亲别急，过几天他就有办法。语桥外表看上去很平静，实则他内心正酝酿着一场风暴。

夜色阑珊，蓝家大门关得紧紧的，里面却是丫鬟、奶妈来来往往，给语桥上晚饭的菜，给语桐房里送夫饭菜（语桐陪着妻子，晚饭也在房里吃）、端脸盆、送汤水，忙得不亦乐乎。

这边屋里母亲对大儿子说着离愁别绪和丈夫的遭遇，那边房里，二儿子正守护在久别的妻子边上。小婴孩已被清洗干净，包裹上了柔软的衣物，妥妥帖帖地躺在母亲身边。不知怎么的，他睁开眼睛，双眼瞅着语桐，"咯咯"笑了起来。语桐觉得好生奇怪，这么快他就会笑了。转而自己也笑了，慈爱地看着他。

蓝家正过着极不平常的一个夜晚。

第十九章

锦轩当天夜里就收到了语桥的电文。收到电文的那一刻，锦轩、文一、施祺三人正聚在一起讨论战事。

看到电文，施祺问："带二十几个人去？这家伙要干什么？"

文一说："不会叫我们打县衙吧!?"锦轩沉思了一会儿，说："有这个意思！应该让我们去——"他放低声音，示意另外两人俯下身来，"劫狱！"他低声说。

"什么?!"文一和施祺非常惊愕。

"人怎么去呢？嘉兴那边没有我们的地盘！去了就会打草惊蛇！"施祺分析。

"是呀！这是个问题。"锦轩说，"眼下，我们先把这里的任务完成了再说吧！"

文一和施祺异口同声地说："对！"

此时，锦轩已经说动了张子丹，他对攻击军火库有所心动。

起先，那里起义形势复杂，张的有些部下其实就是混混，觉得大老远去打什么军火库，还不如在临安山上做个山大王，把那里的县老爷镇住就行了。张子丹并不知道怎样使队伍做大做强，锦轩和文一、施祺去时，发现了一种情况，就是那里占山为王，时而去县里打劫那些富户，威胁县令，整个队伍

第十九章

根本谈不上什么思想性、革命性。

锦轩对张子丹说，队伍要做大，现在这个局势，要有民主的革命思想来统领，你作为头领可以紧紧跟随孙先生，用孙先生的思想去指挥部下。张说，怎样跟随？锦轩说，你可接受孙先生的旗帜，我们和总部协调统一行动。

其次，锦轩对他说，要扩大队伍，必须要有优良的装备。所以张子丹决心要去攻一攻。他用他的方式说服了部下，他问他们是不是要有更多的酒喝，更多的肉吃，更多的女人睡？

最后这帮乌合之众真的被说服了，决定第二天半夜十二点出发。张子丹让锦轩的人率领先头部队早两个小时前去，锦轩就把这个任务交给了施祺。

这天入夜，三人早早地睡下了。

第二天的早晨，上午，下午，等待出发的那一刻。文一很焦急，生怕张子丹的部下想法生变，锦轩说，要稳住他们，就到他们的队伍里去，施祺更要熟悉先行的一千人。这一天，直到晚餐前，他们都和张子丹的部下待在一起。之前，他们这段时间，一有空就到部队里去宣传民主革命思想，很多人开始明白起来，打仗是为了什么。

晚上，下起雨来，但起义军士气不低，施祺带着先头部队去了。过了两个小时，大部队也去了。

锦轩和文一、张子丹骑着马，走在队伍前面。走到杭州城城门口，城门早就被先头部队撞开了，地上横七竖八地躺着一些清兵。

文　提醒锦轩注意城门口挂着的白纱黑符。

"哪一个死啦？"张子丹幸灾乐祸地问。

锦轩看着这情景，心想：哪怕是杭州总督死了也不兴在这城门口挂白纱呀，莫非……他心里阵阵激动。

果然，杭州城里，漆黑一片，本来灯火辉煌的名城怎么不打灯呢？巡逻也少，街上零零星星几个散人，看见部队过来，早逃之夭夭了。行至离总督府半里路处，前面先头部队有兵士骑马来报，说是总督府现在守卫松懈，正是急攻的大好时机。另外，兵士还通报了一个消息，太后和皇帝都死了。

这样的消息，怎么不叫人振奋呢？张子丹开心地叫骂："他娘的！那老太婆和皇帝死了，天下是不是轮到老子了呀！"

于是，那些兵士起哄："头领！你当了皇帝，就给我们个将军当当！"

张子丹命令道：."弟兄们，前进！有你们的好果子吃！"

张子丹的大部队到达总督府门外时，先头部队已经和里面的清军展开了激烈的交战，清军一下子派出了五千人，在府门外对先头部队呈包围之势。但是尽管如此，先头部队只有区区一千人，但是在施祺的引领下，起义军骁勇善战，歼敌数已超过二千。不过，由于人数有限，起义军也牺牲过半，最后快抵挡不住了。但此时，大部队已经到了，锦轩对张子丹说，必须以最快的速度，打退这股敌人。张子丹一声命令，起义军迅速扩张了军力，很快，攻入到总督府内。

"弟兄们，跟我来！"锦轩是熟悉总督府的地形的，军火库就在总督府的东北角，二万起义军跟着锦轩朝军火库的方向冲去。锦轩远远地看见了铁栅门，根据自己的测算，确定那就是军火库的位置了。但是，很快，清军从各个隐蔽的地方架起了枪炮，数量之多，令锦轩也没想到，锦轩命令起义军尽量隐蔽射击，双方又展开了大规模的厮杀。

尽管起义军一个个如饥饿的虎狼，杀敌无数，但是清军换了一波又一波，那扇铁栅门始终不能近前。锦轩命弟兄们看准目标再放枪，投弹，不要浪费无谓的子弹。他想：清军胜在人多，真正的战斗力并不强。他又命起义军后退二百米，让大家躲在更多隐蔽的地方，他命令道："弟兄们，先别动，注意观察敌形！"面对起义军忽然后退，清军有点摸不着头脑了。他们就是人多，仿佛缺少有力的指挥。他们并不敢靠近起义军躲的地方。

攻第二次时，清军起先有步步为营的态势，但是射击的目标更准了。清军死伤无数，但是还有大量清军从别的地方涌过来。正当起义军进退维谷之时，清军的队伍里，忽然起了骚动，一个小头目过来喊了一声："总督不见了！"这下可好，听到声音的清兵都乱作一团，远一点的那些兵看到队伍不知什么事情起了骚动，也作观望状，清军顿时军心涣散。

锦轩见状惊喜万分，他高举手枪，喊道："弟兄们！打啊！"噼噼啪啪，噼噼啪啪，机枪，手枪，炮弹齐发，一时，打得清军措手不及。

第十九章

　　张子丹也带着几千人过来了。起义军对清军呈包抄之势，清军人多的优势也失去了。门外的弟兄还在和剩下的清军交战，其余的弟兄们冲过去，一齐打开了军火库的大门，里面还有多重小门，都一一打开。起义军被眼前的景象惊呆了，里面全是枪支弹药，还有几门大炮。很快弟兄们推出了大炮，在锦轩命令下，朝清军开火，清军几千人迅速灰飞烟灭。总督府的房子都烧着了，但是总督好像真的不在。张子丹很快抓到了清军的头目，从他口里得知：原来昨天收到慈禧和皇帝死的消息，总督宁远祥昨天晚上连夜赶往京城，就将兵权交给了副将。这副将口风不严，让士兵知道了总督已走的消息，导致军心涣散。另外，他只知道总督的嘱咐"誓死保卫军火库"，他指挥不力，明知道起义军要军火库，却不知道用军火库的大炮还击敌人。真正是赔了夫人又折兵！剩下的清军看头目已经被抓，纷纷投降了。

　　很快，起义军拿走了绝大多数的战利品，只有大炮搬不动。张子丹说大炮太笨重，留下大炮。文一也说，大炮留着清军打洋人吧！但是锦轩不同意，他说谁知道他们会打谁，还记得义和团吗？清廷为了一己的安危，最后也帮洋人打中国人！拿着大炮谁见了都会怕，索性派一支队伍运送大炮。大家觉得有道理，锦轩命文一带着一千弟兄把大炮运走。其他总共还剩下一万多人先于他们撤退。

　　起义军骑着马快速地向驻地奔去。一路上，锦轩、施祺和张子丹还在说着光绪和慈禧的死讯，起义弟兄们也很振奋，说这天下很快会在弟兄们手里了。很快，他们回到了山里，起义队伍里一些人要杀猪宰羊来庆贺，张子丹就随声同意了。

　　天亮前，文一也带着几百人押着大炮回来了，锦轩想到语桥那边的事不会不急，没顾得上休息，就和文一、施祺三人，向张子丹要了没参加本次战役的几个士兵，总共二十人，在当天夜里向语溪出发了。

　　所经过之处，官府衙门都已涣散，晚上没有巡逻，即使是像嘉兴这种人口密集的地方。这支人马这时候去也是恰逢其时。

　　而语桥这几日，过得非常艰难。他带朝云进蓝府的那一天晚上，官兵便来敲门，进门就搜人。幸亏语桥警觉，并未睡着，又从后院逃走了。就在前一刻钟点，朝云从昏迷中醒来。醒来的第一件事情不是看儿子，而是问语桥在哪儿。他让语桐把她之前穿的孕妇衣服拿过来，从口袋里拿出一张纸和一个钥匙。语桐问她做什么。她说快去把它给语桥，要是再来抓人怎么办，祥门里现在他们还没想到，是个藏身之处。但现在这个时候，大家都睡了，这个钥匙可以开旁边的侧门，这个图纸可以帮他找到逃生的通道。语桐就把钥匙和图纸拿去给了兄长。想不到下一刻，就来抓人了。

夜晚黑沉沉的，朱二命令蓝府仆人在各处都点上灯。他们把蓝府里里外外都搜到了，也没找到人，就逼语桐交出人来。语桐怒道："你们都已经把我父亲抓去了，还想怎么样啊？"捕头朱二皮笑肉不笑地说："二公子不要生气，是有人跟我们说白天看见你们大公子陪着少夫人进了这门，我们才来的！"

"你们看错人了，陪着我的是我娘家的人"朝云挺着身子硬生生地出来。语桐连忙扶住她。

"恭喜少夫人添得贵子，只是我不明白你一个即将临盆的孕妇还跑到街上去做什么？"

"我是嫌下人做的小衣服不好看，我自己出来买！"

"听说少夫人去了邮局！这时候去邮局一定有重要事情吧？"朱二步步紧逼。

"我们总有亲朋好友吧，寄个信不可以吗？"

据说当天邮局的小职员有事请假回了老家，县衙苦于问不到人（再后来，也问不到情况，因为那小职员的一去不回，他的差事被人顶了。要追到他老家去，这不是县衙的办事习惯。所以不了了之）。

朱二看着朝云伶牙俐齿，知道问不出什么情况。最后逼朝云交出今天陪着出街的人。

"一个车夫而已，现在早回到村中睡觉了，我也不知道他家在哪儿。朱捕头你不会因为要找一个不相干的人，而去搜遍语溪的每户乡民吧？"

朱二一瞪眼，神色严峻地说："咱们走，少夫人请安息！"朱二碰了一鼻子灰，只得离开。

第十九章

但是朝云的话提醒了他,他带领衙兵直奔钟响寺下。

他们一走,朝云身子一歪,累倒在语桐怀里。

语桥再一次躲进祥门,内心忐忑想到他们很快会找到这儿的。他想好了一个办法。他开侧门进去时已是晚上十二时,朝云嫂子已经睡下了,仆人们也都已经睡了,他没有去惊动他们。他没有住朝云给他安排过的房间,没有睡舒服的床,甚至没有马上躲到那个杂物间。他找了一根蜡烛,点着了火,悄悄去观察水池通往运河的出口在哪儿,按照朝云画的图纸,他迅速找到了这个出口。原来那里被一片残荷遮挡着,细看还是能发现水流从东面流进来的趋势。只要由这个出口一直往东游,不到几丈的距离就会游到运河里,因为这里一直到运河岸都是挖通的,这是朝云说过的。

语桥看好了地形,吹灭了蜡烛,就进入了杂物间,准备一有动静就逃。

就在语桥睡下没几分钟,祥门的大门就被敲响了。继而听到仆人问外边话的声音,语桥听到了捕头朱二那语溪人熟悉的公鸭嗓。

语桥迅速脱了外套和鞋子,把它们藏在一堆木料里。走出房门,乘他们还未走进花园时,跃入池水中。

农历十月的天气是相当冷了,他不由得一激灵打了个寒战,但顾不得许多,一个潜泳又一个潜泳,他朝出口的方向奋力游了几分钟,一举头,发现已经在运河里了。官兵们是绝对不可能会想到的。小心期间,他没有直接向南游再上岸走运河边的大路,而是先往北游了一段,趁着夜色上了岸,往西找到了那条通往蓝府后面的小路,湿着身赤着脚往南走着。深秋的夜风吹在打湿的身子上,格外寒冷。他越走越快,这样散发的热量可以驱走一点寒气。这么多年,他在外头,早已从一个富家公子成长为一个激进的革命之士,今天晚上这点苦在他也不算什么了!很快,他看到了家,那宽大的府邸从后面看上去那么厚重亲切。他找到后门,墙翻而入。

原来语桥想到的办法就是,官兵来家里抓人就躲到祥门,来祥门抓人,就由秘密通道逃走再躲到家里。如此转圈子,他们是万万想不到的。

敲了后院的门,仆人来开门,进入前厅,母亲和语桐正坐着,惊魂未定。看见他从天而降,母亲不禁喜极而泣。看他浑身湿漉漉的,嘴唇冻得发紫,不知发生过什么事，忙叫人准备热水，泡姜茶。并让人把守大门，听风声。

语桥洗了热水，喝了点姜汤，就出来了，母亲心疼得哭了，语桐也很焦急地望着他。他却笑着说："他们不会想到我又回到这里了！"于是他把刚刚怎样从祥门逃来的事情对母亲和兄弟一说："有了这个秘密通道，我就和他们转圈子。这是躲避他们的最好办法！"老太太和语桐这才想起祥门落成后的那次宴席，朝云曾带他们游玩花园，当时语桐就说起过这个水域相通的事情，只是当时没有仔细找出口，朝云也没有细说。而今天，语桥却由这个通道得以逃身，不禁令人唏嘘！

语桥有点得意地说："只要我不出门，今天他们是不会再找到这里来了！"老太太听儿子这么一说，又想到了一层朝云的好，内心感动起来，心里想到这次没有赶走朝云是做对了。但是她现在顾不上去表达这样的情意，她忙着劝儿子吃点东西。语桥一摸肚子，觉着真有点饿了，就叫仆人拿吃食来。老太太看着儿子，心疼得长吁短叹。儿子的行踪向来是管不住的，连他父亲都没办法。一想到丈夫，她又掉下泪来。儿子这次回来，他们拿准他就是革命党，要抓他，丈夫还没出来，又要抓儿子，这更是雪上加霜。但儿子这次来，只是为了单纯看他父亲？她不敢多问。

最后，语桥边吃边叹了口气说："只是连累了朝云娘家的人，大半夜的不得安宁！"

第二天，语桥安安稳稳地躲在家里。家人不知道他心中盘算的计划。语桐清晨起来，就去祥门，一边是去看看朝云嫂子，告诉她朝云生产的事情，一边也是为语桥带来的麻烦考虑的，看看他们有没有受惊。

第二十章

朝云在蓝府已经住了三天三夜，语桥就蓝府——祥门，祥门——蓝府，如此躲避着，兜了好几回圈子。忽然到了第四天早上，仆人来说官兵们都不巡逻了。县城里的人都在传说着一个重大的消息——北京的两位大主子慈禧和光绪都死了！此时，县衙的旗帜也降了半截，城门口的把守也跑开了。中午的时候，县衙有一列队伍出来，穿着孝衣，鸣锣打鼓说要每家每户门上挂白纱，每人衣上戴黑布。

于是全城乃至乡下，各家各户门上都挂了白纱，人人衣上都别了一块黑布。大家都在谈论这件事情，有人说："大清国怕是走到头啦！"钟响寺下的祥门和县城的蓝府，两家大门的房檐上都挂上了白纱，只是里面没有人出来走动。

暮色苍茫，此时，运河两岸白菊正盛开，空气中散发着这种醇香。当——当——当——彼岸钟声传来，一天又在祥和的钟声里结束，仿佛世间的一切纷乱和变幻与它无关。纷纭世事，都不及禅境下天、地、人的和谐统一，神明在度这永恒的光阴。

语桥这天跑到外面去了，看到米店、油铺这些天分外热闹，买的人却很少。语桥看得出，那些个饥肠辘辘的贫民，是在观望，国家主子都死了，有机会让他们填饱肚子的时候了。只是还没有人起这个头——抢，别人不先开个头，自己也不敢。

锦轩带着一列人，策马扬鞭而来。语桥终于在城门外等到了他们。锦轩问他叫这么多人来干什么。他朝他耳语了一下："劫狱！"锦轩脑中响起了这个词，惊道："真的要这么干？"同行的文一看锦轩的表情，听锦轩的话语就猜出了此行的目的。

文一下了马，从大衣口袋里拿出一张纸和笔，把"劫狱"这两个字写在纸上，递给语桥，问他："是吗？"语桥带着一丝不易觉察的微笑点点头。文一就把纸条逐一传给同来的弟兄们看。因为这几个弟兄没有参加上次劫军火库的战斗，所以看到这两个字，表现出了兴奋。这几个弟兄见锦轩指挥的这次行动，竟然如此硕果累累，对他佩服得五体投地，所以这次轮到他们，都非常振奋。

"大家跟我走！我家有好酒好菜！"怕他们旅途劳顿，语桥先让他们到蓝府休息一天。

锦轩很不愿意再去蓝府，但是看到奔波了一夜的弟兄们还是硬着头皮去了。一列人马进得蓝府。这下惊动了蓝府上下。老太太宠儿子，但也不容他乱来。她看到了一个人，感到自己气血往上涌，她厉声说："儿子！他是谁？他可以进来吗？"语桥连忙阻止母亲："妈！您不要随便掺和，我们有重要事情！"母亲不依不饶："家里的事情你不知道吗……"语桥打断母亲："妈！现在不是讲家事的时候！"

"语桥，我走！我到外面等你们！"这边锦轩自从走进来便觉头皮发麻，现在被蓝老太太这么一说，更觉再待下去恐怕对朝云不利。锦轩不知道蓝府里发生的这些事情，只知道朝云这时肯定待在这府上的某个地方，或许她已听到了他的声音。

"你不能走！"语桥说。

"你走哪儿去？走了我们怎么联络？"文一劝道。

"轩哥，你不能走，你走我们也走！"其他的弟兄们都不约而同地说道。他们对锦轩很信任。

第二十章

正当锦轩进退两难之际,语桐忽然从里面出来。他早已听清了也看明白了眼前的事。他走过来,微微拧拢双眉,朝锦轩注视了一会儿,转过头对老太太说:"妈!我们走!"老太太也被二儿子的态度弄迷糊了,刚想再说几句,却被二儿子拉着走了。

"你就留这儿,弟兄们吃好睡好,明天好一起行动!"语桥朝锦轩胳臂上一拍,说,"算是帮我的忙!"

锦轩看情势也没办法,就留了下来。

朝云在卧室里听见了外面的响动,她仿佛听见了某个声音,这声音很短暂,但即使在万千的人声里,她也能分辨出这声音出自谁!语桐进来,她看到他绷得紧紧的脸,他看到她正看着他,他背过脸去,不想让她看见。

"外面出了什么事?"

"没什么事,几个下人吵吵。"

朝云吃力地昂起头来,气喘着问:"他在吗?"朝云的嗓子似乎一下子嘶哑了,急火攻心般咳了几声,目光显出深沉的恐怖来,"为什么让他待在这里——语桐,快点让他走!"

"你躺下,快!别累着了!"语桐连忙走到床前,扶住她的头,慢慢把她放下,"我哥和他有些事情!"他蹙紧了眉头,显得心事重重,又补充说,"不过和你没关系!妈那儿已经说服了!"又拍了拍她,"睡吧!"

这边的两人度过了一个难熬的夜。床上,出生几天的小婴孩睡在最里面,他吃了奶,甜甜地睡了,全然不顾两个大人内心是怎样的煎熬。他们想着各自的心事,一夜无眠。和蓝府一墙之隔的逸庐的一个房间里,另一个人在一片鼾声中也辗转反侧。

深夜两点,语桥、锦轩、文一等二十人冲进县衙,干掉了几个把守,直奔到监狱大门。

监狱大门也只有两个看守,这两个人看到这么多人闯进来,又都举着枪,吓得赶忙求饶命。语桥夺过钥匙正要开大门,忽然过道里传来喊杀声,一群官兵跑过来,语桥正要叫弟兄们放枪,锦轩喊道:"慢!"说着,他朝墙壁和屋顶连放数枪,顿时墙壁出现了几个窟窿,屋顶上的瓦碎片乱飞。县城的衙兵没见过这阵势，为首的几个见此瑟瑟缩缩不敢上前。锦轩趁机说："衙军弟兄们，皇帝和慈禧都死了，清朝灭亡也不远了，别卖命了，到时起义军一来你们只有死路一条！趁现在，你们放下武器，都散了吧！"

他们既没有上前，也没有散去。他们看到锦轩、语桥等个个手持武器、面目威仪。见过语桥的，猜出这些人就是令人闻风丧胆的革命党！

锦轩继续劝说："朱仁贵有没有克扣你们的月饷啊，这里关着的都是你们的叔伯弟兄啊！请让开一条路，让这些受苦的人都出去吧！"

那些衙兵本来这几天就很松懈，知道皇帝和慈禧的死讯后，县令不知跑哪儿去了，捕头朱二也不见了，留下他们喝酒猜拳，骂娘骂时局。他们没有一个人有胆子敢对抗，眼睁睁地看语桥、文一他们几人放出庭风和洪升，还有其他的百来个犯人。

洪升看到儿子如此冒险救他，心里又是激动又是惧怕，只能跟着他们冲出去了。不过，他听到锦轩跟衙役说的话，居然不废一颗子弹就把他们治服了，心中对锦轩佩服得不得了。他是不知道家里的事，语桐去看他没有告诉他，老太太也没敢告诉他。至于朝云，每次去看望他，都"父亲、父亲"地叫着，总是先奔到他处，给了他换洗衣服和吃食，再转身和兄长说话。所以关于他媳妇所生孩子的事，他是一概不知道的。他只盼望有一天出去好抱孙子。今天却是儿子带人来救他，他的心情既害怕又欣慰。

庭风看到锦轩来救他们，当锦轩扶着他出监狱大门的时候，他差点挣脱他，怒骂他，骂完腾出左手朝锦轩耳朵、脑门上捶打。打完，他喘了几口气，锦轩却搀扶着他冲了出去。他狠狠地瞪着他，仿佛生怕他逃了似的，就这么直视着他。今天好像猎物主动送上门来，庭风和锦轩靠得这么近，真想再捶他几拳，出出心中的气。

一行人快冲出衙门时，有衙兵才想起喊："劫狱啦！犯人都逃啦！"

县衙大门口几个衙役冲了过来，想要挡住去路，早被语桥等人几枪干掉了。语桥、锦轩等二十几人带着庭风、洪升跑出大门，一百多个犯人也随之四下逃窜。后面那一群衙役终于瑟瑟缩缩地追了过来，不过他们并没有追语桥、锦轩等人，仿佛已无计可施，惊慌失措去追逃跑的犯人。不过哪里还追

第二十章

得上，也看不清，此时还是黑夜，那一百多人早已逃之夭夭。趁着夜色，他们有的往县衙对面那些数不清的小巷逃去，有的沿县前街往运河那边逃，更有的逃往西北面的城外村庄。虽说这些犯人平常都饥一顿，饱一顿，可是有朝一日有逃出去的机会，谁不是使出平生之力呢！。

随着衙兵的一声声喊："劫狱啦！抓犯人啦！"到清早，语溪县城里都知道了这件事。随之带来的效应是有人抢了米店、糕店。那些个饥饿的人啊，抢了东西就四散里跑去了，只留几个哭天抢地的店主、摊主。没有人来管这事，衙门里现在管自己还来不及。

语桥、锦轩等人就驻扎在蓝府，衙兵不敢前来。洪升和家人团聚了，庭风也暂住在蓝府，由他们保护着。

锦轩就这样被事情架着，在蓝府不尴不尬地待着，不得离开。他要是离开，其他兄弟就会跟着他离开，那这样，洪升和庭风的安全就不能得到保障。

洪升这几天身体调理得差不多了，便急着要去看孙子。可是老太太不让他去看，说孩子这几天正得了风寒，不宜见人。洪升就问语桐，孩子的病情怎么样了，语桐却支支吾吾。洪升心里开始疑惑。

让洪升不解的还有庭风，照理，他从监狱被解救出来应该高兴，可是他总像怀着心事，也不提孩子的事。洪升看到，庭风对锦轩仿佛宿怨很深，他们二十几人在花园里训练时，他不盯其他人，只盯住锦轩，生怕他走到朝云的房间似的。

月子坐了二十多天，朝云虽然没有走出房门过，可她从语桐阴沉的脸色、心事重重的样子断定那个人没有走。即使语桐告诉她那人走了，她亦可以从小莲的口中打听到实情。小莲告诉她，老爷和庭风少爷回来了，庭风少爷也住在蓝府。公公来了多天了，没来看过她，他要不是被告知了隐情，他怎会不来看媳妇和孩子呢？可司既然也住在蓝府，怎么也不来看看她？一定有他的难处。想到这些，朝云从心底里泛起一种苦涩的滋味，这滋味一直撞击着她，叫她对自己的处境越来越警觉。她本来早打算走，无奈，身体动弹不得，后来几天，语桐坚决让她在这里好好待着。而现在，月子坐得差不多了，是她走的时候了。

　　这天早晨,语桐出去了还没有来。小莲抱着孩子已在门外等她,车已经叫好。

　　她穿着素淡的衣服,头发梳在脑后,走出房门。她穿过花园,繁花开遍角落,在这树影与花影丛中,花园的那一边传来并不和谐的声音——许多个男声,循声望去,那些陌生的年轻男人擦枪的擦枪,踢腿的踢腿,抱膝的抱膝……很快,她从这么多人中认出了庄锦轩——他正驻足凝神,此时他也望见了她!他的眼神开始变得喜悦,神情激动起来,悄声走过来,语调因为压抑而有些颤抖,轻轻地说:"云妹,你好吗?"

　　她没再多看他,一扭头,朝外面走了。

　　他不敢追她,望着她倔强的背影,他不禁伤心难过,一种疼痛的滋味涌遍了他全身,他呆呆地伫立着。

　　语桐回来,不见妻子和孩子,随即发现了妻子留给他的纸条。一摸床,褥单还是热的,知道她刚走不久。

　　"朝云!朝云!"他叫着跑出去。老太太和洪升,还有庭风闻声都出来了。他跑到花园,看见锦轩正一脸落寞地发呆。他走过去,不想再控制自己的感情,喊道:"你不走是吗?你不走那我们走!"说罢,大踏步往前走了,追随妻子而去。

　　仆人来告诉洪升夫妇,说少奶奶带着孩子走了。洪升很疑惑,想到朝云和锦轩的过往,但觉得那都过去了,也不至于要出走啊!

　　"怎么回事?"他问老太太。

　　老太太对着一头雾水的洪升哭诉着:"老头子啊,你不要替别人高兴了!这孩子不是我们语桐的种!"说罢,靠在丈夫肩膀上呜呜地哭起来。

　　"这……"洪升倒吸一口冷气,一层阴云笼上他的眼眸。

　　庭风更觉得没脸待在这里,但是走也不是,站也不是,看到锦轩这时候像一只困兽般睁大眼睛,他更是双眼冒火,恨不能抽他一顿。

　　"谁的?"蓝老爷脸色一沉,"朝云,是我们蓝家明媒正娶的媳妇,她的孩子会是谁家的?"

第二十章

"就是这个天杀的！"老太太拿手一指锦轩，洪升愕然地看着他，许久，沉重地叹了口气。

此时的锦轩已如木鸡般呆立着，老太太的狠话他已听不清，庭风的怒目威严他也看不见。后来，蓝家人和庭风都散去了，同来的弟兄们也摇着头走开了。他还是纹丝不动地站在那儿，陷入无边的痛苦里。

第二天清早，从外面传来消息说，县令被撤了职，说是人不守在县衙，导致县衙乱党作案，犯了玩忽职守罪。新官上任居然对过去的犯人进行赦免，既往不咎，不予追捕，也没说要抓革命党人的事。

锦轩早已有走的决定，现在是走的时候了。

语桥还要在家待几天，锦轩和他告别，并且决定让文一和施祺带着弟兄们先回去。

他不由自主地来到了钟响寺下。此时太阳刚刚升起，照耀得祥门屋檐、大门、围墙一片光辉。运河岸上，有芙蓉花绽放，这让他想起那一年来的情景。

在潮润而轻柔的晨风里，在祥门庄园的东门口靠近运河的地方，传来一个男人和一个女人的说话声，还有他们的笑声。他知道他们是谁。他走过去，芙蓉花丛挡住了说笑者的身影。他悄悄地拨开花枝，看到了一幅温馨的画面：霞光里，女人和男人相依而坐，面前的童车里露出婴儿的头和脸，那婴儿正眨着眼睛，男人用手指在逗他。

他看了很久。

在回香港的车上，他一直半眯着眼，幸福地回忆着他所看见的这一幕。

锦轩后来在国民党的队伍里混得风生水起，但是他始终无法忘记语溪县的娘儿俩。他回来过三次，那都是孩子还未成年时。以后他和儿子是在国共双方的战场上兵戎相见。

朝云给这孩子取名叫路生。朝云说取这名字好养活。

路生在舅舅家长到两周岁，母亲又怀孕了。之前，父亲多数时候和母亲待在祥门里，但父亲也经常去县城自己家，母亲也去，但只是在逢年过节或

奔 *Ben*

中秋之时。那时,父亲就抱起他,把他放在那辆大汽车里,载着母亲和他一块儿去奶奶家。

  母亲生了个女孩,取名叫美莹,是在奶奶家生的。听父亲说,奶奶一定要让母亲回到县城蓝府里生孩子。从此,路生、母亲、父亲三人便在蓝府住下了。路生的小眼睛里看出来,奶奶对妹妹格外喜爱,相比对自己,爱得更多。因为奶奶抱起妹妹亲了又亲,可从来没亲过自己。不过爷爷很好,常常摸摸路生的脑袋,跟他说话。路生从小深知自己是个男孩,他曾经天真地问母亲:怎样成为一个好男儿?母亲告诉他,爷爷和父亲就是好男儿,你要成为像他们那样的人。

第二十一章

　　从慈禧和光绪死的那一年到辛亥年十月，这几年间，语溪小县城里的人们起了一些变化，有些店主、作坊主、厂主都搞起了一个个团体，他们推举一些人为首领，称为"语溪革命人士统领"。这些统领往来于杭州——语溪之间，加强省会革命总部和地方革命小团体的联络，在省会革命人士的支持下，和县衙对着干，常常在语溪掀起不小的风波。语溪县衙却越来越疲弱，越来越失去抵抗能力。只是统领们平常都被盐业、茶叶、大米、染房、布庄等进出生意统驭着头脑，在一个县里坐政，坐山为王，还差那么一点破釜沉舟开天辟地的勇气，还没有人敢为天下先。

　　革命小团体首领陈松周家里以贩盐和丝绸为业，挣得不少家业，在语溪县里也是响当当的人物。他的财富虽不及蓝家，但也是美宅、门店遍布杭嘉湖一带。

　　他和语桐是熟识的。他今年三十有六，比语桐足足大四岁。他家的盐、丝绸也贩卖于杭、苏、上海、无锡等地，和语桐的生意往往有交集。有时，为争一个长期合作的生意伙伴，两人使出不同的套路。但他往往不及语桐，不及他的底气和见识。所以同一个生意伙伴，最后往往选择蓝家货源的概率和数量要多一些。他对语桐这个留过洋、会经营、懂得在生意场上运筹帷幄的生意对手，无不生出羡慕嫉妒之心。

陈松周拉语桥进这些团体，可是语桥不愿意。语桥对革命和革命者始终持保守态度。他留过洋，当然知道法国大革命，但是对革命都是通过暴力手段来达到目的则不以为然，他只是秉持着他的商业王国的理想，只想在任何时候，把自己的产业做得更大更稳一些。殊不知，在这乱世里，一切都要被限制，被牵连，甚至有被倾毁的可能。

陈松周为语桥的不领情感到不释怀，当他看到省城、外省的革命之火越烧越烈之时，背地里禁不住对语桥的固执哼哼冷笑。

辛亥年十月，情势急转而下。

一天清晨，语溪县城门口，一群革命人士正以群情激昂的姿态告诉人们一个振奋人心的消息——湖北武昌城被革命军占领了，革命军当了武昌城的统帅！他们都是拿起枪直接和清军对着干！

到县城来的农民们都听清了——有人造反了，兴许还成功了呢！

但接着，语溪县的革命小团体没有闻风而动，他们沉寂下来了。大概有大半个月时间，没有听见他们的消息。

到十一月六七日，情势急转而下，从杭州来了很多拿枪的革命军，在语溪革命小团体的带领下，纷纷冲进县衙、米仓、油库，活捉新县令许应乎，开仓放粮给闻讯跑来的农民、游民。

原来，他们沉寂的二十多天里，和杭州革命军取得了默契，十一月四日，杭州烧了总督府，活捉了总督。接下来，这些革命军就分散到了各县，分别进行起义。

八日上午，语溪四里八乡的农民纷纷赶到县城，参加起义队伍。下午，农民们对县城的富户虎视眈眈，一个颇有见识的农民问首领陈松周："县里有哪些富户？且为富不仁的？"陈松周捻了捻胡须，说："要说富有的人家也有和大伙儿一条心的。"他举例说了自己家和参加革命团体的几个厂主，但是他又说："只有语溪蓝家到现在还只顾自己赚银子，他们家在县里也是最富的！"

"烧了他们家！"有人提议。

"蓝家大家都知道，他家大少爷是干革命的！不能烧！"有人说。

第二十一章

"现在可是他家二少爷做主。"陈松周专会四两拨千斤。

"是啊！烧了他们！也让我们这些穷人出口恶气！"

"走！首领，您给我们带路！"

一群人点燃了火把，跟着陈松周气势汹汹地赶往蓝府。

这几天，蓝府里都很惊惧外面的一切，语桐没有再出门，守在妻子和孩子身边。语桐对家里的安宁感到庆幸，可是洪升却隐隐地感到担忧，他让儿子和媳妇把一些银票整理出来带在身边，又拿了一些银子准备了一个小箱，以备不测。

当拿着火把、柴刀、铁钯的农民们冲到蓝府门前时，朝云正在给美莹喂奶。听到声音，洪升知道大事不好，连忙让儿子收拾东西，准备从后门口走。

陈松周向为首的几个农民说，蓝家不至于恶到要抄没家产的地步，姑且把房子烧了吧。

大门、前厅、饭厅烧起来了，熊熊的大火裹卷着一切，向北面的院落——卧室和书房蔓延过来。语桐很气愤，想冲过去和他们理论，洪升死死把他拉住，对他说：儿子！现在不是讲话的时候！房子没了可以再造，命没了就回不来了！

当大人心急火燎准备逃往钟响寺下的时候，只有路生很高兴，他显出天真的神气问正收拾东西的母亲："我们是去常住呢？还是住几天？"母亲对他说房子都烧了，一时是回不来的。他听明白了母亲说话的意思，开心得拍起手来："哦哦——去舅舅家喽！"他喃喃地说着等天热了，要到塘河里玩。因为他记得父亲曾答应他，来年夏天，他长到四岁，就可以下塘河游水了。

美莹还在吃奶，眨着眼睛躺在丫鬟小莲的怀里，啥也不懂。

说时迟，那时快，当一家老小逃出后门，陈松周的革命军和农民却已经把后门包围了。

陈松周看到语桐惊魂未定的样子暗自好笑，心想：谁让你这么自命清高呢！

语桥看到了他，怒火中烧，破口大骂："陈松周，你这个狗娘生的！你为何要这么害我？"

陈松周冷笑道:"蓝语桐,不是我要害你,当初我叫你上我们这条船你不肯!放过你们蓝家,农民兄弟不答应!"他又转向群情高涨的农民,问他们,"农民兄弟们,你们说是不是?!"农民"是是"地呼应着。

有人高喊:"杀了他!杀了他!"

朝云一看这情形,也急了,不顾火把的灼热,走到农民跟前,大呼道:"乡亲们!你们有人还认得我吗?我是运河丝厂的李朝云,几年前,有些乡亲们还到我厂里做工,我李朝云待你们不薄吧?!"农民队伍里有人开始议论,有人认出了朝云,"朝云小姐!是朝云小姐!"

"对!是我!乡亲们,你们烧了我们的房子我们没有怨言,但你们知道吗?蓝家——大少爷——"朝云提高音量,"蓝语桥也是干革命的!打清廷,分田地,我们一样愿意!"农民们开始安静下来。

朝云继续说,"今天,请大家放过我们语桐,放过我们一家老小!我李朝云不胜感谢!"

老太太看着这一切,瑟瑟缩缩,腿脚都软了。洪升扶着老妻,浑身冒冷汗,但看到朝云出来说话,农民们的情绪有所缓和下来了,他缓缓地舒了一口气。

这时,陈松周看到有的农民已经给朝云等人让出道来,他就说:"好吧!今天就看在少夫人的份上,饶过你们的性命!你们快走吧!"

蓝家老小连丫鬟、奶妈、管家、家仆等十多人,沿小路逃往钟响寺下的祥门。

大火烧着了花园南面的院落,隔了花园,北面的卧室、书房、内室等并没有烧着。农民们还没有散去,有人说,把里面的东西抢出来,大家分一分。陈松周说,钱财应该被蓝家人带走了,里面还有值钱的东西,你们进去吧!

大家一哄而上,从花园南端烧毁的破墙处冲了进去。等出来时,有人手里拿了西洋摆钟,有人捧着青瓷的花瓶,更有甚者有些人抬了红木的桌子……大家都开心得不得了。那些个认识朝云或许还到朝云厂里做过工的人都没进去抢。

这天下午,纷纷汇合到县城里来的人群,烧了好些富户的房子,有的还

第二十一章

被抄没家产，甚而有割去首级的。

逃至祥门的蓝家老小听说这些情况，不胜唏嘘，庆幸有了朝云。

说来奇怪，在这片摧毁恶霸地主、官吏豪绅的浪潮中，运河边，钟响寺下的祥门却安然无恙。或许是因为奇女子李朝云开过厂帮过很多人，或许是因为李家长兄乐善好施，总之，钟响寺下是一块福地。

庭风自来江南以来，深受蓝家的恩泽，加上近年来，朝云和锦轩的事，愧对他们家。庭风更是时刻想着蓝家人的好，最好有个什么机会来报答他们，他的内心才感到些许踏实。洪升和他共患难，已然建立了深厚的情谊。这次蓝家宅第被烧，也是命运所开的玩笑。当洪升一家人以逃难的方式踏足祥门时，庭风的态度是理所当然、义不容辞的。他叮嘱妻子，一定要厚待蓝家人，事无巨细，关照停当，就像当初蓝家恩泽从京城逃来的李家一样。庭风回来后，沈氏像主心骨又回到自己身体里，家里的事不用她多操心了，心情大好，不再说一些沮丧的话了。对于朝云和蓝家人的投靠，她听从丈夫的意思，做得比较周到。

而洪升心里，深知朝云是一个富有深情厚谊又性格坚韧的女子，可以成为一个坚实的依靠。而庭风又是那样真挚，时刻怀着感恩心。没有祥门，语桥不知会怎么样呢？他还能再去干他的革命事业吗？

蓝家、李家经历了那么多事情，又一次聚在了一起。在这里，大家经历了改朝换代后的变化和心理的剧烈震动。

"剪辫子"的风潮来了，十里八乡，县里县外，挂在男子后面的几百年的长辫了在　声声清脆的剪刀声里滚落下来。庭风和洪升也一样，剪掉了辫了，留起了平头。也有一些人不愿意剪辫子的，被那些走街串巷、走村串户的"剪辫队"追赶着剪的。有的人死活不愿意剪辫子，他们把辫子藏起来，盘在头上，戴上斗笠，有的戴上草帽，还有的用布包住头发，不一而足。更听说在这世上有人因为剪了辫子，当上副总统、总统的。新时代来临，也是鱼龙混杂，各有所衷的。

风潮是来了一个又一个，改称呼，易服装，总之要把旧世界摧毁，迎来新社会。人们嘴里多了一个时髦的词——革命，逢者必谈革命。

　　语溪的茶馆里，一些富户或地主，他们城里或乡下的大房子不敢去住了，在县城的偏僻角落租房子安身。平常，他们去的是饭堂、饭馆，是不屑于到茶馆这种小营生的地方来。现在他们即使身边还藏有大量银票，也不敢出来再显摆。喝点茶，吃点小吃，骂骂时局。

　　茶馆里，还多了另外一些新面孔——农民，本来是没有多少少脸面坐在县城茶馆里的。但他们现在有了资产，购置了田地，并且暂时解放了劳碌的手和脚，有空闲到这茶馆里见见世面……这些资产从哪儿来的呢？就是抢了富户的财物，分赃所得。另外，他们似乎也可以仗着革命的势头昂首挺胸做人，甚至可以蔑视那些失了势和财但依然到这茶馆里来打坐的城市贫民。……

　　这几年内，外面总是纷纷扰扰的，不知从什么时候起，人们不再说大清国啊国运如何如何，现在人们说的是中华民国如何、孙大炮如何厉害的话。

　　语桐的生意却变得七零八落。革命军推翻了清廷，语桐制盐卖盐业的生意受到了当局的勒令禁止。运河道、太湖道上，江苏、浙江两省，严查私盐类贩售。语桐本人也被通知到。原来有清廷颁发售盐令牌的一些江南盐商，现在都不得私自干这个营生。他们有的干脆投靠在民国盐政署旗下，为争取较大盐场的使用权，竭力和盐场警察搞好关系。甚而，制造出了一些贿赂和贪污的事情。有些大盐商，当局就想聘请过去当制盐、运盐、卖盐的顾问，语桐也有被请到，但是他当即就拒绝了。语桐的丝绸生意也做不成了，染房、布庄关了，还有杭州的钱庄转给了一个杭州本地人。只有茶叶生意在继续，托陈年管理着两条运输船和十几个脚夫。

　　外人说，蓝家二少爷吃了洋墨水也没能挽救家业！真是够颓唐的！语桐的处境看似比从前寥落了许多，但他内心比较安然。他只想在这纷纭的时局里守住平静，多陪陪妻子和孩子，多关心父母的身体；有空就和庭风摆渡到对岸禅寺里听经参禅，不亦乐乎！而且，现在最让他上心的事情莫过于拿一支笔和一个本子，记录妻子从小时候到现在的故事。只要朝云有空，他就和她促膝畅谈，央求朝云把她成长中那些曲曲折折、峰回路转的事情当作故事

第二十一章

一样说给他听。这些故事，有语桐不曾参与的前二十年，那些桥段自然有那一位，但语桐现在不再紧张和吃醋，经过了这么多，内心还能不坦然吗？也有语桐成为男主人公的后十年。语桐发现，钱财渐渐对自己失去了吸引力，唯有这些经历才是自己珍贵的财富。夫妇俩，回味着过往的人生，感觉从来没有像现在这样，心灵靠得如此之近，对生活的要求如此简单、从容、没有非分之想。是呀，现在是多么惬意，夫妻相守，儿女可爱，老人健在！两家亦像一家人那样亲密无间。蓝家似乎被时代冷落了，但两位老人在钟响寺下，亦生活得安宁、踏实，反而渐渐忘却房子被烧、家业凋敝的痛心处。

老太太去世是在民国三年的正月十六那天早上。

朝云听见俩孩子在奶奶房间里哭，警觉有什么事情发生，连忙跑过来，父亲紧接着也来了。大的孩子已泪流满面，他朝母亲指了指奶奶的床，大哭道："母亲！奶奶……奶奶……她不动了——奶奶死了……"

小的那个还未曾明白"死"字的含义，一个劲地拉着老人太的手，叫着："奶奶——奶奶——起床了！"

朝云几步奔到床前，一触鼻息，老太太已经断了气，摸身体，还有余温，知道刚去不久。她不觉流下两行泪来，转过身，对着跑过来的丈夫，轻轻地说："妈走了。"

语桐哭了起来。洪升喝了半杯早茶，闻讯赶过来。他说昨天晚上还好好的，今天早上她起来时说要再睡一会儿，想不到竟然去了。说罢，大放悲声。

哭罢，洪升对儿子和媳妇说："昨天晚上临睡时她还在叨念媳妇的种种好，我问她：'你心里有没有原谅媳妇？'她说：'早就原谅了，我不是把路生视同己出了吗？'我就对她说：'你要亲口去对媳妇说。'不想今天早上她竟然就去了……唉！"

朝云说："好在她老人家去的时候没有痛苦，平平静静地去的。"她缓缓地舒了一口气，说，"她心里能原谅就好！"说完，不由得泪流满面。

老太太的后事就由儿子和媳妇料理。遗体停在祥门的一间不太常用的客厅里。庭风媳妇难免有怨言说不吉利，硬是让庭风给挡了回去，这些话朝云听到了，但没有传到洪升和语桐耳朵里。

后事料理完后，祥门的生活依旧平静，蓝家人不想因为老太太的去世表现得太悲切。这么多不平常的日子都过来了，老的去了，而小的正在一天天成长。

路生对这个世界总是充满了好奇，他总是有数不清的问题问母亲。

路生很好动，随着年龄的增长，花园再也满足不了他的好奇心，大门是关不住他的。他常常央求小莲打开朝东的门，溜到塘河滩上去玩耍。只要小莲一进屋，他定会脱光了衣服，扎进河水里学狗趴。小莲拿他没办法，但是给他一个限度——晚钟声响的时候，必须从河里起身回屋，不然就要去告诉他母亲。他老早就学会了游泳，每年盛夏还没来临，只是春末夏初，他就开始玩水了。一直要玩到立秋过后。直到母亲惩罚了——关在小房子里一天，而且还不准吃饭，他才不敢再下水。

教他游泳是父亲语桐，他在四岁时就可以来回游一刻钟。那时，一个西洋的闹钟就放在岸上，给他计时。他游泳的本领越来越长进，到十多岁时，他能一口气游到塘河对岸去。父亲在后面跟着他。

话又往回说一些，民国二年，语溪城里设立了新的管辖处，不再叫县衙，而叫县知事公署，陈松周担任了知事。县城里有老百姓这么说：陈松周发了革命的财！不但分得了不少富户的家产，还当上了县官！

民国三年三月里，县公署派人来到祥门拜访朝云。此时朝云正在教两个孩子读诗词。

来人看到两个孩子，男孩明眸皓齿，聪明灵秀，女孩眉清目秀，聪慧乖巧。他俩依偎在母亲身边，正抑扬顿挫地背诵。来人说："少夫人教子有方，令堂令爱出落得非同凡响，江山代有才人出啊！"

朝云看见两位穿着县公署制服的人，便站起身，不再像旧时那样欠一下身，而是手臂弯曲放在胸腹前，双眼平视，礼节性地问道："两位公家的人，今日找朝云有什么要紧的事？"

其中一位就对朝云说明了来意，并强调说："我们陈知事恭请朝云女士不日后前去赴任，请朝云女士务必答应！"

朝云不紧不慢地说："'恭请'不敢当啊，高小女校长应该找一个懂得新

第二十一章

式文化的新式女子来做才是，朝云落伍了，不敢当啊！"

"请朝云女士务必答应，不必推辞！"另一个男人说。

朝云没有马上回答，她沉默了一下，对两人说："朝云有一个请求！"

两人异口同声说："请讲！"

朝云说："请两位转呈陈知事，能否让我的运河丝厂再次开启，以备李蓝两家生存之需？"两人遂答应转告陈松周。

语桐知道了这件事，夫妻俩不知道陈松周葫芦里卖的什么药。但是，他们决定应允这件事。语桐的丝厂也可以开起来。祥门的生活也有了经济来源。

这时候语桥回来。他已在广州任职，职位还不低。他想资助弟弟的生活，却见他们在祥门生活得很殷实。他看到自家房屋被烧，考虑到革命形势，没有找陈松周的麻烦。不过他对父亲、兄弟说，现在革命成果落在贼人手里，这是大大不应该的。他心生绝望，决定出国。父亲和兄弟劝他还是待在语溪吧，大家太太平平过日子，但这些话打动不了他。他就像一只大鹏，只适合翱翔在广阔的天空。

语桥回广州后，并没有待很长时间，后来他真的出了国，从此和家人失去了联系。

第二十二章

朝云的丝厂重新又开起来了。这次她让语桐收敛起颓唐、散漫的心思，全权管理这个厂。很多老工人又回来了，看到朝云，他们非常开心。但听说，现在朝云要去当女校长，这个厂由她丈夫接管，不由得有些失望。然而语桐没有让他们失望，他像朝云一样，预发了一个月的工钱，足足有六块银圆。那些老工人由于动乱，没有工作。现在又有响当当亮闪闪的银圆可赚，当然十分欣喜。语桐联系上海，开业没多久，语桐接到了大的单子。需要工人开夜工才能完成任务。这时，语桐又把工人工资涨到每月十个银圆，而且还管中饭和晚饭。这下工人们的劲头更足了。语桐除了体恤他们，态度也总是平易近人，工人们亲切地管语桐叫"蓝二少爷"，语桐也体会到了一种全新的创业状态。这背后，少不了朝云的支持和鼓励。

朝云赴任了女校长之职，学校实行公历，她向陈松周提了一个条件：允许她一周内有两天时间是自由的。陈松周答应了。这么一来，每周加上学校放假的星期天，总共有三天时间朝云可以和语桥在一起管理丝厂。

平日里，两个孩子也随母亲去了学校，路生读的是五年级，美莹还小，进了预科班学习。吃中饭时，两个孩子和母亲聚在一起吃学校里的饭。早上上学和傍晚放学，都跟着母亲，由小莲接送。

路生到了学校，看到那么多年纪相仿的小孩，感到万分新奇。中午，和

第二十二章

母亲在一起吃饭是最自豪的,因为母亲在学校的开学典礼上作为校长发过言,全校的小朋友都认识母亲。在饭厅里吃饭时,他们都向他和美莹投来羡慕的眼光。

一次,母亲饭吃到一半有事要去办,让路生陪着妹妹把饭吃完。饭刚吃完,他叫妹妹站在一边等他,自己去洗碗。不经意间,几个男孩拦住了他,一个胖胖的憨包对他说:"蓝路生!我们认识你!"

"你怎么知道我的名字?"路生问。

"你是李校长的儿子,我们都知道!"另一个长得俊俏、眼神颇为沉着的男孩说。

"你们找我有什么事吗?"

"我们是打抱不平英雄队的,为同学打抱不平,专管学校里那些看不惯的人,你愿意加入我们吗?"小憨包说。

"我要去问问我妈,看她同不同意!"路生有些拘谨地说。

"你要去问李校长?不用问!她管她的,我们管我们的,我们不让她知道……你作我们的'头'——高兴吗?"其中一个个子特别高大、但眼睛很小的男孩有点急躁地问。

"做'头'?"路生抓抓脑袋,有些受宠若惊,显然他的好奇心超过了对母亲"言行要审慎"的承诺,他不禁点了点头。

"别告诉你妈!"另一个小个子男孩小声地说。

路生问了他们的姓名,"我叫贾生豪!"憨包说完咧开了嘴。

"我叫邵伯韬!"俊俏男生介绍完自己,指着大个子和小个子说,"他叫唐义忠,他是付林。"

几个男生呵呵哈哈笑成一团。路生问他们学校里出现了什么情况,邵伯韬有些早熟,他收敛了笑容,告诉路生:"路生同学,你要是和我们一起放学就知道了!"大个子和小个子也一本正经地点了点头,只有贾生豪还没收敛住胖脸上的笑,还在嘿嘿地咧着嘴笑。

几个男孩抢过路生的碗和瓢羹,主动到水池里去漂洗。路生空出了两只手,感到还真不赖呢!

奔 Ben

　　路生回去找妹妹，那几个男孩和路生相约每天中午和放学后必须汇合，商量要遭他们"修理"的人。然后，五个人分头散去了。

　　美莹在那边等得焦急了，看到哥哥终于过来，喊道："哥！他们找你干什么？"显然，美莹看到了那四个男孩。

　　"嘘！别告诉妈！"路生说，美莹说那得有条件，路生少不得哄住妹妹。

　　于是，从那天开始，路生就和那四个男孩子邵伯韬、贾生豪、唐文忠、付林，成了好朋友。路生也加入了他们这个"打抱不平英雄队"的小组。

　　这个时候，语溪小学里暴露出了一种风气：那就是运河东岸的学生看不起西岸的学生，学生之间甚至发生了驱赶、殴打的事件。所以，这个"打抱不平英雄队"的小组就应运而生了。

　　君不知，大人的世界里有高低贵贱之分，凡是有权有地位有钱的人看不起没权没地位没钱的人。就说这个语溪城里，民国地方政府为了显示和清廷的不同，没有住在县衙旧址。县衙旧址在运河西岸离西城门口一里路的地方。而现在，县公署则在运河东岸离崇文桥一里半路的地方造起了崭新的办公楼。崇文桥也改名叫崇华桥。原来贯通县城的语溪路也改名叫崇华路。那些得了民国福泽的人们纷纷都把自己的住处搬到县公署周围，他们之中有在县公署任职的地方官员，有因为民主革命发了点财的起义小头目们，有支持起义保住家底的那些商人、财主。那里建起了风格不一的住宅楼，随之各种名目繁多的店铺也应运而生，还有警局、邮政、银号、监察所、运河河监等都在县公署那阔大的三层洋楼附近建立起来……几年间，东岸巍巍然一片新楼耸立，而语溪高等小学这座西洋风格的学堂就矗立在这片新房北面和郊区接壤的地方，那里花木丛生、环境静幽，真正是小孩子读书的好所在。在此之前，适龄小孩子读书要么去私塾，要么自家请先生教，还没有一个政府办的公共教育机构。到了民国，就开了先例。

　　于是东岸成了一个欣欣向荣的世界，生活在那里的人走路都昂首挺胸。

　　而本来繁华的崇华西路，运河西岸，则备受冷落。那里先前各处都有几户大宅大院，包括城门口的语溪蓝家。现在那些地方，大多被烧成了断垣残壁，触目皆荒凉。因为那些富户都被起义的队伍瓜分了财产，烧了房宅。富

第二十二章

户败落了，有些人家也投向光明的彼岸去……这里只剩下些老房子，老店铺，里面住的人都是些被时运挤兑的人。有破落的富人，有遭抢劫而破产的店主，有失去工作的手工业者，有本来就穷也没搭上新时代好处的穷人……不一而足。

显然，东岸的人瞧不起西岸的人。但是民国是大家的民国，学校是适龄的孩子都可以来上的。但是，孩子们的世界是受着成人影响的，语溪高小里的孩子们中间也因此分出了界限。

放学后，孩子们走出校门，经过几个巷子。那些西岸的孩子还想在巷子里玩一玩，逗弄一下狗啊猫啊，或者想去买块糕啊捡个果啊，就受到了东岸同学的驱赶。

于是路生这段时间和四位男孩子一起，帮助西岸的穷孩子战胜东岸的小地痞们。这几个孩子，邵伯韬和付林的家在东岸，唐文忠和贾生豪的家在西岸。而他们一致都站在了被欺负的一方。

路生对邵伯韬站在西岸的一边而感到很惊讶，他说："你不怕他们骂你吗？"而邵伯韬挺了挺胸膛说："这是我自己的选择！"路生不禁佩服起他来。而唐文忠的态度则义愤填膺，他好像是真正愤怒了。路生被同伴感染着，心中正向望着某个英雄事件的发生。所以，当唐文忠问他"你站哪边"时，他想都没想，就说："当然是西岸了！"五个人在一时之间结成了牢不可破的同盟，任何事情也打不散他们。

一个人高马大的东岸男生，专门欺负人的，叫陈光达，他说路生狗拿耗子，多管闲事。于是，就有贾生豪说："他是我们李校长的儿子！"可是陈光达不示弱，居然说："校长儿子有什么了不起，我同桌还是县长的女儿呢？"于是，校长的儿子，县长的女儿，分别在他们的对决赛中出场了。校长的儿子代表西岸一派，县长的女儿就代表东岸了。

县长的女儿叫陈灵芝，她父亲就是陈松周。她被同学推到了派别斗争的一派里，根本不知道是怎么回事。当两派小孩子在校门外的柳树林里"决斗"之时，她也被那些穷孩子推来揉去。忽然唐文忠用力过猛，把她掀翻在地。

奔 Ben

这下不好了!

东岸的孩子开始幸灾乐祸了,"姓唐的,这下你要倒霉了!""你们,这帮西岸的狗杂种,一个个都逃不了!"

唐文忠呆呆地站在原地不知如何是好,路生似乎意识到了事态的严重,赶紧跑过去安慰她。灵芝心性是软弱的,看到自己膝盖流了血,即使不是痛得厉害,也已害怕得不行了。她看到路生的神情十分庄重,便满含委屈地望着他,期望能从他那儿得到安慰。路生解下脖子上的领巾,叫她别怕,并替她包扎。很快,白色的领巾也渗出了红的血迹。

这时,美莹也从西岸的队伍里跑出来,把头上的红绸带递给哥哥包扎。路生缠绕得很仔细,终于把血止住了。灵芝抽抽噎噎的,慢慢地,也停止了哭泣。

兄妹两人扶起灵芝,这时男生们神态都凝重起来。西岸同学见到这种情况,也没有争谁赢。

三个人正要起身向教室走去,忽然迎面过来几个成人。大家抬头一看,是李校长和几位老师来了。一定是有人报告他们。两岸的学生见老师和校长来了,都纷纷散去了。只有路生、美莹、陈灵芝,还有路生的几个伙伴站着不动。

朝云在任校长不久,就听说他陈松周的女儿在这里读三年级,同时看到陈家接送的车子每天在校园里进进出出。她是很小心的,为这位小姑娘安排了最好的老师,并嘱咐他们对待小姑娘要格外用心。朝云尽量要让陈松周觉得她对他的任命是感恩的。但是,为了减少不必要的交集,她把也读预科班的美莹安排在了另一个班里,而且教室隔开了好几间。

她见过那小姑娘,对她说过很多表示关心的话。不过,让朝云有所触动的是,这小女孩好像没有他爸爸的那种聪明嚣张,反而有些羸弱。儿子女儿都在这个学校里,按照他俩的脾性,对待那种强横的小孩有些情绪上的抵制,并且肯定不会与其交友。而路生对于弱小,向来有一种天生的体恤与怜悯。朝云不免有些忧虑。在学校里,自己的身份难免会让孩子引人注目,所以她提醒孩子:少结识那些在语溪城里有钱有势的小孩,多和那些普通人家的小

第二十二章

孩子为伴。

所以，在这件事发生之前，一切都安然无事。

可是，朝云已经看到那女孩——陈灵芝，她不知什么原因受伤了，而儿子逃不脱干系，他正在给她包扎。朝云走到小姑娘跟前，蹲了下去，软语温存地安慰了她几句，又叫老师把她送到医务室去，还吩咐那位老师把灵芝留住，她还有点事。随即她铁青着脸对路生、美莹说："你们俩，跟我来！"

路生知道自己闯了祸，只得乖乖地跟在母亲身后。唐文忠，知道祸是自己闯的，还站在原地，邵伯韬、贾生豪他们走过来对唐文忠说："这下路生完了！"

朝云进得办公室，路生不知是坐好，还是站着好。但是母亲不说话，背对着他整理办公桌上的文件。好一会儿，气氛是静默的。路生快憋不住气来了。

忽然，他急了，大声说："母亲！那东岸上的同学老要欺压西岸边的同学！"

母亲转过头来，两眼注视着他，目光犀利，她想不到儿子会用"欺压"这个词，看了他好一会儿，她才说："谁让你用'欺压'这个词的？"

"那'欺负'总算是吧？"路生很聪明。

美莹撇了撇嘴，对哥哥的话表示默认。

"听说你们几个男生组成了爱打抱不平小组，成了女生们的英雄？"母亲竟然调侃他，但态度是严厉的。原来，事发的前一刻，有女生向校长报告了这些事情。

路生听了，不管母亲的威严，仍壮着胆子说："不是'女生们的'，是'弱小者'的？"

母亲看出了儿子的不寻常，凝视着他，心想：傻孩子呀，这天下真的是弱小者的就好了！但是儿子毕竟还小，总不能这样教育他。是呀，该怎样对他说呢？

"'弱小者'是该帮助啊，但你还没成年，学校有纪律，这种情况可以让教务处去处理，让大人来管！"

路生听了心想：让教务处管，哼，那我们这些男孩子做什么好呢？眼见有这样不公平的事情，难道只有干着急，等成人来解决吗？母亲不是说过吗，男子汉要有所担当吗？

母亲望见儿子的神情就知道他在想什么，就转变了话题，平静但又不失严厉地问："你看到的——两边同学在'决战'？"

路生听了心里有些发笑，想母亲也知道用"决战"这个词，不知道那些女生是怎样告诉她的，他脸上显露出好奇的神色。母亲看出了他这个意思，立刻用严厉的神情制止了他。

等母亲的神情缓和了点，他说："放学后，东边的同学不准西边的同学在东边停留，还赶他们走，打他们！所以西边的同学要和东边的'决战'！"

"所以你站在西岸同学的这一边？"母亲问他。

"我当然站在西岸的一边！"他坚决地说。

这时，美莹眨巴了几下眼睛，仿佛赞同哥哥的话。这时母亲又严肃地看着他，他想起了什么，低声说："陈灵芝她……怎么办？"

"知道闯祸了？"母亲用低沉的声音说，"你说，你该怎么办？"

"我们负责！我们组成一个小组，帮助陈灵芝上下楼梯、带饭、带菜……"忽然门被撞开了，贾生豪他们四个人上气不接下气地说。原来他们几个一口气跑上了楼梯，听到了路生母子的谈话。"不过……她上厕所……要请女同学帮忙了……"他们又气喘吁吁地说。路生笑了，美莹也笑了起来，说："我陪她去！"

唐文忠有些结巴地说："李校长，我们会帮助陈灵芝的，一直……一直到她的腿伤……全部好为止！"

邵伯韬倒有些镇定，他说："李校长，主意是我们出的，责任我们担！"

付林也点点头，贾生豪胖胖的脸都涨红了，他憨憨地说了三个字："是的啊！"

朝云一看这阵势，朝路生看了一眼，又看到几个男孩非常恳切的样子，她说："你们光用行为去承担还不行，他爸爸不知道你们的诚意，这样吧！你们写一封致歉信给他爸爸，这样他也知道你们错了！"

第二十二章

　　几个孩子都说让路生和邵伯韬写,他们两个文笔好。他俩一会儿就写好了,最后让文忠当着校长的面读。

　　最后,小伙伴还不愿意走,路生试探性地问:"母亲,东岸的人这么欺负西岸的同学,不能就这么算了吧?"

　　"这个事情会解决的!"朝云肯定地对孩子们说,"你们先把信交给陈灵芝!"

　　于是在放学前,他们就把信交给了陈灵芝。朝云等到了灵芝家的司机来接,对司机说了一会儿话。

第二十三章

第二天早上,这几个孩子很早就来了,路生也很早。他们就问路生,校长打算怎么处理这件事?路生说,母亲昨晚回家比较晚,听她跟父亲讲,她明天一早要去陈灵芝家。那几个男生问:"会有什么结果呢?"路生摇摇头说他也不知道。

几个孩子很疑惑,唐文忠想知道事情的结果,很焦躁,邵伯韬和付林安慰他,叫他别性急。唐文忠有点没好气地说:"你们当然不急!你们就是东岸的!"贾生豪抓耳挠腮起来。

路生说:"文忠,快别这么说,我们既然是一起的,还分什么东岸西岸。

一上午的工夫,几个孩子一下课就碰头,大家都说既没看到李校长,也没看到陈灵芝来上学。

放学前,贾生豪气喘吁吁地跑来向大家汇报:那个东岸的大个子陈光达在校长室被李校长训话呢?

这天回家,路生想从母亲嘴里探听消息,但是母亲很严肃,没有对他多说一个字,他也不敢多问。

第二天早上,几个孩子一碰头,把各自看到的情况向大家"汇报":陈光达已经来了,陈灵芝还没有来。校长也没来,问了路生,也说不知道。

他们疑惑了。

第二十三章

路生说，还是到校门口去"蹲守"吧！他们总要先通过校门再进来的。

于是他们几个乘着还没上课，溜到了学校大门内的花坛背阴处躲起来，眼睛直对着校门瞅。

快要上课了，他们快快地站起身来，忽然校门口出现了一辆油漆光亮的轿车。"陈灵芝爸爸的车！"邵伯韬眼尖，立刻发现了。紧接着他们看到车上下来几个人，一个是陈灵芝的爸爸陈县长，一个是丫鬟模样的姑娘，对！陈灵芝叫她保姆。这保姆抱着灵芝跟在陈县长身后。然而，车上还下来了另一个人，一个美丽的成年女人——这不是路生的母亲吗？只见她从另一个车门下来，陈县长等了一下她，和她并排走在了一起。

他们两个谈笑风生地走进了校门，陈灵芝也进了校门。

"妈！你这是要干什么？"路生折断了一根树枝不解地自言自语。

"不会有猫腻吧？"贾生豪吞了一下口水说。

"先回去再说。"邵伯韬一挥手，示意大家回去了。

看着李校长带着县长朝校长室走去，几个男生也偷偷地溜回了教室。路生见唐文忠低着头，紧咬嘴唇，脸都有些变苍白了。但是老师过来了，来不及安慰他。

钟敲响了，已经是晨操时间了。

语溪高等小学所有的学生和老师都聚集到操场上。学生在极短的时间里把队伍站整齐。这几个男生刚刚去看过陈灵芝的教室，她有腿伤，被一个人留在了教室。那么他的县长爸爸呢？应该在校长室吧。他们几个都站在自己年级的队伍中，时不时地观望着难兄难弟们，贾生豪往邵伯韬和路生那边瞧，那憨包挤眉弄眼的样子引起了老师的注意，朝他不满地瞪了一眼。路生朝他使了个眼色，叫他看向司令台那边。唐文忠拧着眉头，看了看贾生豪——一副弄不明白的样子，又看了看路生、邵伯韬和付林他们，心事重重起来。路生不住地观望司令台那边，寻找母亲的身影。因为以往，这个时候，母亲都会站在司令台前和学校的教务长督查大家做操的情况。

不过今天，已经是做操的时间了，那个体操老师站在一边，没有喊口令，他的嘴巴紧闭，显出很严肃的样子。其他几个老师，也站在队伍的一边，正在悄悄地议论着什么，神态也是一本正经的模样。

忽然，各年级的学生都看见了校长正向司令台走过来，她旁边有两个人——一个西装笔挺的中年男子，领着一瘸一拐的陈灵芝。学生们大都不认识他，队伍中有些学生开始窃窃私语起来。有人说，那是陈灵芝的县长爸爸。于是这个消息迅速在学生队伍里传开去，学生们开始交头接耳起来。这几天的事情是大家都知道的，有人说陈灵芝的爸爸是来找人算账的吧，那个唐文忠要倒霉了！

李校长在队伍前站定，开始说话："同学们！今天晨操不做了。这几天学校里发生的事情相信大家都听说了，"校长一抬手介绍道，"这位就是陈灵芝的爸爸——陈县长！"

陈县长向大家鞠了一个躬，朝大家微微笑了一下，仍旧站在一边不说话。李校长继续说："陈灵芝同学受了伤，这里我们先不批评肇事者，我们先来说说事情的起因！"朝云校长清了下嗓子。

这时，人群里的唐文忠抬起眼睛，开始注视着司令台。他发现李校长今天更加平易近人，又特别耐心。他看到站在一旁的陈灵芝瞧着他爸爸，没想到那县长拍了拍女儿的肩膀，示意她认真听。这个中年人的神情也是和颜悦色的。唐文忠悬着的心开始放松下来，但仍旧目不转睛地看着台上的人。西面队伍中排在前头的贾生豪对唐文忠挤挤眼睛，他也没有发觉。

"要是没有同学想出要进行什么决战，灵芝就不会摔伤；但是，如果东岸同学平时注意友爱团结，我想也不会发生这样的事！"校长清了清嗓子，态度开始变得严肃，"所以，出主意的同学要向灵芝道歉，但是我们首先要让东岸的同学认识到自己的错误，接下来请东岸的代表上来向西岸同学道歉！向教育自己的老师们道歉！"

大个子陈光达不知什么时候已从队伍中走向司令台，全场几百个师生的目光齐刷刷向他看过去。只见他手里拿着一张纸，脸有些涨红，平时那骄横冷漠的眼神这时候变得有些玩世不恭，他朝人群里瞟了几眼，又朝县长（很多人都知道，那是他舅舅）望了望，只见陈县长皱了皱眉头，板着脸看着他。他只好头一低，撇了几下嘴，站到前面，似乎有些抵挡不住全场几百道火辣

第二十三章

辣的目光。他拿着纸,开始照着上面的字念:"运河水哺育……语溪人,东岸、西岸本一家……"

路生和邵伯韬听着,两个人对望了一下,禁不住扑哧笑出声来。路生心想:这个草包,不知道这个忏悔书是谁帮他写的?

"东岸有欺……欺负西岸者,我和……几个同学,蛮不讲理,辱骂驱……驱赶……致使西岸同学……奋而反……反抗,路生等学友想出最后'决战',导……导致……女生陈灵芝摔伤……"

忏悔书写得不错,可陈光达念得过于蹩脚,就像是一个口吃的人在上面表演,全场忍俊不禁。

"我和……人,欺辱西岸同学,辜负了老师、同学,还有校长,辜负大中华'平等、博爱'之先念……"

陈光达终于念完了,他朝全场的同学鞠了一个躬,又向校长和县长的方向鞠了一个躬,拿眼瞧着县长,只见陈县长对他瞟了几眼,面无表情。校长抬手,让他走入队伍里。

校长接下来说请蓝路生、邵伯韬等同学上来向陈灵芝道歉,但是被县长阻止了。

县长提高音量,似乎在向大家宣布一件重要的事情:"关于小女腿部受伤的事,本是由陈光达等东岸的学生引起。至于肇事的同学也写了一封言辞恳切的信来。就不予追究。"

唐文忠在下面听得明白,他想不到是这样的结果,这么多天的担心此时被陈灵芝父亲一句话轻轻带过。这么就算了吗?人家可是县长的女儿?他简直有点不相信自己的耳朵,但那的确是县长站在这里亲口说的。他想起做小摊贩的父母亲嘴里常说的"官老爷子哪顾老百姓死活啊!""当官的都不是什么好鸟!"他看看前面的县长,尽管西装笔挺,皮鞋锃亮,和老百姓显然有天壤之别,但是看上去那和善的表情总是有点可亲。他甚而觉得站在其父旁边的陈灵芝,也可爱起来,她不计前嫌地向着唐义忠的方向看过来,目光友善。

"我们——民国的政府——"县长拉起长调,仿佛他面对的是县公署的官员下属，"对民众是一视同仁的……不会区分什么东岸、西岸，请小朋友放心，以后不会再有被欺辱的事情发生！"仿佛看出学生已经会意，他又强调似的点了几下头。

朝云想：陈松周的这番表白也难能可贵，这民国好歹比清廷是要好了……

等陈松周讲完，朝云首先鼓起掌，于是下面的师生也鼓起了掌，陈县长又鞠了一躬，一切都是这么友善平和。

学生都排着队进教室了，陈灵芝班的老师，走过来向朝云问好，有些拘谨地向陈松周表达问候。陈松周礼貌地点了几下头。朝云示意她将陈灵芝领回教室。陈灵芝恋恋不舍地松开父亲的手臂，跟着老师走了。朝云说："陈县长，到我办公室坐坐！"陈松周有些神秘地对朝云说："正好有一件事要跟你讲。"这位县长态度十分亲昵。

一路上，县长也没忘记关心朝云，问了一些情况，比如："学校人事方面有棘手的事情吗？教育教学工作开展起来顺利吗？你个人对自己的薪金还满意吗？"

到了校长室，陈松周又说这办公室太狭窄了，里面的陈设也未免简单了点，可以申请学校行政会换间大的，再添置些新家具。朝云却说，这样即可，简单点就行。

陈松周看着朝云那磊落的谈吐、迷人的面颊，不觉有些叹为观止，心想：这样的女人毕竟不是谁都能拥有的啊！算蓝语桐那赤佬福气好，人家的心头好倒让他得去了！

朝云为他泡了杯茶，自己也泡了一杯。不过给他泡的茶叶是语桐存下来的十五年铁观音，自己的是杭白菊。

陈松周不解地问："为何喝这乡野村夫的菊花汤？"

"能祛火，喝习惯了。"

陈松周看着朝云淡定的神态，大摇其头。他啜了一口茶，大赞道："好茶呀！"随即问道："这茶有些年头了吧？"

当朝云说这是语桐家存了十多年的铁观音时，他听后，似乎要说什么，

第二十三章

神色有些暧昧，语带双关地说："老茶弥足珍贵，故人也一样令人难忘啊！"

朝云听出了端倪，心中在思忖，但不说话，而陈松周耐人寻味地看着她，目光很期待。朝云只好问："县长说的是……"

"我的那位顶戴花翎的省府上司庄锦轩先生，他很挂念你，向我问起你的情况！"作为语溪人的陈松周，不会没有听闻关于李朝云的事情。

陈松周说完这几句，见朝云蛾眉下眼波闪过几丝慌乱，嘴唇有些颤动，本来恬淡的脸色因为受了窘显出更可爱的红晕来，见她端起白瓷杯喝了一口菊花茶来掩饰。他心中有些好笑：这女人到底没忘记庄锦轩！

原来锦轩现在是浙江省军政厅厅长，手握重权，和陈松周算是越级的上下属关系，自从当年离开语溪，他就想方设法获取关于朝云母子的消息。中华民国成立后，他想回来看他们母子俩，但是人家一家人团聚在一起，自己出现反倒成了不速之客。因此，尽管思念心切，还是不敢再有冒犯之想。几年后，听说语溪成立了县公署，县知事就是陈松周。这陈松周当年在语溪做革命军统领时，就间接听从锦轩指挥。因为锦轩那时是分管浙江这一块，陈松周对锦轩历来有种近乎巴结的景仰之情。锦轩因为朝云，和他也走得很近。

陈松周把锦轩的近况详详细细地说给朝云听，不管朝云主观上要不要听。

说完，陈松周嘘嘘地吹了几口茶，又啜了几口，徐徐说来："庄厅长一直没有妻室，鄙人也是听他身边的人这样说……这几年鄙人做了本县的知事，邀请朝云女士做了高小的校长，庄部长很想过来看看，顺便也来看看……你的两个孩子。"

朝云坐在一旁，已觉脸红耳涨，听着大为不受用，但态度仍旧保持温和。此时，她才明白自己做这个校长跟庄锦轩脱不了干系。看着陈伪善的嘴脸，她现在真想立刻撂下这份差事走人，但显然是不合适了。让她更为敏感的是他说庄锦轩要来"看看两个孩子"，虽没有明说要来看看哪一个孩子，但是这已经击中了她的羞处和创伤了。她脸孔潮红，但是仍要装作镇定自若。

想了想，朝云只好说："让县长您多费心了！孩子们在我和语桐膝下成长，很知礼数，来看望的事情还是就此搁置吧！"

"哎，哪能这样说呢？怎么说他现在是省府厅长，你也得给我个面子是不?"

陈松周和蔼亲昵的脸上露出一种不爽快的神情,朝云不能再次拒绝。

朝云没有说话,头微微低下,脸色更红,仿佛受窘,陈松周爽朗地一笑,说:"当然!他来是不会影响你们的生活的!"

陈松周是个聪明人,知道这个话题不能持续太久。见朝云虽没有应允,便至少是默认了,便拿别的话题扯开了。当下课的钟声响起时,陈松周起身要走。朝云于是也起身要送他至校门口,他和蔼又亲切地叫她不必多礼了。随即,拿起礼帽和文明棍下楼去了。等他走远时,朝云关上办公室的门,想着刚才谈话的内容,伏在桌子上又羞又愤地哭起来!生命中那个人是甩不掉的!他又要来了!想到伤心的痛处,眼泪和哭声无法抑制。

这几年,随着两个儿女的长大,她和语桐的日子过得恬淡、平静,差不多把他忘却了。她要感谢语桐给她无微不至的关怀、体贴、呵护,显然,在她的心中,语桐摆在了最重要的位置。然而,一个女子的心灵往往有隐秘处,那个人是不是还藏在那最不能照见光亮的地方呢?有时连她自己也搞不清楚了。

但是,她很清楚的是庄锦轩在暗中帮他们,这层意思千万不能告诉语桐,要是他知道了怎么受得了。尽管自己也有些受不了这个事实,但是总比语桐知道要好。她发誓绝不告诉语桐。

第二十四章

语溪高等小学，东西两岸学生斗闹的风波过去了。东岸的男生也不敢猖狂了。

一天课间，路生正和邵伯韬、唐文忠等人在操场玩耍。

忽然，唐文忠发现了什么，对大家说："看！陈灵芝的爸爸！"大家随着他指的方向朝校门口看去：只见陈灵芝的县长爸爸和一个陌生男人正走进来，大家的目光都被这个人吸引住了。只见他身材魁梧，穿着军装，样子气派威武。陈灵芝的爸爸大家已经认识，他正指着路生、唐文忠他们这里，和那个人说着什么。

"哇！那个人是谁呀？这么威风！"贾生豪的嘴巴张成了一个圆。几个孩子望着这个高大的男人不禁充满了向往和好奇。

"文忠，他们不会再来找你算账的吧？！"路生打趣道。

唐文忠信以为真，又惊又惧，看他们朝着自己的方向过来，吓出了一身冷汗。邵伯韬安慰他说："不会吧，上次的事情不是已经过去了吗？"他疑惑地看着过来的两个人，他望见了那个人的脸，挺拔的鼻子，好看的嘴巴，像是察觉到什么，又看了看同伴路生的脸，不由得思忖起来。

"路生，他们是来找你的吧？"付林听到县长在说，"路生，路生。"他正用手指着路生的方向给陌生人看。

奔 Ben

唐文忠一看这情形，心中的疑惧解开了，放松下来。而路生则被眼前陌生男子的神采陶醉了，正仰着头，眯起眼睛瞧着他。嘿！他比我爸还好看！路生心想。

"蓝路生！你过来！"县长亲切地叫他，在离他们五六米远的地方停住了。路生和妹妹送灵芝回家过，所以他爸爸认识他。

"我？"路生丈二和尚摸不着头脑，挠了挠后脑勺，看着县长。

"路生！就叫你呢，你过来！"县长再一次亲切地叫他。

路生一副懵懂的样子，在贾生豪等人的推搡下，勉勉强强地走了过去。县长示意贾生豪等人返回原地。

路生这下不但看清了那个人的脸，还看出了他的神情，不知为什么，路生瞧着他，觉得好亲切！他有一张好看的宽宽的脸，那眉毛别提有多俊了，此时他看着自己，眼神里满含着欣喜，就这么定定地看了自己一分钟，他弯下腰来，蹲下来，还是那么高！竟然比站着的路生还要高，要知道路生在男孩子堆里也算高了。

"你就是路生？今年十二岁了，属蛇，是吗？"他关切地问，好有男子汉气概的声音！

路生更加疑惑了，问："你怎么知道我的年龄呢？"

"当然知道！我还知道你快出生的时候，你母亲还在大街上，你是在家门口的路上生的，所以叫'路生'，对吗？"他的态度亲切又和缓，话说得很慢，但是像是倾注了很大的感情，路生想不到他对自己这么了解。

"你是谁呀？"路生不禁问道。

"呵呵呵！"一旁的县长笑起来，假装批评路生，"怎么可以这么问呢？快叫他庄叔叔！"

路生没有叫，倒是被这两个成年人的态度弄晕了。

这位庄叔叔摸了摸他的脑袋，抚摸了他的脸，竟一把把他抱住了。路生不禁感到有些受宠若惊，他感到他的怀抱好结实好温暖，还闻到了他热热的气息和身上一种淡淡的烟草味。这烟草味，他是熟悉的，爷爷身上就有，但是这位庄叔叔的烟草味更加好闻。

第二十四章

他就这样紧紧地抱住路生，迟迟不肯放开，还用他的大脸亲路生的小脸，路生感到胡子糙糙的感觉，就像爸爸亲他一样。但是他一亲再亲，路生把脸扭向了一边。显然，路生害臊起来，他用力推开他，好一会儿，他才放开手。

路生想逃走，但是被他拉住了手，路生用力挣脱，他终于放开了手。

"妈！妈！"路生发现了下楼梯巡视的母亲，飞跑过去。朝云看到儿子慌里慌张地跑来，把他搂在身边。抬头看见楼前的两个人，怔住了，见两个人走过来了。她回过神来，拉起儿子返身上楼。这时，上课的钟声也响，操场上的学生陆续返回了教室。但是路生仍被母亲紧紧拉住手。

"云妹！"他们已经走到楼下，看着朝云的背影锦轩深情地喊道。

朝云在楼梯上立定了一会儿，背对着他们，没有回转身。陈松周见状，忙劝道："朝云啊，切不可这样，庄公千里迢迢来看你和路生，就不能上楼让他坐一会儿吗？"

这时，路生甩着母亲的手问："妈！他是谁？"朝云看着少不更事的路生，眼泪上来了，仿佛是从心湖的那一汪深潭里流出来的。她头也不回，却甩下了一句话："要说什么，尽管在这儿说。"

陈松周望着跑来跑去的学生，又望了望旁边的教师办公室，半命令道："这儿不方便吧！我做个主，去你的办公室！"

朝云本来想说"没什么方便不方便的"，但毕竟碍着陈的情面，没有说气话，她示意儿子回教室去，自己去了办公室。

陈松周朝锦轩做了个走的手势，一个人悄悄地走到校门口去了。锦轩上楼去了。路生并没有回教室，而是躲在母亲办公室门外，偷听两个成年人的谈话。随之，几个同伴也上来了。

门虚掩着，母亲的声音冷若冰霜："我跟你有什么好说的？"

不知为什么，这位庄叔叔看上去要多威风就有多威风，可是他见了母亲怎么显得这样弱小呢？他的声音近乎哀求："云妹！我一直念着你……见一面也好啊……"

这是什么意思呢？路生头皮有些发热，心情毛躁起来。

"你以后不要再来了！"又是母亲拒绝的声音。

"可是……路生是我们俩的孩子啊!"

什么?路生的脑袋嗡一下,顿时不知道东南西北了。怎么我就成了他的孩子了?我不是父亲的儿子吗?路生的脑子里乱哄哄的。

"还要你干什么?语桐待他很好,他是我们俩的孩子!"是母亲的声音。

里面的谈话还在继续,路生只觉自己满脸满头都是汗,今天的太阳分外毒辣,他只觉得脑袋生疼,失去了平时的教养。他用力推开虚掩的门,门撞墙壁发出咚的声音,随着他大声呼喊:"我是我爸的儿子——你说我是不是我爸的儿子?"

这下里面的两个大人看着这突如其来的一幕,惊呆了。朝云看着儿子气咻咻地冲自己大喊,责怪自己疏忽隔墙有耳。

"路生!"锦轩叫他,"听爸爸给你解释!"

"谁是你儿子?谁要你解释?呜呜呜——"路生哭喊起来,"你们大人都是骗子!"说着扭头跑了。

"路生!"

"路生!"

朝云追了出去,锦轩也悄悄地出去了,还有贾生豪、邵伯韬等也跟着跑了出去。

只见路生一路飞奔,跑过教学楼,跑过操场,今天的校门竟然没关上,他冲了出去。县长在门口向里面不时地张望,路生听不见他叫了他一下,一个人径直冲到前面新栽的林子里。在一棵树前停住,手不停地折断树枝,一边哭,一边嘴里喃喃地咒骂。

这时,贾生豪、邵伯韬已跑至跟前,贾生豪上气不接下气地说:"哇!路……路生,你好……好气派!这个……这个男人居然是你爹……你爹啊!"

"是啊,真是想不到!"邵伯韬也这么说。

路生没好气地说:"谁说的,谁说他是我爹?谁要是这么说我就跟谁急!"

"不是他自己说的吗?"贾生豪还真有点不知趣。

"你再说!?咱们恩断义绝!"路生急了,鼻涕眼泪都出来了,高高地举

第二十四章

起树枝条要打贾生豪，忙被邵伯韬劝住了。大家平常所见路生都是彬彬有礼，温文尔雅，从没见过他这么急躁和愤怒，付林和唐文忠忙表态，他俩不会这么说，另外两个忙知趣地站在一旁附和着。

正当路生十分气馁和悲伤地站在那里，他母亲过来，拉着他的手臂往校门内拉。母亲什么时候变得如此强壮，使路生的手臂生疼。

锦轩站在后面，担心又忧伤，想过去亲近他也是不可能的，路生明显是受了刺激。邵伯韬他们几人看到这个原本面容威仪的男人被路生的态度弄得不知所措，他们心中油然而生许多话题，但是现在路生这个情况，他们只能面面相觑。

路生被母亲拉着，趔趔趄趄走了几步，发现生父在后面。他哭红的眼十分仇视地瞪着他，就这么目不转睛地瞪着他，直到被母亲拉走，生父从自己的视线消失，不然他是会一直瞪着他，哪怕是看着生父那么哀求和充满伤痕的眼睛也好，仿佛能从那里找到童年内心的隐惧和悲伤的源头。是的，路生从小可以说被父亲宠上了天，爷爷也很爱他，可是他间歇地听到仆人的片言只语，大抵是他不是父亲亲生的，仆人说老爷少爷这么爱他，这孩子还真有福气。每当这时，他心中充满忧伤，就去问父亲、爷爷，有好几次，他们都说，你不是我们亲生的，那你是哪儿来的呢？他打消了顾虑。这些问题，他没敢问母亲，也没敢问舅舅。母亲对他的爱是深沉的，但外表看起来，严厉了点。母亲也听见过仆人说这些话，但她并没有去安慰路生，而是只当没听见。这个时候，路生看她时，她往往不让他看见自己的神情。而舅舅，对人向来是宽厚仁慈的，但是显然对他也是严厉的，尤其喜欢当着父亲或爷爷的面呵喝他，甚至呵斥他。

现在，他明白了真相，找到了童年心理阴影的祸首——就是眼前这个男人，他的生父。路生觉得乾坤被扭转了，他该怎样再和男孩们相处，怎么抬得起头来。显然，邵伯韬他们几个人现在也懵了。

陈松周看到这些情况，约略知道了事情的大概，忙劝慰道："朝云呀！孩子还小，随他去吧！"

朝云有些焦头烂额，顾不上跟陈松周周旋，转回头，喊了其他几个男孩上课去，就拉着儿子直往大楼走去。

陈松周走到锦轩跟前，看了看他的脸色，转而叹了一口气说："孩子也是迟早要知道的啊！"

锦轩在语溪待了三天，回杭州之前，陈又带着他到高等小学门口伫立良久，这次他没有进去，只是远远地看着操场上活蹦乱跳的孩子出神。

后来陈就把他一路护送到了省府杭州。锦轩自己也有专人送，只是陈松周要用自己的车送他。

那天，路生迟迟不肯回家，在路上耽搁了很久，家里人已经沿路找来了。找到时，夜色已经笼罩了，他一个人在运河滩上用碎石片打击水面削出水花。

被管家拉回家吃饭，看见才从厂子里回来的父亲，劈头就问："你说！你是不是我亲爹？"朝云要去打他，他不管不顾，仍旧反复叫嚷："你是不是我亲爹？是不是？"庭风铁青着脸，无比严厉地看着他。

语桐看着孩子一反往日的亲近和调皮，不由得怔住了，良久，他反问孩子："你说，我是不是你亲爹？"

路生态度非常强硬，尖声叫嚣："我问你呀！"

"啪！"话还没说完，早被朝云狠狠地一巴掌打过去，又被庭风一把提到里间去了。

在里间，他继续哭闹。好一会儿，哭累了，靠在椅子上谁也不理。

庭风看他乏了，问他："想不想知道实情？"

他看看庭风，并不马上说话，像剩下最后一点力气了，吐了口气，说："你说我爹怎么不是亲爹啦？"

"舅舅告诉你！"庭风想这事迟早被他知道的，还不如早点告诉他。现在告诉他，也许正是时候。

庭风把他母亲和庄锦轩怎样打小认识，互定终生，到庄李两家流离南方、庄锦轩为了他的事业出走而几次三番没和他母亲结成婚的事，还有语桐怎样不计前嫌娶她过门的经过说了个清清楚楚。他尤其把语桐始终钟情于他母亲，顶住各种压力和肚子里怀有孩子的母亲结婚的事说得很动情。

路生听着听着，抬起头说："那孩子就是我喽？"

第二十四章

庭风点点头,语重心长地说:"是呀!孩子,咱们不能忘记你父亲的好啊,你母亲,舅舅我,我们李家要是没有蓝家,当初可是连个容身之地也没有啊!"

庭风目光望着远处,仿佛在深深地思索,过了一会儿,他又说:"你说你父亲、爷爷,待你好不好?有没有把你当亲儿子、亲孙子看……你不能因为你不是他亲生的,就一概否定了他们对你的好呀!"

路生眼泪又上来了,泪眼婆娑中,看见语桐从门里向他轻轻地走过来,走到他跟前。他摸着他的头。

"爸爸!"他抬起头,双眼望着语桐,谁也不能直视这双眼里所包含的感情。语桐把他紧紧地搂在了怀里。

路生后来告诉父亲,庄锦轩来找过母亲了,是县长陪着他来的。语桐知道后心里很不受用,他发觉这段时间,朝云总是心事重重的样子。有一天晚上,睡到半夜,语桐发现朝云头埋在被子里,背脊一起一伏,原来她在哭!他想到了路生说的事!他就紧紧地抱住妻子不松手。

忽然有一个决定在他脑海里生成了。

第二天,语桐骑着已经脱了光泽的自行车来到县公署,看门人认识他,知道他是蓝家的二公子,而且也知道蓝家现在是落魄了。看门的开始揶揄他,说:"你不是蓝二公子吗?不住大人的祥门,怎么有空到我们县里来?"语桐没心情跟他一般见识,就说要找人,他呛了呛声,说道:"你们蓝家现在县里有人吗?"语桐说:"找你们县长,怎么,不可以吗?他可是我的故人!先前做生意,他还得跟在我屁股后头!现在连他门前的狗腿也跟我吆三喝四起来!"语桐一把推开他,那家伙是个吃硬不吃软的孬种,看语桐这样强硬,又冲着他说的话,在地上啐了一口,眼睁着让他进去了。

办公楼装潢得很考究,语桐径直来到二楼东面,见上面写着"县知事办公室",门是虚掩的,里面并没有人。语桐想:好好的白天他都不在这里办公,此人投机取巧素有来历,姑且等他一等。

语桐看见陈松周的办公室装修得很气派,办公桌、柜子、椅子,都是成套的，看得出都用上等的黄花梨做的，只是做工不太精致，细节处露了马脚。想是叫本地人做的，本地是找不到做好家具的木匠师傅的。这屋顶的灯想必是进口的水晶灯吧，外面是个阴天，不过这屋子却被照得晶莹透亮，华光璀璨。

等了好一会儿，忽然进来一个人，语桐一看发现正是陈松周。陈也发现了语桐。

"蓝语桐！你怎么来了！"陈松周看到昔日生意场上的宿敌，惊讶之余，又分外得意起来。

"是我！"语桐站起来对他说。

"坐！你坐！"陈松周轻松地做了个手势，摆出县长的架势，走到办公桌前，一屁股坐在办公椅上，微仰起脸故作姿态地说，"找我有事？"

"是有事找你！"很明显，语桐用的是"你"，不是"您"，但他还是先说了几句客套话，"朝云和我承蒙你关照！"

陈松周摆摆手，做出很想继续听下文的样子。

语桐就说："朝云和我，现在各做自己的事业，很安心！希望不要被打扰！"

陈夸张地皱了皱眉，直接问："你指谁？"

"你应该知道！"语桐反击道，语气硬起来。

"庄公是吧？蓝语桐，别忘了，没有他，你们蓝家还想在这民国的语溪混得如此安生？"陈松周语气急转直下。

"什么？"语桐有些懵了。

"蓝语桐，我陈某人是做过对不起你们蓝家的事，但那也是历史规律，要我良心偿还也得看看给谁烧高香！"陈松周仿佛故意要露出投机者的狡猾，"没有庄公的话我干吗要对你们蓝家这么好！"陈松周述说了他这几年对朝云、语桐的照顾之事。

语桐更是迷糊了，他没想到朝云能被聘去做小学校长，家里的厂子能顺利开起来，都是庄锦轩在背后的原因。他又羞又愤，对陈说："我们不用他说话，朝云不想见到他！"

陈看到语桐自尊心受伤的样子，心里幸灾乐祸得很，脸上却还要摆出一

第二十四章

副和颜悦色的面容,劝慰道:"语桐,你我也算是多年的老朋友了,识时务者为俊杰!现在是民国的天下,庄公在杭州当大官,他要帮你们,岂可不领情?他和朝云宿缘已久,他要来看她,我好拦他?"

"你放屁!"语桐又急又怒,骂道:"姓陈的,我和朝云情投意合,要你多管闲事!"

陈松周这下变了脸,作出一副义正词严的样子训斥道:"蓝语桐,你别敬酒不吃吃罚酒,这语溪城里都知道你替庄公养着儿子呐!"

"你……"语桐平时是很少听到这样的冷嘲热讽的,今天是头一次,毕竟有些受不了,但是他想了个主意,强压住了自己的怒气,语桐对陈说:"我可以容忍他来看路生,但是请你把他的电话告诉我,我要跟他说话。"语桐说这番话并没有多少恳求,而是不容置疑地要请陈松周答应。

陈松周很惊疑,但是仍旧说:"笑话!庄公的电话我干吗要告诉你!"

语桐忽然操起一把陈办公桌上一把修指甲的剪刀对准他的喉咙道:"你给不给?不给我戳了你!"

陈被逼得没办法,只得报了一个电话号码。语桐命令他马上拨这个电话。陈就拨了这个号码,语桐继续拿剪刀对着他,不一会儿,电话那头通了,传来一个男人浑厚的嗓音,语桐一听果然是庄锦轩。语桐就命令陈:"快对他说,以后不要再来骚扰朝云了!"

陈是个异常狡猾的人,这样得罪上司的话他不会轻易说出口的。忽然他佯装门口进来一个人,语桐分了分神,陈一把缴下语桐手里的剪刀,把它丢在了门外,他大喊一声:"来人啊!"几个警卫听到响动,跑了进来,一下子把语桐反揪起来。

"蓝语桐!我看你今天怎么收场?"陈松周说。

语桐根本没想到陈这么狡猾,怒骂道:"姓陈的,你行!"

几个警卫问陈松周,是否把这个人带到警卫处。陈刚想说带去,忽听到电话里响起锦轩的声音。原来电话还没有挂断。陈松周拿起电话一听,知道电话那头都听见了刚才的声音。锦轩听到了语桐的声音,也听到了陈高声叫语桐的名字。陈只能把情况如实地对锦轩说了。锦轩问,语桐人呢?陈说,被警卫抓起来了。锦轩说那还是放了吧，让他到电话这头来，我要跟他说话。

警卫还揪着语桐，他们还在陈的办公室门口，等待陈的命令。陈和锦轩说的话，语桐听得清清楚楚，他本以为闹到这地步只能听陈处置了。却不想陈跟锦轩说完话就令警卫把他放了。

"蓝语桐，今天你运气！"陈有点悻悻然，"蓝语桐你过来，我们庄公要跟你讲话呢！"

语桐没想到电话那头锦轩把事情摆平了。他只好拿起电话，那一头传来锦轩关切的声音："是你吗？语桐？"

"是我！"语桐心绪未定，他本来想冲口就说："我家的事不用你管，朝云你也别来烦！"但教养让他耐住了性子。

电话那头言辞恳切，锦轩的声音很沉很低，也很慢："陈县长已经把事情跟我说了，至于你和朝云工作的事，你放心，其实和我无关；我以后也不会来打扰她；至于路生，我还会来看他的！"

"语桐……"声声句句，可以想象那头那个人焦虑诚恳的脸。

语桐没有说话，而是把电话慢慢地挂了。

他知道陈没那么好心，锦轩说无关，那也是怕他自尊心受不了。从县公署平安出来，他没多想自己受屈，只是想到朝云要是知道了这件事怎么承受得住。他思来想去，觉得还是不要让朝云知道实情好。

语桐自始至终都没跟锦轩说一句话，但是锦轩的态度让他感到无地自容，而且庄锦轩的坦诚也让他内心难堪。在这样的境遇下，他非但不能让朝云享受到好的生活，现实里的一切——自己生意的开展和朝云能独立做事，竟然仰仗的是他庄锦轩。自己少说也是留过洋的，但在现实的遭遇面前，如此软弱无力。面对庄锦轩，他无话可说，而朝云多么喜欢现在做的这份工作，她是个要强的女人，她要是知道了，恐怕也是受不了的。想到这里，他只有忍下这万般的难堪，继续波澜不惊地过日子，让朝云心安理得地从事她喜爱的事业。

然而，他有所不知，朝云的想法和他一样，夫妻俩都为着对方隐瞒着实情。

第二十五章

那天得知自己的身世，路生很晚才被家人找到。之前，他一个人在城里闲逛。走啊，走啊，竟然走到了县长的官邸门口。他看见陈灵芝正在铁门里追着一只卷毛狗玩。

显然，她腿上的伤已经好了。前段时间，路生他们几个男生把她照顾得很好，吃饭，帮送饭菜；走楼梯，背着上下；只有上厕所，得请美莹和几个女生扶去。大家发现她这段时间，特别开心。她本来就是一孤独的贵族小姐，家里给她灌输的所谓淑女思想让她变成了一个小木偶。现在几个男孩和美莹，和她来了个非常接触，把她小小的心扉打开了。她放下架了，体会到做一个普通小女孩的快乐。她尤其信任路生和美莹，把美莹当作好朋友，对路生，心里产生了依赖。

这时候，灵芝发现了铁门外的路生，她不再管那条活蹦乱跳的小狗，叫佣人开了门，扎着漂亮蝴蝶结的两条辫子飞舞着，跑了出来。

路生心中很苦恼，那几个男孩非但不理解他的心情，反而引以为傲（因为路生的亲爹原来是这么厉害的人，那么他们几个自然而然也沾了光）。

陈灵芝毕竟是县长的女儿，她乖巧温顺，细声细气地叫他路生哥哥，路生心中好生温暖。两个人在门外说了好一会儿悄悄话。

"小姐，老爷叫你吃饭了！"女佣叫道。

奔 *Ben*

灵芝拉拉路生的手，依依不舍地说："路生哥哥，你明天再来啊！"

她进去了，路生还不想回家。他就一路闲逛，一直逛到了运河边。是陈年最后找到了他，陈年对他说："如果你今天不回去，你舅舅让你以后永远不要回祥门了！"他这才回了家。

以后的那些日子里，自己的身世被很多同龄人知道。在此之前，母亲是他童年恬梦里最温暖安适的依靠，一切梦幻的底色，是所有希冀和憧憬的力量源泉，母亲就是他的权威。但是现在改变了，他虽然嘴里没有抵触母亲，但是在心里开始质疑母亲所说的话所做的事。他发现自己的内心开始不依赖任何人。

路生读完了高小，语溪城里此时已经开办一所语溪中学。路生和同伴们，还有陈灵芝，都进入到语溪中学念书。美莹到了年龄后，也去了。

中学有五年，等读完了五年，路生在家歇学了一年，此时他已经是一位十八岁的青年了。

从读中学起，路生就经常读一些时事报纸，获知一些消息。这些报纸，有的是语溪本地的小报，有些却是托去上海的父亲和陈年买来的。路生就从中得到了好多信息。

一天，路生和邵伯韬、唐文忠几个青年在一起看这几天的报纸。几个人似乎同时看到了这条消息：北京大学春季入学考试，欢迎全国优秀青年前来求学。入学考试时间：公历一九二五年五月一日，全国各地都可应考。

"太好了！太好了！"路生开心地叫起来，把报纸丢在半空，跑出了花园，从东门一直跑到运河滩上，其他几个人也开心地跑了出来。顿时，面对每天看厌的运河，也觉得可亲起来。

"这河通向北京呐！"路生欢叫着。

"从这儿去能到达北京吗？"唐文忠疑惑地说。

"傻瓜！要去也是乘火车去，上海已经修了铁路了！"邵伯韬纠正他。

"我父亲坐过这种车！"路生于是说起语桐乘火车去的经历。

三个人为有朝一日能离开家乡去到北京而兴奋不已。但是邵伯韬不无忧虑地说："文忠，你的成绩……行吗？"路生也皱起了眉头。他们三人，路生

第二十五章

和邵伯韬两人在学业上绝没问题，然而唐文忠在这方面逊色了点，想要考上北大这样的一流学堂，还差那么一段距离。

"不上北大也行，北京总有别的学堂吧？"唐文忠去意坚决。三人相约这段时间好好看书，到时候一起去。

几个人愉快地分别了。路生心里很兴奋，他要把自己想到北京求学的事情对母亲说，母亲不是常说男儿要有志向嘛，这次要是能到母亲的出生地——京城去求学，母亲一定会感到高兴的。他很振奋，对中华故都——北京他早已神往，又听舅舅讲过李家和生父家的历史。是的，他要去探寻，寻找他生命的源头（这一点他是连母亲也不告诉的）！

他要去北京！

正当他把这个消息告诉母亲时，却得到三个字：不能去！

朝云自有她的想法。自古京城就是一个纷纷扰扰的地方，她不想儿子有闪失，还有更深一层的原因，她不想对儿子讲。

"您不是常对我说男儿要有担当吗？我这是去求学，完成学业才能有更好的担当！"有一天，儿子对她说。

"可是你也可以去上海读书，北京你不能去！"

"我有自主权！我是男人！你别横加干涉了！"母子俩互相瞪视着，儿子终于说出他本不想说的话，"当年，姓庄的走了，你为什么不跟他走？因为你是个女流！"儿子说罢，摔门而去！

朝云听到儿子这几句话，气得差点晕过去，她想把儿子喝住喊回来，但已哑然失声，她一下子瘫倒在椅子上，眼泪顺着脸颊流下来。儿子显然已经有自己的思想，自己是无法阻挡了。那么他要去北京，涉足自己那块感情的禁区吗？他会的！

路生这一下摔门而去，径直沿着运河滩向南朝县城走去。江南的四月，烟雨蒙蒙，天空一片湿气，路生就这么走着，任凭雨雾打湿他的头发、衣衫。运河水涨了许多，泛着浑水，从附近小河巷漂过来的浮萍、水草类植物正在那里随波荡漾。对岸的晨钟响了。又是这样的钟声，每天早晚从运河那边敲过来，当当当——当当当——仿佛人生就是这样单调乏味地重复，就是这样无止境地循环。而这样的运河，他也亲近了几千几万遍，任凭怎样恶劣的天气，怎样多的船只经过，于它，也只是一些小波澜。是的，它不是东海，不是长江，不是黄河！一条几十米宽的河，任何时代的变迁，都激不起大波澜。这寺庙，这钟响寺下的家，这四周围从小见惯的桑树林、菊花地，以及田地里那些忍耐、苦涩的褐色的脸，这些东西，他是想摆脱的，是的，一定要远远地离开！

不知不觉他已走进了县城，还是这样，几条街道，弯弯曲曲的巷子。他经过县长官邸时，灵芝的女佣看见了他，对他说她家小姐正要见他。他就对女佣说，让灵芝到小茶楼来喝茶吧。

福来小茶楼就在崇华桥边上，路生走了一会儿就到了。县城里先前的茶馆，茶点比较简单，顾客都是些中老年人，装饰也比较粗犷。而这间民国初年开业的福来茶楼，装饰上比较讲究，茶种也丰富了些，吸引小县城里那些有钱有闲的年轻小姐公子来光顾。路生偶尔也去过那里几次，都是灵芝叫他去的。

路生进去时，看见有穿着考究长衫的公子和打扮时髦的小姐在那儿，男的在那儿高声谈笑，女的则在一旁低声巧笑。路生要了个包间，点了个茶，坐下来。

雨下了起来，击打着茶楼的瓦片，唱着一首古老的歌。路生望向窗外，见那大街上迷迷蒙蒙一片，那小饭馆门外砌着的炉灶里正冒着腾腾的热气，炉灶上面的大堂锅里正炖着酥羊肉，这是本地的美味，选用本地产的湖羊做原材料。有点家底的人除了夏季不大吃羊肉，秋冬和初春都要吃羊肉，特别是那乡下小地主的美食。这小饭馆里的酥羊肉通常是卖给那些好吃懒做的光棍汉的，因为大多数人家要吃羊肉都是向乡下人买了在家里杀、煮、烹的。路生家里也烧羊肉，曾经在蓝府，他见识过全羊宴……爷爷，父亲，都爱吃，舅舅也爱上了这个味道，但母亲不爱吃，路生也不爱吃，他闻不惯那股膻味儿。他的同伴邵伯韬、付林家里家底不错，有时烧羊肉，家长叫上路生去吃。但是他就是去凑凑热闹，并不吃。

小城，就是这样，有桑叶的青涩味，菊花的药料气，还有羊肉的膻味。

第二十五章

这里的世界是被动的,风起云涌的时代于这里的影响也是有的,但是时代之龙首龙身不在这里,最多是龙尾扫过或者它掉落的鳞片滑落。小城就是每天循着上一代人或大地方过去时候的生活方式作息,因为外面世界的大变更而做出了局部的小变更,也产出一些杰出的人物,但都要走到外面,要依托外面发达的社会生态网做出成绩。但小城自己,还是一个戏曲里走小碎步的花旦,慢慢悠悠地走着自己的小步子。

路生沉思着,忽然门开了,他闻到一阵香气。

是灵芝来了。

路生看过去,只见灵芝穿了件洋绸纱的粉底花纹新式旗袍,搭了一个乳白色的毛绒披肩,拎了一个手提包,那包上镶满了缀饰。尤其隆重的是她的头发,烫成时新的波浪形,顶部别了一个漂亮的水晶蝴蝶发夹。

"下雨天,穿成这样!"路生给她叫了一杯她爱喝的茉莉花茶。

听路生这么说,她抿嘴笑笑,问路生:"今天怎么请我喝茶?"

说着,她把披肩递给路生,路生没有回答她,接过披肩,把它放在一旁的衣帽架上。

"你怎么过来的?"路生问。

"我爸的车——司机送我来的!"她一仰头,细白的手撂了撂前额的头发。瞥见路生的羊毛马夹上全是湿迹,她就关切地问:"你走来的?没带伞吗?怎么也不雇辆车?"说着从手提包里拿出手绢要替路生擦。路生拦住了她,说没事的。

灵芝见他神色忧郁,又有些着急地问:"出了什么事呢?"

路生定定地看了看她,心想:这女孩子长大了个个都像待嫁的女人!打扮得那么累赘。这时,茶来了,路生轻描淡写地说:"没事。我们喝茶吧!"他收拾起自己的不太爽利的神情,开始面带微笑。

他和灵芝的谈话,从不涉及自己的理想和志向,跟她不能谈这方面的内容,她无暇顾及,她也不太懂。她的琴棋书画学得不算好,难得会拿起几样来自娱一下。新思潮新风尚也吹拂到这江南的小县城,但是却让她学会了穿怎样最时新的旗袍,烫怎样新式的发型,以便可以和那些上海女人媲美(她是有机会到上海去的，因为她有一个好爸爸）。她最渴望的是路生能带着赞许的目光看她，那样会让她觉得自己是他心里最重要的人，会让她感到他是爱她的。她心里最美的愿望是在年纪恰好的时候和路生结婚，两人过上在县城里最优越的生活。这样的丈夫，这样的生活（虽然现在蓝家住在钟响寺下，哪怕她嫁过去以后，暂时没有自己家的房子。但这些，她是不去想的。再说，她家也不是一般人家），可以让她在很多同龄的女子面前自豪。

看着茶馆里和灵芝一样打扮时髦、养尊处优的年轻女子，路生不由得想：这样女子解放的时代里，有没有一个和自己志同道合的女子呢？就像母亲那样独立的女人呢？他又想到母亲，其实，母亲是个怎样的女人他心里很清楚。她独立自主的处事方式和人生态度永远影响着他，感染着他。他是希望见到一个有志向的女子的。

多年以后，他回想起这个清冷的雨天，都会彻悟般地笑一笑。是的，这一天，于他的人生是一种顿悟，这一天，他和过去的生活作了一个告别，这一天他寻求理想生活的愿望来得那么强烈！想起远在他方的京城，他的内心升腾起怎样热烈的希望啊！

入学考试那天，他偷偷地和邵伯韬一块儿去应考。半个月后，公布录取名单，他和邵伯韬居然双双被北大录取。唐文忠也为他们开心，三个人开始筹划未来。他们相约五月底，去北京报到。

当路生的录取通知书寄到家里时，大家都有些意想不到。支持他的，只有父亲语桐。在路生得知自己的身世以后，语桐跟儿子讲话都很小心，因为担心他心里有想法。现在，路生长大了，想要去北京读大学，他也无保留地支持。但是父亲说话比较委婉，他不想使母亲不快活。

日子离公历六月五日北大报到的日子越来越近，母子俩对求学的立场还是不一致。朝云想对儿子动之以情，晓之以理，但是找不到机会跟他说。朝云在家的时候，他就出去，要么把自己关在屋子里。

一天早上，朝云在，路生也在。望着儿子绷紧的脸，她想开口，但是儿子看了看她，先说话了："您不用跟我再讲！我去意已决，再讲也没有用！"

第二十五章

　　说着走出前厅的大门,给母亲一个决然的背影。这时,花园外太阳已经升起,朝云看见灿烂霞光中儿子高大的身影,长叹一口气,终于明白自己不能左右儿子的命运了——他已然是一个有追求有理想的青年了!

　　世上最可贵的是年轻的心,它们只是纯粹,只是向望可以翱翔的澄澈蓝天。世上最令人羡慕的是青年人,他们有憧憬的心灵和飞翔的本领。

第二十六章

路生终于去北京了!

同去的有邵伯韬和唐文忠,他们是从嘉兴乘轮船到上海,再从上海乘一列火车到的北京。尽管时局动荡,但时代在发展,时代发展的好处是有了先进的交通工具,比如汽车、轮船、火车。到嘉兴很近,本来语桐想开车送他们去,但是路生不让,坚决要自己去。于是路生家和邵、唐两家都在运河的河埠头送自己孩子上路。送行的还贾生豪、付林和陈灵芝。

天空下着小雨,雨中的一切都是熟悉的。这千古流淌的运河,这岸上的小城,钟响寺下的庄园,那对岸传来钟声的寺庙,都在雨中静默着。雨下着,一切都潮润润的,路生的眼里也潮润润的。他们三个下了船,看着岸上送行的亲人,壮志在心,却难免眷恋。

路生望望母亲,见她原来美丽、平静的脸庞憔悴了不少,但是依旧保持镇定的样子,眼神一刻也没离开过他。路生的心急剧地抽搐了一下。

付林和贾生豪挥着手,向三位昔日的同伴告别。

灵芝挥着手绢,眼睛只望着路生,随着船的离去,她越来越伤心。路生没有忽略她,朝她摆着手,不知是挥手道别还是摇手示意她别哭。

邵伯韬朝美莹用力挥挥手,说:"到北京来读书啊!"

美莹居然伤心起来,她用力点点头,把脚一跺,孩子气地嘟起了嘴,眼

第二十六章

望着他，到现在，她才知道她也是舍不得他的了。而邵伯韬这时却望着她笑了，使她又懊恼又难为情起来。唐文忠也难受，他多么希望美莹能多看他几眼。

路生最后望着母亲、父亲，深深鞠了一躬。他忽而转过身，泪眼遥望起北方来……

三个人从上海乘火车去北京。到上海那天是五月三十日。

在上海码头，他们看到了一个不一样的世界。他们第一次到上海这种大城市，以为自己出生的小县城只是个水洼，只有这里才是汪洋大海。这里是真的汪洋大海——那是人潮的汪洋大海，无数的人流，无数的旗帜、横幅，震天的口号，路生简直怀疑自己以前是不是生活在另一个星球上。只见那横幅上写着"顾正红不白死，工人弟兄联合起来""各界总工会示威"等字样。

他们的口号声一阵一阵压过来，路生说："这顾正红是谁？"

文忠说："应该是一个英雄好汉吧？"

"我们小心，别被冲散了。"伯韬说，"我们还是快点走条隐蔽的小路吧，你们看，那里有外国人拿枪对着他们呢！"

路生和文忠也很快发现了这样的情景，路生正要驻足观看，伯韬已经发现了一条小弄，推搡着让另外两个进去了。在小弄里走不多远，就听见枪响。

"打死人了吗？"

"一定的……好险呐！"

路生圆睁着眼，抬头望着天，倾听着。从上海到北京的火车上，他还在一遍又一遍地想这个事情。

两天两夜后，三人到达北京。出了北京站，倒没有上海那些人潮。走在老街上，却是非一般的宁静。阳光明艳，空气干燥，完全没有家乡的水光潋滟，雨雾蒙蒙。路生从来没有呼吸过这么洁净干爽的空气，觉得这京城到底是个好地方。他看到了牌楼、钟楼、长长的摆满摊位的大街，街边四合院的红色平房，还有临街那一棵棵有上百年树龄的大树。北京人说这是槐树。路生想起家乡的桑树，想这京城到底不一样，树都这么气派！

奔 Ben

北京真的很静，也很细微，只见那些巷口的槐树上挂着许多稀奇的小玩意儿，一些精致的老虎头小鞋子系着小铃铛，还有小孩戴的虎头帽子插着彩色的羽毛，要么是一些女人的东西，头巾、围巾，都编织得很好看很花哨。

那边一棵大槐树下有两个女孩子，都穿着较厚的棉袍子，使青春的体形不那么分外明显，一个是淡紫色，一个是嫩绿色，像两朵含苞待放的雏菊，散发着淡淡的芬芳。淡紫色的女孩腮边各竖着一个长辫子，那头发实在是好看，黑亮不说，还特别柔顺服帖地搭在胸前，她朝另一个女孩子转过脸来。路生完全看见了她，一张可爱的圆脸，玲珑的双眼和红润的肤色，不知怎么让他想起了母亲的脸。她对女伴说着什么，她手里正拿着那些小玩意儿，显然有些爱不释手。忽然，她看到一个陌生男孩这么目不转睛地看她，不由得红了脸，不自在起来。她的女伴也看到了路生他们三人，两个人悄悄地说了几句话，拉起手走了。她们撒下一串银铃似的笑声，那轻盈、敏捷的运作，就像两只欢快的小鹿。那个似曾相识的女孩子的容颜便留在了路生的脑海里。

路生经历了上海的人潮，北京老街的宁静绮丽，又想起家乡的局促，他想：也许一个地方和一个地方不一样吧！正疑惑间，他们走在了通往北大的路上。不一会儿，也传来了震天响的口号声，也看见了一条条横幅，只见最前方的一条上写着"五卅死难烈士千古"的大字。

路生遂想起三十日那天在上海的枪声，心中正疑惑着，前方的队伍过来了，看上去都是青年学生。一个学长模样的男青年停下来问他们是不是到北大报到的新生。他们三人连忙说是。这位学长说："你们不知道上海的事情吧？上海五卅惨案死了不少人，外国人还打死了好几个青年学生！"

文忠说："好险呐，我们差点儿看见了呢？"学长问怎么回事，伯韬就把经过上海那天的情况跟学长一说，他说你们几个亲身经历应该有一番体会了。

路生的脸凝重起来。

文忠说："外国人太猖獗！"

学长说："对，所以说这世界需要变革，你看我们青年人都行动起来了！"

路生说："这世界都一样，会来大风暴，把所有的地方包括我们家乡那

第二十六章

小县城都改变了！"

文忠皱起眉头，作出思考的样子，忽而愤慨地说："为什么我们不厉害一点？"

路生越想越蒸腾，说："可能我们不会只念书了！"

伯韬咳嗽了一声说："想那么多干吗？我们是来读北大的，北大有的是让我们改变的东西，你们急什么？"

学长看他们说得热烈，又见路生谈吐不俗，就对他说："你有改变这个世界的愿望吗？到时带你去见几个人。"

路生正想再问他，前面队伍过来一个人，把他叫走了。三人就径直往北大的方向走去。

到了学校大门，看到那古色古香的大门上方写着：北京大学。

唐文忠说："我也进去参观参观吧！"路生和伯韬说好。

校园里面是好宽广的天地，三三两两的校友穿梭在各个通道上，看看他们的神色就知道，都不是等闲之辈。

唐文忠到了北京后，考了几所学校，和四年制的大学总差那么几分，最后只得临时考取了一所专科学校，学制为两年。他倒不沮丧，说好歹也有两年，到时再作打算。他说他虽然在北大读不了书，但是他要经常来的，至少做个游侠，也不枉来北京了。

路生和邵伯韬都选了工科，被分在同一个班里。去班级的那天，两人穿上了统一的学生制服，到了班级，路生发现，男生们向他投来的都是不一样的目光，因为他穿上制服最威武了。

一个四川口音的男同学故作神秘地压低声音说："你们知道吗？我们班还有两名女同学！"

"什么？咱们工科班会有女同学？"

大家都感到很稀奇，路生也很好奇，心想：这两位该是何方神圣啊！

"嘘！她们来了！"

男生的目光都集中在教室门口，两位妙龄的女孩子，都穿着北大的校服——淡蓝色的斜襟上衣，黑色齐膝的裙子，白色袜子，黑色平底皮鞋。这一蓝、一白、一黑，清雅脱俗。只是头发还没有剪成统一的齐耳短发。路生望过去，不觉心中喜悦，只见那熟悉的发辫、可爱的圆脸——正是第一天来北京时在槐树下见到的那个女孩。男生们像看到了珍稀动物一般，双眼灼灼地看着她俩。见大家看她们，她垂了一下眼帘，又抬起眼帘，迎着男生的目光，并无惧色——这兴许是新时代女子的样子。她看到了路生，没想到他成了同班同学。路生也认出了她，还是目不转睛地注视着她，她的脸微微地红了，忙叫旁边的女伴找个位置坐下来。

女伴人挺爽朗，见男生们看着她俩，大大方方地向大家问好："你们好！我叫刘雅琦，听说我们班只有我和梅清怡两位女生？"

四川口音的男同学回答她："就是啊！只有你们两位巾帼女英豪呐！"

大家友好地笑起来，本来清一色的男生行列因为加入了女生，气氛变得不一样起来。青年男女之间互相欣赏和吸引的力量，乃至那种微妙的情愫，顷刻间弥漫开来。

那边刘雅琦和几个男同学聊了起来。伯韬心想，到底是北京的女孩，这么爽气。不过很快，他也不再拘束，主动过去和她说起话来。

这边，路生再次看到梅清怡，心中不甚欣喜，怎么就这么巧呢？他看她坐定，心中想跟她说话的愿望十分强烈。但就是不敢马上走过去，心中毕竟有些羞涩和胆怯——小城青年遇见都市的同龄人常有的情绪，当然他的这种情况又是另当别论——他是遇着了这样的一位女孩，况且他还不知道她是哪里人。路生瞥见旁边有几个男生正跃跃欲试想走过去套近乎，他反诘自己："我蓝路生是这么胆小的熊种吗？"想着，心中来了一股勇气和力量，几步走了过去，看着文静淑雅的她，友好地招呼道："清怡同学，你好！我们见过！"旁边一个个子不小的男生讪笑了一下，朝路生高大宽阔的后背捶了一拳，走开了。

梅清怡本来想拿出怀里的书看，这会儿，她抬起头，对路生的注视问候抱以会心地一笑，脸上泛起红晕，也说："你好！"

他们就这样谈论起来，路生不知何时开始洒脱起来，说起来北京的见闻，

第二十六章

真是绘声绘色,引得她不时地笑起来,路生很得意。但是那边刘雅琦说:"梅清怡也是北京人!她爷爷是个不小的朝廷命官哩!"路生有点懊悔刚刚说的那些话。心里想:这女子不一般啊,我刚刚说得那么得意忘形,她嘴上不说,兴许心里在笑我呢!以后对她说话可要当心了!

当这一天结束,路生和邵伯韬回到宿舍里,两人自然而然地说到和两个女生重逢的事情。路生悄悄地问伯韬对梅清怡印象如何,伯韬说:一个很雅致的女生,然后又调侃路生:"你不会看上她了吧?"路生抿嘴笑笑,不说话。

路生选修了一门美术史的课,恰巧梅清怡也选修了这门课,而且这门课他们工科班里只有他们两个选修。自然而然地,他们便一起过去听,在来回的路上,他有机会和她单独聊天。他们互相开始了解起来。

他和她单独在一起的时间长了,他告诉了她很多从不愿讲的秘密,他内心的困惑。这些话,他是连对母亲都未曾说过的。

他问她有没有听说过北京以前有李姓的官员一把大火和洋人同归于尽的事情。她说这个事情小时候曾听爷爷讲过,说那位姓李的官员家里有个很美丽的女儿,后来他家不知怎么惹上了洋人的麻烦,一家人都葬身火海了。这时,路生告诉她,这个李姓官员是他的外祖父,他的女儿就是他母亲,他母亲和舅舅没有死,而是在此之前逃到了南方,后来就生下了他。

清怡表示很惊讶,她说她听到了一个曲折动人的故事。

路生问她:"那李家的旧址你知道吗?"

清怡说:"你不知道吧!那地方我们北京人都知道,都立了碑了,可神圣啦!"

路生说:"那改天你带我去!"清怡说,那很方便的。

一个星期天的早上,清怡带着路生来到李家曾经被焚毁的官邸旧址。

只见这里已经被政府用围墙围了起来,供人参观。四周围很安静,还没有人过来这里。路生掀开门,见里面断垣残壁,满地荒凉。残破的大理石,被烧焦的木门，赫然醒目地匍匐在一片荒草堆上。路生站在那里，望着眼前的景象，感觉自己似乎停止了呼吸。

许久，清怡说："去看看那块碑吧！"果然，在这片废墟的一侧，立着一块碑。路生走过去，只见那碑上写着：一九〇二年九月二十七日，清朝官员李清元义愤于侵略军的霸行，巧施计谋，在此地——他的礼部右侍郎官邸，和美法联军的一支同归于尽。

路生看得目不转睛，不漏过一个字，只见后面写着关于外祖父李清元的介绍，它说的和母亲说的完全一样，路生心里升腾起一种苍凉的自豪感。他深深地呼吸，又环视四周，脑中竭力记着每一块石头，每一根木柱的样子。一时浮想联翩，仿佛自己正处于那个时代，看到了华屋广厦，看到了母亲外祖父生活的情形。

不知什么时候，他和清怡走出了那个地方，这荒凉旧址中的每一个损毁的物件，都在他以后的岁月里，激励着他的心。

路生在探寻自己的根，但是只探寻了一半，关于生父家的缘起还没有探寻过。他是决意要去探个究竟的，但什么时候开始，现在还没想好。

他和清怡两人情谊渐渐深厚，她问他，为何不曾提到他的父亲？他被问住了。他告诉她，他有一个无比仁慈的父亲，父亲对他恩重如山。清怡很诧异，又问，为何你不提他呢？他说，父亲永远在心里最重要的位置，为何不说，那是有原因的。

路生这时候终于要提起生父这个话题，他问她，有没有听说过一位在朝堂之上撞柱而亡的庄姓官员。清怡说，这个要去问问。隔日，清怡告诉他，她爷爷听说过这个人，他死得很惨烈，他的两个儿子，都不知去向，听说其中一个后来参加了革命党，现在在国民政府里当了官了。现在他们原来的官邸都变成了一个外国领事馆的驻地了。清怡说，她家就在离此不远的地方。

又是一个星期天，清怡就带他去了这个地方，路生在路口怅惘了好久才离开。

路生对清怡说，这位庄姓官员的小儿子就是自己的生父庄锦轩，而家里

第二十六章

有自己至亲至爱的养父。清怡问："那是怎么回事？"路生小心地把母亲的故事说给恋人听。清怡静静地听着，并不说话，沉思了很久。

清怡替路生问起他的那些亲人们，家里人很奇怪她为何替别人问这些事。再者她自从读大学以来，身心的诸多变化，家里人猜一定是心里有人了。她的父母也不是不通情理的，就问男孩是谁，她对他们说了一些，他和他的家人。她父母就说，要不让他来见见。清怡说现在大学才上了一年未到，过一段时间吧。

清怡没有把父母想要见路生的意思对路生说，那样以来，路生非得跟来不可。隔天，清怡要陪着家里的老祖母去寺庙进香。路生也想陪着去，清怡不让。她说老人前一次在庙里许了愿，下个星期天，她要去寺庙替老人还愿，那天让他去。路生却说："这不是没用吗？就是我们俩。"原来，路生是想见见这位老人的。清怡很神秘地说："庙后面的山上很好玩的！"

那个星期天，邵伯韬约唐文忠下馆子去了，因为文忠学校里的伙食不太好，伯韬请他打个牙祭。路生和清怡约好，早晨的时候在寺门前见面。

那天，北京的天气有点冷了，但是晴好，太阳早早地露出了脸。这寺庙的殿宇雄伟辉煌，黄色琉璃瓦闪着金光，香火很盛，人流如织。清怡过来时，路生看她身上穿着淡蓝色的棉袍，这个蓝色比学校里发的上衣的蓝色更纯粹透亮，衬得她的肤色干净剔透。头发已经剪成了北大女生统一的短发，梳得整整齐齐，只是在额前别了个同样淡蓝色的小发夹，这样看起来既清爽又雅致。在熙熙攘攘的人流里，路生很快发现了她。

清怡眼睛明亮，调皮地说："等急了吧！"，他呵呵咧嘴一笑，拉起她的手往里面走。走到里面，清怡慢慢地放下了他的手。

走了好久，走到靠近后山的一座圆通宝殿前，清怡说："我进去一下，你在这里等着。"

等清怡出来，他却不知道去了哪里。清怡往后山方向找去，见他就在那里。他在一个山崖前站立着，脸色显得很凝重。

"怎么这么快！也不等我？"清怡跑得气喘吁吁。

他没有回答，继续严肃地站立在那里，眼睛正盯着山崖上的一块石头。

奔 Ben

　　这里就是这碧云寺后山的苦情崖畔，清怡本来想带他到这儿来，看看那些青年男女在这块崖前所立的誓词。不想他被一块石头触动了，不断用手摩挲着这块石头。

　　清怡走过去，顺着他的目光和手她看到了石头上刻着一句誓词和一对男女的名字——生生世世在一起。庄锦轩，李朝云。她想这在这里是一块很普通的石头啊。

　　"怎么了？"她问。

　　"我找到了！"路生长长地舒了一口气，像是完成了一桩大事。

　　"什么找到了？"

　　"知道吗？"他一字一句缓缓地说，"庄锦轩，李朝云，这是我生父和母亲的名字。"

　　清怡大为惊奇，她睁圆了眼睛，也摸着这块石头，动情地说，"原来伯母和这位庄伯父年轻的时候这么爱恋！"

　　路生继续抚摸着这块石头，心中有万千思绪，他真想此刻对生父说几句心里话。往日对他的怨恨也渐渐消散了。

　　原来这碧云寺后山，就是当年朝云和锦轩私订终身之地，那一方山崖见证过他们的爱情，他们把自己的名字和盟誓刻在石头上，不想今日，他们的儿子也会穿越大半个中国来到这里，而且亲眼见证了生身父母年轻时痴爱过的证据。

　　清怡本来想带他来到这里，让他能对着这山清水秀的人间胜地和一方萌生爱情的神秘山崖作一些爱的盟誓，不想却化解了他心中久久郁积的块垒，让他重新审视自己母亲和生父的过往。

　　"你现在怎么看庄伯父？"

　　"我知道了。"他从神思中醒悟过来。

　　清怡释然地一笑，轻轻地说："上一辈人有上一辈人的爱情！"她满含期待地看着他。

　　他拥住她，也轻轻地说："我会好好爱你的！"他摸摸她的头，"但是，傻瓜，你也想让我对着山崖起誓吗？"

第二十六章

"嗯!"她天真地说。

"不用了。我们有我们的爱情,我们不会分开的!"他把她抱得更紧了。

她藏在她怀里,撒着娇:"我不会让你离开我的!"

"我也不会和你分开!"他回答。

路生恋爱谈得紧锣密鼓,不过学业、活动都没落下。路生想起进校门那天那位学长和他说的话,很想碰到吧。但是北大这么大,他后悔那天没仔细问他。好在他和邵伯韬都很积极,学校里有什么活动,都去参加,路生很快成为新生里出类拔萃的人物,担任了学生会的一个部长,负责本校新生和学长学姐间的联谊活动。在这里,他碰到了那位学长,原来他叫翟东平,是学生会的一个负责人。路生记得他说"要带他去见几个人",就拿出这个事问他。翟东平说:"北大有两位有名的人物,一位叫陈独秀,一位叫李大钊。"他说之前上海的那些运动,就是他们领导的。

路生很想认识他们两位,也想去参加学长的集会,但是翟东平说,你现在还嫩着呢,再过个一年半载吧!

学友说那位八字胡的先生就是李大钊,路生便有意无意地注意他。一次,他看见有个人和李教授走在一起,路生听旁边的同学说,那就是陈独秀!路生看过去,他路走得很快——一个桀骜不驯的背影!他们正侧面对着他,陈走路走得很快,嘴巴里正滔滔不绝地说着事情,神情颇为激昂,这和自己那些讲课精湛平和的工科教授们相去甚远。他们转过了一条小道,朝校门外大踏步走去了。这位陈教授给他留下极深的印象,引起他长时间的思索。

一次,翟东平不小心透露了他要去参加共产党小组活动的消息。趁着他不注意,路生跟着他走进学校一间不太常用的小房子。门口有一位学长把守,看到他来,学长就问:"你不是常跟翟东平在一起的那一位吗?""是啊!让我进去看看他在不在!"路生孔武有力,一把把他挪了一个位置,还没等学长反应过来,他已经进去了。掀开门帘,里面的情形让他有点措手不及:十几个人,除了一位李教授,另外的都是打过照面或不认识的青年学生,看上去比自己年长不了多少,翟东平就坐在里面。他们正在热烈地讨论,有几个兴

奔 Ben

奋得脸孔通红，铿锵有力地发表着看法："现在，帝国主义的铁蹄已经践踏了我们的国土，而国内军阀混战的局面没有消停，老百姓在水深火热……显然，孙中山先生的意愿并没有实现……""是的，看我们如何壮大我们的党，实现我们的主义……"——他们真是一帮意气风发的年轻人！

虽然，他们讲的自己不一定能懂，但是路生被他们的精神状态感染了。

"蓝路生！你怎么进来了？"瞿东平不由得喊道。

那些学长纷纷把目光投过来，李教授也面露即将训斥的表情。这时，瞿东平对他说："教授，这位是我的学弟——蓝路生，他是新生中的佼佼者，很早就想加入到我们的队伍中来！"

路生连忙向教授鞠了一躬，诚恳地解释道："李先生，学生路生恳切地向您请求，让我加入学长们的队伍吧！"

李大钊见面前这位闯入者眉清目朗，英气逼人，神色缓和了下来，说："向你的学长多多学习，今天就在这里旁听一下吧！"教授又提醒他，"记住，保密！"路生无比激动地点点头，找了张椅子坐下来。

在瞿东平出面担保下，路生旁听了好几次，这样的经历使路生思考起很多人生的问题来：生父当初凭自己的热血追随孙中山，加入国民党，但是，现在他知道，这个主导国内形势的党派并没有解决国家的许多问题……自己家乡的雇工、佃农们，为何要这样生活，而广大的地主、企业主为何又这样生活？父亲、母亲的生活为何有一群人伺候？而小莲、陈年、吴妈他们，为何只服务于父母的家庭？难道自己从小到大的生活，出了什么问题吗？

他在瞿东平的推荐下，看了很多先锋的杂志和书籍，思想渐渐起了变化。

十二月的一天，北大校园。

教务长忽然跑过来对路生说有人找他，在校长会客室等他。路生此时，正和一帮同学在讨论，清怡也在旁边。一听这话，他就拉起清怡的手直往校长会客室跑。

路生跑到会客室，顶头撞见蔡校长，他恭恭敬敬地鞠了一个躬并问候他。蔡校长笑眯眯地说："蓝路生——我知道你，进来吧！"

第二十六章

门一推开，美莹和灵芝便迎了上来，可是路生还看见了一个人，这个人就是他的生父庄锦轩。

"我们来看看你，你，还好吧？"生父关切而讨好般地问他。

"还好的，谢谢你来看我！"路生有些感动，他对生父现在已经不那么恨了，但依然有一种距离。

这是路生第一次主动和生父说话，锦轩有些感动。他本来是准备迎接儿子继续以往冷漠的态度，他只要能见到他就心满意足了。但是现在他对他来看望表示了谢意，这叫他生出了很多希望。

"蔡校长说你在学校表现很好，我放心了！"锦轩不由得这样说。

路生应了一声，点了点头，转向妹妹和灵芝，没问"你们怎么一起来了"，而是很认真地问："美莹，母亲和父亲怎么样？"

美莹说："好啊！"

"爷爷呢？"

"还好啊！"美莹想起了什么，补充说，"爷爷秋日里摔了一跤，现在不能下床了！"

路生脸上呈现出担忧的神色。

"哥！你还没跟灵芝姐说话呢？"美莹怪怨道。

路生把目光转移到落寞许久的灵芝身上来。

锦轩、美莹、灵芝却早就注意到了路生一手拉来的一个美丽的可人儿。

"灵芝，你来啦！"路生叫道，又拉拉清怡的手，向大家说，"我来介绍一下——梅清怡，我的女朋友！"

这下，面前的三人都被惊诧到了，灵芝先是被惊到了，既而生气，绝望……她看到了清怡，便明白自己无法和她比，彼时，清怡正笑容可掬地看着大家。冷落，打击……使灵芝强忍住眼泪。

美莹听到这个消息，第一反应是想到了灵芝，她马上说："哥！你怎么有女朋友了？那灵芝怎么办？"

而锦轩也看到了梅清怡，听路生这么一说，他先是惊讶的，后来就变成了欣慰：试想一下，面前的两个，一个浓妆艳抹，一个清雅脱俗，一个小城里赶时髦的小姐，一位大城市知书识礼的大学生女孩，如果是自己更喜欢谁呢？他心里甚至为儿子这一选择暗暗得意。

　　这时，清怡微笑着向大家打招呼，美莹不理不睬，锦轩见清怡继续礼貌地微笑着，知道她是个极有教养的女孩，深为儿子感到庆幸。同时，他看到了灵芝那充满怨恨的目光，不禁又深深叹息。他想到了他的部下陈松周，正一门心思想和他结亲家，叹息更深了一层。但锦轩立刻从沉思中醒来，也微笑着回应清怡，说一声："你好！"清怡也说："您好！"

　　清怡望过去，同样高大伟岸的身材，只是因为人到中年稍稍有些发福，比年轻的路生更显魁梧；脸和路生长得一模一样，只是比路生老些沧桑些。清怡很快猜到他是谁，她更温柔礼貌地微笑着，看到他那真诚深邃的目光总是离不开路生，清怡心里对眼前这位中年男子产生了一种同情。

　　"生儿，"这是锦轩第一次这么叫路生，"今天晚饭和我们大家一起吃吧，我想和你说几句话。"

　　"哦！"路生应了一声。

　　美莹说："我们都想跟你好好说话呢！灵芝姐也想跟你说说话！"

　　显然听到"灵芝也要跟自己说话"，锦轩看到了儿子烦恼的神情，他解围似的对儿子说："在福缘饭店，带上这位梅同学！"

　　灵芝更失落了，求救似的把泪眼转向美莹，美莹一跺脚，带着责备似的看着锦轩。

　　这时，邵伯韬也推门进来，看见锦轩、美莹、灵芝，还有路生和清怡，心想：这一屋子的人可真杂！连忙礼貌地叫了一声"庄伯父好！"锦轩认出了他，是路生的同伴，寒暄了几句。

　　伯韬看到美莹，开心地问："你什么时候来的？怎么不来找我？"

　　美莹看见了邵伯韬，心里欢喜，但刚刚还在为哥哥和灵芝的事烦恼，就故意生气地说："你来得不是时候！"

　　"怎么了？"邵伯韬皱皱眉，挠挠头，不知道什么情况。不过看看路生、清怡和灵芝，马上明白了什么事情。他知道美莹在管路生的闲事了。他拉起美莹的手说："咱们走一走吧！你别待在这里了！"美莹就这样被他拉了出

第二十六章

来。

伯韬拉着她一直来到校园的湖边,劝她说:"看今天,冬日暖阳好天气,好像为我们见面而准备的。你管那么多闲事干吗?陪我走走!"

美莹被伯韬说得有些感动。

"你说我们离开这么多天,你有没有想我啊?!"伯韬不正经起来。

"你又来了!谁想你啊?"美莹好像有些生气。

"那你说,你来北京看我们,主要还是来看我吧?"伯韬不依不饶。

"去你的!谁要来看你啊!我来看我哥!"

这两个在一起,打嘴仗是从来都没有消停过。

两个人正闹得不可开交之时,迎面碰上一个女同学,"邵伯韬,你怎么也在这里?"伯韬一看,原来是同班同学刘雅琦。

刘雅琦自从清怡有了路生后,显得形单影只了,她有意追求邵伯韬,但是伯韬对她并没有动容。

美莹见这位女同学看上去对伯韬这么热情,又听得他们说是同班同学,不由得浮想联翩。她看到伯韬和她讲话,好像都是被动的,这才慢慢放下心来。

伯韬和刘雅琦讲着话,也注意观察美莹的神色,见她脸上有些吃醋的神情,他心里有底了。他并不想玩什么刺激的小把戏,他见刘仿佛在他的女伴面前显得尤其热情,知道她有些喧宾夺主的意思。美莹脸上又重新泛起醋意时,他不失时机地向刘介绍道:"雅琦,我向你介绍一下——蓝美莹,我在家乡的未婚妻!"

听到伯韬的话,刘雅琦的笑容僵在那里,过了许久,才恢复常态,她笑了笑说:"在这里好好玩啊!"说完,夺路而逃。

等刘雅琦走远了,美莹朝伯韬捶起拳头,"你说,刚刚你说什么啦?"

伯韬嬉笑着说:"我也是向她表明我的态度嘛!"

"谁叫你表明态度啦?"美莹拳头捶得像雨点了。

"你不喜欢我这么说吗?那我毕业了就娶她了!"

"好啊,你去娶!你去娶!"

两人闹着,离开了湖边,来到了一处茂盛的树林深处。这里树木参天,只有鸟语,非常静谧。伯韬一把把美莹拥住,两人四目相对,美莹不禁脉脉含情,羞涩地望着伯韬。伯韬也心跳加快,他竟然敢慢慢地凑近她的香唇,吻起来。她就这样羞答答地让他吻着,这是她第一次让男孩子吻,慢慢地,她闭上了眼睛,陶醉在甜蜜的爱恋里。

冬日的阳光顽皮地透过树叶的缝隙,偷看着这对年轻人。

美莹慢慢地睁开眼睛,见伯韬正睁大眼睛,调皮地看着她满是红晕的脸,她又不依不饶地在他胸口落下无数粉拳,"让你看!让你看!"

他再一次紧紧地拥抱住她。两人说了很多分别思念的甜蜜话。

伯韬对她说:"你哥喜欢的是梅清怡,你硬要把他和灵芝扯在一起,这很不人道的!就像我喜欢的是你,跟刘雅琦是不是喜欢我,是两码事!"

美莹躲在他怀里,有些担心地说:"那灵芝怎么办呢?"

"每个人都有她的感情归宿吧!你别瞎操心了!"一个这样说,另一个抱着他的脖子,撒着娇邀吻了。

到晚上福源饭店吃饭时,伯韬自然也被叫去了,当然还有唐文忠。当路生和伯韬去唐文忠的学校叫他时,他颇为开心,半开玩笑地说好久没有一顿好饭吃了,但他听说美莹也来了的时候,神色立刻收敛了。路生和伯韬架着他正要走,他说要去宿舍换一件衣服,两个人嫌他麻烦。等他出来时,他却穿了套学校发的秋季穿的薄呢制服,显然比刚刚的冬装精神。他是个宽大又威猛的青年,冬装穿在他身上显臃肿了。

伯韬在他后背捶了一拳,说:"你不冷吗?"

他说冷就冷点吧。

灵芝自知无法从清怡手里夺回路生,一下午的时间让她沉稳了许多。去吃晚饭时,她把身上穿的色彩艳丽的锦缎旗袍脱下来,换上行李箱中带来的一套颜色素雅的改良旗袍,这套旗袍下摆和开衩都不高,灵芝想北方天气冷,所以带着它,不想就用得着它了。她把头上的发饰取下来,擦掉了胭脂和口红,也擦掉了泪痕。就这样,以清爽素淡的本来面目出现在饭席上。

第二十六章

路生见她，虽然神情还有些落寞，但是保持了一个县长千金应有的矜持和端庄，他心里开始赞赏她。路生给她倒酒，她很持重地推辞了一下，但路生还是极认真地给她倒了大半杯。路生为来看望他的三人敬了一些酒，灵芝小口小口地啜饮着，和美莹谈了几句话，再也没有露出受伤的样子给大家看。

锦轩看到灵芝的转变，不由得感叹：姑娘家这才叫美！自然原本就很美好啊！

失恋改变了这个姑娘，大家都看到了她的变化。

清怡是个善良又聪明的姑娘，她坐在美莹旁边，好让路生坐在灵芝边上。她不想在大家面前，表现得和路生那样亲昵。她暗示路生给灵芝夹菜，跟她说话，自己则和美莹套近乎。

唐文忠见到了锦轩，也很有礼貌地问好。他向美莹、灵芝，问了家乡的一些情况，便不再多说话。多数时候，只悄悄地瞧着美莹，听她说话。因为唐文忠也在，美莹和伯韬说话也轻描淡写，尽量说些大家共同的话题。

锦轩感觉到这朝云的女儿和伯韬之间关系微妙，遂明白这姑娘也开始恋爱了。

他看着这一桌子闹嚷嚷的年轻人，不由得想起当年的自己。

他有话要对儿子说，但当着大家的面，不知怎么开口。

路生一直没问他怎么知道自己上了大学，又怎么会和美莹、灵芝一块儿来。

原来锦轩从陈松周口里得知路生半年多前去了北京读大学，便决定去看看故里，也去看看儿子。当他把这个决定对陈一说，陈立刻想到女儿那时也和蓝关莹说好要去北京看望路牛他们。陈于是想到，不如让女儿跟着他的省府上司一起去，这样一是使他和庄的关系显得更加热络，二是想乘此给女儿一个机会，一个让未来公公产生好感的机会。他想庄锦轩也不会拒绝女孩子们陪同的。这样想着，他就对他上司说："小女心中放不下路生，她和路生妹妹想去北京看他，女孩子家家也学会了赶白由恋爱的时髦了！"

锦轩一听，就说："那好啊！让她们和我一块儿去啊！"

陈松周求之不得了。

奔 Ben

锦轩就这样一路带着两个女孩子前去。他到北京，北京政府方面，有官员热情接待了他。经这位官员介绍说，北大现在是蔡元培主政，这个人有些魄力，就是他的学子们过于活跃，经常集社、游行，搞得政府有时候也有些招架不住。锦轩想知道儿子入学的表现，这位官员替他拨通了蔡的电话，并且在电话里，对蔡描述了锦轩曾追随孙中山的业绩功勋。那蔡校长虽然只是个文人学者，但在现今民国的市面上也是一个对世事运筹帷幄的好手。他一听，立刻说，庄先生此人蔡某在北京亦有所耳闻，久仰他的事迹已久，如能谋得一面也是一件令人快意的事。

就这样，蔡元培先生和锦轩见了一面，双方均被对方的气魄、胸怀、学识所震动，谈得很投机。当庄锦轩问起蔡校长，犬子蓝路生在学校里是否安生。蔡先生平时还是很关注学生的，蓝路生是个激进的青年，他早已熟悉。不过，他察看过他的家庭档案，记得那里写着父好像叫蓝语桐，母亲叫李朝云，怎么现在，这位庄锦轩先生愣说他是他儿子呢？但是这种话又不能随便问。

他想到蓝路生的面相，想到他的性格，依稀可以从这位庄先生身上找到踪迹。

蔡就对锦轩说："令堂敢作敢为，尤像庄先生年轻时那般意气风发，我想，只要引导得当，日后必成为报效国家之栋梁！"

锦轩从校长的话里听明白儿子有大智大勇，但在性格上似有那么一种偏执。就想：是不是自己给他的身世笼罩上了这一层阴影呢？

饭桌上，他看着儿子青春但仍不脱稚气的脸，那样意气风发，神情飞扬，想起了年少的自己，那样奋不顾身的，十头牛也无法拉回的冲劲，他想到他的母亲朝云，隐隐一丝丝痛心和担忧涌上心头。

他想到儿子的未来，心想一定不要让他有那么多波折那么多困苦了，跟着自己，让他在国民党内干个一官半职，这是最好的安排，也是对他母亲最好的安慰了。

第二十六章

他想到这，有一种马上对儿子说的冲动，可是儿子和同伴们谈得正兴起，滔滔不绝，眉飞色舞。

他听到儿子说："共产党他们组织了这次五卅运动，敢跟外国人干，长国人志气……"

锦轩有些惭愧，替自己的党派，同时又有些担心：儿子口口声声说共产党怎么怎么好，这幸亏是国共合作时期，要在往日，可真是令人担忧啊，这孩子！

伯韬见路生说得热烈，就转头问锦轩："庄伯父，国共合作是长期的吗？您作为高级将领怎么看待现如今的状况？"

锦轩笑笑说："你们青年人聊得很好，我们这一辈人老去了，你们就要来了……"说着，他期待地看着儿子，路生正和文忠谈一个问题，两人头凑在一起，讨论得正热烈。

锦轩转而叹了口气，慈爱地看着他们。

饭后，伯韬和美莹悄悄地去香山玩了，文忠看得出来，他们这算是确立了恋爱关系了。看美莹和伯韬甜蜜的样子，他心中只有祝福的份儿，把一份感情放在心底。

灵芝说身体有点不舒服，要回旅馆了。路生问他要不要紧，她说一点小毛病无关紧要。清怡和路生要送送她，她却推辞。转身对庄锦轩说："伯伯，我先去旅馆了！"说罢，转头走了。大家有点放心不下，唐文忠听到她住的旅社，说："正好，我顺路，我送她去！"

大家目送他们。锦轩转过头对路生说："生儿，今天是礼拜天，你们也出去逛逛？"

路生嗯了一声正要走。

清怡对路生的生父用"你们"这个词，感到安然。她觉察到了这位伯父脸上忽然呈现黯淡的表情，她意识到自从他来北京开始，路生都是习惯了生父主动和他说话。从吃饭到现在，路生算是和颜悦色了，但还没听见过他有叫他一声"爸爸"。她看到庄伯父有所期盼欲言又止的神情，在路生要转过头离去时，她拉住了他的胳膊，示意他别忘记道别。

221

路生立刻明白了，转回头，迎着生父开始热烈起来的目光，第一次叫他："爸！"

"哎！"父亲的声音显得沉重，听到儿子这么叫他，又喜又悲，眼睛湿润了。他是个刚强的男人，见过很多的生死，但这么一声"爸"把他的心融化了。面对无数的生死场面他都是说一不二的指挥，唯独对儿子和朝云内心永远保持柔软。

儿子连忙走过去，握住父亲的手臂，"爸，你也回去吧！过年我来杭州看你！"

"真的吗？"他像个孩子般问道。

"真的！"儿子用力点点头。

"好啊！"他开心地絮叨起很多关于未来的事。

这当儿，父子的心从没有这么靠近过。他见路生认真地听着，忽然不说了，"看你爸，人还没老，就这么啰唆！"他慈爱地摸摸儿子的头，擦了擦眼睛，大声说道，"生儿！你们去玩吧——清怡，好好督促我的儿子，他可调皮着呐！"

清怡温柔地笑笑，朝他摇摇手："我们走了，伯父！"

"再见！"他铿铿有力地向儿子他们道了别，目送着他们远去。

他的心是矛盾的，又期盼儿子认他这个爹，又怕自己侵犯到了语桐和儿子的感情。他亏欠了朝云，又间接地亏欠了语桐很多很多。他知道语溪蓝家是厚道人家，他下半辈子就是要补偿朝云和蓝家的。让他们过得好……还有就是，自己和儿子相认了，也不要剥夺他们一家子的温馨。朝云属于语桐，自己不要再有非分之想。这些方面，他提醒自己不要感情用事。时刻保持清醒。

锦轩带着女孩子们返回江南后，离过年还有一个多月。路生给母亲写了第一封信。信里说他去北大的主意是正确的，北大是一所好大学，重在人文专业，但自己选了工科，因为既然北大利于人格的养成，学工科，也能运筹帷幄，在世间创造幸福。所以他希望母亲应该感到宽慰，并且对儿子的选择

第二十六章

无须过多担心。

路生也说到母亲的出生地,他说那里不仅令自己为民族的灾难感到悲伤,更为家族的志气而深感震动和神往!断垣残壁犹在,那里已被国民政府立了碑,成为宣扬国人抵抗侵略者的活教材了。

朝云看到这里,想到父亲的死,竟然有了如此的影响,如今儿子亲自见证,父亲在天之灵亦可以得到告慰,她不禁悲喜交集。

但是路生没说自己去找寻生父家的渊源和家族旧址,更没说他在苦情崖上看到了母亲和生父的名字。信里他也没说生父来北京的事,他想母亲一定知道。他还想到美莹这次回去一定会说到一个人,那就是清怡。所以他在信里老老实实向母亲提到了她。并且说:母亲大人,她和您一样,也是个独立的、知书达理的女子。

母亲看完信,觉得儿子成熟了,因为他的信写得如此仔细周到。

母亲给他回了一封信,信中说既然找到了一位合适的姑娘,那过年就带回家来看看。

第二十七章

时间很快，转眼到了放寒假的时候。唐文忠在他的专科学校里读了也快大半年了，这次因为路费问题，他决定留在北平过年。路生和伯韬回语溪过年。

清怡送他们上火车，她和路生在站台咬了好一会儿耳朵。直到伯韬催促，路生才上了火车。路生有些难过，对清怡说他会提早回北京的。清怡尽管不舍，但脸上还是保持平静，反而劝他："去吧！该回来的时候再回来！"两个人同岁，但就心智来说，清怡似乎更成熟些。她是一个豁达温柔的姑娘，又冰雪聪明，知道女人和男人之间相处的很多小秘密。对待路生，除了做一位美丽的恋人，还兼具母性引导的角色。路生对她是依恋的，他找到了像母亲那样迷人的女性。

伯韬说，你和清怡分开了，我却可以见到我的美莹了。伯韬想着美莹，回家乡的感觉更像涂上了一层蜜油。

唐文忠也赶在火车快要开动时跑过来呼喊着："别忘了，去我家给家人拜个年！"火车里的两个人回应他："放心吧！不会忘记的！"

他们两个拿着大包小包上了火车，有些兴奋，第一次远离家乡后回家，他们想象着家乡人见到他们时的喜悦模样，想象着怎样把包里的礼物分发给家人以及亲人们的自豪样子。

第二十七章

两人乘了三天两夜的火车终于到了上海,出了站口,路生发现一辆熟悉的老式轿车停在旁边的空地上,车里的人已经看到了他们,下车,朝他们走过来了!

"父亲!"路生激动地喊道。

那人正是语桐,他走到路生跟前,想拥抱他,但是,更显魁伟高大的儿子已经一下子把他抱住了。他很受用儿子又长又结实的臂膀,好一会儿,挣脱出来,用手摸摸他的脑袋,"好小子,长来窜了天了!"(方言,意思是个子高得戳破了天),路生低了头,嘻嘻笑着。语桐把包包都塞进了轿车。

"快上车吧!"

两个学子由语桐带着回了家乡语溪。

读过京城的大学,再回到家乡的小城,自然受到了家乡人的另眼相看,路生和伯韬这个年过得好不风光。家里人常常围着他们,连周围的乡邻、街坊们也来看他们。他俩却不自在起来,觉得如此一来,光阴都用在寒暄、吹牛卜了,不如两个人在一起自在有趣。所以,年前,他俩几乎天天在一起,谈论时事和志向。正当路生对未来的选择还是有些模糊时,伯韬已经明确。他不止一次地谈论现在中兴的国民党内部完备的官僚体系,优厚的待遇,并透露自己崇拜路生生父,希望有朝一日像他那样做一名国民党的高级官员。

路生对伯韬的喜好有些不以为然,但是还是十分尊重朋友的志向,并对他崇拜生父感到有些惊讶,不过他对伯韬说:"想要叫我帮忙吗?"

"怎么帮?"伯韬眼里满含希冀。

"我可以在我生父面前,推荐你,说你毕业了想在他那里谋事!"

"如果能这样,那太谢谢你了!"伯韬难掩兴奋,不过他马上想到了一点说,"你不是从来不愿求你生父的吗?"

"没事,我可以!"路生拍拍他胳臂,轻描淡写地说。

伯韬简直有点心花怒放了,他看了看路生,又说:"你自己呢?"

"我还没想好前路怎么走,但我不会到他那里去。"路生神情怙淡。

"你为什么不?"

"嗨!你还不知道我,人各有志嘛……"

伯韬望着他，不禁沉思起来。

年前，路生悄悄去杭州看望生父。那时，他的省府公署也放假了，他在自己的官邸里等他。

这是锦轩近年来过得最不一样的一个年。儿子没来时，盼望着他来；儿子来时，又担心相聚短暂；儿子回去了，他又像那种独子远行的中年妇女那样，时时回味相聚的那一刻，切切盼望下一次相聚。

路生去时，见一座欧式的大房子，房子大门和外面路口有警卫把守，都是持着真枪实弹、训练有素的人。里面空空荡荡的，只看见男主人和几个厨子佣人，后来路生才听生父说，他为着清静的缘故，把配给他的仆人大部分都打发走了，只留几个必要的。佣人见到路生，都用旧式的称唤："少爷来啦！"路生显然受宠若惊。

吃饭是在挂着琉璃灯的异常敞亮的餐厅里吃的。锦轩不断为儿子夹菜，并时刻挂念着路生的前程，他想着儿子，转而对党国内军人的待遇甚是满意。他已是大校军官，就他这一级别的军官，配备已经了得。想路生要是大学毕业也入了党国，就他的聪明才智和自己的提携，很快也会有相当好的待遇。但是，他想到上次北京饭桌上儿子的话语，不由得分外焦虑。当时他已接到命令，要他尽快修整自己和部队，准备随时待命去战斗。北方各路军阀混战已久，国民党要统一这混乱的局面，所以要派精兵强将去，他是其中之一。作为党国优秀的军人，他希望儿子能继承他的衣钵。所以他对儿子婉转地表达在他毕业后能否跟随他一起北上。

路生委婉地拒绝了生父。他思考自己的未来，甚而国家的未来。他想起学校里那帮意气风发的学长，相比生父这里，他更倾向于那一群青年人的热血，跟他们更志同道合。所以当生父向他描绘党国的蓝图时，他已决定听随自己的心愿，哪怕路远又崎岖。他不去想这中间有多少是和生父拗劲的成分，但他不想伤了生父的心，想了一会儿，对他说："爸爸！谢谢你帮我考虑得这么周全，路还是让我走走看再说！有需要，我会对你说的！"

锦轩没想到儿子成熟了，凝视了儿子好一会儿，发现他的态度认真又诚恳，他知道儿子的想法不好违拗，只好说："好吧，爸爸支持你！"路生郑重

第二十七章

地点了点头。

路生没忘记伯韬的事,为此,他向生父开了口。生父犹豫了一下,说:"好啊,这位伯韬是你从小的同伴,看到他,我会想起你!到时候,就让他过来吧!"

路生想说表示感谢的话,但是生父摇了摇手,示意他无须如此。

路生在生父的住处一直待到下午,在这期间,生父和他散步、说话,说着说着,就要提到他母亲,他就透露了一些母亲的近况,但是没有说太多。他要走时,生父留他住几天再走,他终于说,没告诉母亲来这里,晚上不回去她会担心的。锦轩眼睛潮湿,哽咽道:"听母亲的话,孝顺她……你知道的……爸爸对不起她……"路生点了点头,锦轩又擦了擦眼睛说,"你父亲他们一家都很好,对他们也要好!"

路生嗯了一声,锦轩从儿子的神情里知道,这些他都懂得。

路生要自己回去,但是锦轩执意派车送他到语溪县城。

伯韬过了年就二十岁了,家里人看到他和蓝家小姐交好,高兴得了不得,催促早日订婚。蓝家人知道后,传话去说大的还没动静,小的先缓一缓再说。邵家也是规矩人家,知道儿子前途有望,晚点结婚未尝不可,而且了解到儿子的前途是托了路生的福,那就更知礼客气,就说我们等得起。

路生是大哥,所以母亲催婚。在路生回来之前,朝云已经从美莹嘴里和陆生的信里得知,路生在大学里找了女朋友。当美莹把这个情况告诉家人时,朝云、语桐有些意想不到儿子这么快就有了意中人。当时,洪升也在场,他说那是好事,现在的青年人都讲婚姻自由,大学里的女孩子错不了,我们嘛给他参谋参谋就行。老人这么说,父母也觉得没错。朝云仔细询问女儿这个女孩的情况,美莹把自己的所见所闻都告诉了母亲,但总共只见了两次面,母亲却问得很仔细。最后美莹连清怡那两天穿什么衣服、梳什么头发也想起来一并告诉了母亲,最后急了,说:"妈!您为什么不等哥哥来,直接去问哥哥,他最明白了!"

母亲从女儿嘴里知道了大概,等儿子来了也不急着问,过了好几天,她找了个合适的机会终于开口问儿子:"生儿,听说你有了女朋友?"

路生知道母亲迟早要问的,却到现在才问。他脑袋一歪,轻描淡写地说:"美莹都对您说啦?"

"姑娘怎样?"母亲直截了当。

"不错啊!"路生看到母亲一本正经的样子说,"家世不错,模样不错,性格也不错!"

"都不错,那为什么过年不带回家来看看?"朝云嗔怪起来。

"人家还害羞呢?"他想起来什么,对母亲说,"不过她挺像您,不太依赖人。您会喜欢她的!"

"明年过年带她回来!"母亲命令道。

"嗯!"儿子点点头允诺。

朝云带着爱意斜睨着儿子,忽然又有些忧虑起来,说:"灵芝,你打算怎么办?"

路生叹了一口气,对母亲说:"我会处理好的。"

陈灵芝从北京回来后,在父亲陈松周眼里,就像换了一个人。再也不把自己打扮得花枝招展了。华丽的旗袍不穿了,高跟鞋低了好几分,头发变直了,脸上的脂粉也淡了。看见父亲,也不再叽叽喳喳地缠着带她去上海了。而且变寡言了,有时也会手里拿着一本书发呆。陈惊讶于她的变化,问她什么原因她不说,对于路生她绝口不提。那个活泼的、爱时髦、爱生活的女儿就这样变了,陈松周很快想到了是路生对女儿薄情之故。

灵芝、美莹和庄锦轩从北京回来时,在上海分手。庄派随行的警卫把灵芝和美莹送回了嘉兴语溪,他自己回了杭州。不久,锦轩来电话,他电话里是这么说的:"我把令爱送到你手里了,你不需要感谢我。令爱是个大方得体、很有教养的姑娘,什么时候能吃到你家的喜酒,姑且盼望着!"庄锦轩最后几句话让陈松周很伤脑筋,显然,聪明的陈松周听出了话外之音,庄锦轩拒绝了他。尽管他说得很婉转。陈当时很希望庄能再说几句,但是他把电话挂了。陈松周本来想乘着路生在家过年的一段时间,借着自己的势力把订婚

第二十七章

酒给他俩办了，但是却接到庄锦轩这个电话。

因此，他认定女儿在北京被蓝路生冷落了，"葛对爷佬儿子，中伤胚！"（江南方言：这对父子，畜生）他心里一直不喜欢路生，之前是女儿喜欢他，陈也没办法，只要女儿开心，就让她喜欢吧！但是现在，自己这么巴结庄锦轩，他却不领情。陈嘴上不敢有怠慢之处，心里却对庄产生了丝丝怨恨。

路生这天出去，是想问候一下儿时的同伴。恰好，伯韬也去。两人看到了贾生豪，发现他比以前更胖了，舒适的日子让他心宽体胖。生豪娶了酱油铺老板的女儿，她肤色黝黑，但是很能干，把丈夫开的菜油铺子打理得井井有条。就在年前一个月，她为生豪生了个女儿。

他们的女儿遗传了母亲的肤色和父亲的体型，黑黑的，圆滚滚的，不过眼睛又圆又亮，是一个很可爱的女婴。生豪把她举起来放下，又举起来放下，看得出，生豪很满足。路生和伯韬夸他好福气，生豪咧开嘴，笑着说："没准儿又是一个叮大的女子呢！"路生和伯韬忙说："谁说不是呢？"

临走时，生豪说，明日廿八在语溪城的崇华大饭店摆满月酒十桌，到时候请小伙伴们来坐一桌。生豪说，你们一定要来！

两人入乡随俗，第二天就去吃了满月酒。事实上，席中只有路生是一个人。这一桌人，伯韬和美莹一对，贾生豪夫妇一对。另外还有一对，那就是付林和灵芝。

令大家没想到付林这么快就追到了灵芝，他投灵芝所好，表现非常殷勤。他有一个动作，使大家看不入眼。他给灵芝扯过一张椅子，俯下身，用嘴吹了吹上面或可有的灰尘，从上衣口袋里拿出一块大方帕，扯开四角，很上心地把它铺在椅子上，然后扶过灵芝让她坐在上面。这不是给生豪难堪吗，路生、伯韬、美莹看不过去了。面对大家的目光，灵芝有些脸红了，但她还是坐下了。

"恶心不恶心！"美莹看着付林，撇了撇嘴，白了他一眼，他却没有觉得什么。

伯韬也嫌他做得出。路生默默地看着他和灵芝，在整个吃饭过程中他想找些祝福的话来缓解和他们两人的尴尬局面,但都没有机会。付林好像刻意要和他保持距离,席间尽量不和他说话,也不愿和他目光接触。倒是灵芝,不断拿眼瞧瞧路生,希望能发现一丝一毫的醋意,但是他的目光依旧是深切的,没有醋意。

路生还是和灵芝说了几句话,大致是劝她少喝点酒,灵芝不听,付林接过话来说:"没事,想喝就喝一点,车我来开!"灵芝问:"你不是也喝酒了吗?"付林说:"我酒量好,开车没问题!"贾生豪夫妇过来敬酒,灵芝把杯里的米酒全喝了,付林又给她倒了大半杯。

美莹看到了,朝兄长意味深长地看了几眼。

贾生豪问桌上的两对,什么时候可以喝到他们的喜酒,付林说快了,伯韬说,我们也快了。

生豪拍了一下路生,问他:"那你这个做哥的有没有动静?"

伯韬笑笑说:"他会没有吗,多了去了!"

"在哪儿?"生豪显得很有兴致,胖脸上浮现和他简单头脑不相称的成熟。

伯韬继续讪笑着说:"我们大学里的女生都喜欢他……"忽然他止住话不说了,原来美莹踢了他一脚。

灵芝仰起脖子,把大半杯酒一饮而尽,最后把自己呛住了,剧烈咳嗽起来。

美莹白了伯韬一眼,劝灵芝别再喝了。路生给她倒了一杯水正要递给她,付林却把水杯推开,自己给她倒了一杯。

伯韬看到事态有些严重,有些后悔刚刚的玩笑。

生豪老婆说,来,喝杯凉茶就好了。

宴席散的时候,路生他们看到付林开着灵芝父亲的轿车送她回去了。那车锃光瓦亮,吸引了宴席上很多艳羡的目光,付林昂着头,在众人的注视下,坦然自若地发动汽车,带着县长千金绝尘而去。路生忽然觉得那个儿时拘谨单纯的小个子不见了,取而代之的是一个世故油滑的年轻人。

时间很快,转眼到了除夕夜,除了和家人团聚吃年夜饭外,路生留足了

第二十七章

自己独处的时间。他想到儿时的小伙伴，现在志趣都各异，付林和自己产生了间隙，贾生豪沉浸到小县城的生活里，而和自己最意气相投的伯韬，现在追寻的目标也和自己的完全不一样。只剩下文忠，可能还能和自己惺惺相惜。

在家里，全家人总是时刻关注着他，他却在想：生父所能给予的优厚的物质生活，贾生豪、付林他们沉浸其中的小县城的宽裕生活，以及自身家庭的无忧生活，这些都能永远保持下去吗？不能，国家现在军阀混战，离京近的那些省份早已不再安生，这个小城能不被殃及吗？只要天下不太平，不可能过上长久的好日子，现在这种短暂的好日子就是苟且。

他这几天有空就看陈独秀先生的言论，他不断思索。他想争得李教授同意，是否能融入学长的团队——加入共产党？

第二十八章

寒假过完回到学校,也是和清怡相会的一天。两个人在一起没有太多的卿卿我我,反而问对方,寒假里有什么收获。路生说陈独秀先生的思想对他启发很大,他说劳工是世界的主人,清怡听后表示赞同。他们见到文忠,想不到他已先行一步加入了共产党。

路生找到了那个学长大哥,说自己和清怡也要加入共产党。那学长说:"加入我党需放下优厚的生活,看你们两个的出生,还是先考虑考虑吧!"这事先被搁置了。

没过多久,情况危急起来。奉系军阀控制了北京,北京大学被取消了,李大钊教授被捕,北大学生不断游行请愿,但李教授还是被绞杀了。正当他们愤愤难平时,又听说蒋介石和宋氏家族的宋美龄结婚了,这是一场政治联姻,双方都为了各自的利益而结合。随后,国民党破坏了国民革命联合战线,这一切使路生的内心受到了极大的震动,他逐渐看清了这世界的面目:各路军阀各自为政,而国民党不顾民众死活,只是想攫取政权……

路生不再为脱离家族而感到惶惶不安,他觉得,这个时候,加入共产党才是真正的识时务者呢!

路生恳切的态度使学长放心,而清怡坚定地跟着路生,学生会批准了他

第二十八章

俩的请求。观察了一个月,正式吸收他们为共产党员。他们的日常生活既紧张又充满理想主义,他俩在党组织的指引下,开展一些活动。

他们两个,男的没见过女方父母,女的没见过男方父母,但是他们自然而然地结合在了一起,不需要任何形式上的东西。

学校生活不能正常进行时,伯韬回了家乡,朝云一家从他嘴里知道了儿子的一些情况。伯韬只悄悄地告诉朝云,学校现在不能正常念书了,路生加入了一个党派叫共产党,这个党派一直没有得到民国政府的承认。朝云听了,表现得冷静,但她的心怦怦直跳,当初的担心还是发生了。伯韬交给她一封路生的亲笔信,她急急打开,然而信中只说他和清怡都加入了共产党,以及共产党在他们心中位置这样的话。并没有说他们的去向。不过,最后的一句话让她想起儿子生父当年给她的来信中所表达的语气:"别担心,儿子走的是正道,相信有光明的未来!"

就在路生于北京入党并参与活动时,生父锦轩也奉命北伐。锦轩这么多年戎马生涯,被调遣是常有的事,但是国内大局这么混乱,他对党国的心也渐冷去,尤其是儿子有明确的想法不愿跟着他时,想到儿子在说到共产党时的热烈,他想:儿子会走一条什么路呢?

稍微值得安慰的是邵伯韬已经加入了自己的队伍,因为此前,路生已经给生父书信一封,要他给伯韬一个职位。伯韬因此带上了未婚妻蓝美莹一同前去。锦轩把伯韬和美莹安排在自己的军队里。美莹长得很像她母亲,锦轩每每见着她,心情都得以宽慰。

美莹和伯韬在仓促中订婚,伯韬从朝云和语桐手里拉过美莹的手,奔赴远方。他俩来到路生生父这里,才知道他们要北上。

锦轩再次见到朝云的女儿,心中赞叹朝云把女儿调理得如此美丽高雅,一年多未见,更是出落得超凡脱俗。那眉眼像极了她母亲,锦轩不觉一时懵住了,恍如回到二十多年前的韶华岁月。直到邵伯韬恭敬地叫了他好几声庄伯父,他才回过神来,感到了自己的失态。

美莹面对庄伯父,并无反感。上一辈人的那些恩恩怨怨她是搞不懂的,但是凭她对他的印象:这个庄伯父并不坏,而且还相当得好。不光是他的态度亲切慈祥，而且他有一颗善良的心，因为他对自己和伯韬是多么无私啊！

美莹心里想着，语言态度上就表现出对庄锦轩的尊敬和温顺来。从出发开始，她对锦轩的问候就没有间断过。这让锦轩感到特别熨帖和温暖，那颗经历多年风雨的心因为朝云女儿的每天问候，居然渐渐地滋润起来，开朗起来。

北伐前，他联系上了儿子，并知道他加入了共产党，这是他最怕也是最期望的结果。那时，国共合作破裂了，他派了一个亲信帮他和儿子之间联络。他和儿子分属于不同的信仰不同的派别，做这样的事，必须十分小心和保密。这是他们父子的秘密。他们父子俩对于自己的信仰和党派是十分忠诚的，对于自己一方的行动机密和军事秘密是决不会向对方透露的，他们也不会问对方这些事，彼此心照不宣。他所要知道的是儿子是否平安。

相当长一段时间，路生没有给父亲打电话或写信，锦轩不禁惦记着，担心着。

同样过着难熬日子的是朝云和语桐，他们推算着儿子、女儿上一封信是在什么时候，下封信又会在哪天收到。但更为险峻的时候到来了。

路生接到任务回到北大联络一些党组织的同志，在门卫处收到写着自己名字的一封挂号信，信是不久前寄出的。他心想这一回来得正巧，只见信封上印着加急字样，字体不是母亲的，但有些熟悉，却想不起来是谁。寄信地址是浙江嘉兴，他想：自从自己入党以来，行踪不定，家里人已经好久没能联络上他了。这封信会是谁寄来的呢？他立刻找了个隐蔽处把信拆开，一看后面署名，竟然是灵芝。他很狐疑，心想灵芝应该和付林过上了小日子吧，为何给他写信呢！他快速把信看完，信的内容却把他击懵了。

原来灵芝信中写到了家乡发生了战争，路生的家人现在正被他的父亲陈松周一手控制着，信最后说，你要来迟一步，你母亲的清白可要毁了，你父亲现在亦生不如死！

这是重重的打击！

路生很快想到生父北伐后，家里人就处在陈的控制范围中了。现在苏浙

第二十八章

地区，都是国民党和军阀的统治区。怎么办？目前危急的情况，拼死也要去救母亲！

唐文忠刚好执行完一个任务后和路生碰面，他知道后义愤填膺，就和路生两人告别了清怡，带着几把手枪连夜乘火车南下。

此时，庄锦轩的军营里正在开庆功舞会。邵伯韬此时已升职为上尉军官，他为人很懂礼仪，又懂得灵活的处世方式，还颇有谋略，这在国民党的军营里是非常吃得开的。看来路生为他谋的这条道路是对了，生父也没有看走眼。虽然有了路生好朋友这层关系，但锦轩看重他，又仿佛都是因为他自身的关系。美莹以未婚妻的名义陪在他身边，旁人都说是郎才女貌，天造地设的一对。

锦轩戎马半生，所接触都是军武行里打天下的战友，现在伯韬和美莹在他眼下，成了扯起他内心一腔柔情的引线人，尤其是美莹，看到她，就想起了心上的人。

这北上一年多来，锦轩的几个贴身警卫明显感到了长官态度的变化，他变得和蔼幽默。要是在以前，那总是一脸的严肃，对待下属态度简单粗暴。锦轩自己也觉得很奇怪，有一点他是清楚的，他心境最悦然的是早上，因为这时美莹会和伯韬一起过来问候，要是伯韬有任务，美莹会单独过来问早安。他很意外自己的心境受朝云以外的女性影响，当然她是朝云的女儿，但她至少是一位和自己隔代的年轻女性。怎么会这样呢？自己还有这闲心吗？这让他感到有点烦恼。

此刻，美莹作为全场最美丽的年轻女士，和长官庄锦轩跳起一支华尔兹。

高大魁伟的锦轩拥起明媚多姿的美莹，这对舞场上的老少配成了全场注目的焦点，连伯韬都忍不住投去嫉妒的目光。

"美莹，入军以来，你的舞姿越来越好了！"锦轩亲切地看着眼前的美莹，不由得赞叹道。

"有伯伯这么好的舞伴带领，不会跳舞的人也会跳了！"美莹目光清澈，有些崇拜地仰视着锦轩。这一年多来，美莹越来越觉得庄伯父是一位非常厉害的英雄，打起仗来，他英武决断，手下有很多厉害的能人，都得听他调遣。

同时，他又是一个善于体贴关心人的好首长，她和伯韬的生活起居更是事事过问。因为两人只是订婚，不能同房睡。两人的房间也整洁舒适，连睡觉的灯光都调试得恰到好处。在这里，她有了一个可以信赖的长辈。她想母亲年轻时为什么会爱上他，那也完全可以理解。他和父亲，真是不一样的人呢！美莹心里常常想。这个时候，她闻到他身上散发出悠悠的烟草味。

"真是好闻呐！让我闻闻！"美莹十分孩子气，边跳边凑近锦轩的胸前，闻了闻，又不小心凑近他的脖子、耳朵处闻了。竟然因为跳舞的动作惯性，美莹的嘴碰到了锦轩的脖子和耳朵上。

锦轩的脸忽然有些微微红了，这么多年来，他何曾被至爱的女性亲近过，何况，她就是她的女儿。他的心开始怦怦直跳，那是敌人开火过来也不曾有过的慌乱。热血已上涌，他感到全身火烫起来，他脑袋里浮想联翩，那罪恶的想法竟然作祟起来：仿佛自己已经拥着她入怀，她不就是朝云吗？哪怕是第二个朝云！他仿佛在亲吻她了——美丽的、洁白的小身体，进入她温柔的恬梦……

就在锦轩的思绪像脱缰的野马一样进行"罪恶"地想象，美莹也仿佛感受到了伯父异常的神态。忽然，她醒悟过来，她脸红了。他们两个同时脸红了，但是本来舞会情绪高涨，大家都兴奋得很。对待这些微妙的变化，旁人是不会觉察到的。

这支华尔兹还没结束，两人继续跳着。美莹看着锦轩眼神里克制不住的火花，慌起来，胸脯起伏起来。锦轩没有说话，美莹也不敢说话。可是舞曲还没有结束，大家都还在跳，两人是被注目的一对舞伴，不能随意下场。忽然，美莹的身旁走过来一位不速之客——一个年轻男子，他对美莹说："蓝小姐，请赏光跳一支舞吧！"两人都像获得了解救，锦轩下场，让给这位年轻男子和美莹跳。可是看到这位"男子"，两人都受了惊，那张脸他俩都见过——清怡！那不是路生的女朋友吗？怎么跑到这里？

只见清怡不动声色，站在两人身旁悄声说："庄伯父，路生家人有难，请借一步说话！"

美莹听到这句话，神情正不能自已，锦轩用眼神提醒她控制住情绪。

第二十八章

锦轩大声说:"既然这位年轻人愿意陪蓝小姐跳,那就请吧!"

"多谢庄伯父!"在众人的目光中,清怡也响亮地说。

在清怡扶住美莹起舞时,锦轩悄悄撂下一句话:"想办法下场!"说完,走到场下座席上坐在伯韬旁边。伯韬也发现了什么,正要说话,锦轩示意他别出声。

人群并没有引起异样的注意,大家继续跳着。

听到清怡的话美莹的情绪有些不稳了。"先别紧张,跳一会儿,你假装头疼我们下场去和庄公到室内说话!"清怡沉着地指挥她。

庄锦轩获知了这个消息,也遭受了打击,但是他还是保持着欣赏舞姿的神情,其实心里已经开始焦急地等着清怡她们下来,把事情弄清楚。

过了一会儿,他看见美莹仿佛头疼了,由清怡所扮的年轻绅士扶下了场。

"怎么了?"伯韬问,显然他认出了清怡,但是由于锦轩的暗示,他只当不认识。

"蓝小姐忽然头疼得厉害!""年轻绅士"说。

"到房间里去吧,让医生来看看!"锦轩说,"伯韬,和这位年轻人一起扶美莹到房间!"两人马上遵命。

他们去了一会儿,锦轩对身旁的一个参谋长说:"我去看看蓝小姐要不要紧!"

锦轩进得里间时,见美莹在哭,伯韬正在安慰她,清怡在一旁,他关紧门,转身问:"清怡,朝云怎么了?"

清怡就把路生收到信的内容说给锦轩听,并告知他路生已单独回去,他没要求组织上帮忙这件事。清怡还说,她来路生并不知道。锦轩知道路生性格犟,不肯求救于他。心想:这孩子一定要受点挫败了!

他吩咐伯韬照顾好美莹。刚刚,自己和美莹的尴尬就被这突如其来的坏消息打消了。激情澎湃的欲望也被这个消息冲得无影无踪了。

他现在醒悟过来,脑海里开始清晰起来:朝云,朝云,他的女人!她有难!陈松周!你这胡作非为的下流狗!看我怎么收拾你!

清怡是怎么混进这严兵把守的后方的,锦轩是来不及问了,他让她以表侄的身份在这里吃晚饭。因为马上带她出去，怕会引起不必要的猜测和怀疑，锦轩告诫她说："下次且不可贸然闯入，这里耳目众多，非常危险！"清怡点点头。

等到吃晚饭时，美莹的情绪稳定了，锦轩吩咐厨房多做一些菜，因为他的"表侄"来了，伯韬和美莹也一块儿吃。

原来清怡能闯得进来，全是因为锦轩给路生的一张通行证。那是路生临走时，清怡向他讨要的。他当时急着要走，所以也没问理由。清怡进来时，向守卫展示了这个证件，并说自己是军长的表侄，因此很快到达了舞会现场。

当清怡堂而皇之，在"表叔"的护送下，走出国民党后方军营时，锦轩马上准备营救朝云。这时，他却收到了一封信，锦轩一看信来头不小，信封印有"江苏督统"的印章，打开信一看，发现竟然是江苏总督苏舜阳写来的，苏开头以"忠义之人不能让小人作祟鼓噪"之理，写了自己打赢了浙江张子丹的事由，并且暗示庄不要再插手管江浙地方的事。但是他说到朝云，语气变得很客气，大致是"你庄公的人，我是不会动的，她在我的营中很安全，到时就完璧归赵。你原本那位属下陈松周差点叫苏某在同行中落下话柄。"

锦轩从这封信中知道了朝云现在在苏舜阳的营中安然无恙，不但没遭不测，反而免受了陈松周的迫害（这一点，聪明的苏在信中也暗示了），这叫他又惊又喜，心中不免诧异，苏怎么知道自己和朝云的关系。但同时又想到，蓝家李家人在陈松周的控制下，日子不会好过，要赶紧派人去救他们。陈松周为人如此可恶实在叫人切齿痛恨！

叫他震惊的是江浙两省竟然交起战来，张子丹竟然没好好保住浙江的地盘，乱世够乱，有了张子丹更乱。

锦轩派了文一带着四个随从前去交涉，并交给文一一封自己的亲笔信，待求见苏的时候给他。并叮嘱文一，要联络到路生，现在语溪的情况，不要让他失去理智蛮干。

第二十九章

路生一路坐火车到了上海,已经感觉到了战火的硝烟味,这里也不太平。好不容易到了语溪,发现那里到处是炮火烧毁的迹象,那些走在路上的百姓个个行色匆匆,让人真正感受到了乱世的滋味。

路生终于到了祥门,见大门紧闭着,他不敢敲门。而是悄声走到运河畔的侧门,敲了敲,竟然开了门。是老仆人陈年!他的脸上已经爬满沟壑,眼神警觉又哀愁。见到了路生,他不禁悲喜交加,叫道:"小少爷!你怎么回来了?"

路生见陈年手上戴着黑纱布,不觉脑袋"轰"的一下,不知道家里发生了什么事情。

"小少爷,你来得正好,老爷子还没入土,你还能见着他!"老仆人悲切道。

花园里又走出一个人,是小莲,也老了许多。她见到路生,神情凄凉,一时不知说什么话才好。她只是说:"小少爷,你可来啦!我们盼着你呢……"说着,就拿手绢擦泪。

路生三步并作两步来到正厅,灵堂触目惊心,中间赫然放着一副棺木。一头亮着灯,灯光下爷爷的面容是平静的。路生一下子趴到他的遗体前,一边哭一边叫着他,他用颤抖的手抚摸老人的面颊,只是已经冰冷。路生伤心

奔 Ben

至极，心中还有很多想说的话要对爷爷说，看来只有在梦中了。

路生正哭着，忽然听到一阵笑声，这笑声邪气得很，但声音很熟悉。

他抬起头，问老仆人，老仆人叹气道："是你舅妈，她失去心性儿了——你舅舅被姓陈的抓走了……他这是第二次了，你舅妈受不了，一时就……你爷爷被他们赶了回来，几天就走了……"

路生走到花园里，见到舅妈在那边采花枝玩，眼神凌乱，疯言疯语。小莲连忙跑过去，对她说："太太，你起床啦，我给你梳头……"她就追着她跑。

路生跌坐在回廊一角，心情从来没有如此凄凉。尽管春天已来到人间，花园里花枝繁茂，鸟雀啼鸣，但那更增添了路生的悲伤，祥门已不复往日的祥门，它已失去了往日的祥和欢乐，那些家人紧紧依偎的日子，那些桑地里雇工和主家亲近的絮语，都随着战争的来临消亡了！那地里桑叶和菊花熟悉的味道也唤不回温暖的记忆。曾经，他是多么不喜欢那青涩味和药料气，但是现在只要家人平安，祥门安宁，哪怕浸在这样的味道里，他也觉得甜了。

陈年年纪大了，对当下的事情也说不清楚。他只告诉路生，小姐出事后，他的昔日玩伴贾生豪来过这里，要他来了去找他。陈年给了路生一张纸条，纸条上写着"回来后，别找陈，先来吾处"。落款是"豪"。路生安慰了陈年让他别着急，他换了一身衣服，戴了一顶帽子，把帽檐压低，就去找生豪了。

他抄一条僻静小道到达贾生豪家，生豪正在门内，见他来了，一把把他拉到里面，并悄悄地到外面望了一会儿，进来问他，有没有人看见他，他说没有吧，这身打扮不会有人认出的。

生豪说："你先在我家里躲一躲，我们想好办法在去救伯母他们！"路生问生豪这一年多来语溪的事情。生豪说："你别急，听我慢慢说！"他就把路生家里的事情详细说给他听。

原来，自从庄锦轩离开杭州后，陈松周便没有了顾忌，开始盘算着怎样处置朝云一家。

锦轩走后，张子丹升为军政厅厅长，成了实际意义上的老大。张子丹这个人本来就是武夫出身，好大喜功，又不懂得收敛。他主动挑衅邻省的江苏

第二十九章

总督苏舜阳，因此双方最后兵戎相见。先在吴江、嘉兴一带打起来。张起先打了几个胜仗，把江苏桃源一带给占了，放火烧了很多民房，引起了这一带的民愤，农民们纷纷加入苏的军队，要求痛打张的部队。后来，苏调遣了大部分兵力，在长兴、吴江一带围攻张子丹的主要部队，张子丹惨败。苏的军队一直追来，占领了嘉兴、湖州等浙江地块。张子丹一直逃到临安山区他的老窝躲避，才算没有被活捉。

语溪就是嘉兴的地块，现在都在苏的控制范围。

张子丹起先开始打的时候，驻扎在嘉兴，照理要求当地各县公署派武力来增援。陈松周省府走得熟，知道张的底细和为人。他想：张平素最忌讳庄锦轩了，因为有庄压着，他刚愎自用、骄横的本性才没有发挥得过甚，现在他主事了，恰在兴头上，切不可以违拗了他。于是陈松周热情回应，不仅派去了援助，还送了几车好酒菜递到他面前。张很开心，连说等胜利后要给陈加官晋爵。

陈松周估计张赢不了苏，他不想自己落为苏方的阶下囚，所以他阳奉阴违，表面对张子丹热情，实际上派了心腹直接去苏的营地送信。信中说苏智勇深沉，有远见卓识，陈某只是不想在那些胸无点墨却嚣张跋扈的人身上浪费时间，这样的人注定是要失败的。与其在不识时务的人手里做个朝不保夕的县官，还不如投在苏总督麾下，哪怕做一员小卒了。苏看到信，觉得张手下的这个县知事是个不一般的人，旋即回信让陈择时投奔过来。陈松周收到信，暗自得意，一面和张周旋，一面选择时机投奔。

张子丹终于扛不住了，退至嘉兴，过了三天嘉兴也待不住了，直退到余杭，想要守住杭州城，但是终敌不过苏军的实力，杭州城失守，一直躲到了临安，以山区地形为屏障，才算稳住了阵脚。考虑到国内形势复杂，苏没有再去攻城。而是班师回来，在杭州布满精兵，苏自己和主力部队屯扎在嘉兴、吴江一带。为什么苏自己不去占杭州城呢，因为杭州城风光太过旖旎，古时就有"只思西湖歌舞"，不问政事"的事例，他不想步古人的后尘。所以，退而求其次，住在相对保守些的嘉兴地带。

这使陈松周大喜过望。近水楼台先得月，他开始着力讨好苏，并在苏面前表现出一副识时务的样子。嘉兴地带几个小县的知事都因抵抗苏军而被抓起来——唯独陈安然无恙，而且苏还让他继续接管语溪城，并把他损失的一些兵力补足。所以现在语溪城内都是戒严的士兵，整个县城一片惶惶然的景象。乡下农民都不敢到城里来做事了。城里的人有逃到别处去的，但逃出去的，有些也逃了回来，因为外面也是纷乱的。相比死在外面，不如死在家乡。陈现在依旧可以在语溪营营苟苟，并且开始为所欲为。

语溪城里城外的老百姓都说陈是千年王八投的胎，什么好事都轮到他。

而陈松周打定主意要"好好对待"蓝李之家。

那苏舜阳虽然比张子丹有谋略，却是个好色之徒，这一点陈松周是早就看出来了。

这段时间，苏驻扎在嘉兴，陈请他光临自己的住处。苏从他家离开之前，眼睛似乎不离他们家的女眷，甚至对一个长得有点姿色的丫鬟动起手脚来。陈松周猜他征战数月，断腥已久，欲望很迫切。等只剩下他们两人时，他悄悄地对苏说："苏总督是位大丈夫，但是作为男人在外征战这么长时间，难免寂寞，不像陈某在家舒坦。"苏一听，正中下怀，点头道："陈知事有何良策？"

陈便建议道："陈某府里的丫鬟太粗笨，怎配得上大人的丈夫气概？！"

"那将如何？"

陈接着说："语溪有一奇女子，见得惯大场面，统御得了成百上千人，又琴棋书画无所不能，模样长得非一般凡俗女子所能比，她叫朝云，县里那些百姓都叫她'观音娘子''蚕花娘子'，总督若能与她共度春宵，就像那楚庄王与神女巫山交媾云雨，岂不如神仙般快活！"

苏一听，心神荡漾，不能自止，不禁问："有这样的女人吗？她可嫁人？"

"人是嫁过了！"

"她年方二八，或是二十三五？"苏显然开始想象起来。

"年龄嘛，倒有四十多了！"

"陈知事跟苏某人开玩笑嘛！"

第二十九章

"大人不要急,听我说来!"陈仍旧凭一张巧嘴和投机的本性,说服苏,"总督可知古时有个萧氏,先后嫁给过六个男人,到唐太宗时,她已五十多,可还是保持着天姿国色……如今这位朝云虽已四十,可是那面容还如同少女,那身段既丰满又窈窕……总督你只要见她一见,一定会很满意的!"

"有这么好吗?快快把她送到我营里来!"苏有些迫不及待。

陈松周答应他说一定办到。

他本来想直接去钟响寺下的庄园把朝云给架了来,但他同时也考虑到这样做,会引起周围人的反感。所以,他派了人去学校查看,得到消息说李朝云这段时间早晨都会去学校。他就制造了青天白日抓女校长的事件。

战争来时,朝云一家没有出逃,他们要等儿子女儿回来。家里的丝厂早已被县公署的人封了,朝云没有去质问陈,她还是坚持去学校。但是随着战事一起,学生陆续不来上课了。那一天,朝云还是照理去学校,到学校一看,发现几乎没有了学生,老师们也跑了。她心情落寞,不过还是像往常一样把办公室打扫了一遍,再到各个班级和老师的办公室察看一遍,看看还有没有人。但是她只发现了一个男老师,此时,他并不在教师办公室,而是站在校门口。他带进来几个县公署的兵。他们要干什么!朝云有一种不祥的预感。

很快,那几个兵看见了朝云,她还来不及躲闪,就已经被他们围起来了。为首的一个说:"请李校长跟我们走!"

朝云很气愤,说:"你们平白无故为什么抓人?"一个兵说:"那是陈县长的意思,只是让您跟我们走!"朝云无力挣扎,只能跟着他们走,汽车在外面等。

这一路去,朝云发现,并没有去陈松周的县公署,却是去了更远的地方——嘉兴府县方向。朝云被他带到了一处府邸,原来这是苏舜阳驻扎的地方,那本来是嘉兴府府县的住处,现在苏把它作为临时休养生息和部署未来战事的地方。苏现在在这里,准备一统江苏和浙江两省,浙江张子丹方面除临安山区外各地应该还有一些残余兵力,苏准备随时派兵把他们消灭。料想张子丹躲在临安也不会有什么花头,他要是出来,就把他干掉,他能躲到什么时候呢?但是,另一方面,苏是个地地道道的江北人,他待惯了江北那个地方，他对江南有一种天然的排斥感。

等他见到了朝云，他才开始喜欢江南了。果然如陈所说，此女子，这相貌，这身段，完全不像是四十多岁的女人，他被她的外貌迷住了。正欲动起手脚来，却不料她铿锵有力地说："现在不可以，想总督必定是个英雄人物，小女子有一些话想说，您一定不会为难我吧？"

苏看她虽为女流，但是态度不慌不忙，不卑不亢，意气凛然不可侵犯，不觉为之一振，心想：此女子是有些奇了！

原来朝云自被陈掳来，本来打定必死的决心，但是她想到语桐，他会怎样悲伤啊，就决定自己救自己，先拖延时日再说。

苏看她如此态度，心里多了一层认同，忙和颜悦色地说："但说无妨！"

"苏大人不要中了陈某人的奸计啊！"

"为何？"

"事到如今，小女子也只有不顾羞耻跟你讲实情了！"

"噢？"

"苏大人应该知道庄锦轩吧？"

苏舜阳点了点头。

"他原本和小女子青梅竹马，并私订终身，并且生下了儿子。因种种原因我和他未能结合，但是他时时刻刻念着我呢。苏大人一定知道其中的利害关系，你想，如果你占了我，他回来后会饶过你吗？"朝云跟苏说了这些隐秘的话，说得自己都有些脸红了。这样危急的时刻，她终于放下了，放下了那些顾忌，就这样把内心的隐秘说了出来，她忽然感到一种莫名的轻松。想起锦轩，她隐隐地又红了几分脸色。

苏一听，马上迟疑了，他当然知道庄锦轩。想当初，他在浙江当军政厅厅长时，他和他井水不犯河水。他知庄是个厉害角色，如果这女子说的是实话，他占了她，岂不是惹了麻烦。以后在同僚间怎么做人？

朝云看他脸色有变，心中有底，又说："这姓陈的女儿看上了我们的儿子，陈想借此巴结庄锦轩，但我们儿子另有所爱，庄锦轩也没有领他的情，姓陈的怀恨在心，乘着庄锦轩离开，便要迫害我和家人。请苏大人明察，怜

第二十九章

悯小女子!"

苏很惊诧,想不到陈松周还有这么一出,便立刻说:"朝云啊,你放心!你且先留在这里,我不为难你!"遂吩咐手下给朝云安排住处,好好服侍。

这苏虽然好色了点,但是久经宦海,也是个老谋深算的人,他想把朝云送回,到底说不清楚,将来庄知道了还是不会轻易放过他的,再说陈这么狡猾,谁知道他会怎样想。不如自己给庄书信一封,让他领回她。这样,自己跟他俩还结了缘,以后在同行那里混,也能博个名声。

所以锦轩就收到了苏的这封信。

路生只知道母亲被抓走,具体情况,生豪也不知晓。但他告诉了路生他父亲、舅舅也被抓走的一些情况。朝云那天晚上没有回家,语桐很着急,立刻开着他的旧汽车去学校找她。学校里找不到人,她的办公室是开着的,她的手提包还在。这证明她是来过学校的。不过令他心惊的是在办公室门口发现了很多脚印,那是很多男人的靴子印。语桐心乱如麻,也不知是怎么走下楼梯的。

走到校门口,看门的老张慌慌张张地跑进来,说:"是蓝先生吗?李校长让兵给带走了!"语桐忙问:"看清楚了是什么人吗?"老张说:"好像是县衙的人!"

"这姓陈的混蛋还有什么事情干不出来!"语桐咒骂道,连忙掉转车头往县公署开。

车开到县公署,天已经乌七八黑,公署的大门紧闭,里面没有灯火,连开门的人也不在了。语桐又气愤又担心,车子差点撞上了墙。他一直开到陈松周的住处——全语溪城都知道陈的县长官邸。看见整幢气派的楼宇灯火辉煌,里面仿佛传出歌乐声。语桐想到朝云的处境,泪如泉涌,气血也上涌,丢掉几十年的教养,破口大骂起来:

"陈松周,你这遭天杀的乌龟王八蛋!强抢良家妇女哇!"他抹了把脸上的泪水,继续骂,"你不得好报啊!你放不放人?"

马上出来了一个家丁,斥骂语桐,骂他不长眼,这是什么地方了。接着出来了一队兵,把语桐团团包围。那家丁细看了语桐,忽然像记起什么来,

奔 Ben

说："这不是语溪蓝家少爷吗，怎么也如此不懂规矩？"

语桐说："你们县长抓走了我老婆，我还跟你们这帮强盗讲规矩不成？"

一个兵头说："你说朝云校长是吗，她如今还要你个下三烂？她另攀高枝了，现在恐怕早已做了苏总督的营盘夫人了！"说罢，狂笑起来。

营盘夫人？这么说是姓陈的把她掳给外省了。

语桐听罢，竟悲愤得不能自已，他夺过一个兵手里的枪，正要放枪，无奈早被这群武夫给缴下了，并把他揪起来，送到里面去了。后来庭风和蓝老爷都去县公署讨要公道，陈又把庭风关起来，蓝老爷因为年纪大了，没有抓，而是把他赶了出来。

这些事情，生豪也是听周围人说的。他说了事情大概，努力不说那些令人愤慨至极的地方，以免使路生更加冲动。

两人正商量对策，文忠来了，他说去祥门找过路生看到了他们家的情况，他感到很难过。路生问他，他们家的情况如何？文忠说穷家陋巷的，家人都还平安，最多躲在里面不出来饿饿肚子。生豪跟他说了路生家的事情，他说，最感到难以置信的是陈松周这个人，怎么我们小时候没觉得有怎样坏呢，到现在怎么变得如此卑鄙下流？

文忠还是那样气愤不过，倒是贾生豪，变得老辣、有城府了，说话也慢条斯理，他说："民国前，我们还小的时候，蓝府的房子不是他带头烧的吗？后来怎么他就请了伯母去做校长了？这种人投机得很，语溪人现在都明白。"

"我想把他宰了！"路生咬牙切齿，但还是努力使自己保持冷静。他把藏在腋下的枪用力夹着，使胳膊生疼起来！

"你说怎么做？"文忠问道，"直接闯入苏营去救伯母吗？"

生豪摇摇头说："那地方凭我们几个人，怎么能闯得进去！"

路生痛苦地沉思着，没有说话。忽然他开口说："既然闯进苏营是送死，那陈的住处总进得去的，只有活捉了陈松周，以此要挟他去把母亲放回，只有这个办法！"

生豪说那伯父和舅父怎么办？三人最后决定，分步骤：救出路生父亲和

第二十九章

舅舅，活捉陈松周，必须同时进行。

怎么救他们？又不能打草惊蛇！

"这个要请陈灵芝帮忙了！"贾生豪说，"现在我们这些人很少能见到她了。我有一个办法：我媳妇她姑就是陈灵芝的奶妈，到时让我媳妇带封信过去应该不会太难！"

"灵芝和她父亲不一样，她心肠是软的！"文忠感叹道。

"但是要活捉她父亲，这一点不能告诉她！"生豪说。

可是路生心里不情愿再和陈灵芝有什么交涉，更不愿意去利用她，但是眼下情况如此复杂，他硬着头皮亲笔写信给她，几个人商量着怎么写这封信，好一会儿终于把信写好。最后路生署上了名字，唐文忠和贾生豪这两个灵芝的小伙伴也署上了名字。当天下午，生豪媳妇就把信送了过去。

当晚，三个人躲过官兵的巡逻，路生和文忠潜入到陈松周宅第查看情况，生豪在陈宅后门口放风。

两个人身手矫健，在屋顶查看动静，悄悄来到陈灵芝的闺房，那个地方路生小时候来过，约略记得在什么方位。两人同时发现了房间门外的红绸结——这是他们和灵芝信中所说到的暗号：要是灵芝收到了信并且肯帮忙，就在门外系一个红绸结。

此时已是午夜一点左右，灵芝房间里亮着幽暗的灯。他们两个悄悄地破窗而入，里面传来一声警觉的轻喝声："谁？"

路生看到灵芝没有睡下，而是枯坐在床边的椅子上，不觉一阵难过。

"灵芝！""灵芝！"两个人低声叫了她。

"你们来啦！"灵芝也低声应道，"这里比较安全的，有什么话请说吧！"她好久没见到路生和文忠了，并不多话，只是开门见山。

文忠走过去，凑到她耳边跟她说着。

她听完，并不惊讶，而是说："好吧！我料想路生哥会来的！"她看了一眼路生，再不多留恋，而是说："我先过去，等人出来后，你们把他俩带走就是了！"

"嗯！"路生这时除了感动，还有一种难以言说的温情，他刚想对她说些感激之外的话，没想到灵芝却说："路生哥，我父亲对不住你全家……"她脸上保持着矜持，但是看得出很难过，"我先去了！"她转身朝门外走去。

灵芝房间附近没有警卫，路生和文忠很快跟着灵芝走的方向来到一座装有铁门的平房前，灵芝进去了，两人借着假山树木隐蔽着。

灵芝进去时，已是午夜一点多了，语桐和庭风被关在里面幽暗的小房间里。这原本不是正式的监狱，只是陈当初造这房子时设的私狱，用来关那些违拗自己但又没有触犯民国法律的人。陈尽管卑鄙，但没有把语桐关在县公署有刑具的正式监狱里。事实上，这个地方在这之前还没派上过用处。语桐和庭风是第一次光顾这里的人。

这里只有一道铁门，灵芝有这铁门的钥匙。她打开进去，鼾声如雷，两个看管的卫兵睡得正熟。里面点着一盏马灯，看见地上那些碗碟，吃剩的鱼肉饭菜一片狼藉，灵芝发现了几个空酒瓶。灵芝猜想自己每次嘱咐厨房送些好饭好菜来，都让这两个馋嘴的看管当下酒饭菜了！她悄悄地从一个卫兵裤腰上解下钥匙，快速地开了门。里面的两个人听到半夜有人开门，都很警觉。灵芝说伯父你们快随我出去吧，路生在外面等你们！语桐听到说路生来救他们了，就扶着庭风，急急地跟着出去了。

见到父亲和舅舅从铁门里露了脸，路生急忙把他俩拉到隐蔽处。三个人又喜又悲，正要说话，但是唐文忠提醒他们此处不是久留之地，要赶快走！好在这个时刻，县知事官邸的卫兵走动不再频繁。他们四人来到后门围墙处，灵芝给他们开了后门.

贾生豪在外面等急了："出来啦！伯父、舅父快跟我走吧！"说着扶起年长的庭风又一手拉着语桐就要走。

可是语桐悲泣道："儿啊！你母亲落在了虎口里，生死未卜！你怎么不先救你母亲？"

路生说："放心，父亲！我会去救母亲的！"

"可是你们这么几个人怎么救？我要和你一起！"

庭风悲伤极了，但是对语桐说："让他们去吧！"

第二十九章

　　灵芝已经把门关上了，路生好不容易劝说父亲他们离开。文忠提醒道："那姓陈的估计现在在睡觉，现在动手正是时候！"

　　路生说："走！"

　　此时，陈府里的自鸣钟正敲过两点，卫兵开始巡逻。他俩往巡逻最密的地方过去，巧妙地躲过了他们的视线，来到一座装饰考究的房子前。路生猜想，这里应该是陈松周的卧室了。

　　房子前站着两个持枪的卫兵，仿佛听到了什么动静，刚想出声，就被路生手里的无声手枪结果了性命。路生身手迅捷，两个卫兵应声倒在了地上，发出了一点响声。里面的人警觉了，大喝一声："谁？"随即，房间亮了。路生和文忠便破门而入，撂开帘子，看见陈正要披衣起身。见到两个人影，他大惊失色，想拉开抽屉拿手枪，早被路生用枪对准了脑门，而文忠一把揪住了他的胳膊，使他动弹不得。

　　"是你啊，蓝路生，你不好好在北京念书，到这里做什么？"陈松周又惊又怕又无奈。

　　"问你这狗屎，你干得好事！"路生用枪紧紧地对着他的太阳穴。

　　这时，外面的卫兵都听到了响动，都涌了进来。一边是气势汹汹的卫兵，一边是跪床求饶的县官，场面充满嘲讽味。

　　路生命令陈松周让卫兵放下枪往后退，陈松周只有听命。卫兵们放下了枪，纷纷退到门口。

　　"路生啊，你要怎样？"陈松周语气温软，抬起头，向路生求饶。

　　"你这狗屎，为何要害我母亲？"路生禁不住怒火中烧，厉声问道。

　　陈显出那种死乞白赖的样子絮絮叨叨："贤侄啊，现在什么世道，你家里靠你那个不中用的爹怎么过活？你母亲这样的女人靠个强男人才行，不是庄公他去北伐了吗，现在苏大人喜欢她，你家不就有了大靠山了吗？"

　　路生听着他说，一时气愤得说不出话来，直想拿枪揍他的脑袋。文忠看出了他想拖延，怕他使出什么诡计，便立刻说："少废话！快去把人送回！"

　　"快把我母亲送回来！要不然今天就是你的死期！"路生用枪狠狠地戳着

249

他的脑门说。

"别别别，贤侄！改天我就让苏大人把你母亲放回来！"那陈实在是个狡猾的老狐狸，到这时候还想讨价还价。

"我要你现在就派人去！三个小时内不送人，让你脑浆崩裂！"

陈看到路生虽然愤怒，但是还保持着冷静，就知道这小子不再是愣头青一个了，连忙向手下人说："快去，去苏营里，把李朝云带回来！就对苏大人说，万不得已，请他谅解！一定请帮忙放人！"为首的那个警卫带着几个卫兵就去了。

忽然，从外面跌跌撞撞进来两个警卫，衣衫不整，满身酒气，向陈松周哭诉："报告县长，关起来的那两人跑啦！"

"马上出去！"文忠大喝一声，

两个警卫这才惊醒过来，看清楚了县长的脑袋上顶着两把枪，冷汗直冒，酒也醒了大半。瑟瑟抖抖地叫着："县长！县长！"

"快滚出去！"陈松周无可奈何地命令道。

进来的两个，还有门口的卫兵们都退出去了。谁知道他们退出了路生和文忠的视线后，在外面把陈的房间团团围困起来。

陈松周这时对路生说："你看贤侄，你要放人跟我说一下就行了！"

路生朝他脑门上又捶了一枪把："你说得好听！我爷爷就是让你害死的！"

陈疼得嘴里带哭腔："贤侄你轻一点！老爷子死啦，我可真不知道！"

"少废话！老实点！"路生又是一枪把。

陈松周终于颓丧地耷拉着头，指指一旁的电话说："你要你母亲出来，我得给这位苏大人打个电话啊！"

路生和文忠交换了一下眼色，命令道："快打！要是玩花样就崩了你！"

陈拿起电话，拨了数字，那边老半天也没接，他又拨了好几遍，有人接了。陈说请苏大人接电话，那边又过了好一会儿，终于电话里有响声了。

路生摁了免提。

陈对着电话，变了脸色，用近乎哀求的口气说："苏大人，大事不好，

第二十九章

请把李朝云放了吧?"

只听苏说:"放了?你说放就放啊!"

"苏大人我求你了,这事都怪我,放了吧!以后我会给你物色更好的!"陈的语气何等可怜,"等会儿我的人就到你营里了,你就让他们把李朝云带走吧!"

"瞧你干得好事!"苏说完,就把电话挂了。

"苏大人一定会放人的,你们等着吧!"陈可怜巴巴地对路生说。路生和文忠就这样和陈松周僵持着。

陈的这个电话,打搅了苏的好梦,他好不恼火。其实,朝云已经被他放走了。就在昨天黄昏时,陆文一造访苏营,他拿着庄锦轩的亲笔信给苏,苏看信后,立即放了人。苏不想跟陈松周说实话,也是没拿他当回事。

陈的几个人到达苏营后,被苏的兵挡在门外,他们说苏大人还在睡觉,有什么事等天亮再说。就这样,陈的这几个警卫不能进去,也不敢回去。一直等到了天亮才进去,见到苏,苏懒洋洋地说:"你们陈大人要人啊,可惜已经让人给接走了!难为你们陈大人这番苦心,苏某可是碰都不曾碰过她!"

陈的几个人问他:"斗胆请问一下苏大人,是什么人把她接走的?"

苏立刻变了脸色,呵斥道:"这个我还要向你们呈报吗?"

几个人便吓得退了出去。

路生在陈府,就这么和陈松周僵持着,等待他的人把母亲带回来。他和文忠不断向陈施压,但是没有用,等了几个小时没有回音。倒是惊动了灵芝和陈府上上下下。那些陈的大小老婆们慌里慌张地哀求路生放了他家老爷,但被路生喝了出去。最后陈灵芝泪眼蒙蒙地走进来,路生感到愧疚,不愿看着她的眼睛。灵芝望着他和她的父亲陈松周,眼泪扑簌簌,嘴角翕动,但痛苦让她不能说话。这时,一旁的文忠说:"陈松周,你尽干伤天害理的事情,会有好报吗?灵芝!你快出去,我们会给你一个交代的!"

终于熬到了天亮,那几个人垂头丧气地回来了。路生从他们口里知道了母亲已经被人接走,心里各种担心和猜测都有。他和文忠两人都有了松动,陈乘机从枪口下逃了出去,在门口大喊:"活捉他俩!"路生和文忠都放了一

奔 Ben

枪,路生那下没打到他,文忠那下打中了他的后背,陈倒在了血泊中。家眷们喊叫着,几个兵把他抬走了,灵芝跑去,大声而凄惶地叫着:"爸爸!爸爸!"

这下外面的埋伏迅速涌进来,把路生和文忠两人团团围住,他们两人打死了一些卫兵,但兵越来越多,终于把他俩活捉了。

两人被反绑在陈府花园的一棵大树下,被兵士看管,等待处置。

生怕再有不测,文一等人救出朝云后,没有让她回钟响寺下,而是给她安排了住处,暂时叫她别出门。他们一行人计划明天去找陈松周,准备给他来个兴师问罪。

第二天上午,文一告诉朝云,他们要去找路生汇合,请她放心一定会安排好她的其他家人。

他们看到语溪城里有很多苏的兵在巡逻,老百姓都躲起来了,有些店铺也关了。但是他们有苏给的通行证,方便多了。语溪城很小,他们很快按照朝云告诉的地点找到了县长的官邸。

家丁出来开门,文一说明自己的身份,家丁进去禀报了。过一会儿,他出来说:我家老爷他遭歹人迫害,现在才刚刚醒来,不能出来迎接。文一说我们自己进去!

一行人穿过花园,只听到花园里面传来年轻男子的惨叫声。文一走过去,看见两个彪形大汉正在用鞭子折磨两个被绑在树上的年轻人。文一问家丁:"这是什么情况?"

家丁说:"这就是行刺我家老爷的两个歹人!"

文一心头一惊,擦掉两人脸上的血污,其中一个年轻人的脸部五官明明白白地告诉他:他就是锦轩的儿子路生!

他朝几个弟兄耳语了几句,让他们留在花园里,禁止他们再打这两个年轻人,自己就到里面见陈松周。

陈中了文忠的一枪,但是没打中要害,请来了一个治枪伤很有名的医生,给他取出了弹片,并用上了好药。昏迷了几个时辰后他醒来,家里的大小老

第二十九章

婆又哭又笑，足够闹腾。当他听说陆文一来访时，局促不安起来。他想那陆文一是庄锦轩的死党，一定为庄锦轩而来！不好！那蓝路生被警卫抓起来了吧！正想着，文一已经进来了。

"陆大人，恕陈某不能亲自迎接，失礼！失礼！"说着挣扎着要抬起身来，只奈身下剧痛传来，他只能又躺下。

文一跟他寒暄了几句，关心了一下他的伤势后，问道："可是外面那两位把你打成这样的？"

陈有些疑惑，旁边他太太对他说："那两个人已经被绑在树上遭鞭打了！"

陈松周虽然身上剧痛，但仍用一双眼睛在观察文一的神色，但从文一脸上看不出什么状况，他料想文一不认识路生，就说："是呀！是呀！昨天不幸遭遇了两个恶徒，今天能见到陆大人，实属不幸中的万幸！"说着干咳了几声，吩咐太太说，"给陆大人上茶！上座！"

文一直截了当地说："不必了！我是奉庄公之命来语溪的，陈县长你自己做的好事，我想不用我来说破吧！"

陈松周听后，又急又痛，冷汗直冒，忙说："陆大人说的是什么意思？陈某听不明白呀？"

"你不承认？看，这是什么？"文一拿出苏给锦轩的信，给陈一看。陈松周不禁惊惧万分，失声说："这么说，苏大人他……把李朝云……放走了？"

"哼！陈松周，你私通敌省，掳走良家妇女，关押良民，该当何罪！庄公很快回来，他不会就此罢休的！"

陈松周这下急火攻心，剧烈咳嗽起来，身下疼痛难忍，在床上"哎哟！哎哟！"地呻吟起来，央求文一："陆大人，求庄公看在昔日交情的份上，饶陈某一命吧？"陈的老婆在一旁哭着喊道："老爷！老爷！小心你的伤口啊！"

文一说："庄公的公子路生是外面绑着的一位吗？"

陈有什么都瞒不过，喘着气，一脸哭丧："我就是被他们打伤的啊？他家里人已经被他放走了！陆大人，陆大人，你要替陈某说几句话啊！"

"快放了他们！"文一没好气地命令道。

奔 Ben

"放了！放了！"陈有气无力地命令站在门口的警卫。

文一说："你要派一辆车子载他们回家。"陈松周连连点头。

陈后来失去了苏舜阳的信任，等浙江恢复了自治，他就被革了职，投进了监狱。

当路生和文忠躺在祥门里的床上时，他母亲、父亲和舅舅都陆续被接回来了。他们回来看到老爷子的遗体、失去心智的舅母，不免悲伤至极。但是好在大家还能见老爷子最后一面，感到稍许安慰。他们把老爷子厚葬在庄园的墓地里，四周栽花种树，墓做得非常考究。

沈氏见到庭风，恍惚间，病好了一半。庭风一回来，就跟她寸步不离，她的神志慢慢地恢复了。

语桐得知朝云平安，和她相拥而泣。文一说如果没有嫂子自救，我们再救也枉然！嫂子智勇双全，堪当女中豪杰！大家都佩服朝云。只有朝云自己知道她当时用了什么方式说了什么话，这些话平日她是绝不愿意说给别人听的。她现在还能在心里与那个人保持冷漠的距离吗？他是威武的，他的那种无声无息地保护就像冬日里那温柔丝绵的包裹。他又来救她了！那感觉除了温暖竟然又在内核里产生了甜蜜，这是历此劫难后，不同以往的感觉。面对语桐，她有一种朦朦胧胧的犯罪感！

路生跟文忠躺在床上养伤，母亲和父亲时时刻刻关注着他的伤势。他心中却是懊恼，自己非但没有救母亲，反而搭上了文忠。当初，没有向生父求援，结果还是他救了她！

文一他们一行人并没有走，而是事先说了锦轩的意思：按照语溪目前的状况，请朝云和家人听从他的安排，住到安全的地方去。朝云、语桐和庭风迟疑不决，但是路生对这事没有执拗，他说服了母亲和父亲，让他们随文一叔叔一同前往。

路生诚恳地对母亲说："妈，你留在这里，我去也不放心！到那里也好，暂时住下来，等我有了好地方再来接你们！"

语桐就说："去也好，留在这里，叫孩子们担着心！"

第二十九章

面对目前的情况，朝云最后同意了。文一达成了锦轩的心愿，开心地说："你们夫妇俩还能见到女儿呢！"他简单地说了美莹和伯韬目前在军营里的生活，语桐免不了又开心又难过。

五天后，路生和文忠的伤好了，他们两人和路生家人一起随陆文一到了上海。文一很快找到了锦轩指定的地方，朝云就和语桐、兄嫂住了下来。这里，是一处上海的老弄堂，外人很少进来，很安全。路生放心之余，叹了口气：还是他想得周到！回想他对自己的周到和殷勤，忽然感到愧疚起来！但是性格使他在内心深处还是跟他拗着劲。

带着复杂的心情，他又和文忠踏上了北上的路程。

锦轩此时正为最后一仗而殚精竭虑，同时让他不能放心的是美莹的状况。自从得知母亲、父亲遭迫害的消息后，她茶饭不思，晚上睡觉总是哭醒过来，整个人不复往日的鲜活，伯韬因此很担忧。大家都盼着文一能带来好消息。

终于等到文一回来，美莹终于心定了一些，但是总是嚷着要见母亲。好在战争很快结束了，随着大部队的向南转移，锦轩有空脱身和美莹乘军用火车去上海看朝云他们，而伯韬留在军队里。此时，伯韬——因为几次战役及时为指挥中心出谋划策而受到了锦轩的提拔，他除了通达为人处世，还是一个冷静而富于见识的男子，在这样等级森严的国民党军队里，他已经游刃有余了。

他很放心未婚妻能够随军长一起南下，他是送他们到车站的。

一路上，除了陪同人员，就只有锦轩和美莹。

车厢里，他们相对而坐，长辈慈爱地看着晚辈。

此时，他们的心都想着同一个人——朝云。

"妈他们真的在上海了吗？"她不无担心地重复这样的问题。

"放心吧！你文一叔安排得不会错！"长者在一旁安慰道。实际上他内心也是波浪翻腾，一则因为要见到心爱的女人了，那是几经人生的颠沛流离都想见到的人；二则因为她受了苦，这个女人经历了多少磨难和波折啊，不知道她心里有没有原谅自己？

"你母亲是个坚强的女人,你要学会做一个像她那样的女人!"长者看着略显柔弱的晚辈语重心长地说。

"嗯!"她点了点头,思绪飘向远方。

自此,那些违逆人伦的想法再也没有在他俩的心里出现过。

车厢里,温暖的茶香飘散开来。

出了上海火车站,锦轩一行人很快找到了朝云的住处。朝云彼时在门口理菜蔬,虽然穿的是土布旗袍,头发也只在脑后梳成一个低的髻,但是岁月不曾在她脸上刻下沧桑,她的面容宁静淡泊,命运的劫难仿佛与她无关。这样的女子才是这世上的奇葩啊!

"妈!"美莹一眼就瞅见了母亲,奔到她面前。

朝云听见叫声,抬起头来,不禁悲喜交集:"莹儿!你怎么来啦?"一转眼又看见不远处高大的身影。

"朝云,我把女儿给你带来了!"他对她说。

她望着他,说:"那真是谢谢你了!"说完,像是要躲避什么,拉着女儿就要进屋。

美莹对母亲说:"妈!请庄伯伯到屋里坐坐吧!"她似乎这才想起来,连忙说:"那到里面坐坐吧!"

锦轩来的时候,他怕见到的人现在不在屋里。美莹问母亲:"爸呢!"母亲回答说:"他出去了!"母女两个人互相说着离别的种种思念以及家里的变故。母亲擦着眼泪,女儿又是哭又是笑。哭的是最慈祥的爷爷都没能见上最后一面,连舅妈这样不管事的人也会疯掉,笑得是好在哥哥跟家里人都团聚过,现在自己也和家人团聚了。

美莹问起舅舅、舅妈,母亲说:"他们在楼上呢?你舅舅经常陪着舅妈说话,她好多了!"

"舅舅!"美莹叫着上楼去了,楼下只剩下朝云和锦轩。那几个陪同的属下在弄堂口守候着。

屋子里很安静,仿佛都能听见两人的呼吸声。他望着她,她侧着脸,不

第二十九章

说话。

"云妹,"他先开口说话,"这里可住得惯?"

"已经很好了,还有什么住得惯住不惯呢?"她不得不充满感激地对他说,"这些事都得谢谢你!"

"不要谢!要谢你自己,你受苦啦!"他深切而诚恳,"我有个请求,对我可不可以不要这么客气!"他走近她。

她不得不抬眼望着他,心潮起伏,仿佛年轻时候那样。她很惊异自己心理的变化,曾经有一度,不是已经无动于衷了吗?她说:"我的态度对你重要吗?"

"任何时候我都把你放在最重要的位置上,只是你不知道!"说完,他两只眼睛灼热发亮,又上前一步,一把拉住朝云的胳膊。四目相对……他把她紧紧拥抱在怀里,嘴里呼喊道:"云妹!我的云妹!"那么温柔地劝告她,"和我在一起吧,我不会让你再担惊受怕!"她就这样让她抱着,没有挣扎,但是两行泪已经流了下来。到此时,她完全原谅了他。

然而,这情景被一个人完完全全地看在眼里。那个人就是语桐,他已从外面进来,在门口看见了这一幕,也听到了他们的话。他没有进去,就这样看着他们:要是她答应了他,那自己就走开!毕竟,那相濡以沫的陪伴也敌不过那山高水长的思念吧!

然而她还是推开了他,她朝他摇摇头。他要给她擦泪,她推开他的手,自己拿手绢擦了。

"为什么啊?"他追问。

"都过去了,光阴告诉我们拥有的即是幸福的,我的世界已然如此,我觉得也很好,语桐对我很重要!"她强调了最后一句。

"可是不安稳啊!"

"外面的世界就是这样,我已经习惯了!"

锦轩再看她时,她又恢复了心如止水般宁静的模样。

锦轩走时没有碰见语桐,他在街角看见锦轩走了,他目送着他们走远,自己才走回家。

接下来是和女儿团聚的几天,家里顿时有了生机。但是伯韬已经随部转移,美莹还是要走的,所以大家刚刚体会团聚的幸福,旋即又要感受分离的哀伤。但在这些情绪上显然朝云要比语桐平静,这么多年,沧海桑田,语桐在情感上还是依偎朝云多一些。

几天后,美莹被人接走了。来接美莹的人就是锦轩的属下,但是锦轩没有再来。

夫妻两个和兄长夫妇四人在这个弄堂里安静地过着日子,当然也离不开锦轩派人暗中保护,只是他们不太知道。语桐没有提到那天的事,他只当没有发生,而朝云依旧是他温柔的妻子。朝云用她无悔的选择驳回了他当初的想法,他明白了:原来陪伴是可以战胜一切海誓山盟的,女人要的其实可以这么简单!

第三十章

路生回到北京，清怡在站台上等着他。

路生见她穿着一件米白色的呢子大衣，胸前围了一条红色的围巾，围巾在她眼前飘舞着，那温柔而期盼的眼神啊——她总是让他一眼就认出了她！她也看见了他！

"怡！"他大声叫着随着拥挤的人群吃力地跑过去，文忠也只好跟着他跑。她向他挥着手。靠近了！靠近了！他孔武有力地抱起她，她在他怀里银铃般地笑出声来。那一刻的沉醉，让这对年轻的情侣完全不管气喘吁吁跑来的文忠和周围一大群人。

当晚他俩团聚在一起，没有回组织的驻地，而是去住了一家小旅店，他们订了一个房间。这个房间有一个窗户，借此可以望见月色和星光。

当月光和星光洒在床上，爱情也泛滥成灾。

"我想你！"他看着她温柔的脸，柔软的身体，由衷地说，"我要吻遍你身上的每一寸肌肤！"

她也想他，望眼欲穿盼着他来。她的每一个细胞都渴望着他的爱情，但是她也像一般中国女子那样，柔情似水地等着他。但她又是奔放的，她兼有革命女性的思想自由和传统的含蓄，在爱情里，她是能驾驭他的。因为他终将到来。他们的爱情不是李朝云和庄锦轩的爱情，他们比之上一辈，更具有精神的自由和身体的炽烈。

奔 Ben

他吻她,他爱她,她回应着他,热烈而缠绵。

她感到那爱情的美妙滋味,这星球上只有他和她这么相爱,还是每对相爱的人,灵魂都靠得如此之近。她感受到那墨蓝的星空里星星正朝她眨眼睛,她就在那深邃而迷人的星空下,在他澎湃的情欲里,荡漾着,荡漾着,她想着人为何而生,为谁而来,以及往生和来生的世界。她仿佛触到了此世界和往生世界的边缘,但她无暇顾及来生怎么样,她只想在这世上好好爱着,被爱着……

第二次了,欲望排山倒海而来,这下子,她仿佛感受到了大海的潮水声,那样汹涌,又那样温柔,世界被荡涤了,只有欲望的汪洋大海一直向四面八方漫卷过去,她只在那充满爱欲的大船上沉浮着,不断地沉浮着……

这不是他俩第一回做爱,已经抛弃了当初的生涩和机械,爱情让他俩充分地展现了灵魂与肉体的碰撞与交织,这是人间少有的赤诚感情。

他们两个坐在床上,她问他这次去家乡如何,他只是抱着她,不说话。她也乐意躲在他怀里——他来了就没事了。只是她发现了他身上的那一道道若隐若现的疤痕,让她心疼,也猜到了几分,责怪道:"为何不等庄伯父的人来?"

他抱她更紧,回答说:"还是他救了母亲!你向他告密了?"

她挣脱他的怀抱,用手摸着他的脸,责问道:"为何要这样想?他始终是你的父亲!他爱你也爱你母亲!你不知道?……"说完,她像个母性的长辈那样郑重地看着他。

"或许我该彻底原谅他了!"他的眼神竟然意味深长。

"你爱我吗?"她温柔地问他。

他朝她瞪了眼睛,仿佛在责备她这句话的多余。

"他也是如此爱你母亲!"她拉过他的胳膊,他顺从地弯腰躺下来,把脑袋放在她的胸怀里,她怀抱着他,温柔地抚摸他,"爱我,你就原谅他!"

路生把脸埋在这个美丽女性的双峰之间,闻着她怡人的体香,没有回答她什么,但是他的心底无限宽宥,他已经完全原谅并理解了生父。

他在党的阵营里一路成长,变成一位真正的战士,离不开清怡的陪伴。

第 三 十 章

她是一个非凡女子,出身富贵,爱上一个有志的男子,情愿和他一起抛弃荣华富贵,享受革命的简朴生活和风云变幻的人生,他们追求这种激荡的人生,如同他们的爱情,纯粹而深沉,他们是真正的革命伴侣。

在爱情方面,路生比生父前进了一个时代!

一九三〇年,他们到了瑞金,那是共产党苏维埃政权所在地。路生被编入一〇八师,任连长,清怡做伤员护理工作。得到上级批准,他们结婚了。组织给这两位年轻人举办了一个简单的婚礼。没有嫁妆,也没有聘礼,只有几样简单的生活必需品。但为了增加婚礼的喜庆气氛,上级特别为他们弄来了一些糖。这是非常稀有的,因为当时敌人搞封锁,糖、盐,都是稀缺资源。

一群同志围坐在简陋的房子里,就着茶水嚼着糖,给这对新人送上了祝福。

有同志勉励他们:"你们两位年轻人抛弃了养尊处优的生活,愿意到我们革命的队伍里来,这是我们的幸运也是你们的幸运!"

路生激动地回答:"清怡和我都是自觉的,我们是党的人,党到哪里,我们就到哪里!"

而清怡则俏皮地回应:"路生到哪里,我就到哪里!"

同志们都笑起来,都说路生找到了好伴侣。

入夜,同志们都走了,两个人坐在土坑上,相对而坐。那是春天,空气中弥漫着野花和野草的气息。天气晴朗,在土坑的一头,透过窗洞可以望见皎洁的月亮和满天的星辰。像以前那些美好的夜晚一样,月光和星光洒下来,撒在土坑上,那用干爽的麦草和老乡自制的棉布铺就的温暖地方。

像一切故事里老调的问题,他问她:"跟着我后悔吗?"

她只是摇摇头,偎在他的肩膀上。

土坑上的爱情,爱得也热烈深沉。情爱如排山倒海的波涛,随着他有力的跌宕起伏和她的喘息和呻吟,一浪一浪地涌来……这情爱,来自身体最原始的渴望,也来自灵魂深处。

他挥汗如雨,猛烈地撞击着她,她的发上、脸上、乳房上,都湿淋淋的,却热烈地回应着她，他们就这样交织着，交织着……忽然他低下头，亲吻她的唇，喘着气问她："你是谁？"她回答："女人！"她也喘着气问他："你是谁？"他回答："男人！"

此时，他们属于自己，一个纯粹的男人和一个纯粹的女人。

他们很奇怪，每次他们激情的迸发都在简陋的地方，从没有在那些和他们的家庭相衬的地方，但每次都能爱得纯粹彻底，爱得动人心魄！

清怡甚至想，路生的身世是不是导致他排斥一切充裕的、优越的、享乐的物质生活的原因，他是愤激的，他主观上更是要走一条和生父截然不同的道路，以此证明他是自由的独立的个体。共产党的那种纯粹彻底的赤子情怀感染着他，使他愿意为之赴汤蹈火、奋不顾身，他的生命遇上了那个时代，遇到了共产党，使他灵魂里的叛逆和愤激转化为一股激流。这股激流使他成为一个全新的生命。

但生命本是一个谜，无论怎样也无法逃脱生者父母，逃脱他们刻在血液里的印记。

不久，他接到任务，他奉命歼灭国民党一个团的兵力。在攻打之前，军长分析敌情，研究地形地势，做了大量准备工作。然而，当通讯员来报告说，敌军的军长是威名赫赫的庄锦轩时，他也在场。

军长不知原委，说："好呀，这个庄锦轩，我倒要看看他长了几只眼几条胳膊！"军长和政委看了看众人，政委摸了摸下巴上的几根胡须，悠悠然地说："我看这个任务就交给蓝路生吧，他最善于速战速决了，由唐文忠配合他，我看他俩能完成这个任务！"

军长胸有成竹地说："好呀，蓝路生！唐文忠！接受命令吧！"

路生看着军长和政委充满期望的眼神，只能立刻接受命令："是！军长！政委！"

文忠看路生接受了命令，立刻敬了个军礼，也接受了命令。

路生一直没告诉组织自己和庄锦轩的关系，他上次为母亲回故乡，组织上曾问过他家里的情况，他也只是三言两语，说家里人已经安顿好了，请同志们不要费心。

第三十章

他和文忠回到住处，清怡也过来了。清怡见路生低着头，紧锁着眉头，就问有什么事情。文忠就把刚刚首长下达的命令一说，清怡就说："我去跟军长说，这个任务让别人来执行吧！"

路生抬头说："那怎么行？我从来不推诿的！"

"但是也要考虑实际情况啊！"清怡看着沉思的路生，不由得说，"不如说实情吧？"文忠也点点头，表示默认。

"别说，我怕组织有想法！"路生陷入矛盾中……

清怡看着痛苦挣扎的路生，真想替他解除这种命运的枷锁。

清怡对他的了解透彻骨髓，她知道他在想什么，他和生父的那种感情，一般人是理解不了的。他们父子俩，一方是带着内疚和自责无止境地给予爱和关怀，一方是虽怨恨过但同时不断受到感动却又逃避这种给予。这是他们父子的战争和游戏。然而现在的状况是，命运让他们两个要在真正的战场上兵戎相见，这无疑对他们任何一个来说，都是接受不了的事实。因为血浓于水的骨肉亲情无法容忍他们把对方当作屠戮的对象。

现在，路生是不能接受这个事情，她可以想见，那一边要是知道了自己要攻打的敌方是亲生儿子所在的一〇八师，肯定会痛苦万分。

良久，三个人都没有说话。

忽然，他站起身来，像经过重大的思考，释然地吐出一口气，说："我想通了！自古战场无父子，既然我和他所持的信仰不同，那就让我们为彼此的主义而战吧！"说罢，目光很笃定。

文忠听他如此一说，便走过来，拍了拍他的胸脯，兴奋地说："想通了也好，就让我们为我们的主义而战！"

清怡也高兴起来，她说："伯父一定会为你感到自豪的！"

路生先伸出了手，文忠和清怡陆续把手放了上去。三个年轻人不禁为自己的信仰而激动。

连里的战士都在说现在敌军师长庄锦轩屡战屡胜的事例，说得有些神乎其神。路生为防止军心动摇，就给他们鼓劲，其实自己内心也努力不去思考

奔 Ben

对方是谁，他慢慢地使自己的情感屈服于意志的统驭，仿佛为它套上了一件坚硬的盔甲，不容任何外在威胁侵袭。他和文忠制定着作战计划。

第三天早上，国军的先头部队已经出发。路生他们已经了解到他们的目标就是红军驻扎的石坝镇，而石坝镇南面山坳的一条山路是必经之路。

国军过来时有几个连的兵力，路生和文忠的一个连躲在山坳的树丛里，布置成一个"U"形半圆，正对国军几个连的队伍。战士们听到连长一声命令，纷纷射击，投掷手榴弹。霎时，国军就损失了上百人。然而这只是前奏。

路生他们一百多人冲出来，消灭余下的兵力。顷刻间，国军的先头部队，死的死，伤的也被活捉了，还抓到了一个国军连长，他的左腿被打中了，可仍想抵抗。路生看他不屈服的样子，就断定他是条汉子。生父的实力不可小觑。

路生吩咐文忠赶快带着俘虏离开，自己则带着剩下的三十多名战士去察看前方。文忠提醒道："敌军狡猾，兵力又足，还是见好就收吧！"路生决意要去，文忠也没办法，但是他要求跟着他，说可以让副连长石磊带一些战士和俘虏回去。路生同意了。

敌人非常狡猾，正当路生他们走出山坳，走向一个开阔地带时，迎头又赶上来几百个敌兵。原来，刚刚和路生的队伍交战的那些敌兵只是探路的，路生断定，后面肯定会有敌军大部队。

就在他们赶过来的那一刻，路生心想：大事不好，石磊他们没走多远，要尽力拖住他们。为了让石磊直接去总部报信，防止他再走回来，路生向空中连放三枪，这是他们连约定的信号——三枪表示让他快撤。

包围过来的敌兵听到枪响，并没有马上开火，而是纷纷退后至更为宽阔的地方。

路生很高兴，他看出这是敌军为预防埋伏而做出的举动。他命令同志们："退到山坳里，敌军以为我们有埋伏，先不能开枪！"七八十个人退到了山坳里。

敌军在那个据点待了两刻钟，左右观望着地形地势。路生不断地看着怀表，计算着石磊到达总部的时间。

第三十章

敌军终于按捺不住了,估计大部队也快来了,机枪终于扫射起来。

路生命令:"用猛力打!"这下同志们用机枪、手雷纷纷开起火来。国军死伤无数,断定这山坳里有重大埋伏,军心有些溃散。

同志们都觉得连长的命令下得准确无比,身心都激动起来。

"操他娘的,真痛快!"一个战士骂道。

可是,路生马上提醒他们——"空城计"唱不了多久,大家需坚持到最后一刻!

"这会儿石副连长应该到总部了吧?"一个同志问。

"快了!"路生回答。

可是子弹快打完了,国军也似乎明白了埋伏并没有那么多。敌人的机枪越来越猛烈,已经牺牲了十几名同志了。但是来不及处理受伤的同志,敌军已经上来了。

路生命令同志们坚持到最后,他已经抱着必死的决心,和国军背水一战了。敌人已经离我军十几米远了。子弹打光了,唐文忠忽然猛喝一声:"路生!跟他们拼了!"路生高喊道:"跟我冲过去!肉搏!"二十几个人冲了过去,又有六七个人倒下了。

敌军听到共军队伍里有人喊路生的名字,顿时激动起来,指着路生命令道:"抓住蓝路生!要活的!"

这时,国军士兵们便蜂拥过去,路生奋力用枪把摇昏了几个人的脑袋,用脚飞起几脚,蹋得几个士兵哇哇大叫。文忠更是勇猛异常,三下五除二,拧断了几个敌兵的脖子。国军领头的看见文忠如此勇武,也指着他命令:"抓活的!"其他的同志和敌军也顽强地展开了肉搏战,但是无奈敌不过他们的机枪,都牺牲了。最后只剩下路生和文忠,誓死和敌人抗争。

国军士兵们都被这两个英勇顽强的人所震撼,纷纷退在周围,形成一个包围圈。路生知道已无路可退,怒喝了一声:"庄锦轩,爷这下要去了!你好自为之吧!"说罢,准备饮弹自尽。他此时脑海里也闪过清怡和母亲父亲的影子,但是很快被这种决然的痛快感淹没了。他甚至幸灾乐祸地想到,听到自己的死讯,作为生身父亲的国民党将领庄锦轩,是怎样的悲痛和扼腕。此时，他从小到大对生父的种种怨恨已宣泄至尽。他这样想着，就要扣动扳机。

说时迟，那时快，为首的国军首领情急之中，操起手枪朝路生右臂上开了一枪，路生手里的枪便滑落了下来。

文忠看路生要拿出手枪来，就明白了他的意图，他想劝解路生："留得青山在，不怕没柴烧。"话还没说，路生已经被敌兵们擒住了，很快，自己也被擒住了。

路生手臂血流如注，挣扎着狂骂道："我操你娘！挡了大爷的好去处！"无奈，身体被国军士兵们牢牢扳住，动弹不得。国军首领也不知道军长为何要抓这个活口，也没好气地骂道："我他妈操你奶奶！留你小子活口还不好，偏要往死路上走啊！"

路生打仗向来以速战速决闻名，常常使得敌人惊慌失措、措手不及，所以在部队里得了一个诨名——"迅雷"。这"迅雷"国民党队伍里也有所耳闻。

身为国民党军长的庄锦轩也听闻了"迅雷"这个人，感到有些兴趣。他要求手下查一查这个人的来历和底细。

那时他正在驻地的一间书房里，手里举着一杯茶，思考着战事。当手下人报告这"迅雷"叫蓝路生时，他的手抖了一下，茶杯差点掉在地上。

"你再说一遍，他……叫什么名字？"他呼吸急促，说话也不能连贯，"哪一年出生的……是哪里人？"

"他叫蓝路生，一九〇五年出生，浙江嘉兴人，他母亲姓李，据说是清廷官吏的后嗣，当初逃到了南方，曾在那里开办丝厂……"手下把自己得到的情报如数家珍般讲给锦轩听。

"不必说了……"锦轩打断了他的话，脸色凝重，心往下沉，良久，他接着说，"你出去吧，我知道了！"

锦轩在书房里沉思了很久，他回想当初儿子不愿跟着他，而是执意加入共产党。他曾经就那么想过：自己哪一天会不会和儿子对决在战场上。他不想看到的事情果然发生了。这孩子又是那么不怕死的主，自己那些手下的枪会长眼睛吗？

第三十章

他悄悄地给文一打了个电话，要文一注意前方动态，要是共军路生的连队出战，打败了不说，如果打赢了要活捉他。文一接到锦轩的秘密电话，理解他的想法和难处，立刻服从命令。所以就有了路生被活捉的场面。

路生和文忠被国军绑着到了他们的营地，那旅长报告了师长文一。文一走出营帐，迎头看见手下抓来了两个魁梧高大的共军连长。他一下子认出了他们。他曾经在陈松周的府第里见过的——路生和他的同伴。

他看到路生昂着头，苍白着脸，一副不怕死的样子。可是文一看他嘴唇上已经快没了血色，这才看到他右手臂上的伤口，还在殷殷流血，再看地上，一长串血迹。想是从战场上就这么流过来的。

"赶快给他处理伤口！"文一朝手下大喝一声。

路生认识文一，此时已然成为敌对双方，路生并不买文一的账，拒绝处理伤口。但是文一悄悄告诫他："你这样子你生身父亲知道了会很伤心的！"文忠在一旁难过地看着他，想扶住他，却被人反绑着手。路生还要挣扎，然而终究由于失血过多，晕了过去。军医说，按照他的情况，照理早就会晕过去，不知道他怎么会撑到现在。

文一命人赶快把他抬到休息室，文忠被推进了一个单独的牢房。文一第一时间打电话给锦轩，报告了这件事情。锦轩告诉他，他马上乘车过来。

路生的休息室里严禁士兵进入，连文一的贴身警卫也不能进去。里面只有文一、军医，和失去意识的路生。

文一给军医下了密令：一定要让他醒来！军医很疑惑，也不敢多问，只竭力抢救路生。

然而眼下，要给路生输血，国民党军营医疗储备处里倒是有一些血浆，但是跟路生的血型都无法配上。路生的血型是AB型，一时找不到这样的血型，军医急得跑出来，冲外面守卫的士兵喊：你们谁的血型是AB型的？那些士兵茫然地看着他，那军医说看来只有去通知作战兵团处了。

文一也很急，他很明白，此事，只有锦轩来了才能办到。

"嘟嘟！"军长的吉普车已到达外面，文一在门口长舒了一口气。锦轩很快获悉了此事，他对军医说："我就是AB型的，快抽我的血给他！"军长的鲜血很快流进了这个共产党俘虏的身体内。而军长，则忧心如焚地看着这个俘虏，好像这个俘虏的生死对他很重要。军医已经猜到他们关系非同一般，不敢多言语，师长文一对他说：保守机密，否则得掉脑袋。所以俘虏一醒，他马上出去了。

路生睡了一夜，终于醒来，睁开眼睛看到了生父的脸。那脸焦急而憔悴，眼睛里还带着血丝，但是因为看到他醒来又显露出惊喜的表情。

"醒啦？"他眼里满含期待。

儿子定定地看了他几秒钟，他希望他能叫他一声"父亲！"可是儿子马上局促起来，从床上忽然支起身体，紧张地喊道："我为什么在这里？"

"你受伤了，出血晕倒了！"锦轩提醒他，让他快躺下。

"我的枪呢？"他开始找枪，但是没有找到。

他忽然想起自己曾在山坳口和国军打了一仗，最后同志们都牺牲了，只剩下他和文忠，他又想起他曾经想用最后一颗子弹结束自己的生命，让自己痛快地死在战场上，可是他又记起是国军头目的一枪，阻碍了自己，后来他和文忠就被抓了来。可是现在是怎么回事？自己怎么会躺在他身边？他庄锦轩是国民党的军长，自己和他在一起，怎么向组织解释？再这么下去，恐怕是跳进黄河也洗不清了！虽然他见到生父，看见那深切眼神，内心情感的漩涡何尝不是翻涌如昨。但是现实就是他和生父是敌对的双方，不是你死就是我活，现在怎么可以躺在这个温床上？

"你要枪干什么？"生父紧张地问。

"我要我的枪！把枪还给我！"他嚷着，狂躁起来。

"你要我的命吗？"生父问他，他从胸口取出一把驳壳手枪，递给他，"那么开枪吧！"

路生左手拿着枪，根本不敢举起来对着自己的生父，"呀……"他狂怒起来，正要对准自己的太阳穴。说时迟，那时快，锦轩一个旋风掌，一把打掉了他的枪，又急速地从床那边把枪抢了回来。

"死很容易，但活着更需要勇气，我儿子是这样的孬种吗？"他痛心地看着他。

第三十章

路生痛苦地拿手抓住自己的脑袋，已泣不成声。

"你好好想想怎样活下去！"生父说着出去了。

锦轩面对儿子暴躁不安的情绪，焦急万分。文一在外面大厅里等着他，伯韬也过来了，刚刚父子俩那一幕，隔着玻璃窗，他和伯韬看得清清楚楚。

文一说："他太倔了！"

锦轩沉沉地叹了一口气说："不能怪他，他是一名军人，军人以战死沙场为荣，而他现在……"

伯韬似有所悟，充满理解地望着首长，只是不说话。

文一问："那怎么办？"

锦轩缓缓地说："只有让他们两个自己去闯一闯我们的封锁线，出不出得去，就是他的命了！"

"那太危险了吧？"文一说。

"只有这样了！他是我的儿子，我了解他。"锦轩平静地说出这样的话来，让文一和邵伯韬都感到惊讶。

邵伯韬建议：不如把唐文忠放出来，让他们两个自己定夺。

不一会儿，伯韬在师长陆文一的允许下，带着俘虏文忠从囚室里出来了。

当伯韬去文忠的囚室见他时，少年好友见面没有想象中的惊喜，甚至连一句寒暄的对话也没有。伯韬叫他，替他解开手脚上的铁链，而他却并不领情，只怔怔地看着他，对他不理不睬。但是伯韬对他说："路生想死，你说你该怎么办？"

文忠不愿做出担忧的样子，没好气地说："你们要把我们俩放出去吗？不必了，我们宁可死！"

但是伯韬告诉他："军长让你俩去闯我们的封锁线，出得去出不去，全看你们自己！"

文忠听到这个消息，有些意想不到。不过，想到路生，他觉得情有可原。

再次进路生的休息室，只有伯韬和文忠两人，庄锦轩和陆文一站在外面，没有进去。

路生依旧痛苦万分，他望了文忠一眼，没有说话，只是把头深埋在双臂下。

伯韬说："伯父说得对，有勇气死还能没有勇气活下去吗？你我虽是不同战线上的人，但是效忠自己党派的心都是一样的！"

文忠看到路生的样子，自觉也有些沮丧，但很快他打起精神，对路生说："活着我们两人能为党做更多的事情！你父亲说，让我们两个自己去闯国军的封锁线，闯得出去，我们就能到达自己的队伍里！"

路生忽然抬起头，目不转睛地看着文忠，有些不相信他的话，他又看了看伯韬，见伯韬肯定地点点头。路生又望向玻璃门外，看到生父和陆文一正望着他，他从生父的眼神里读出了什么是懂得。

入夜，生父开车送他们出师营。锦轩说："前面就是你文一叔的营地了，你能冲出封锁线，你就成功了！"

他下了车，拉起文忠的手，扭头就走。忽然，他站住了，转过头，深情地望了生父一眼，叫道："父亲！"他扑通跪了下来，朝生父的方向叩了三个响头，然后飞快地消失在夜幕中了。

锦轩在车里，不禁热泪滚滚……

两人悄悄来到敌营不远处，远远望过去，不由得出了一身冷汗。

原来，这敌军的三一三师和八七五师，加强了防御措施，为防他们突袭，不仅在营地四周围筑起了高高的铁丝网，而且把守、巡逻都布置得异常严密。

两个赤手空拳的共产党员，想要从这里闯出去，比登天还难。

路生想起自己拒绝生父的援助何其干脆，现在想起就明白了他的良苦用心。生父曾劝自己以国民党特派员的身份，拿着他给的通行证过这个营地，那当然可以轻松过关。但是这样的行为，跟背叛组织有什么不同？

他不知道文忠心里怎么想，自己对生父的好意拒绝得如此决然，文忠他会不会认为自己逞强过头了。他借着黑暗，问文忠："后悔吗？"

黑暗中文忠转过头反问他："什么后悔不后悔？"忽然他想起了什么，说，"哦，你要逗他庄锦轩的能，我也没办法，我只有舍命陪你这个君子

第三十章

喽!"

路生笑了一下,说:"不要忘了我们的身份!"

文忠说,"怎么会忘?"

两人借着夜色的外衣,严阵以待。

他们两个是从军部总机关的方向到这营地入口处,路生说:"前面入口处进去应该比较容易,我们俩穿着便服,编个幌子吧!"路生朝文忠耳语了几句,路生心里在盘算,怎么样才能闯过这个鬼门关呢?他想到,除了用头脑,别无办法。所以当他看见生父办公室里的信封时,悄悄地拿了两个,现在拿出来派用场正好。

路生深深吸了一口气,在黑暗里沉着声音问文忠,"做好准备了吗——过去吗?"文忠朝前一挥手,两人走了过去。

入口处,有四个人把守,看到有人过来,其中一个大喝一声:"什么人?干什么的?"

路生上前一步,对他说:"我们是从军部机关过来的,军长派我们两人送信给师长。"

立刻,把守的四个人都把目光集中在了他们两人身上,另一个说:"怎么不穿军服?"

文忠连忙说:"我们有任务!"

路生看到那几个国民党士兵还是满脸狐疑,他迅速从内衣里取出一个信封,用手晃了几晃,正色地说:"兄弟,情况紧急,军长要是责问起来,你们担得起吗?"接着又义正词严地说:"你看这里除了军部机关那边来人,还会有什么地方的人来?你要是耽误了军情……"

为首的一个听到这几句话,有点后怕,他朝军部机关的方向看了几下,手一挥说:"过去吧!"其他的几个也只能放行。

进得里面,路生不禁暗自开心,偷偷说:"他娘的,进来还是挺容易的!"他和文忠相互看了看,借着门外的灯火,看到彼此的神情,笑在了心里。不过情况很紧急,进得来,在里面走动,也是寸步难行啊!

这时候,他想起生父在他临行时,让他们换上国民党士兵的军服,但是

奔 Ben

他们没换。文忠小声地咒骂道:"早知道就把那身皮给换上了!"路生也正为自己的逞能而后悔和自责。但是他看到前面岗亭里的那两个士兵,就开始按捺不住喜悦了。

岗亭里一上一下,各站着一个士兵。岗亭楼上亮着灯,走过去遮挡物很少,只有几堆泥墩子矮矮地伫立在岗亭外面。大概是国军建营地时,挖出来的泥。路生小声命令道:"匍匐过去,先到达那边泥墩子再说!"两人随即趴下,匍匐向前。地上湿湿的,刚下过雨,文忠忽然感到裸露的小腿处钻心地疼了一下。他差点儿叫出来,但是忍住了,呼哧呼哧吐了一口气。

"怎么了?"路生低声问。

"没事,可能被'百脚'咬了一口。"文忠感到疼痛过去了,快速向那边爬过去。

路生在文忠爬过的地方用手一摸,果然抓到了一只"百脚",这活物此时正要爬到路生身上来。路生赶紧用脚把它踩死了。他的脑海里忽然闪过童年时在江南的黄梅天里,和文忠、伯韬他们抓"百脚"烧烤时的情景。他看看已经爬到泥墩子那边的战友文忠,心想:几回了,他都跟着自己一起吃苦,以后还要经历无数次。路生眼角有些湿润,他轻轻甩了一下头,甩掉了回忆,快速爬了过去。

两人在泥墩子下面商议着。泥墩子旁边就是岗亭,路生先行悄悄地过去,楼下的那个士兵没有发觉,路生从他背后一下子捂住他的嘴,把他的脖子拧断了,咚的一声,他直挺挺地躺在了地上。这点小声响,还是惊动了楼上的士兵,文忠看得仔细。那士兵从楼台上趴下身子问:"下面什么情况?"

路生连忙粗着嗓子向上喊:"撒了泡尿,枪口撞柱子上了!"

楼上那士兵仍旧趴在楼台上冲楼下喊:"你小子注意点了哈,提好你的裤裆站……"那句"站好了"还没说完,早被背后的文忠捂住了嘴,他想立身挣扎,但文忠哪里肯放,一手搂紧他脖子,一手捂住他嘴,看看差不多了,又用手把他的脑袋朝楼台柱子猛撞了几下,那士兵彻底地没气了。

立刻,两人换上了这两个国军士兵的衣服,一边躲躲藏藏,在黑暗里摸索前行,朝营地里面走过去。

第三十章

躲过了几队巡逻的兵，他们来到一个地方，看见一个不小的营帐，里面灯火闪烁，光亮透过帐门照到外面来，四周又点了无数盏马灯。虽然穿了一身皮，他们两个不敢这么明目张胆地走过去，只捡光亮照不到的黑暗地方，忽然他们看到前面有几盏马灯照耀的地方像是一个偌大的牲口棚，并且听到了多匹马的嘶鸣声。"这里是马棚！"文忠小声地叫起来，掩饰不住喜悦。路生提醒他说："先看看再说，别高兴得太早！"两个人走过一个矮墙，朝马棚走过去。忽然文忠被一个什么东西绊住了脚，摔了个趔趄。里面的马受了惊吓，叫得更厉害了。路生低头一看，见是一个饲料桶，连忙把它拎在手里。

路生想给马吃点饲料，好让它们驯服点，他看到那棚里清一色都是好马，不禁暗自喜悦。他正想对文忠说：去试试，哪一匹驯服些。可是外面已经过来了一群巡逻的国军了，他们是寻着马声过来的。

"什么人？"这一列国军闯过来，为首的一个过来叱问道。

路生和文忠才发觉被发现了。文忠本来要拔出枪来，但看看路生，想起自己正穿着他们的衣服，连忙说："自己人！自己人！"

路生也灵机一动，晃了晃手里的饲料桶，笑笑说："喂饲料呢！先前的弟兄今天肚子痛，就差我们两人来喂了！"路生指着那几匹马调侃道，"瞧这几个，还认生呐！"

"小心点！严防看守！"那为首的嘶哑着嗓子干吼道，随即带着士兵出去了。

等他们走了，文忠长吁了一口气，路生把饲料桶扔在地上，才感觉手里全是汗。

路生说："敌人防守得这么紧密，就算有马也出不去！只有这样……"路生在文忠耳边密语了几句。两人走出了马棚，抄黑暗的地方，向敌营的后方探去。在一个特别大的营帐背后，听到了杯碗撞击的声音。路生猜到是某个国军的头目正在吃晚饭。路生找了一块石片，把帐篷划开了一道口子。两人就着这道口子朝里面望去，只见里面有两个穿着国军旅长军服的人正边喝酒边聊天。

一个人说："没想到共产党这么厉害，三一三帅的几连弟兄都扛不住他

奔 Ben

们！"

"我们后方兵力这么充足，粮食也够吃几个月的，不怕他们，到时遵奉老蒋的长驱直入方针，把他们打个稀巴烂！"另一个说。

"现在最怕他们搞偷袭，共产党游击战很厉害，偷袭的本领不一般！"

"我们防守这么严密，谅他们也偷袭不进来！"

路牛和文忠听见这番谈话，互相对视了一下，彼此心中都有底了。原来他们两个是要找着他们的粮草库，决计点着后使用调虎离山之计，把大部分巡逻兵引开，最后逃出去。但是现在听到了他们说"粮食够吃几个月"后，路生心中又有了新的想法：烧着了他们的粮草库，断了他们的炊，他们不可能在此长时间盘踞，那这一个地方极有可能成为我党的解放区根据地。明白了这一层意思，路生显然觉得即使他们逃不出去，但能为自己的部队做贡献，他心安了，行事更平稳起来。

他又向文忠密语了几句，并尾随着端菜的士兵来到一处营包，营包上安插着几个烟囱，黑暗中也觉察得出烟囱正冒着青烟，从营包里面传出锅铲炒菜的声音，还有很多锅碗瓢盆的碰撞声，这显然是他们的临时厨房。路生悄声说："应该就在不远处，找一找！"

他们摸索着找到几个封闭的大营包，其中一个开了一个口子，望过去里面黑黝黝的，不知道有什么东西。两人很快发觉已来到敌营的最后方了。因为营包的后面不远处就是高高的铁丝网，只有那里稀稀拉拉挂着几盏马灯。透过铁丝网就是莽苍的山脉，那里树影依稀，像是鬼影重重。粮草库应该就在这里了！但他们不敢确定这几个没张灯的营包里面到底是不是粮草。正踌躇间，那边过来一队巡逻兵，两人连忙躲在营包的背面隐蔽。

月色幽暗，月亮不知什么时候躲进了云层，只微微从云隙射出一点光来。那一队士兵并没有发现什么，也没有再走过来，显然，这后方是他们最忽略的地方。他们在厨房门口冲里面喊了一会儿话，朝黑暗里四处望了望，然后朝前巡逻去了。

路生和文忠又长吁了一口气。等他们走远，两人闪进那个开着口子的营包，黑暗中路生被一堆硬邦邦的东西绊倒了，那是什么东西？一摸，是木柴

第三十章

样的东西，拿起来才知道的确是柴。路生很兴奋。随之，唐文忠也在黑暗中碰到了一个个大布袋，"米！"他摸出来了。

"这里就是敌人的粮草库！"路生压低声音惊喜地说。

"这几个营包应该都是！"文忠说。

为了验证事实，路生又悄悄跑到别的几个营包外，那几个营包都封好了门，还没正式开封呢！路生分别拿石片割开帆布，探到里里，发现自己的猜测没有错。

"把它们都点着了，我们趁乱逃出去！"路生道。

"是！"文忠回答。他快步走出营包，正向最后方铁丝网那边取马灯点火。这时一个来拿柴米的火头军发现了他，他刚想问话，路生操起一块石头，砸晕了他。文忠取来两盏马灯，两人很快点着了三个营包，火势越来越凶猛，发现状况的士兵也越来越多，附近开始乱套。叫救火的拼命喊叫，还有拿盆拿锅扑水的，很多人都从营帐里面跑出来，远处的国军士兵们也跑来了……路生和文忠开始趁乱跑，碰到巡逻的一列列兵，就冲他们喊："快去！那边起火啦！"遇到他们问"什么情况什么原因"，两个人也心急火燎地说："好像是粮草库起火啦！连长让我们喊人救火！"那些国军只顾着远处冒起来的烟火，那还管谁真伪。两人穿着这身衣服，蒙混过关到了营地的最北面。那里，离石坝镇最近。

看着滚滚的浓烟，杂乱的喧嚷声，两人心里好不开心！

"牵马去！"路生畅快地说。

"来得及吗？被他们发现了怎么办？"文忠问。

"抓紧时间吧，没有马，我们怎么回部队？"路生决断地说。

两人趁着乱，踩着泥泞，又奔到马棚里，看见那儿些马还好好地待在那里。他们各挑了一匹，把它们牵出了棚。可是马不愿迈蹄，还不断地嘶叫。怎么办？要是被发现可麻烦了！文忠有好主意，他劝路生不要用蛮功，一手轻轻地抚摸它的脖子，只见他从饲料桶里拿根麦穗放在马的脖子前指引它，很快那匹马迈开蹄子，跟着他走起来。路生连忙用如此方法，尽管这匹马还是有些不顺从，但不再嘶叫，也跟着它一步一步地走起来。

两人又趁着远处的喧嚷和近处的夜色，从营地的东南边绕，巡逻的兵已经到西北角去救火了。两人怒马加鞭，终于来到了营地的东北边。

营地的东北边，那里往北就可以到达共产党的在石坝的大本营。然而，高高的铁丝网阻隔在那里，要越过去何其困难。然而通道还是有的，那是国军打仗的出入口。但那个通道现在还有七八个人把守，尽管营地西南边已经乱了，但是这几个国军仍旧固守在那里。他们牵住马，躲在一个隐蔽口商量，该怎么办？只有从这里出去！路生想到了一个主意，但是他想到要利用生父和他的下属陆文一的名头，望着远处滚滚的浓烟，内心隐隐作痛，他可以和生父的国军不共戴天，但是要扯上他的关系，他内心不忍。他把这个主意告诉文忠，文忠低叹道："就这么办吧！"他看了看路生，见他脸上有一种痛苦的迟疑，心中很明白他在想什么。

"快走！还考虑什么？"文忠捶了他一下。

"走！"他骑上马，文忠紧紧跟着。

走到出口处，路生并没有下马，而是装作急事在身的样子走了过去。

"你们干什么去？"很快，两个人被拦住了。

"没看见吗，我们有师长手谕！"路生扬了扬手里的信封，有些神气地说，"接师长命令，让我俩执行任务，即日起程！"

"能看看吗？"那士兵问道。

"师长说了，这是机密，谁也不能看！"路生义正词严。

"我们可是从军长处过来的，军长你们见过吗？他高大威武，剑眉，鼻似悬胆……"文忠颇为自得地描述着。

那几个士兵虽然没见过军长本人，但几乎相信了，可是看了看远处的火情，还是不放心地问："你们是哪个连的？叫什么名字？"

路生看他的神色，立刻站立得笔挺，向他行了个军礼，掷地有声地说："这是党国的机密，不能说！如果你耽误我们执行命令，陆师长知道了，你们可要担当责任！"

那为首的一个尽管有些不情愿，但看到两人，也看不出什么怀疑之处，觉得要是果真如此，自己不让他们走，耽误了军情，也担当不起。所以眼睛

第三十章

还是盯住两人，嘴里却在喊："放行！"

其他几个看守只好放行了。

等路生骑马走了，那为首的那一个仍心有不甘地冲夜幕里瞪眼神，他嘀咕了一句："操他娘，可别弄歪了（事情别搞砸的意思）！"

两人骑上马，扬鞭奋蹄，很快消失在苍茫的夜色中。

锦轩还没有离开陆文一的办公驻地。路生走了，是死是活还不知道。他沉默地坐在椅子上，文一看着他，也一言不发。他内心是焦灼的，他最不希望听到的消息是什么，文一明白。他心情是复杂的，作为军人，他何尝不能体会儿子的决心。

"报告师长！"士兵来报告

"报……报告……"一个士兵跑得上气不接下气，开门就来，结结巴巴地说，"报告……师长！"

锦轩听到报告的声音就紧张起来，他们发现奸细了吗？儿子被他们打死了吗？他胡乱地猜测着。

"什么事？"文一立刻问。

"不好了！我们的粮草库……烧起来了！"士兵说。

"什么？怎么回事……还有剩的吗？"文一大惊。

"烧啦！都烧啦！"士兵答道。

听到这个消息，锦轩和文一都十分震惊，他们快步走出办公室，朝营地的方向望去，夜色中看到那里冒起了火光。

这一定是儿子和他的同伴干的！锦轩内心翻腾着，用难以言说的复杂神情和文一对视了一会儿。文一问士兵："知道是谁干的吗？"

那士兵摇摇头，不过他马上又说："有人看到两个人骑着马从营地北门出去了！这两个人说他们有师长的命令！"

这杂种！一定是他们！怎么让他们混出去了？生父内心激动得颤抖。

"看清楚了吗？这两个人长什么样？"师长问。

"好像都很高，穿着我们的衣服，怀疑……是共产党混进来的奸细！"

奔 Ben

"嘿!"生父不禁长出了一口气。

文一正用征求的目光询问锦轩该怎么办?锦轩刚刚还一块石头落了地,但立即严肃起来,没说话。文一朝士兵挥了挥手:"你出去吧!"

"等等!"锦轩说,他的脸严肃得有些可怕,一字一句地下了命令:"通知前线埋伏的师队,一定要严防死守,要是共军打过来,务必血战到底!"士兵得到命令很快出去了。然后锦轩又命令文一:"电话通知营地,派五个连的兵力支援前线,要快!并让他们快速处理火情,迅速恢复秩序!"

"是!"文一马上拨了电话。

在锦轩的亲自指挥下,国民党阵营很快都各就其位,严阵以待。

而路生和文忠,一路快马,绕开了国军先头部队的埋伏区,到达了石坝镇。半路上他们脱掉了国军的军服,商量好了如何汇报。决定就汇报这次战役失败、被捕的经过和如何想方设法逃出敌军阵营的经过,其他的事情他们是绝口不敢提的。但是,正当他们想汇报情况时,却被关进了一个屋子。想不到清怡早被关在那个屋子里了。

原来路生和文忠被捕后,上级派人去处理现场,发现没有他们两个的遗体。并且从一个受伤的战士口中,得知他们两人是被国军带走了。清怡也得知了路生并没有牺牲的消息,她想路生此去必定不会死,因为庄伯伯一定会照应他。但是组织上不这样想,他们不知道这些底细。他们猜测路生此去凶多吉少。

但是领导看不懂路生的媳妇清怡的情绪。

很快,他们收到了一封密电,那是一个在国民党第三军军长庄锦轩身边的卧底。他在电函中写道,蓝路生和唐文忠被国军抓去后,并未受严酷的刑罚。蓝路生受到了军长庄锦轩的特殊照顾……他们是父子关系!

这封密电,一石激起千层浪。而清怡此时,心情复杂,一方面,欺骗组织是不符合革命者的逻辑的;另一方面,丈夫的秘密怎能轻易说出口。她内心也是矛盾的,期望庄伯伯能放丈夫一马,同时也相信丈夫一定会坚守共产党人的气节。她向组织摊牌:我没有什么可说的,请组织相信路生和我对党

第三十章

的忠诚,给我们时间。而组织怀疑他俩在庄锦轩的笼络下,叛变了革命,或早已经通敌。

接下来是审查,路生,文忠,清怡,三个人被分别审查。

既然组织已经知道了自己的身世,路生就把自己和文忠被捕后以及怎样逃出来的经过如实交代了,但是不管路生作怎样的陈述,审查的几个同志都不能相信,逼着他把以前私通国军的事情说出来。他愤怒了,拍了桌子,于是他们其中一个拿绳子把他绑了起来。

路生想到清怡,他又冷静了,就对同志说:"你们怀疑我可以,但请你们相信我的妻子,放了她吧!"可是他们说,要是她无罪,一定放了她。

审查文忠时,文忠说自己时时刻刻忠于革命,没有做出对不起党的事情。同志说,你跟着蓝路生,受他生父的照应,这事你说得清楚吗?文忠替路生大喊冤枉,他就把从小到大自己亲眼亲耳所见所闻,关于路生从不愿接受生父的恩泽,从来都是自力更生,大学读完不愿走生父的道路,而愿意放下富裕的生活,跟着党走的事情,和盘托出。审查文忠的那几个同志表示相信他说的话,但是这次被捕,受庄锦轩的照顾,无论如何脱不了干系。

文忠就把经过一说,说得跟路生一样。那几个同志也没办法。

清怡审查的结果:路生和他生父的关系,梅清怡和唐文忠说的一样。组织上也犯难,路生和文忠说,他们烧了敌军的粮草库,如果属实,这是有功的表现。但是按照那位卧底的情报,他们现在还不能放。

恰在此时,组织又收到一份情报,把路生、文忠怎样拒绝庄锦轩的照应,勇闯敌营,烧了国军粮草库的事实说了个清楚。最后说:路生和文忠是好同志,请组织不要生疑。

前方侦查员也来了消息,说:国军的粮草库几天前被烧了,国军正在全面撤退。组织做出了判断,路生和文忠又回到了连里,恢复了连长职务。

第三十一章

一九三七年抗战全面爆发。语溪沦陷前夕，朝云、语桐回到祥门，以祥门为基点，秘密协助路生展开抗日工作。此时是国共合作时期，国民党方面酝酿在上海、松江等地跟日寇的战事。我党方面，为了不使战火蔓延到杭嘉湖腹地，准备开展一些守卫防御攻略，派出路生和国民党方面联络。而国民党负责杭嘉湖平原相邻的松江、金山一带的就是庄锦轩。庄锦轩得知共产党的联络人是路生，可以和儿子持同一战线，共同抵御日寇，他心里无比激动，就把联络工作的任务交给了邵伯韬和另外一名副职军官。除了联络，他特意让伯韬给爱子捎去家信（我们就这样称谓它"家信"吧，不然辜负了一个父亲对儿子殷切的希望和爱了）一封，在信中，他说为父和你曾为了各自的主义，两军对垒过，为父心如刀割；如今，我们又为了民族大业，站在了一起，你父甘之如饴。生儿，大敌当前，大丈夫有责任誓死维护。望你放下个人包袱，和邵伯韬好好面谈吧！

组织方面的同志告诉路生，国民党方面派来的人叫邵伯韬。想到要和昔日好友见面，路生很不平静。路生选择离松江很近的语溪县钟响寺下的祥门里庄园为会面地点。

那天，伯韬他们出了嘉兴站，就往语溪过来。但在车站附近也见到了一列日本兵，显然嘉兴虽然还不像沦陷地方被日本人占领，但是日本人已经进

第三十一章

来了。伯韬没有走陆路，而是扮成逃难的模样，乘了一条小货船，从运河上走来。

伯韬有十多年没回家乡了，船慢慢到了语溪境内，不禁近乡情怯，心情寥落起来。岸上时不时看见神色仓皇之人，背着包袱，拎着布袋。然而江南已然荒凉，到哪里寻求安乐之所呢？

近了，近了，语溪到了。伯韬远远地看到岸上路生家钟响寺下的房子，想起了和小伙伴们在此玩乐的情景，想起年少的意气和青年的志向，想到和小伙伴们各奔前程，除了路生和文忠，其他人走的都是完全不一样的道路。想到自己，又想到美莹，她就是从这房子里被他迎娶过门的，而如今，她和她母亲、父亲、哥哥，也难以见面。另外，他也想到了自己的父母亲。此时是傍晚，岸上炊烟袅袅，祥门里庄子上的烟囱也冒起了炊烟。他并没有直接上岸去祥门。他一边思绪连篇，一边查看岸上情景。没有发现可疑的人，也没有发现日本兵。他没有告诉船夫上岸，船夫慢慢地把船驶过了祥门。因为晚钟声还没有响，路生和他约定，等晚钟声响后，在祥门后面的桑树地口碰头。

钟声响了，他让船夫掉头。四月的桑树林，苍翠欲滴，树叶绿得透亮，满眼都是密密层层的叶子。路生应该在地口等他了，桑树叶太密，一时是看不见他人影的，他想。空气里，流淌着桑葚的甜香，他想起那些和伙伴们在桑葚地里穿梭的儿时岁月，那时，他们多么无忧无虑和单纯啊！而现在，路生和自己代表的是不同的党派和主义。现在为了抗日，建立了统一战线，但是两党曾经敌对过，不知道哪天还会打个你死我活呢！伯韬不知从什么时候起开始厌战，他原本是想在国民党政府部门谋个差事，在这些地方，凭自己的才能和做人，不愁没有一个好前程。但是，他一个小县城的青年，家境虽殷实，但没有做官的背景，只靠了朋友的生父，才从一个小小的中士做到少校军官。这唯一的靠山是个军官，所以自己也就跟着在阵营里做了武夫。他听说路生经常打胜仗，不知道路生对战争是怎么想的，他很想去探究一下他的想法。

船靠岸了，他渴望见到路生，就领着同事上了岸。可是，走到桑树林里，他俩立刻被一队人马包围了。透过桑叶的缝隙，看见他们穿的是日本宪兵制服，知道坏事了。几个日本人很快拿枪架住了他俩，把他们从桑树林里推推搡搡到了地口，这下，两个人便完全暴露在日本兵的视线下了。日本人很快搜遍了他们全身，发现没有可疑的东西。几个日本兵叽里咕噜一阵，不知在说什么。

"你们干什么的？"为首的一个用不太熟练的汉语粗声粗气地问道，"为什么船要掉头？"

伯韬正想用什么话来搪塞他们，忽然听得南边小路上传来一个妇女的声音："大兵师傅，他们不是别人，是我的两个远房侄儿！"

伯韬虽惊讶但是装作理所当然的样子，只见自己的岳母李朝云欠着身过来了。伯韬真想叫一声："妈！"可是，理智使他开始埋怨她："姑妈，你怎么才来呀，我都不认识你家了！"

朝云嗔怪道："傻小子，姑妈家你小时候来了多少回了，怎么现在就忘记了呢？"一面她又向日本人解释："他们是我远房亲戚的两个孩子，这不投奔我来了吗？"

那几个日本人，看看朝云，又看看伯韬他们，没发现什么可疑的情况，就对朝云挥了挥手说："希望……他们像您说的那样，是规矩人！在这里，不要随便走动，否则我们大日本皇军的枪是不长眼的！"

朝云连忙赔着笑脸说："我这两个傻孩子有多年没来这里，冒犯之处还请你们多多包涵！"说着，借故数落两个"侄儿"，顺势领着他们走了。而那几个日本兵没有拦着，叽里咕噜一阵，又转身去巡逻运河了。

伯韬示意队友别说话，跟在朝云身后往祥门里走。他对岳母帮着他演戏，感到很意外，他想岳母以前做事做人都比较板，怎么现在这么玲珑了，真是战争改变了人啊！也不知道路生在哪儿？这日本人怎么已经到语溪了。

语溪脱离陈松周控制后，朝云、语桐就回到了祥门，兄嫂仍旧在上海住着。陈松周把语溪搞得七零八落，嘉兴府就从临近的县里任命了一个叫石浑的人，做语溪的新县长。期待外来和尚念好经。这石浑本来是想到这富县施展拳脚，趁机也想大捞一笔。但是，日本人来了，他们觊觎着这片富庶之地，

第三十一章

除了定期上贡外,他们驻扎在县公署,要让石浑这个新县长依附他们。这石浑还有些气节,明着对他们恭恭敬敬,私下里对那些参军(不管是国军还是共军)的家庭都有照顾。

他听闻朝云的大名,知道了她家和陈松周的恩怨,为了显示自己和前任不是一路人,特地来祥门拜访朝云。语桐和朝云因此也去过几次县公署。日本人来了,朝云不愿向鬼子进贡。他却让鬼子以为这些丰硕的贡品里少不了钟响寺下祥门里的一份。

日本人刚来时,还没有进行大规模的烧杀抢掠,他们对语溪有名望的那些家族采用笼络的政策。鬼子不知道朝云儿子是共产党员,石浑也没有说。所以路生和伯韬的碰头计划,日本人暂时还不知道。所以对李家没有那么警觉。他们在运河岸上巡逻,少不得叨扰李家,要水要饭吃,朝云"殷勤"招待,鬼子头目山本对朝云很信任。

朝云只告诉伯韬日本人的一些情况,其他的话朝云并没有多说,也没有急着问美莹的状况。伯韬没有看见胳牛,心中疑惑。朝云看出了他的困惑,告诉他"计划没有变,路生天黑就到庄里来"。伯韬还是疑惑,但看到岳母确定的神情,就知道路生一定会来。但是,怎么来,他就不知道了,也不好问。伯韬是个聪明人,很明白岳母现在在做什么。岳母年轻时,伯韬等一帮小伙伴就崇拜她,而现在,她竟然不顾在日本人眼皮底下的危险,做着一些有利于民族大义的事情。

天色很快暗下来了,伯韬不敢随意出祥门观望。朝云为他们准备了饭菜,伯韬的队友感到事情蹊跷,为什么共产党迟迟不露面,他不禁有些怀疑起他们的诚意了。伯韬说,等等吧,朝云再一次对他们说:"天黑之前,他一定到!"

饭吃到一半,两个人影儿窜了进来,伯韬定睛一看,正是路生和他的战友,两个人真是从天而降,可身上头上竟然都是湿的,水还在往下滴。伯韬和队友惊诧极了。路生顾不得这些,连忙指着伯韬他们说:"友方代表!"路生战友说:"你们好!"伯韬那位队友已经站起身,热情地握住了他的手。伯韬惊愕之余也站起身,和浑身湿透的路生紧紧拥抱。

奔 Ben

路生刚想说什么，就被母亲喊去了，"你们两个，快去，热水和衣服都准备好了，赶紧洗了换！"他们两个打着冷战，小跑而去。

这边伯韬听了岳母的话，心想：原来他们是早有准备的。他和队友交换了表情，队友悄悄地对他说："是不是可以问一下你岳母，他们从哪里来？"伯韬摇了摇头说："到时就知道了！"

这时，朝云进来对他俩说："不妨把饭吃得慢一点，等等他俩。"两人表示赞同。

很快，路生和他的战友换好了衣服进来了。伯韬连忙把军长的信交给了路生，并对他说："军长要我亲手交给你，你好好看看吧！"路生接过信，看了母亲一眼，她没说什么，出去了。路生把信往衣袋里一塞，说："我们开始吧！"

四个人两两相对坐在了一起，俨然谈判的格局。为了缓解一下气氛，路生说："我们边吃边进行吧！"伯韬想不到，会以这种轻松的方式进行，不觉向路生投去会意的目光。

吃着，谈着，因为面对的是共同的敌人，很快大家亮出了底牌。国民党方面想在上海青浦、松江、金山一带，和日寇拉长战线，共产党是想在吴江、嘉善、平湖一带死守，禁止日寇大规模进入，不让战线弥漫到内陆。很快，他们达成了一致，国民党缩短南边战线，共产党也在北边让出吴江地区供交战。并且双方交出了这次抗击日寇双方实地作战的中级军官名单。

正当双方协商完毕，各自拿了一份对方的名单在身，祥门的大门就被人敲响了。

"赶快，逃出去！"朝云路生喊道。

路生急忙问伯韬队友："熟水性吗？"

国民党那位代表不明白，但说："熟啊！为什么问这个？"

"跟我来！"路生喊道。

伯韬他们两人跟着路生他俩跑，跑到花园水池边："跟我们下水！从这里游到运河里，鞋子脱在河里！"

伯韬来不及再问，路生和队友已经一头扎进了水里，并在水池壁上打开

第三十一章

了一扇门，他们通过这个门向运河方向游过去了。伯韬和他的同事，连忙下了水，跟着他们游去。

很快，四个人从通道游到运河。路生悄声问："会潜泳吗？快速游到对岸！"说着，他一头扎进水里，邵伯韬也把身子潜入水中，两个人小时候一起在祥门边玩水的本事现在派上了用场。等到他们露出水面已经在对面的岸滩下了。

伯韬见路生爬上了岸，也攀附着草根爬了上去，"阿嚏！"春夜还有寒意，他打了一个喷嚏。

"我们快点去，把湿衣服换了！"路生也打了个激灵。

"去哪儿？"伯韬问。

"去了就知道了！"路生说。

伯韬心中纳闷：这语溪还有我不知道的地方吗？

那两位队友终于也爬到了岸滩下，路生和伯韬快速地把他们拉上了岸。

"跟我走！"三个人跟着路生，在没有月光暗黑的夜空下，穿过一片密密的桑树地，桑叶片片摩挲着人的脸，伯韬只是感觉痒痒的，还闻到故乡那股特别的味道——桑叶汁的生鲜味。又进入一片桃林，枝枝权权的，用手臂一碰，桃花扑簌簌落下去。这月色下的行动，实在是非一般的经历。

前面高大的建筑物，伯韬知道那是禅寺。难道要到这里吗？他疑惑起来。只见路生跑到围墙下，敲了敲那里的门，伯韬知道这里应该是禅寺的后门。

有人出来开门了，模糊中感到那人是个小和尚。"我们主持在等着你们！"小和尚说。

大家随着路生来到大殿，伯韬见岳父蓝语桐和福严寺方丈正围着火堆谈论，看样子在等他们。

"方丈，父亲！" 路生叫道。

见儿子等一行四人都来了，语桐急切地叮嘱儿子："快！快去换衣服！"

路生向方丈抱了拳，方丈也作了个揖，眼里满是慈悲，关切地说："阿弥陀佛,少公子四人可先洗个热汤,水已经准备好,等换好衣服来这里烤火吧!"

路生向他一鞠躬,说:"大师,又打搅您了!"

方丈朝他们四人轻轻一挥手,说道:"快去吧!"

伯韬给语桐认真地鞠了一躬,叫一声:"岳父!"语桐点点头,示意他们快去。

路生熟门熟路,领着伯韬他们穿过一个庭院和一个偏殿,来到后房,那里,已准备好两个大木桶,水正冒着热气。伯韬和他的同事快活得不得了,迅速脱了个精光,爬进木桶。路生和队友也先后钻进木桶。

伯韬边洗边问路生:"我说老哥,你们早有安排?"

路生不觉有些得意,一边痛痛快快地洗着,一边向伯韬抖搂他们的秘密。

原来路生和他的战友早已来到语溪,他们并不住在祥门的家里,而是住在福严寺里。日本人敬佛,他们在其他地方横行霸道,但在寺庙很规矩,不敢擅自践踏。福严寺方丈虽然是个出家人,但是支持抗日。他和蓝家本来就很熟,现在,俨然和语桐站在了一起。所以,路生的行动,就在方丈的帮助下,得以实行。他来到语溪后,就潜伏在庙里等候伯韬他们。父亲蓝语桐也住在庙里,白天,不断到外面查看情况,并把查看结果回庙告诉路生。而路生的母亲朝云,则住在祥门的家里,替路生做起了接头的工作。伯韬他们就是通过岳母顺利地摆脱了日本人的纠缠。

"不错啊,共产党笼络人心的水平的确可见一斑啊!瞧他们把我的岳父岳母都拉进去了!"伯韬洗得差不多了,站起身,拿起旁边准备好的一条干毛巾擦起身体,又不无羡慕地表露,"可惜,我父母不如你父母,他们就只配享受我的好俸禄,关心我的前途而已!"伯韬父母在日本人来之前,已经被他接走了。在伯韬的安排下,过得很好。

路生也起身了,一边关心地问起伯韬父母和美莹的情况来。大家都起来穿衣服了。便服刚好有四套,一切都那么周全。

路生又领着几人去烤火。伯韬忽然提醒路生:"军长给你的信呢?你还没看呢?"

第三十一章

语桐问什么信,伯韬就说了是庄锦轩写给路生的信。

"在哪里?"父亲语桐问。

"在湿衣服里吧!"路生答道。

"快去拿!"父亲说,路生起身正要跑去,但是语桐拉住了他说,"你在这里烤火,我去拿吧!"说着自己快步走去了。

路生哦了一声,望着语桐的背影出神,心里的感觉比这火堆还要热。一会儿,父亲来了,信封已经被他擦干,他把信交给路生,路生接过信,觉得沉甸甸的。

谁也没有说话,只有路生撕信封的声音和火苗烧着树枝发出的声音。路生看着信,知道了生父这次即将指挥这场战役,回想曾经和生父两军对垒时的岁月,现在他们终于站在了同一战线上了。而此时,养父正看着他读信。看完信,他看了养父一眼,把信给了他。语桐没有说话,把信的内容浏览了一遍,说:"还有时间,给你生父回个信吧!"路生点点头。

为又叫人准备了纸笔,路生疾书一封,信中他对生父说:现在和您站在同一战线的不但有你儿子,还有我母亲和父亲。路生在心中简要地叙述了母亲朝云和父亲语桐协助他抗日的事情。

伯韬和队友于半夜乘一条夜船离开语溪,没乘火车,直接到了上海码头,并顺利回到军长庄锦轩处。伯韬把信交给他,锦轩看到信,心情久久难以平静。

而路生的母亲朝云也巧妙地骗过了日本兵的搜查,凌晨,和回家来的丈夫碰了头。语桐又转回庙里,告诉儿子:他共产党的身份已经暴露,不适宜在这里开展抗日工作了。

原来山本在夜里得到了消息:李朝云的儿子是共产党,今晚要在此地进行秘密活动。他们就来搜查,追问白天那两个人的踪迹。朝云就对他们说,那两个人是自己的远房侄儿,他们的老子死了,没钱安葬,到这里讨得了安葬费后,连夜赶回了老家。山本不信,在祥门大肆搜查,只搜到了一张路生少年时和家人的合影。山本指着照片问朝云:"这男孩是你儿子吧?"

朝云急中生智，连忙说："是呀！您看他的样子和白天那两个远房亲戚像不像？"

山本让几个日本兵看，那几个鬼子仔细看过之后，摇头。山本对朝云说："朝云女士，我们得到可靠情报，你儿子今晚将在这里进行秘密活动！他人到底到哪里去了？"

朝云委婉地说："山本大佐，我儿子从小脾气倔，不听我们的话，他到哪里去我是不知道的，至于他是不是共产党员，我从没听他讲过。"朝云扮作被惊吓到的情形，又说，"您看，这大半夜的，下人们都吓坏了，可曾搜到什么共产党员？"

山本和属下也面面相觑。最后，不甘心地带领士兵走了。

山本白天夜晚加紧在语溪各处的巡逻搜查，试图找出潜伏在此地的共产党。

故乡已不是久留之地，在组织的召唤下，路生带着父母辗转到了延安，并把上海弄堂里的舅父舅母也接了去。

……

第三十二章

作为家属，朝云，语桐，庭风夫妇，在延安帮助红军搞生产建设，后方支援。组织的同志都听闻路生母亲的一些事迹，都非常敬重她。他们也在那里，感受到了不一样的世界。

陕北的女人都穿斜襟花袄，头上扎头巾。在一些特别的场合，朝云还看到妇女贴身都穿着一个绣着花卉图案的红肚兜。她就把身上戴的乳罩解下来，放入了箱底。那是她在南方，民国开化的风气吹遍了上海杭州等地，像她这样身份的有钱人家的太太都戴的时髦玩意儿。这乳罩不仅能使女人胸部美观，而且还能让胸部减轻地心引力的作用——不过早地下垂。但现在戴它显然是不适合的，但她没有像本地妇女们那样戴上红肚兜，而是别出心裁地用自己的旧棉布衣服做了几件小背心，贴身穿着。她和妇女们一起劳作，当她们闲下来，脱下外衣，比谁的肚兜花绣得漂亮，比谁的奶大……她总是说："你们比吧，我去把线理出来，等会儿好纺线！"那几个妇女见朝云那么美，几次想看她胸部，就问她："李大嫂，你脱下衣服来，让俺们看看南方女人的裹肚好看不？奶子大不？"朝云笑起来："还不是跟你们一样的！"那几个妇女见她脸一阵一阵红了，借故忙着理纱线，就说："哎，她金贵着呢！"后来，听说朝云的出身，再看她如此放下身段，干各种各样的活，便不再说什么了。

陕北的男人们都穿对襟白褂子，冷天穿一个羊皮坎肩，下面穿的是黑乎乎的大裆裤裤子，腰间缠一个宽腰带。黑红的脸上都扎着白头巾。大部分农民的白褂子、白腰带、白头巾，都已看不出本来的纯色，都被汗浸渍，已发黄，甚至发黑。但是不管穿戴，农民和家属们的心是一样的，都希望自己的部队，自己家的军人，能打胜仗，多杀敌人。

语桐箱底还压着一套西服，他不知多久没穿他了。其实早在回国不久，在故乡的南方小城里的时候，已经不太穿它，何况到了这里。朝云就给他缝制了几条棉布的长裤，让他换洗着穿。上身也穿本地的对襟白褂子，只是头上不扎手巾，留着一个板寸头。天冷的时候，语桐也不扎头巾。老乡问他，他只说：南方人，受不了这闷热。头发长了一点儿，朝云就给他剃掉——那是在上海弄堂里的时候，让语桐买了剃头刀，她自个儿学会了理头发。这会儿，到了陕北，剃头刀带了来。这里风沙大，朝云就给丈夫一块毛巾，让他搭在肩膀上，干活时可以随时擦汗。但没多久，就把毛巾甩掉了——嫌累赘！他慢慢地成了一个干农活的好手，脸也晒得跟农民一样。

朝云很快学会了干各种活，拿三四斤重的菜刀切红薯，拿起比人还长的晒耙翻晒谷粒，剥好玉米后在窑洞四周晒玉米棒子，也有红军战士空闲时帮她祛除麸皮，她就漆黑的土灶上给他们熬小米红薯汤，蒸玉米面馒头。

后来，组织的首长说，路生的母亲有文化，让她给文艺队写歌谣，写戏。可是朝云说，部队里有才能的年轻人有的是，还要用我这样老掉牙的。首长说，要么做做为伤员清洗伤口、换纱布换药的事情吧，可是朝云说："有姑娘们呐，我这老太婆上去，还不是碍手碍脚！"

朝云又说："我啊，跟女人们做做活，不给组织添负担就不错了！"

首长看朝云说话、行事极有分寸，在这里做活也能带动一批家属，就让她负责家属们的日常生活、工作。朝云乐意地接受了，活干得更多了。

晚上，昏黄的煤油灯下，语桐握着她日渐粗糙的手问她："你要是跟了他，现在可是军官太太，也可以和女儿在一起……"

朝云想，丈夫为什么问出这些话来，莫非他……就问他："那时候的话你听见了？"

语桐点点头。

第三十二章

丈夫装着什么事情也没有，朝云心中不禁一阵感动，她摇摇头，说："我们在一起，现在不是很好吗？手粗了，心亮堂了！共产党走的路没错，跟着他们别有一番天地！"

语桐心疼地抚摸着她曾经细嫩白皙的手，不断拿它摩挲自己的脸。朝云满足地想着，有一个懂自己的男人，人生任何时候都不会觉得多么苦。

她也望着他被太阳熏炙过的脸，那一道道因劳动而产生的褶皱，不由得说："你也黑了！"说着，用另一个手去拍拍他的脸。

两个人都笑了……

这里只有轰轰烈烈的生产建设，只有如火如荼的革命战斗，这里没有闲情逸致，没有私心愁情。以前开厂，朝云也只是做一个筹划者，并不用亲自动手；做女校长也是一个管理者，传输文化和思想，动脑动笔；在家里，是小姐太太，有佣人丫鬟伺候。而在这里，没有佣人、丫鬟、管家，没有雇工，也没有下属，他们要成为真正的无产阶级，所要面临的就是赤手的劳作，和那些扎着白头巾，脸呈桐油色，被红军唤作"老乡"的西北农民一样，做一个真正的劳动者。干部战士负责打仗，百姓和家属就负责后方生产。朝云心灵手巧，还学会了纺纱捻线，并教嫂子也来纺纱。

语桐学会了种麦、施肥、收割。庭风年纪大点，在语桐一旁打打下手。等到四几年国民党搞经济封锁，那时延安缺吃少穿，大家都勒紧裤腰带，连那些首长们都吃得少。语桐那时就是努力种粮，种粮要施肥，施肥要淘粪浇粪。有些年轻战士嫌臭，不愿挑。他告诉他们："粪怎么是臭的呢，明明是香的嘛！"年轻人都笑他说："老爹的粪敢情是香的吧！"他说："小同志莫取笑！粪浇到地里，长出粮食、蔬菜和瓜果，这不是香的吗？"几个年轻人就不敢笑他了。

后来，他们听说这个常常挑粪施肥的老爹，是连长蓝路生的父亲，并且了解到他年轻时留过洋，喝过洋墨水。他们一个个都惊愕万分。从此这些小战士就经常和这位老爹自由互动了，问这问那。

一次，小战士们央求他讲讲洋国黄头发蓝眼睛的洋女人究竟什么样，他

奔 Ben

们问：你认识多少洋女人？艾菲尔塔有多高，那地方你爬上去过吗？再说说那女皇，漂亮不漂亮……这位老爹放下担子，往一块石头上一坐，红黑的脸，像一尊活的雕塑，额上冒出汗，汗一直往下淌，对襟白衫的前襟是湿的，他解开前襟，像所有根据地的农民一样，拿衣角擦胸膛上的汗，擦额上、脸上的汗。他说："你们问得都乱套了，全不在一个国家……"他跟他们说了老半天在英国的见闻，可是这几个战士不死心，还问："那女皇长什么样？"

"她在皇宫里，我见不着她！"老爹淡淡地说，忽然小战士们见他哈哈哈地笑起来，红黑的脸上居然露出两排整齐洁白的牙齿。"你们想犯错误吗？毛主席可不允许呐！"他威胁道，"小心我告诉你们连里领导！"

那几个年轻战士朝他吐了吐舌头，吓得跑走了。

朝云、语桐改变得这么快，改变得这么彻底，这令庭风也想不到。延安不养闲人，庭风初到这里还有点不适应。自小生活在官宦之家，虽说颠沛流离到了江南，也是有一群仆人服侍，后来躲到上海的弄堂里，也还有妹妹、老婆。可是，这里，人人都干事情。那些六七十岁的陕北老农，还在地里刨土，撒豆种粮，支援革命。自己比他们还年轻几岁，怎么就坐享现成呢？所以他和妻子两个人也学着干一些轻便的农活。沈氏不敢多话，学着朝云和农妇们干活。

庭风看到了一个奇特的现象，这里没有老爷下人，只有主人，农民们尽管吃的是红薯小米南瓜，穿的是土布粗衣，但是说话声音响亮，去干活好比去赶集那般有劲头，叫战士口口声声"同志，同志"，战士首长叫他们"伯""爷"。"这里是解放区，人民的解放区。"这是他听到一位首长说的话。

庭风忽然想起锦轩，那时候锦轩不是要叫家里的仆人、管家、雇工，都起来革命吗？现在共产党做到了，他们让农民们的儿子来参军，让农民都搞生产，支援革命。热火朝天，完全不一样的世界。在这里时间越长，先前岁月留下的印象越不真切，他充满了疑问，自己以前为什么是那样的生活？

他看到了侄子路生，在那些战士们中间说着他们的话，开着他们的玩笑，和老农们搞得融洽，对首长毕恭毕敬。庭风看他对父母也就如此。

第三十二章

难得空了，庭风也慢慢点起了一卷烟，这是自己流汗的成果（庭风种了烟叶，等收成后，战士们给了他一份），他抽了一口，叹了一口气：这世界已然如此了，那光阴就这样去吧，像这陕北的黄河一样奔腾不息吧！

庭风去世时，抗日战争还没有结束。路生正在晋察冀地区打游击战，没有办法回到延安，过了几个月才知道这个不幸的消息。

他的寿数正好七十，之前没有任何征兆，去世前半个月，还和语桐一起下地劳动，语桐割麦，他打捆。

那天，他把割下来的麦子拿草绳一捆一捆结实地捆好，然后把它们竖起来直立在田野中。金色的夕阳中，他坐在麦捆上，看着一个个小山似的麦捆，他幸福地眯起了眼睛，抽了几袋自制的旱烟。

"休息一下吧，语桐！"他朝挥汗中的语桐喊了一声。

语桐应了一声，并不停下来，继续干（语桐今年也快六十了，这几年的劳作把他的筋骨锤炼得跟铁打似的，估计花甲之年还能挑担）。

"自己劳动不一样啊，享受劳动成果，这馒头吃起来味道也不一般呐！"他叨叨地说着，像是说给语桐听，又像是说给自己听，"记不起过去那些酒菜的味道喽！"他抽了最后一口烟，站起来，看了看满天的红霞，想起那位首长的话："自力更生，丰衣足食。"不由得深有同感地笑了几声，继续捆他的麦了。

晚饭前，他对语桐朝云说，自己先去眯一会儿，有点瞌睡了。

等朝云叫他吃晚饭时，他躺在那炕上，已经去了。朝云抹泪，叫来语桐，说哥哥真是有气节，活得壮，去得快！半点不麻烦人。

解放区军人家属去世，丧礼由治丧委员会统一办理，简朴而又不失隆重。上级派人送来了花圈和挽联。

丧礼并不太悲怆。

人生七十古来稀，庭风这一生就像清风，来得快，去得也快，干净素洁，不留痕迹。就像他看重的老庄哲学，自自然然做人，最后归为自然。而延安这个地方，让他感受到了不一样的世界，最后也获得了心灵的安宁。

战时回不到故乡，所以他的遗体暂时安葬在一个山冈上，和一年前去世的妻子沈氏安葬在一起。那位送花圈的同志说，等全国胜利了，再把这两位大爷和大娘的遗骸送到故里吧！朝云和语桐想，那些同志还是想得周到，想得远。

在整理庭风的遗物时，朝云发现了一封信，那是用铅笔写在一块布上的，是那种贴标语的白布，庭风裁了一块作信纸，信封是一个揉皱的旧信封，显然是他捡来的，他又使劲把它扯平整了。那信封上写着"朝云收"，而布上的字倒还清晰，大致的意思是这样：由于自己没有子嗣，李家现在李姓的后代空缺了，路生姓了蓝，那是他们蓝家看得起。但是，我们李家的血脉只有路生和美莹，美莹的子嗣姓什么，我们不能左右，我有一个愿望，那就是路生的子嗣中能有一位姓李，那我见着了父亲大人，也能交代了。

朝云把信给语桐一看，语桐笑了一下，说："这个愿望只要路生和清怡同意就行了，他们一定愿意的！"

朝云也笑了，说："只要你同意。"说完，趴在他肩头的厚棉袄上不动了。语桐用粗糙的手拍了拍她的头，提醒她："老乡进来看见……"

她却迟迟不肯起来了。

一九四二年，清怡生了第一个孩子，路生正在打仗，收到这个好消息，立刻写了一封家信，给孩子取名。信上说，毛泽东同志格局宽广，时常目扫寰宇，我们永远追随他,我们的孩子就叫浩宇吧！大家都觉得这个名字非常好。

浩宇姓李，这是了却他舅公的意愿，大家一致同意的。从此李家就有了长孙。

清怡复信说，一定再生个儿子，他的姓你考虑吧！路生又回说，当然姓蓝了，那还用说。

这时，语桐想到美莹和伯涛。此时正是国共合作抗日时期，路生亲眼见过妹妹，妹夫。伯韬现在是上校副师职，美莹早已生了一个儿子，比清怡早两年。她托兄长捎话给父亲母亲，说外孙要见见外祖父外祖母，什么时候给

第三十二章

个机会。朝云得到信表现淡然，只是语桐真的有点想念女儿了，他也想见见外孙。路生努了力，让他们父女俩见了面。

美莹有多少年没见父母亲了。美莹想念父亲，见到他时，她竟哭得泪人一样。想不到父亲变得如此黑黑瘦瘦，脸上还多出了一道道因过多日晒而产生的皱纹，那双原本莹润的大手现在变得粗糙不堪。她一边抹泪，一边托着父亲的脸叫道："爸爸，您过得是什么日子呀…"

语桐笑笑说："傻孩子，爸爸很好啊！你看我这一身筋骨硬气得很啊！"

她这才停止哭泣，仔细观察了花甲的父亲，精气神真的不错！这共产党用了什么方法，使父亲发生了彻底改变！

语桐摸着小外孙的头，看那孩子穿着很贵气的衣服，长得又白又胖。母亲对他说："叫外公！"那孩子奶声奶气地叫了一声："外公！"语桐见惯了解放区那些长得又黑又敦实、穿着朴素的小孩，一下子见这孩子穿得那么好，长得又那么白胖，真有点不习惯。尽管是自己的亲外孙，还是感觉生分。和他说了几句话，那孩子倒能流利地回答。

语桐从衣服里取出一个用红纸糊的信封袋，递给孩子，对他说："这是外公外婆的一点心意，宝贝拿好了！"那孩子倒挺聪明，连忙点了头说："谢谢外公！"

女儿也拿出一个很厚的大信封，交给父亲，父亲连忙打开，看见很多大钞，立即还给女儿，摆了手，对她说，我们现在用不着，拿回去吧！

"爸爸，那边真的好吗？"女儿叹了口气，还是不放心。

"怎么不好？安稳了，人家一条心，你哥在队伍里厉害着呢！"

女儿摸着父亲的手，摩挲着，对父亲说了好一会儿思念的话。父亲看着女儿，现在女儿成了一个非常美丽的少妇，身材比以前圆了，脸也圆了，气色很好，双手细白柔嫩。看来师长太太的日子过得非常滋润。父亲想象得出，女婿待她很好。

望着女儿，做父亲的并不感到高兴。他想到妻子朝云从前的美丽，现在却能安于过粗茶淡饭的生活。而媳妇出身也是官宦，同样能丢弃富贵的生活，投入到革命的洪流中。看着自己的亲生女儿，这样一副十指不沾阳春水的样子，语桐很担忧。

女儿问："母亲还好吗？她也干粗活？"

父亲一边说，一边扯开话题："你妈好着呢，我们都盼着解放的那一天！"

父女俩个有一搭没一搭地说了一会话，分别时，女儿要父亲带话给母亲，说想她。女儿又要流眼泪了，但父亲叫她别哭，等到解放，大家都能见面。

语桐回去见了朝云，这才想起没有问女儿外孙叫什么名字，但是从女儿的来信里知道了外孙的名字和生肖。

尾声

假如朝云和语桐一直这么相濡以沫地生活在一起,那么人生也就这样了。但是人生却有百转千回、跌宕起伏的际遇。有很多事情,在时间的长河里,或者由于环境的骤然改变,变得面目全非。比如,朝云和锦轩的爱情,青梅竹马,两小无猜,但是由于战争和男人的选择,两人的感情支离破碎,只能在不同的世界中生活。偏偏这世上天意弄人,朝云和语桐,几十年的夫妻感情,一朝出了国,离开了熟悉的土地,却偏偏出了岔子。

一九五二年,语桐和朝云,在语桥的一再邀约下,去了洛杉矶。因为语桐想念在美国的女儿美莹。而路生的大儿子浩宇因为追寻他的艺术梦,也在美国。

语桐自打到了国外,没有故乡的风土人物,没有故乡江南小城的袅娜婉转,他感到心里没有着落。没有了故国的消息,所爱的人还在,兄长也碰到了,也找到了女儿和女婿,还有常常来看望他们的大孙子浩宇,但是这个地方不是能引起他情感共鸣的地方。

这个地方四季如春,繁花似锦,算得上美,但它们没法与故乡关联。现在他知道那个东西叫归属感,只有在自己的出生地自己的祖国才会有。他甚至怀念从前的一些算得上仇人的人,比如陈松周,他想他那些狡诈的手段,想他玩世不恭的笑,想他不知什么时候起把自己当作劲敌来算计的种种表现和他身败名裂的下场。他回想这些，仿佛闻到了故乡小城语溪湿润的气息，仿佛看到了那些心思细腻的江南人，看到了那轻风荡漾的江南三月，那些爱的人啊，恨的人！都一样的温暖，一样的叫人回忆！

他不是没出过国，青年时作为语溪县城唯一留洋的青年在英国待过四年，但那时年轻，对国外的一切感到好奇，又知道将来是要回去的，并没有多少牵念。而现在，他经过了人生的青年、壮年，经历了爱情、婚姻、战争、离散，老年了，重又离开故土，在大洋彼岸的异国住下来。当初是为寻亲而来，寻多年未见的兄长，寻可能在此地的女儿女婿。但是来了来了，却发现，自己和故土故国血肉交融已久，离开它，生生地从它肌体上把自己拨开，是要付出鲜血淋漓的代价的！在这里，自己只能变残变败，最后枯萎而死。

在这里，多年来的隐忍失去故土的屏障，他常常不由自主地生气，生自己的气，生朝云的气。

他搬出朝云的住处，和老哥语桥住在一起，为的是不看见朝云。语桥去世后，语桐就单独住在那里。语桐去世后，出人意料的是耄耋之年的庄锦轩从台湾来到洛杉矶，他是听到语桐的女婿伯韬来信说，现在朝云孤身一人呢。

八十八岁的庄锦轩，心情振奋得像个怀春的少年一样。那时，他想，老天爷总算没有亏了他，自己有幸能活到这个岁数，还能有机会和她在一起！余生还有多少年，可以见面啊！

那天早上，阳光很好，他高大却并不佝偻的身影闪现在她的院子里。这对于朝云这位老妇人来说，那一刻，仿佛回到了自己的青春韶华。他们都放下了！

从那一天开始，两位白发老人常常坐在家门口面朝太平洋的院子里遥望海的那一边。那些日子，夕阳总是很好，他说着那些过去的誓言，山高水长，他将一生的荣誉都忘记了，但这些没忘。她也醉心地听着，回应着他。一遍，一遍，千遍，万遍。

一九八〇年的国内某机场，飞机载着九十八岁的朝云回到了祖国，孙子浩宇陪着她。一同来的还有语桐和锦轩的骨灰。

尾声

语桐先一步走了。去世前,知道庄锦轩会来,就给他留了一封信。信中对锦轩说,要他陪朝云。锦轩没有实现对语桐的承诺,最终还是抵不过自己身体的衰败,撇下她走了——

那是一个晴朗的早晨,锦轩没有像往常一样坐在轮椅里跟朝云絮叨,今天他只说了两个字:你讲。然而就静静地坐在那里,手搭在朝云的臂弯里,眼望着面前的大西洋,神思徜徉起来。朝云于是就讲那些只有他俩还愿意再听的往事。

朝云感觉到了今天早晨的不同,望着茫茫大海,她预感到了什么。她继续讲着,什么也没表现,她在等待着什么样的时刻。终于,在她臂弯里的那只手往下坠,他的头也垂了下来。像有个银质的锤子在她心灵的音叉上敲击了一下,那声音并不沉重。敲过了,过去了,一切都过去了!……

浩宇过来,处理祖父的后事。看到年迈的祖母,浩宇请求为祖父擦拭身体,但祖母拒绝了他的请求,她坚持为他最后一次擦洗身体。

他静静地躺着,享受着自己心爱女人最后的抚慰。他这大半辈子有多少时候想让她亲近,想和她甜蜜温存……但是那些岁月啊,只在思念和想象中度过,那些身体上一寸寸皮肤一个个细胞都写满缺少她爱抚的干渴啊!现在补过来一点了,暮年的岁月里有她时刻相随,紧紧依偎!

他们最后陪伴的日子里,在他还没拄上拐杖,思路还清晰时,他最想做的事情是要和她好好地爱一场。然而,他尽管爱意如少年般炽烈,身体已完全不成灵与肉的交融。她笑他,那笑也分明带着怨。

你这傻瓜,下一辈子,你还舍得离开我吗?老太太想。

遗体没有马上火化,老太太还要陪陪他。浩宇提醒祖母,洛杉矶气温不低,担心遗体会……朝云说开空调,弄些冰块来。

晚上,她独自陪他在客厅。她穿着棉衣,靠着他的水晶棺木。

她睡着了,梦见一个年轻男子,站在江南的桑树林旁,那个有温暖夕阳照耀的岸滩,上面一棵老桑树,不正是那里吗?自己把第一次交给了他。他走过来,他不正是锦轩吗?他挨着自己躺下。她也躺下,仿佛失去了动弹的力气,挣扎着问他:"为何一去不返?"可是他也怪怨她:"哥哥等了你半辈子，你却嫁给了别人！"她哀怨："是你那么……"可是怎么啦？他和她竟然保持着二十几岁的身体，这下子，她看他，躺在身边，脸上春风荡漾，笑意萌萌，一位玲珑美少年，最令人羞涩的是他竟然赤条条，一丝不挂，正情意绵绵望着自己。她一碰自己的身体，才知道自己也是赤条条，一丝不挂……她忸怩不安起来。

"这样不好吗？让我们赤诚相对，你躲了我半辈子……"他说。

他伸出结实的长胳膊抱着她，抚摸她，那高耸迷人的乳房，此刻，它们正窜动着，他用年轻而润泽的手把它们紧紧地握着。双峰挺起来了，红润饱满，像两颗熟透的小樱桃。"吻我！"她渴望着，他用颤抖的嘴咬她的"小樱桃"。她不断地渴望，随着她的呻吟，他摸向她细草柔密的丛林深处，那是一片润滑潮湿的深潭……

滑进来了，那结实的雄壮，她用自己的身体甜蜜地依偎着它，那是一种实实在在的满足。她感到自己不断地在云层里翻滚着，交织着，在此之前，身体从没有过如此的徜徉。天幕那么广阔，晚霞那么绚烂，是自己的脸映红了晚霞，还是晚霞映红自己的脸。他像一只鳌，卷着狂涛骇浪向她涌过来，她大声呻吟着，失声喊叫起来："锦轩！我恨你！"

再一次涌来，"我只想爱你！看我多爱你！"他喘着气说。

潮去时，暮色暗下来了，她紧紧地抱着他，夜幕把他们包裹起来了……

她的头磕到了冰棺的边缘，她醒了。看见锦轩安详地躺在那里。世界令她感到惊奇，一定是锦轩的在天之灵和她在梦里幽会。不然怎么就做了这样的梦了。亲爱的，你的身体即将不再属于我！她喃喃地絮语着。

两天后，锦轩的遗体火化了，来参加这个简单葬礼的人也有国民党驻美办事处的代表，他们意欲把锦轩的骨灰带到台湾。朝云说了锦轩生前的愿望：和她的墓在一起。他们只得作罢。晚辈们按照祖母的意思把骨灰暂时安放在洛杉矶附近的一处陵园。

就这样，锦轩也走了。她和生命中的两个男人的关系，竟然如此无常！

朝云暗暗下决心一定要活着再次踏上故国的土地，再次见到路生，再次

尾声

到祥门看一看。

浩宇常把国内的新闻念给她听。一次，浩宇在读一张刊登大陆动态的报纸，忽然开心地叫起来："'四人帮'被粉碎了……"

朝云拉下老花镜，两道目光从镜片上方扫将过来，"看看，有没有关于你父亲的消息？"浩宇低下了头，搜索着，忽然，他皱起眉头说："奶奶，这里说'全国平反了一批冤假错案，恢复了一些无产阶级老革命家的身份、名誉……'是什么意思？""给我看看！"浩宇把报纸递给祖母，用手指把这几行字指给她看。朝云把老花镜重新戴好，一字一字地看着，良久，朝孙子做了个苍凉的手势，表明她不要看了。

"我能活着见到你父亲吗？"老太太不断重复这句话。

浩宇看着祖母，那望眼欲穿的神情令他心疼，他犹豫了一下说，"快了吧！奶奶，我们应该回得去的！父亲一定还活着！"

老太太点了点头。

什么时候可以回去呢？这成了老太太每日必修的课题。

很快，浩宇在报纸上看到了一则新闻，欢迎海外的同胞回国来看看。祖孙俩着实兴奋了一番。朝云说，回去的日子不远了，我就拼了命活到那时候吧！浩宇笑着说：奶奶，你一定能！

这样安静地过了三年，浩宇给她带来了振奋的消息：可以回国了！

临行的早上，浩宇担心飞机上物品不全，给祖母准备了一大包应急用品，有感冒药、安眠药、止泻药、体温表、创可贴、红霉素软膏、酒精棉球、药棉、纱布、橡皮膏，另外还有风油精、红花油等。浩宇心想：奶奶要是途中有任何不适，这些东西可以救急。但是老太太直到被孙子扶下飞机，全程都没用过一点。她穿着米色外套，一头银丝，墨镜下的神情庄重肃穆，全程不说一句话，也不睡觉。

浩宇弟弟浩然已经在机场外等候，浩然是在临近解放时，清怡生下的。跟哥哥浩宇不一样，他常年待在母亲身边。之前的一个月，浩宇已经和浩然通了信和电话。

浩然看见快至中年的大哥扶着一位风烛残年的老太太，那正是祖母，她正如浩宇在信中所说，还活着。而他们的行李中有一个推车，推车里放着两个扎着黑色绸带的盒子。浩然知道那是什么。

浩然叫着奶奶！哥哥！跑了过去。

朝云看见了浩然身后那位穿着得体颜容素洁的妇女，看上去五十岁的年纪，但实际年龄已远远不止，从她的五官和形体就可判断她就是浩宇、浩然的母亲——朝云的媳妇清怡，她也迎着婆婆、儿子，还有那两个盒子，慢慢地跑了过来，喜极而泣。

人生峰回路转，这重逢的喜悦里究竟隐藏了多少悲伤和凄凉，自是那命运之神觊觎了。

朝云经历过太多世事，对于儿子为什么没有来接机，没有追问。媳妇也不愿马上告诉她。原来浩宇和浩然通信，浩然对于父亲已死这个消息，经由母亲的严厉叮嘱，绝没有透露给哥哥半个字的冲动。

直到站在钟响寺下祥门的庄园墓地——路生的墓前，老太太才知道儿子已经去世八年了。

八年啊，音讯全无。

八年啊，儿子，梦里有你，可你不曾托梦来！

清怡告诉她，路生当年写给她最后一封信时，已经被拉到会上批斗，红小兵最后给过他生的机会，就是要他写出关于他身为国民党生父之二十条罪状，以示隔海宣告断绝关系。但是他没有写。

傻儿子，就是一根筋！

儿子把寿数给了她啊，自己这八年竟然活得万无一失。

"你要为娘替你活吗？你这傻儿子……"她按着墓碑慢慢地跪下来，跪在了儿子的墓前，那苍老的手颤抖着，不断抚摸着墓碑。浩宇也哭着跪下来，叫着父亲。

她想起儿子小时候，永远睁着眼睛问母亲这样那样的事情；想起他在门前运河里偷偷游水，为了逃避她的惩罚而一口气游到了对岸；想起他知道自己身世的时候，那年少的决然；想起他选择读北大，和她争吵；想起他找到人生奋斗的革命道路时，那陶醉和义无反顾的神情……她九十八岁的脑海翻

尾声

腾着,她想起了他的很多很多事情……她在搜索着过往,自己作为他的母亲,在那个时段,没有尽到责任,没有好好地安慰他,没有好好地和他讲话,少了注视和疼爱,她不断思忖,不断搜索着,她拧紧双眉,痛苦地思索……

"妈!您别过分忧伤了……"

"奶奶!"

"奶奶!"

她回过神来,到底没有晕过去,她想要是晕了过去,也就死在了儿子墓前了,儿子会希望这样吗?

"你父亲回来了!"她告诉儿子。

她又对着墓碑喃喃道:"你生父也来陪你了……你没出卖作为一个儿子的良心……"

清怡说:"他俩在那个世界里碰见了,会和解的,其实,庄伯一直爱着他,他也是爱庄伯的!"

清怡和两个儿子扶着老太太起身,清怡怕她忧思过度,建议去看看长辈们的墓。老太太擦干眼泪,指着不远处的石墩子说:"来,坐下来,跟我再说说。"她朝外望了望,说,"生儿打小就有好多同伴的,他们呢?"

他们坐了下来,春天也来到了墓园,一株野蔷薇的枝蔓爬过了砖墙,几朵粉色的小花正冲着这几位如此难得的来人绽放了笑颜。清怡见老太太神态已经平静,也健谈起来。

清怡熟知丈夫的儿时伙伴们,她说了很久很久。

朝云听完儿子伙伴们的故事,起身走向那些亲人们的墓群。

在儿子的墓周围,有兄长庭风和嫂子沈氏的墓,还有父亲李清元的墓。儿子的墓和兄嫂的墓都做得很简单。只有父亲的墓,当年是自己和兄长一起建造的,显得异常阔大。朝云记得蓝家二老的墓就在离父亲的墓不远的地方。她在孙子的搀扶下走过去,果然是蓝家二老——公公蓝洪升,婆婆蓝佟氏的墓。他们的墓做得也很考究。那是当年她和丈夫语桐一起为他们建造的。

……

朝云看看媳妇——恬淡的表情、完胜岁月的容颜,从外表看不出她曾经受过多少岁月的沧桑,然而这混乱颠倒的十年,她会没有受过伤害吗?那当然不可能,相反,按照儿子的出身(当然还有她自己的出身),她所受的苦一定不是一般所能想象的。不用听浩然叙述,就从她淡然而坚定的神情中就可以判断,她曾经多么努力地维护丈夫的名誉,维护他家族的荣誉,命运让她坚强地活了下来,看到了新的时代。

朝云想到这些,动情地说:"浩宇他娘,这二十几年,你过得不易啊!老太婆给你跪下了!谢谢你为蓝家、李家所做的一切!"

清怡连忙上前一步,扶住老太太,说:"妈您千万不能跪,您跪了叫我怎么担当得起?"又替老太太擦了眼泪,"路生走前,对我说,要我像您一样坚强有韧性!妈,我做到了吗?"

老太太流着眼泪笑着说:"做到了,做到了!"

这是两位坚强的女人。

她们出身优裕,都受过优良的教育,一辈子独立自主,使身边的男人倍受鼓舞。尽管他们都离开了她们,而她们顽强如一棵树,任风吹,任雨打,阳光、冰冻、朝露、晚霜,她们都承受住了,她们依然挺立在大地上,挺立在那如歌的岁月里。

岁月于她俩,波澜不惊。

语桐和锦轩的墓已经筑好,浩然按照浩宇的意思把他俩的墓放在两边,中间有一个空的墓穴。这样,三个墓就在一起。

朝云站在那里,望了望整个墓园,喃喃自语:"差不多都齐了吧!"老太太心里想到大伯语桥,他不愿回来,那么就安静地待在那大洋之畔吧。她看了看锦轩和语桐的墓,又看了看中间的空穴,自嘲地笑了一下,"还有我自己了!"

浩然听得明白,对祖母说:"奶奶健康着呢!要不是您的意思,我不会去筑个空的!"

老太太和颜悦色地说:"迟早要去的!他们需要我陪!"

"我们才需要您陪!您一定得多陪陪我们!"浩然恳切地说。

尾 声

　　一阵南风吹来，风里夹着桑树叶的生鲜气、桑葚的甜香味，还有菊花梗的药材气，老太太感到恍如隔世，刚才在那些路边，好像看到了一片片的桑树林，还有菊秧地了，这么说，南方的春天来到了!? 她恍惚起来，感到这生与死的界限模糊了。生不过是站着的几个人和土里的几个（抑或还有国外的几个），死也是如此。活到这个年纪，无所谓生，也无所谓死。生是在世间踟蹰徜徉，死是在永恒的时光里静默着，安眠在故乡的泥土里。

　　清怡说，祥门的房子早就捐给公家了，墓地保留着。朝云看到，墓地与原来的庄园主体被一堵墙隔开了。

　　浩然说，奶奶，我带你过去看看祥门吧! 老太太迈动了脚步，在孙子的搀扶下走了过去。这边，运河水依然静静流淌，然而祥门已经不是往日的祥门了。它的大门是紧闭的。屋前小河边杂草丛生，门前青砖地面的缝缝里都长出了各种无名的杂草，苔藓遍地，都长到了垒着方砖的墙上。大门已有几处破损，有些是人为破坏的，有些是岁月剥蚀。油漆已经褪色剥落了，就连狮子头的门把手，也生了锈迹。大门上方曾经雕刻精美的廊檐浮雕，已变得面目全非，这里缺一块，那里少一片，有的地方还无端地出现了几个窟窿。只有门前一对石狮子，仿佛永远一副无关岁月的冷漠样子。

　　四周围静悄悄的，旁边的农户已经搬走。

　　老太太看着，没有说话，只有自己急促的呼吸，在吞吐这般沧桑，这般荒凉，这般寂静!

　　那心心念念的钟声呢，怎么还没从对岸传过来？浩然告诉她那口钟还在，只是现在没有人敲响它。

　　朝云抬头看了看天空，轻轻叹了一口气。

　　此生，关于这些家国的梦，关于爱情，关于男人，关于婚姻，抑或关于自己，都如这故乡的天空，一味淡淡的蓝，浅浅的白，不露一切浓重的痕迹。

　　事实上，岁月就是这样奔流向前，一切都会向好的方面发展。

　　岁月在奔流向前，而在这奔流之下，女主人公的一生也就过去了。